アリス・ジェイムズの日記

アリス・ジェイムズ 著
舟阪洋子・中川優子 訳

英宝社

扉絵：ヘンリー・ジェイムズによるアリスのスケッチ

ヘンリー・ジェイムズによるアリスのスケッチ

MS Am 1094 (1774). Houghton Library, Harvard University.

若い頃のアリス・ジェイムズ（1875 年頃）

MS Am 1094 (2247) f.44.4. Houghton Library, Harvard University.

父ヘンリー・ジェイムズ、シニア
（フランク・デュバネックによる肖像画、
1880 年頃）

MS Am 1094 (2247) f.35. Houghton Library, Harvard University.

母メアリー・ジェイムズ（1870 年頃）

MS Am 1094 (2247) f.37. Houghton Library, Harvard University.

兄ウィリアム・ジェイムズ（右）とヘンリー・ジェイムズ（左）（1899-1902年頃）
MS Am 1094 (2246) f.19. Houghton Library, Harvard University.

Alice James & Miss K. P. Loring; Leamington, 1889–90.

アリス・ジェイムズとキャサリン・P・ローリング（レミントンにて）

MS Am 1092.9 (4598) f.7. alice james 1.
Houghton Library, Harvard University.

アリス・ジェイムズ「往年の美の名残」(1891年9月)
MS Am 1092.9 (4598) f.7. alice james 2. Houghton Library, Harvard University.

目次

アリス・ジェイムズの日記

レミントン[1] 一八八九年〜一八九〇年

一八八九年五月三十一日

起こることについて、いやむしろ起こらないことについて、わずかでも書き記す習慣を身につければ、私に取り憑いた寂しさ、わびしさが少しくらいは消えるかもしれない。私を取り巻く状況は、ああとか、おおとか、一音節の感想しか口にさせてくれないのだから、あの最も関心をそそられる存在——私自身——の独白を書き記せば、まだ発見されていなかった慰めがあるかもしれない。ともかく自分のやり方でやってみよう。そうすれば、この老いた肉体の中で、それが犯した罪ゆえに泉のように絶え間なく沸き上がる感情、興奮、空論、反省のはけ口となって、救いをもたらしてくれるかもしれない。だから、さあ始めよう、私の最初の「日記」！

六月一日 土曜日

今日ヘンリエッタ・チャイルド[2]からすてきな手紙を受け取った。ヘレンの手紙と同じように繊細でちょっと風変わりな趣のある流麗な手紙。あの姉妹はなんと例外的な人たちだろう。今どきの人たちのブリキを鳴らしたような音とは全く異質の音をだして、まるでオースティン嬢[3]の作品から抜け出したかのようだ。それで思い出したが、シジウィック夫人[4]がライム・リージス[5]の、愛らしいルイザ・マスグローヴ[6]が跳び下りたというあの本物のコッブのスケッチを送ってくれた。そう言われなければルイザの幻が自分では見えなかったなんて、私もなんととんまなことか。でもあのスケッチ、とても下手なのだ。夫人自身が謙遜しながら送ってくれたのだから、そんなことを言うのはひどいのだけれど、でも私が送ってくださいと頼んだわけでもないのだし。いい靴下を編むのも、下手なスケッチを描くのと同じくらい「上品な仕事」と思ってもらえる時が早く来るといいと思う。Cさん[7]が言うには「空を曇りに描くのはいけないのではありませんか？　だって絵の中の空は完璧に晴れていなければならないって、いつも教えられていたのですよ。それって、とてもむずかしいそうですね」。ナース[8]にグッドウィンさんのスケッチの方がいいと思うかどうか聞いてみた。「ええ、そう思いますわ。あの人のスケッチなら石ころでも分かりますもの」。この人たちの絵の良し悪しの基準はただ一つ、ものがいくつ見分けられるかということなのだ。

六月二日 日曜日

今日ケロッグ夫人[9]に手紙を書いて、パリに行ったら敬愛するジュール・ルメートル[10]の写真を買ってきてもらおうと昨晩考えていた。今朝になって郵便で届いた『パリ・イリュストレ』誌[11]を見ると、『デバ』新聞[12]の寄稿者グループの写真が載っていて、なんとジュールがその真ん中に写っているのだ。それにしても我がジュール様、あんな顔だなんて、なんと残酷なお方でしょう。ひどいではありませんか。本来あなたがあるべき醜さ、魅力的な醜さではないのです。単にふつうに見えるのです!! そしてまさしくある作家が『ラ・ヌーベル・ルヴュ』誌[13]で言ったように、何か奇妙な運命の皮肉で、ジョルジュ・オーネ[14]を彷彿とさせるのです。幸運な偶然でルナン[15]の「大きな顔[16]」があなたのそばにあります。「確かに私は彼に取り憑かれているようだ」――だからサラ・ベルナール[17]に死ねとすすめている時まで、こんなことを言っていましたね――「……それから、ある美しい夕べに、舞台の上で突然死になさい。大きな悲劇的な叫び声につつまれて。なぜならあなたにとって老いはあまりにつらいものだろうから。そしてもしも永遠の夜の闇に呑み込まれていく前に意識があれば、ルナン氏のように『第一原因』らしきものを賛美しなさい[18]」。

六月三日

H兄さん[19]の手紙によれば、ウォルシュのおばあさま[20]の肖像画が傷一つなく到着したそうだ。「すばらしい絵で、どこか母さんの面影も見えるようだ」とのこと。なんてやさしい人なのだろう。ロバート・リンカーン[21]に会ったそうで、「一度会っただけだが、大いに気に入った。とても健康的で、親しみにあふれ、活発で、男らしくて、無教養な西部人などではなく、それにふさわしい妻と娘を連れていた。大使の任務を立派に全うするだろうと思う」と言っていた。ナースの弟が学校から帰ってきて、先生にhを怒らせろ (exasperate)[22] と言われたと言ったそうだ。「怒らせる」とは、イギリスで運命の浮き沈みを経験している哀れなhの感情を見事に表現しているようだ。

六月四日

ソマーズ[23]に車椅子を牛に突進させないようにと言っても、牛が私を怖がっているのは確かだから、でも彼には状況が分からないらしい。昨日、今年三度目の外出をした。車椅子を門から引っぱり出して草地まで連れていってもらい、私は陽光のもと寝転がり、その間に皆が花を摘んでくれた。遠くでカッコウの声が聞こえ、頭上ではツバメが輪を描き、そよ風が近くの木々をさやさやと揺らしていった。幸せだったなんて、わざわざ言う必要もないだろう。――この部屋[24]を借りたがっている人が、クラークさんに「応接間にいるあの気難しい老婦人はもう追い出したのか」と聞いたそうだ。自分が老婦人と呼ばれるのを聞くのは滑稽なものだ。九十歳になってもそうだろう！　私たちが読むもの、いや何であれ私たちが経験することは、自分たちがその中にどれだけ自分自身の姿を見出すかに比例して、興味と価値をもつものである。曖昧だったものに形が与えられ、眠っていたものを目覚めさせるのだ。

六月十日

『キリストにならいて』[25]を読んでいて、これを見つけた。「進んで世に出ることをさけようとする人でなければ、安んじて世に著われることはできない」。前半については訓練のおかげで完璧にできるようになっていることを考えると、その成果を外に出て役立てられないなんて、なんと残念なことか。しかし私たちの身につけた能力のすべては、この愚かな世界では、このように無駄にされていくものである。ナースの言うところでは、バチュラー夫妻が最近この上もなく、さもしい雑貨屋風のお上品ぶりに陥ってしまったらしい。ばかな聖職者が二人をスラムから掘り出し、死んで干からびた呪文を唱えてやるために、教区教会の礼拝堂の中央通路《アイル》を、祭壇に向かってうれしげに歩かせたりしたからだ。そうすることで、二人が二十年間もって生きてきた神聖な信仰心を冒瀆したのだ。今や夫妻は、スラムをたっぷりと飾るあまりにも実質的で肉体的な現象となってあらわれる隣人たちの規則破りに身震いし、あらゆる種類の上品ぶった非難をやってのける。確かに二十年間飾りのなかった薬指に指輪を獲得するということは、最も賢明な者の頭をも狂わせるのに十分である。それに、もちろん「新発見」の知識によって善悪の区別をするというのは最もすぐれた人間性の持ち主にも共通する弱点なのだ。お茶とトーストの香り《パルファム》をまきちらすあの模範的なブルジョア女が二人を支配し、多少とも密接に離婚法廷と関わりあいのある弱い女たちに対して奇妙ないびり方をすることで、二人にお手本を見せているのだ。彼女の魔力のおよぶ特権的集まりから気まぐれに閉め出される者もいれば、もっと弱い女たちが女王様の微笑に浴し、[26]やがて——言ってもいいかしら——天上の世界に入れるのだ。私のようなカルヴィン風の育ちからすれば、そんな天上の世界なら炎熱の世界（と比喩的に言っておいて）の方がまだ寛大で、もっと道徳的だろう。——ナースは芝居見物にでかけた。滑稽な帽子はやめさせようと思ったのだが（まるで道化みたいに見えるから）、でも無駄だった。ナースはロバみたいに頑固なのだ。

六月十一日

ウィニー・ライトさんが昨日の午後会いに来てくれた。六週間以上ぶりに人に会ったことになる。

哀れなパーマーさんに一度会ったのを除けば。でもパーマーさんはあまりにもはっきりしない人だから、孤独感を追い出してくれるに十分なだけの実体とは言いがたい。ライト家の人たちはイギリスで会った誰よりも好きだ。とてもやさしくて純粋な人たちで、あまりに正直なため、ちょっとした社交上の嘘にも対応できない。ゆえに楽しくもへまな結果を引き起こす。あの人たちには痙攣性の知性がある。この知性はあのよく知られたもので、結局はより効果的なものである。痙攣というものはいつでもすばらしく光り輝く閃光のようなものだから。

気がつくと一日に十回も考えている。「あの件をKおばさま(27)に書いてあげよう」と。多分以前もそうだったと思う。ただ、今は以前より頻繁になったように思えるのだ。そしてはっと思い出してしまう。ハリーはますますリジー・デュヴネック(28)のことが惜しまれると言う。誰についてもそうなのだ。その人たちを失ったことが、だんだんこたえてくる。多分、数が少なくなっていって、それを補充する人がいないからなのだろう。ハリー(29)を除けば、つながり、つきあいの長さを理由に頼れる人は三人しかいない。向こうが、どの程度こちらを向いてくれるかはともかく。

あらゆることが言われ尽くしたと賢者は言うが、現代のように言い方にこだわる(30)局面の後には何が来るのか、分かればどんなに面白いだろう。

六月十二日

ペンシルヴァニアの洪水(31)で生き残った気の毒な人たちが精神的に麻痺状態にあると聞くと、本当に重荷が軽くなる！　にぶった感受性こそが過重な緊張を強いられた人間にとっての避難所であり、過去のぞっとする恐ろしい出来事もこのようにして中和されてきたことを、すべてが証明しているようだ。――メアリー・エリオット[32]と彼女のジョン博士が今帰っていった。誰であれ故郷から来た人に会うのは本当にうれしい。特にあんなに素晴らしい二人なのだから。メアリーはそんなに美人というわけではないが、一瞬一瞬変化する人で、ずっと大人で精神的にしっかりしている。でも私は彼の方をとても気に入った。今までほとんど会ったことはなかったのだが。率直で男らしく、笑いの絶えない人だ。これが何よりも大切なことなのだから。泣きながら一生を過ごす大勢の人がいるではないか。ジュール・ルメートルの『研究と肖像』[33]を三巻全部読んでしまった。今後彼のことが、それほどにも思えなくなることがあるだろうか。あるだろう。でも二ヵ月前に受けたあの最初の印象の強烈さには今後もずっと感謝の気持ちを忘れないだろう。姿をあらわした「知性」を感じて全身全霊が活気づいたのだから。読む者の知性は彼の知性の及ぶぎりぎりのところまで広がり、あらゆる感覚で彼を吸収しつくす。彼の完璧な「言葉づかい」からは、さりげなく読み手を喜ばす術が発散されるので、私のように全く無知な読み手までもが知識をもった気分になり、彼が何億もの絶妙に鋭敏な知覚力で捉えるものの真理に呼応して、うち震えるのだ。それに彼のユーモアも、アイロニーも、人間性も！

六月十二日

パーネル氏の下院での「嘘」[34]について『ネイション』誌[35]がとてもおかしな扱い方をしている。彼の嘘の悪しき点は、彼がそれを告白した点にあるようだ。他の政治家も嘘をつくが、彼らはいつでもそれを否定するだけの徳をもっている。こういう悪しき道徳が、きっとよき政治なのだろう。法務総裁という地位にあって、ピゴットの犯した罪で手を汚したままパーネル氏を尋問し、彼がアメリカで握手した人々の素行について責任をとらそうとするなんて。そんな途方もない愚かさで歴史に名を残したがるほど、ユーモアが欠如している人間がいるとは驚きだ！　しかし一般に、イギリス人にユーモアが完全に欠如しているということこそが、アイルランド問題[36]の隠れた意味なのである。

六月十三日

今日も外出し、まるで気が狂ったようにふるまってしまった。農家や牧場や木々やカアカア鳴くミヤマガラスなどを見て、キングズリー風[37]に「すすり泣いて」しまったのだ。ナースが言うには、陛下にはあらゆる所にドライブに行きながら、何も褒め称えることのない人が何人かいるそうだ。それにひきかえ私は幸せだ。目に留まるのがほんの一インチの四分の一でも、実際に見ていると意識できるのだから。確かに大切なのは主体なのだ。

ナースが私に芸術家になりたいかと聞いた。芸術家の喜びと絶望を想像してみるといい！　訓練された目で見る喜び、そして見るがゆえの絶望を！　わずかなそよ風にも震える弦でできている人たちを二つに分けるとして、どちらがより幸せだろう。いつも押し黙り、抑えた感覚作用を決して解き放たない人か、それともいつも言葉は見つけるのに表現しきれない人か。——今日砥石をもったブルックスに出会った。うわべは殊勝げに見える。第九子が実際に生まれてきた今、子供の数はここまでと、きっちりと制限してしまっている自分は何てばかなのだろうと思う。あの子がまだお腹の中に潜伏中で、ナースがきっと双子だと言っていた時には、私の心も柔軟性があった。それが感心にも双子ではなかった今となると、私の心は花崗岩のように固くなっている。今までシャーロットが家事をしたり、お使いに行ったりする時には、いつも彼女にくっついていたイライザが、今度は十歳で青ざめた細い顔のベッキーの棒のような身体にこぶのようにへばりつくようになった。イライザは二歳で、まだ歩けない。きっと締めつけられるような重荷だろう。ラヴィニアはどこかで下働きとしてのよい職場があったのに、赤ん坊が生まれると、それがうれしくて、職場を棒に振って帰ってきてしまった。ラブーシェア[38]は、牧師と牧師補で平均百三十ポンドの収入があり、ファニー・モース[39]が言うところの「夫婦のかすがい」が双方合わせて五十人いる人たちのリストをあげている。ナースはチェルトナムに住む二十人の子持ちの何とか将軍というのを知っているそうだ。家主さんが知っているサー・W・キャリントンは妻二人で二十二人の子持ち。その娘たちのうちの一人を家主さんは何年も世話したという。その娘は三人の姉妹と住んで、それぞれが毎日飲むミルク用に別々のミルク入れがあり、別々のパンが与えられ、ジャクソン家の人たちのように別々に食事をしていたそうだ。メアリー・クロス[40]の義理の兄弟の一人は二十一人兄弟だし、チャバスさん[41]も二十五人の子持ちの家を知っていたらしい。八人ずつグループにして別々の方向に向けて家を出されていたそうだ。イギリス人は子供がたくさんが好きらしい。妙なのは、我がアメリカ人やフランス人とは違い、イギリス人は子煩悩ではないことだ。それにしても、親としての本能も、二十五人もの子供に分け与えていると、弱々しく希薄なものになってしまっても当然だろう。頭が限られた範囲内でしか喜んだり苦しんだりしないと同様、心も愛するのを拒否してしまうのだ。八百本の歯の切れ味について一人で責任をもつなんて、想像するだけでこわい。ありがたいことに、ポートランド公爵[42]が結婚した。五千ものプレゼントが彼の丸裸を覆い隠してくれる。

レミントンに住む私の見たこともない人が、私のことを「とても慈悲深い人」だと言ったと聞いてびっくりした。まるで突然衣服を剝ぎ取られ、役場の階段のところで裸でイギリスのご婦人方の楽しみのために立っている気分がする。こんな中傷をされるのは、多分私がブルックス夫妻に、第九子が生まれる前に、六ペンス与えたからなのだろう。

ハウエルズ氏[43]が手紙で、私の手紙を読むとまるで父と母が生きているように思えたと言ってくださって、とても幸せな気分になった。父母が何人かの記憶の中で生き永らえている、いや、生きかえることができる、と知ること以上に大きな幸せをもたらすものはない。

六月十四日

ナースがポンプ・ルーム[44]の前で「腰巾着」を引き連れたベッキー・ブルックスに会ったそうだ。もちろん片方の腕にこぶのイライザをくっつけていて、もう一方の手では哀れな犬を首に巻いてピンでとめた赤いスカーフでひっぱっていたのだが、そのスカーフにはもちろん他の四人の子供たちがつかまっていたので、十歳のベッキーがその細い身体でなんと五人も支えていたことになる。[45]犬はどこの犬かと尋ねると、「女の人がいらないと言ってくれたの。お昼からずっと連れているのよ」と言った。今ごろはその犬も十分に途方にくれているにちがいない！——イギリスでいつも意識していること、常に賞賛せずにいられないことは、あらゆる階級の人々の丁重さである。目上の人に向かってばかりではなく、同じ階級の人の間でもそうなのだ。もちろん社交界とスラム街には忌まわしい礼儀作法もあるが、中間層の、賢明で理性的で慎み深い人々、つまり問題にするに値する人々の間では、丁重さが習わしであるのは確かだ。それなのに、アメリカで礼儀作法として通っているのは硬くて、ざらついて、ごつごつしたやり取りしか知らないまま、こちらにぽっとやって来た人たちときたら、本当に違いに気づきもしない。でも見えていない人たちを責めてはいけないのだ。それは悲劇的なことなのだから。人は公正であらねばならない。かわいそうなあの人たちは今までずっと知覚すべきものなど何もなかったのだ。それが突然この複雑さと面と向かわされたのだから、見えないということに逃避する以外、何ができよう。風景とソマーズを交互に楽しんでいると、いかに環境が、その表面でさえもが、人の性格の説明になっているかということが非常に教訓的に明らかになる。昨日私はホークスの農場の牧草地に寝ころがり、まるで吸い取り紙のように、積み藁や生け垣や木々を吸い取っていた。それらはこのイギリスという島でのみ知られるめでたさで構図をなし、無数の絵を作り出していた。うっすらと斜めにさす日光を受けて前景は灰色、向こうでその色が消えると再び遠くであらわれる。瑞々しく、なめらかで、ゆったりしていて、いつの時代もそうで、いつの時代にもそうで、と思っていると、突然ソマーズの姿が視界に入ってきた。いかにもこの畑で働く百姓然として！　畑と同様、頑丈で悠揚迫らず、「境目」もない。貧しい人たちが二年間働いて庭を作ったばかりという時に、そこに家を建てるからと土地を取り上げられたことについて尋ねてみた。ソマーズはその件について、深みのあるよく響く太い声で、ゆっくり、気楽に話してくれた。最後には心地よい笑い声までたてて。そこには地主の絶対性に対する疑いから生まれる苦々しさなど、みじんも聞き取れなかった。彼にとっては、ヤンキーの皮肉もフランス人の獰猛さも、この我慢強く耕した畑にダイナマイトがなるのと同じくらいに、ありえないことのようだった。

カッコウは見事に時計のまねをする。

六月十六日

本当にぞっとするような人生を送っている人々がいるものなのだ。かご作りのブラッドレー家には雌鳥がいて、礼儀正しくも毎朝私の朝食用に卵を二個も（！）産んでくれる。そこの娘が先日ナースに語ったところでは、彼女の父親はクリスマス以来しらふであったためしがないそうだ。どうも彼は今までの全人生、酒を飲みつづけていたらしい。子供が十五人いて、一番上の息子は十九歳の若者。これが美徳の塊で、すべての面倒を見、父親はその息子をひどく邪険に扱うらしい。今言った娘というのが、とても美人で、さらにいいことに気品もある。気品なんて、このあたりではめったにお目にかかれないのに。子供たちのうちの一人はすでに結婚していて、残りの十四人も今すぐにでも結婚生活にとび込む用意があることだろう。貧しい人たちの美徳ときたら、圧倒させられてしまうほどだ！　ただし、これは彼らの結婚したがりを除けばの話だ。

私の目にしてきたものはあまりに少ないので、記憶は大きな思い出に拭い去られることのなかった小さな思い出のかけらでいっぱいになっている。だから全体が一つの思い出をたどるようなもので、そうしていると、子供の頃の光と色彩の印象が群れるように意識に戻ってきて、それと共に、あの頃私の中で脈打っていた期待が、かそけき一瞬、生命を取り戻す。

ウェンデル・ホームズ(46)から愛情あふれる（!!）手紙を受け取ったとハリーの手紙にあった。驚くべきことだが、彼がもうすぐロンドンにやって来るということで説明がつく。噂によれば、彼は完全に束縛を振り払って、今まで以上に思い切り浮気にふけっているらしい。あの気の毒な女性の生き方と性格には、あまりに陰鬱で人間の本性からはずれたところがある。互いの心を和らげ、互いの思いを伝え合う努力をしない二人の関係に、醜さ以外の何がありうるだろうか。そんな関係に比べれば、一人で生きる方が花咲く道を行くことになる。――隣のパーシーさんが会いに来てくれた。とても善良な人で、私のことをおかしなことに同情すべき相手と思っているらしい。自信たっぷりに「本ばかり読んで、ものすごく飽きませんか」と尋ねてくれた！　これは大いに気に入った。まあるい、せわしない、朝から元気風の性格をうまく表現している。彼女は一度に五分間だけおんぼろピアノをたたき、一日二十回は家中を行ったり来たりしている。彼女は「驚くほどに繊細な夢」を見たことがあるだろうか。「魂を平凡な人生の耐え難さから引き離してくれる孤独と不幸、それらのみが魂の中に生み出す夢を。それが、何の報いもなしに、善意と諦念にすべてを捧げた、影に満ちた美しき人生の理想なのだ(47)」。

六月十七日

誰であれブキャナン(48)に答えようとするなんて、馬鹿げている。そんなことをすれば、彼がポンと飛び出て自分の宣伝をするびっくり箱以上の意味があると、正気の人間が認めてやっていることになるではないか。

今朝私がどこに行ったと思う? 干し草作りの人たちにまじって牧草地にいたのよ。すばらしかった。あとで、あんなに愚かな羊たちと一緒にいた時も。光と影の無限のうつろいが、ただただ人を酔わせてくれる。アメリカには天候などないと言われていたが、たしかに真実をついていた。ここには気候が全くない。しかしそういう欠けた状況から、はるかにより豊かな結果が得られるのだ。その証拠に、寒暖計が三十度から七十度にしか変化しないこちらの人の方が、プレリ・デュ・シアンの哲学者たちが考えたこともないほど強烈に、北極の寒さと熱帯の暑さを感じ取るのだ。ボブ[49]によると、プレリ・デュ・シアンでは、夏には零下四十度から一〇五度まで上がるそうだ。妙な服装をするそうで、頭から足まですっぽりと毛皮に覆われて出かけ、日のあたる四十度のところを一生懸命歩く。家に帰って夜は巨大な丸天井の部屋で開きの広い胴着を着てしゃがんですごす。温度は五十度だ。夏には紗のようなドレス、そして上半身には大きなボアや毛皮のケープをはおる。本当に私のような東部者《ヤンキー》には理解しがたい。

六月十八日

アリス・エドワーズがナースに言ったそうだ。「母さんは昨晩とても具合が悪かったの。それで今朝女の人が赤ん坊をもってきたのよ」。こんな心得違いの女がありうるだろうか。これが五人目の子なのだ。父親は二十八歳、母親は二十三歳。絶え間なく天に向かって沸き起こる人間のうめき声に、もう一人分の小さな声が加わることになるのだ。私みたいな軟弱な未婚の女が、人類の増加にこんなにこだわるというのは、ひょっとして無神経だろうか。でもそれが取り憑いて離れないのだ。抵抗できない、圧倒的な力をもって、海の潮のように、コネモー川の洪水[50]のように、地球の表面を覆い尽くす何かの巨大な群れのように。——少しばかり妙なことではあるが、ここ、頑丈で快活な人々の間にいると、自分が病気だということを少しも恥や堕落だと思わない。故国で貧血の人やへとへとに疲れきった人々の間にいると恥ずかしかったのに。もちろんこれは一つには快適な環境からきているのだろう。つまり余暇の感覚、仕事は最少に減らされ、休日という神があらゆる階級の人々にいつも、そして効果的に崇拝されている。こういうことなら、どうして自分の存在を正当化する必要があろう。百万もの余剰人員の一人に過ぎないのだから。

　私は大した地区視察員になるだろう。ナースがバチュラー家を訪問した話をしていて、バチュラー夫人が言った何かを、その言葉通りに再現してくれていた時、なんと私はバッタリと気を失ってしまった。こんな風では、きっと人生について知ることはとても少ないだろう！

六月十九日

　ここ数日の間に何人かの人が訪ねてきたが、誰にも会わなかった。午前中風景と向き合うと、それ以上は抵抗力がなくなってしまう。それから午後のおしゃべりだなんて！　あの神聖な黙想の後では、あまりのアンチ・クライマックスというものだ。美は車椅子よりも疲れさせる。車椅子は筋肉を震えさせるだけだが、美は心の底の底まで揺り動かすのだから。ハリーがサー・チャールズ・ラッセル[51]の演説を送ってくれた。あれが読めるなんて、わくわくする！

六月二十日

今朝親切な便りで、ゴドキン氏[52]がサー・チャールズの演説を送ってくれたと知った。とてもうれしい。会いに来るともあったが、これはことわらねばならなかった。「共通の思い出が遠い昔のものになればなるほど、旧友は言い尽くせぬほど大切なものになる」[53]。若く苦労のない日々には、はるか先の老人の孤独が、記憶のパン屑をどんなに大切に拾い集めようとするか、気づかないものだ。そうは言っても、私の周りの小さな世界は私のことを、私の求める千倍も（私が値する千倍もなどと殊勝なことは言わない）覚えていてはくれるのだけれど。今日庭に出てみた。バラは見事に咲いていたが、ゼラニウムはまだバラを制覇するにはいたっていなかった。バラから解放されるのはいつなのだろう。

六月二十一日

もしも私がこの日記を、景色を見ての弱々しい感動の叫びで満たしていったりしたら、どんなにひどい日記になることだろう。とは言うものの、今日「楽園」に足を踏み入れたという事実は記しておかねばならない。果樹園とスグリの灌木を抜けてホークス家の前の庭にいたる道は夢に見る場所だ。それなら夢を見ようではないか。今思うと信じがたいのだが、ゼラニウムが一本たりと見えなかった。もしもこの果樹園がよい例の一つなら、私たちの方がよっぽど上手だわ。これは一つの慰めになる。ナースがシャーロット・ブルックスに会った。もちろん赤ん坊つきで。赤ちゃんの具合を尋ねると、「昨晩ベッドから落ちたりしていなかったら、もっとよかったのだけど。母さんったら十二時まで気がつかなかったの」と言ったそうだ。シャーロットはいつものように、こぶのイライザのために「だまご」を買いに行くところだった。イライザは彼女たちの一番の宝物である。まだ一歩も歩けないし、「ラーラ」としか言わないのだけれど。当然世間一般に関心をもっている様子も大してない。

　十二歳の片目の少年を見かけた。貧しくて、がさつで、それがとてもやさしく小さな赤ん坊を抱いていた。こちらの人たちは、ゆすいだり、洗ったりすることを、「流す《スウィル》」と言うおかしな習慣がある。ナースも言う。「ちょっと手を流してこなくては」。やめさせられない。

『反逆した女』[54]を読んだ。見事だ。けれども人々が皆あまりにも賢い。作者自身と同じくらい賢い。それでも美しい深い感情で満ちている。しかしアンドレを殺させなかったとは、演劇的に、芸術的に、さらに道徳的に、なんというへまをしたものか。人生とはそれほど単純なものではない。もしそうなら、人生はずいぶん馬鹿げたものになるだろう。この生と呼ばれる死の中で生きるということは、人が遺伝にがんじがらめになり、その結果と苦闘することである。母親は己の弱さと愚かさが引き起こした過ちを涙によって拭い去ることはできず、娘は反抗することで運命の恥辱から逃れることもできない。これはほのめかされてはいるが、ピストルの硝煙でかき消されてしまう。ジュールよ、しつこくなるのを恐れるあまり、こともあろうにあなたが陳腐に堕している！　自己を解放しているつもりで、私たちは鎖を補強しているのだ！

　キングズリー夫妻とは完全に手を切ったと思う。夫人がハリソン夫人を連れてまたやって来たなんて。アメリカ娘は捨てられても完全に落ち着きはらっているが、もう一度拾い上げるとなると、そんなに簡単なものではないと、人生バラ色のおめでたい人たちだって分かるだろう。チャールズ・キングズリーも、あんな虚偽と愚かさの真ん中で生きていたのだと考えると、価値も半減だわ。

六月二十七日

今という瞬間は、いかに絶望的なものであれ、計り知れないほどに良いところが一つある。決して昨日になることはできず、常に明日になるということころだ。

ネイシャプールでもバビロンでも、
盃にあふれる酒が甘かろうと苦かろうと、
命の酒は一滴一滴流れ出し、
命の木の葉は一枚一枚散ってゆく。(55)

花のイギリス人がヘンリー(56)で蚊に（！）刺された。この難局にあたって、気の毒な人は当然のことながら手紙を書き、それを『スタンダード』(57)紙に送った。すると北極圏のヨークシャーから熱帯ケントにいたるまで同じような恐怖の経験をしたと言う無数の犠牲者があらわれ、それぞれが自分の意見と刺された跡の描写を発表する。一人が言うには、きびしいイギリスの冬を蚊の卵が生き永らえるというのは聞いたことがないし、全く不可能である。ゆえに自分を刺した蚊はその一刺しのために外国からやって来たのだと！　そうやってがやがやとやっていると、やがて天啓を受けた人物が、蚊はイギリスに五十年前から棲息しているのだという「権威ある発言」をおこなう。他の人は突然黙り込まされたみたいで、『スタンダード』紙もその権威ある人、しかもそれがＦＥＳ[58]の肩書つきときた、のせいで干上がってしまったようだ。なんと愛すべき無邪気な人々よ。

バルフォア[59]を「ひょうきんさで和らげた強圧」と描写するのはうまい。彼のグラッドストン氏[60]への敬意が日に日に増しているようで、本当にすてきだ。なにしろバルフォアの仕事の正しさを間違うことなく証明する（と彼自身が考えているらしい）ことは、グラッドストン氏が三年前に同じことをしたということだ。ただしグラッドストン氏の方がもっとしたのだけど。「もっとする」だけの勇気をバルフォアが出せるのはいつだろうか。問題の解決を急がせるにはうってつけの人物だ。政治家として後の世代にどんな楽しみと喜びを与えるだろうか。

Ｊ・ルメートルについて、私が一頁かけて言おうとして、うまくいかなかったことを、彼は他の誰かについて、たった一文で言ってくれている。「私のことを完璧に表現してくれ、私が自分でも思っていなかったほどに知的であると教えてくれる――そんな印象を与えてくれる本」。

六月二十八日

『スタンダード』紙が英国皇太子の長女とファイフ伯との結婚[61]を報じている。あの人たちは誰かドイツの小君主を摑まえそこねたわけだ。世界はどんどん変化しているということだろう。王家の人たちの運命の哀れなことよ。しかしなぜ『スタンダード』紙は離婚した姉妹を公表する必要があると思うのだろう。彼女らは四人とも夫のもとから逃げだしたと言った人がいる。『スタンダード』紙はそのうちの二人は離婚したと認めているのだから、本当かもしれない。それにしてもおかしなことだ。女王が生涯離婚を恐れながら、義理の息子たちのせいで、好まざるエピソードと何度もあんなに密接に関わらされるのだから。いつでも自分にとって一番いやなことにおそわれるものだという人間一般の運命は、女王様も変わらないということだ。なんと美しい教訓がここから引き出されることか。

ジョージ・エリオット(62)の『書簡と日記』(63)の第三巻をとうとう読み終えた。無理して読み通してよかった。後半部分にはかすかな生命のきらめきと、ところどころわずかにユーモラスな筆致があるからだ。それにしても、この本は類を見ないほどに重苦しくもわびしい本だ。エリオットはよほど生気のない、病んだ、自意識の強い人物だったにちがいない。手紙や日記の一箇所にも喜びの爆発、ユーモアの光、生きた息づかいが見られないのだ。しかも日記の中でヨーロッパの絵画や人々の印象を記した部分の凡庸さ、平板さときたら、ただただ信じられない！　彼女のじめじめした、うめいているような顔つきが本を読んでいる間中取り憑いて離れないせいかどうか分からないが、彼女は精神的にも肉体的にも白カビか何か病的なもの、ぶら下がった形のキノコというか、何か触るとじめっとするものに生えるキノコのような印象を与える。こんな強い印象を受けたことがない。知恵とユーモアとこの上もなく豊かな人間性のつまった作品、そしてあの不滅のマギー(64)を創造した人としての彼女を考えてみると、ひとことで言って、なんという幻滅！　ジョニーは手紙を印刷するのに、自分ではふさわしいと思ったらしいけれど、残念な形を選んでしまい、あったかもしれない色彩を、全力を上げて消し去ってしまった。そのせいで彼女がどのように署名したかすらも、全く分からない。三つの名前のうちのどれを使ったかも、手紙が長かったか短かったかも分からないのだ。そういう細かな点が筆者の特徴をあらわすというのに。彼女の結婚という点に関しては、もちろん部外者が何のかのと言うのは許されないことだが、それでも彼女が生まれ変わったような気がすると言ったり、礼拝堂や教会について満足感を表明したりするのはショックだ。彼女がよく自慢していた[65]過去のあの「完璧な愛情」に対するなんという裏切りだろう。彼女が友人に婚約を告げる同じ手紙で、ジョニーは自分の財産に手をつけたりしないからと安心させているところが、いかにもイギリス的でおかしい。肉体的苦痛に関しては、彼女はずいぶん情けない臆病者だったみたいだ。頭痛持ちというだけで十分みっともないのに、いちいち書き記しては、四六時中頭痛に向き合い、肉体的苦痛は忘れるべしとするありがたい法則を無効にしているなんて。もしも彼女が自分の病気と「うつ状態」について語り、自分がそれに対抗するためにどのような武装をしたのかを人のために教えてくれるというのなら、ああいう態度もありうるだろう。けれども彼女は病気を単にうめき声を発する手段として楽しんでいるようなのだ。いったいあの人の自尊心はどこにあるのだろう。だいたいあの人の人生には、無益なうめきから救い上げてくれるようなものが、いくらでもあったではないか。それにしても、どんな才能とどんな知識があれば、あんなに超大真面目に自分を受け取るという、どうしようもない退屈を甘んじて受け入れられるようになるのだろう。ジョルジュ・サンド[66]とは本当に対照的だ。サンドはどんな欠点があったにせよ、あんな許されざる罪は犯さなかった。彼女の不潔なかりそめの男たちだって、それほどいやな奴に見えなくなりそうだ。

七月四日

栄えある七月四日を祝うのに、私がもうすでに十五回も外出したという、栄えある事実を発表することと以上に良い祝い方が他にあるだろうか。私は自分の意識がソマーズにあんなに釘付けにならなければいいとは思うのだが、でも彼の背骨が左右に血も凍るような振動をすると、ボールズ[67]と外出したあの日の恐ろしい出来事[68]を思い出さずにいられない。私は懸命に彼の「より崇高な本性」に向かって働きかけようとし、それに成功した。なにしろ私はある日彼をすっかり有頂天にさせてしまい、家に着くと彼は「ああ、楽しかったわ！」と叫んだほどだ。私の言葉使いまで移ってしまって。これはそんなに好ましいことではないかもしれない。

司教座聖堂参事会員キャペル・キュア[69]が言うには、ラッフルくじ販売は「直接的な罪」ではないそうだ。教会商売への批判者の裏をかくために神が考えつかれた、思いやりある言い抜けなのだろう！　証人席のマイケル・ダヴィット[70]は人間としてパーネルよりもはるかにすぐれている。彼は言を左右したり、言い逃れをしたりして、法を避けようとはしていない。敵と取り引きするよりは二人の息子を犠牲にする方を選んだウォルシュ未亡人[71]がこの「問題」に光を投げかけてくれる。あの不屈の魂を踏みつぶさんと乗り出したクモの糸のようなバルフォアの滑稽さよ。後世の人々の嘲笑が聞こえそうだ。

七月五日

キリスト教徒の女王陛下の軍隊が今三千人のダーヴィッシュ修行者たち[72]の水を奪うことで、彼らを皆殺しにするという作戦を遂行中だ。のどの乾きに耐えられなくなった修行者たちが川に突進していくと、撃ち殺されるのだ。英国陸軍の兵隊さんたちは「健康状態も意気も上々」だそうだ。この国はなんとペテンに満ちていることか。アラビア人はかつてイギリス人の水の補給を断つことを拒否したことがあるらしい。たとえ敵でも水を断つのは真の宗教に反すると言って。

七月六日

誰よりも羨むべきはダミアン神父[73]だ。それ自体で絶対的に完結する仕事ができるなんて、人間が求めうる最高の幸せだろう。そこがカトリック教会の魅力なのだ。きっと神父は殉教者の喜びを知ったにちがいない。単に相対的な善と悪しかないこのぶざまな世代において、私たちがあの魂を満足させる源をすっかり失ってしまったとは、なんという損失だろう。人々は神父の英雄的行為を称え過ぎる。なぜなら絶対的に限られた時間の中にあって、永遠に続く楽園を確信できるのなら、行動において英雄的であることは、とても簡単なことなのだ。もちろん行動的な人は受け身のヒーローにスリルを感じることはないだろう。受け身のヒーローは、何年もの間ガレー船の奴隷のように忍耐というオールに鎖でくくりつけられ、悪臭ただよう地下室や身も凍る屋根裏でじっと隠れたりしているのだから、少しも絵にならないし、心ときめかせることもない。――レディ・クラーク[74]から手紙をもらった。皇太子家とファイフ家の結婚について憤慨していた。わずかでも父性愛があるのなら、どうして純真で無防備な娘を、自分自身と同じ恥ずべき生活をしていると分かっている男に引き渡すことができるのだろう。窮乏と極端な裕福は、同じ理想、人類に対しては同じ略奪せんとする態度、そして物質を求める激しい闘争を生み出すらしく、両極端がいかに完璧に一致するものかを証明している。皇太子の取り巻きについてロンドンで噂されている話は、ナースがサッチウェル通りから聞いてくる話と、種類も破廉恥の程度も変わるところはない。二人のおかみさんが戸口で石炭券について、地区視察員が置いていったとかいかなかったとか言って争っているのと、二人のお偉いご婦人が、ある式典の席か何かについて角突き合せているのと、精神的構造のどこが違うといえるだろうか。どちらも単に自分のもっていないものを奪おうとしているだけなのだ。

七月七日

偉い人たちは商売人の慈悲に大いに頼って生きているらしい。貧しい人たちは金持ちの慈悲に頼っている。間違いなくこちらの方が立派なやり方だ。噂によると王族の方々は、ポートランド公が三人の王女のどなたも選ばなかったからといって、公の結婚式には出席しないと言っておられるらしいが、そうなるとサッチウェル通りの婦人方の方が子供っぽいとか威厳に欠けるとかは言えなくなる。彼女らも彼女らなりに恣意的で高潔な厳格さをもっているのだ。大男のイタリア人手回しオルガン弾きが妻の葬式の夜に連れてきた花嫁（！）を、彼女らは石を投げつけて通りから追い出したではないか。花嫁は小柄な女だったそうだ。それでオルガン弾きは二週間後、今度は自分と同じようなたくましい大女を連れて戻ってきた。

七月九日

レピントンさんが昨日やってきた。彼女はまるで岩だらけの我らがピューリタンの岸に花開いた人のように繊細で宗教的な人だ。彼女は「罪の意識」にしがみついている。それは普通の人のように単に無自覚のものではなく、自分をかく造りたもうた神を自分は崇めるのだという確信からきているからだ。彼女はそれが気に入っているらしい。ユーモアの完全な欠如はいかに致命的なまでに精神をそこなってしまうものか。自分自身の愚かさが見えないというのは、なんという恐ろしい損失だろう。きっと他の誰のにもまして申し分ない愚かさだろうに。しかしうぬぼれがあるからこそ世界は動いていくのだから、一度か二度自分の愚かさを見て痙攣するほどの大笑いをすれば、それできっとゲームは終わりということになるのだろう。

　私は再び痙攣するほどの大笑いをすることがあるだろうか。ああ、きっとないだろう。三十四年間も饗宴を楽しんだのだから不平は言えない。でもなんと極端な運命が割り当てられたのだろう。お父さまやウィリアム[75]のような人のそばで育ちながら、今はユーモアという日毎のえさをナースとクラークさんに頼っているのだから。私が彼女らのためにでっち上げる幼稚そのものの冗談ときたら！　だって何らかの冗談は絶対にいるのだから。マウント・ヴァーノン通り[76]のあの小さな家で一人で暮らしていたぞっとするような日々に、私は隣の消防署にとびこんで「独りぼっち、独りぼっち」という声から逃れたいと願ったものだ。あの声は家中にこだまし、階段をするすると降りてきたり、壁から囁きかけたり、まるで物質的存在のように私に相対し、その間、私は今日が明日に変わるのを待って、一瞬一瞬を数えながら座っていた。「時間は私たちが監視するのをやめるまで動かない」ものだ。——小さな茶色の壁があって、いつもそばを通るとセント・ジョンズ・ウッド[77]のことをいきいきと思い出してしまう。あれは一八五四年から五五年にかけての冬のことで、十二月の不透明なとばりにすっかり覆われていた。その中で、三つのエピソードだけが記憶に鮮明に残っている。マドモアゼル・クザン[78]の帽子と『ヘンリー八世』[79]と『音無し川は深し』[80]の三つだ。ウルジーが刑場に向かう場面とか、「私の姉は非凡な女性なのです」というセリフなどを忘れられようか。『ヘンリー八世』の喜びは、ケイトおばさまが行けなくなったという悲しみに少し曇らされた。これ以上の不幸が人に襲いかかるなんてありえないと思ったものだ！　クリスマスにパントマイムにも行ったと思うが、完全に忘れてしまった。クザン先生の帽子も同じように鮮明に憶えている。でもあの喜びはもっと入り交じった感情だった。午後の散歩をしていた灰色の夕暮れ時に私たちは帽子屋を見つけた。しかしその帽子の産みの苦しみはひどいものだった。なぜならヌーシャテル[81]の帽子屋とエッジウェア通り[82]の帽子屋の婦人帽子の違いを明らかにするばかりでなく、その二つをうまく調整しなければならなかったからだ。しかも七歳の時のこの私が。それは緑のシャーリングされた絹地にピンクのバラ飾りという形で出来上がってきた。その色合いの悲しいほどのセンスのなさに、私の幼い魂がその時ですら震えたのを思い出す。もちろんやがて季節の暗い空気が覆うようになると、その色も次第に深みを帯びるようにはなった。

七月十一日

ハリーの手紙によれば、日曜日をウィルトン・ハウス[83]で過ごしていたそうだ。よかった。私も行けたら、もっとよかったけれど。一八七三年に私たちは一緒にあの偉大なヴァン・ダイク(84)をそこで見たのだ。あの時はケイトおばさまとハリーと私がホワイト・ハートから一緒に馬車で出かけた。まだ謙虚な巡礼者だった！　あの頃は同じレベルだったのに、私のその後の運命の転落はハリーの上昇の程度と好対照だと、軽率な人は思うかもしれない。なにしろ彼の方は、あの輝かしい絵画がある家で四十八時間を過ごすというのだから。でも誰が何と言おうと、今このソファに座った私はそんなことは言わない。このソファで私は多くのすばらしいことを学んできたのだから。あの絵を見たのはほんの昨日のことのように思える。息をのむ瞬間だった。モローニ(85)の絵があるのもあそこだっただろうかと、いつも考えてしまう。ウォリックとかブレナム(86)ではない。そしてウィルトン・ハウス以外に私が見学したのはその二ヵ所だけなのだ。部屋のどのあたりにあったかも、はっきり憶えている。顔だけを描いたものだった。私はあの夏、家を出発する前あんなにおじけづく必要はなかったのだ。自分が全く非芸術的な人間だから、絵を前にしてどうしたらいいか分からないのではないかと心配していた。まるで哀れなオグル夫人が冗談をどうしたらいいか分からないように。誰かが言っていたが、夫人は当惑しきって、分からない冗談をできるだけ早く次の人に送ってしまいたそうな顔をするそうだ。でも私は次の人に送りたくなかった！　だから私の感じた至福が想像できようというものだ。私にも「感受性」がある、「ボッティチェリ(87)を前にして声もでない」ばかりか、ボッティチェリが無数のことを語りかけてくれる、と知った時の至福を。言葉を使ってであれ、無言のうちであれ、ボストンにあるボッティチェリの絵と何らかの関係を打ちたてようと何年も苦闘した後で、一瞬の相互理解のひらめきのうちに、これが起こったのだった。ナショナル・

ギャラリーに初めて行った日、肖像画家のポーター[88]が入ってきた。彼も巨匠と初めて対面したのだ。それなのに彼は無頓着な様子であちらこちらを眺め、まるで画商のドール＆リチャーズ[89]の店にでもいるかのように、何ら感情を波立たせることもなく歩き回っていた。彼の本性の低俗さがきわだったことであった。

私はこの立派なイギリス人たちがあまりに非芸術的な人種であることが許せない。絵になるものを見る機会があれほどあり、あらゆるものに美と暗の無限のニュアンスを帯びさせる媒体の中に生まれつき、それでいて偉大な巨匠と言えば一人しか生み出さなかったなんて。イギリスの風景は、あまねく美に浸されている時にでも、整っていて上品で予想通りというところが、自然さを好む苛立ちやすい天才を激怒させてしまうのかもしれないと、もちろんすぐに理解はできる。天才はその中に獣性の可能性をもつものだから。それにしてもロンドンのレンブラント[90]が想像できるだろうか。ただしそのたった一人しかいない巨匠は、この雰囲気を十分真面目に受け取り、それをあらゆる面から描いてみたということは認めねばならない。

今夜届いた『ペル・メル・ガゼット』紙は以下のような事実を指摘している。パーネルは殺人の共犯者、女王陛下の不倶戴天の敵として裁判にかけられているというのに、国王下賜金委員会のメンバーになっている。我がいとこたちよ、一体あなたがたの頭の中はどうなっているのだ！

七月十二日

ハリーがいつものようにうまい言い方で、ボブのことを「本性がそのまま職業、商売道具のすべてとなっている珍しい例」だと評している。彼のダマスカスへの旅[91]は聖書に描かれる素朴な奇跡の物語に解明の光をあててくれる。――私の顕微鏡的世界の中ですら、ごく小さな出来事なのに、人間の本性のうちで最も大きな面の実例になるようなものが絶え間なく起こる。それらを見ていると面白い。昨日ナースと私は一緒に大笑いしたのだが、確かに私は彼女に「負けた」。私はあの時何か面白いことを考えていたため、突然頭があのきらきら光る波で満たされた。その波は、生きているという感覚以外のすべてを意識から押し流し、人生の豊かで脈打つような複雑さに対する喜びで人を圧倒してしまう。その時ふと目を上げてナースを見ると、彼女は私に服を着せているところで、私の頭からペチコートをかぶせるという自分の運命に何ら不満は受け継いでいないという素朴で発育不全の表情（こちらではよく見かける表情）をしていた。その運命の哀れさと不毛さを自分の頭の中で駆け巡っていた思索の流れに対比させて、私は思わず「ねえ、ナース、わたしの中に入りたいと思うでしょ！」と叫んでしまった。その時の彼女の愕然とした目つきと激しい否定――「お嬢さまの中にですって。五日も頭痛が続いていらしたというのに！」――に、私のボロボロになっていた自尊心でもまだ受けたことのなかったほどの大きなショックを受けた。頭痛は夜の間に消えてしまって、すっかり忘れていた。それなのにあの小娘が、しかも私が内面ではビスマルク[92]のような力を感じている至高の瞬間に、それを突きつけてきた。いかに私たちが自分自身の意識では偉大に思っていようと、誰も自分の意識を人の意識と取り替えようとはしないものだという不変の法則を前に、私はただ無力だった。しかもこのわたしの栄えある役割が、人類に向かって「頭痛」を代表することだとは。本当に私はなんというグロテスクな存在だろう。この部屋に横たわり、アザミの冠毛ほどの抵抗力しかもたず、それでいて人類の鼓動と共に脈打っていると錯覚する時があり、「謎」は今にも解けそうで、あらゆる幸福の泉が自分の中にある。つまり、弱さの程度が過度ならば、それに釣り合って生命力の感覚も過度にもっているというわけだ。脇に座って、これらの不条理を眺めているのは、それなりに面白い。そして以前「よそゆき言葉」などを使っていた頃、よく自分の言葉を自分で聞いていたことが思い出される。どんなに馬鹿げて聞こえたことか。

ああ、不幸せになる勇気をもった奇妙な人々よ。ところで、あの人たちは本当に不幸せなのだろうか。

七月十六日

いつになく財政状態が良好になったらしく、バチュラー夫人が「まいそう協会」に加入した。今までは一人しか入れず（会費が週二ペンスだから）、その一人は当然彼女のご夫君であり、ご主人様である人だった。でも彼女の方にも、その恐怖の瞬間の支えとなるものがないわけではなかった。彼女は私の夜着のお古を持っていて、それを経帷子にすると大事にしているのだ。あの人たちにとっては、埋葬が生のクライマックスとなるらしい。生きている間喧嘩をしていた憎むべき人たちと、ごたまぜに埋葬されるのはきっと美意識を傷つけるのだろうと考えると、それも不思議ではない。この点でもまた偉い人たちとよく似ている。皇太子は母親と同じように死や埋葬に情熱を抱いているらしい。あの一家は全員そうなのだ。あらゆる喪失は得につながる。近視がひどくなって、ほこりも汚れも見えなくなった。だから私は自分が光輝の中で生きていると信じている。

一季分の収支計算をした。私の収入は非常に興味深い額である。どんどん減りながら、まだ存在し続けるという能力をもっているのだ。このわずかにどんなに感謝していることか。兄たちにぶら下がる重荷になるなんて、考えただけでぞっとする。実際そんな哀れな娘たちがいるのだ。しかもその兄ときたら、私の兄たちとは全然違うのだから。

シジウィック夫人[93]が『マダム・ド・セヴィネ』論を送ってくれた。今までに読んだ夫人の書いたものの中で一番だった。あの愛すべき夫人は私たち皆と同様、人間的なところがある。かつて夫人に、身内で一族の天才とされている者の作品、特に故人となった者の詩作品を人が貸してくれた時に感じる気まずさについて話した記憶がある。あの時夫人はとても熱心に私の言うことに同意し、自分はいつもそういう瞬間からは逃れてきたと言った。ただし夫人は自分自身の作品はとても上手に人にあげる。——私はなんと下劣な人間か。でもそうでなければ、私は何をすればいいのか。自分が下らないものをあんなに読まなければいいと思う。ナースが部屋に入ってくる時、まるでリーチ[94]の漫画にあったボタンのいっぱいついた服を着た少年が「おくさまのためのクラリッサ・アーロー[95]」をかかえてよろよろと家に帰ってきているところのように見える。でも読めるのはいいことなのだ。そうやって何時間も知らない間に過ぎてしまうから。示唆に富むもの、頭に残ったり経験と何らかのつながりを持つようなものは読めない。なぜなら私の馬鹿なお腹が震えだし、薄っぺらな頭が跳びはねだして、読むのをやめざるをえなくなるから。これが中味の濃いルメートルの困ったところだ。彼のページのいくらかは、その光輝でただただ酔ってしまいそうだ。もっと早く彼のことを知らなかったのは損をしたように思うが、考え直せば、やはり彼は今にふさわしく、現在の真空状態の中でこそ、より多くを与えてくれるのだ。ウィリアムというありふれた名前にフランス人が魔法をかけられてしまうということは、全く奇妙な心理学上の問題である。ルメートルの知性が言わしめた次の件などは、それを見事に例証している。シェイクスピアの芝居を翻案したものについての記事で、ジュール・ルメートルが修正のおかげで原作よりよくなったと言っているのだ。なぜなら「本物のシェイクスピア、それこそが私たちの愛せる人であり、他は物の数にも入らない。他というのはウィリアムだと言ってよかろう。それは本質ではなく、些末なものである」からだそうだ。でもそれはルメートルさん、逆でしょう。その得体のしれない芝居の方が絶対にシェイクスピアではなくて、あなたの言う謎のような得体のしれないウィリアムの作品なのです。ウィリアムという音の響きが、あなたやあなたと同じフランスの人々の意識に何を意味するのか、是非とも知りたいと思う。アングロ・サクソン人がフランス語で書かれた聖書やシェイクスピアを真面目に受け取ることができるとは想像しがたい。しかしルメートルが偉大なシェイクスピアのユーモアの退屈さについてあんなに熱心に説いてくれたのには感謝するのみである。彼のユーモアのほとんどは理解不能、そうでない場合は面白くない。多分それが私たちにとっての「ウィリアム」なのだ。

八月四日

今日はなんとか努力して気を取り直し、七月十八日の多少衝撃的なエピソードを記録しておかねばならない。あの日、ハリーがいつもより長いご無沙汰の後であらわれ、しかもウィリアムを連れてきたのだ。[96] ハリーと私が昼食を終えたところで、何のかのと話していた時、ハリーが突然奇妙な表情を浮かべて「ちょっと話があるんだ」と言った。「まさか結婚するんじゃないでしょうね」と私は悲鳴を上げた。「いや、そうじゃない。実はウィリアムが来ているんだ。ウォリック城で昼食をとって、今はホーリー・ウォークで待っている。ぼくが君にそれを打ち明けて、もしも君が卒倒しなかったら、バルコニーにハンカチを結びつけて知らせることになっているんだ」。ウィリアム登場。ロミオ風にバルコニーからというわけにはいかなかったが。血縁関係からくる散文性は言うに及ばず、時代の散文性もあって、それはやり過ぎだっただろうから。始まる前のドキドキを献身的なハリーがうまく回避してくれたので、歯医者の椅子に座らされた子供のように、「思っていたより楽だった」。（いつもエレン・ガーニー[97]が言うことに共感できたものだ。彼女が言うには、昔、戦争中、弟のエドワードが予期せぬ時に家に帰ってきて——あの頃はいつもそうだった——階下の玄関ホールで突然声が聞こえると、急いで走っていって居間のドアを閉めたそうである）。かわいそうに、この瞬間が二ヵ月も前から分かっていたハリーは、帰る時には幽霊のように青ざめた顔をしていた。それも当然だろう。私の幅広いレパートリーの中のどの発作が「出てくる」かと心配していたのだから。でも私はブロマイド二百錠の助けを得て、立派な節度をもってふるまったと思う。ウィリアムはアイルランドとスコットランドに三週間いて、前日ロンドンに着いたところだった。彼は五年ぶりにしては大して年を取ったようには見えないし、もちろん彼について言えることはただ一つ、ウィリアムはウィリアムだということ、つまりハリーが言うように、他の人々とは違う特別な言葉を話す人物、単調な踏み車のような人生に生命と魅力を与える人物だということである。なんと不思議な経験だったことか、この何年も死に絶えたと思えていたものが突然目の前で花開くのを見るなんて。この異国の砂漠にこんこんと溢れ出すオアシスのようで、過ぎ去った日々の絶妙な家族の香りで満ち、その香りは家族が共有する言い回し、思い出、ものの見方から立ちのぼってくる。そのため私の浮遊する粒子のような感覚は、一時間かそこら錯覚に陥っていた。永遠にこわれてしまったものが私たちの記憶の外側で再び芽吹き、ずっと存在を続けていたのだ、という錯覚に——そしてその記憶の外側は永遠に緑！

八月五日

ゴドキン氏からお別れの手紙がティーポットと共に送られてきた。ハリーのためには彼が行ってしまうのはよかったと思う。六週間の訪問というのは緊張が長く続き過ぎる。ハリーが言うには、彼はこの訪問をとても楽しんでいたらしい。もう二度と彼に会うことはないだろう。彼の方はどんどん年を取るだろうし、私の方はどんどん旅に出るというわけにはいかないのだから。残念だ。あんなに遠くに帰ってしまうのだから。記憶に残る最高に楽しかった夏の一つと言えば、一八七四年か七五年にリプトン[98]で共に過ごした夏だった。彼は父と共にいるのをどんなに喜び、父の冗談にどんなに大笑いしていたことか。あの道もない森の中で、私たちは長い時間乗馬を楽しんだものだ。一般に開放されて自由に行くことができるようになったら、どんなに魅力的な土地になることだろう。エドマンド・ガーニー氏[99]が自殺したということにほとんど疑いの余地はないらしい。それを隠すなんて残念だ。教育のある人で自殺する人は、迷信を減らすのに何らかの貢献をしているのだから。はた迷惑なところはよくない。それは否定できない。なぜなら友人に物理的のみならず精神的にも泥をかけてしまうことになるから。つまり友人たちが望む以上にその人の秘密に立ち入らせてしまうのだ。でも生きていくことがあまりにも耐えがたいと認めることができるほどにプライドを抑えられるのは、とても英雄的ではないか。自殺に反対するために使われる最も滑稽で、見たところ主たる議論らしいのは、人間は相談を受けずに生まれてくる存在[100]なのだから、至福の人生を自分の意志で断ち切ってしまうのは罪深いというものである。私も十回以上そう言われてきた。皆はそれで物ごとをあべこべにしてしまっているということが決して分からないのだ。

八月九日

イングランドは、よくやるヒステリックな攻撃を、今メイブリック夫人[101]に対して仕掛けているところである。なんという見もの！　夫人は考えられる限りの極悪人のようで、自分の口で有罪の判決を下したのだ。六日にリプレー夫妻[102]がロンドンから来てくれて、昼食を共にした。夫妻はもちろん気の毒なケイトおばさま[103]について私の知りたいことをいろいろ話してくれた。おばさまの病気は私たちが恐れていたほど苦痛を伴うものではなく、皆からあらゆる慰めと気づかいを受けたそうだ。二人のちょっとした言葉から、ハリーと私はケイトおばさまのために何もしてあげられなかったことが幸いして、おばさまの死に続いて起こったいくつかのこと[104]を見ずにすんだことが分かった。哀れな人間の本性は、ティーカップやスプーンのことになると、あまり緊張に耐えられないのだ。しかしすべては教訓となる。その観点から見ると、〔抹消〕[105]「たとえあらゆる（神の）創りたもうたよいものを得たにしても、お前はそれで幸いな、祝福されたものにはなれないだろう。ところが、万物を創りたもうた神においてのみ、お前のあらゆる幸いと祝福とは見出されるのだ。だが、それも、この世を愛する、愚かな人々がそう想ったり、賞讃したりするようなものではなく、キリストのよい信者たちが待ちのぞむもの、霊的で、心の潔い、その国籍が天にある人々が時おり前以て（この世で）味わうようなものなのだ」（『キリストにならいて』十六章[106]）。

私たちは「偉大な勇気と技術」をもって、さらにもう千五百人のダーヴィッシュ修行者を全滅させたところである[107]。「輝かしい勝利」であった。七時間の戦闘の後、飢えた裸の人たちが切り刻まれてしまった。

八月十日

記録しておかねばならない。八月七日に四十一歳になった!! グローリー、グローリー、ハレルヤ! ああ、六十一歳だったらいいのに。ハリーが言うには、イギリス人の胸にある主たる願いは、どんな種類のパーティーであれ、主人夫妻のもとに残る最後の一人にはなりたくないということであるらしい。だからある決まった時間になると、なだれを打ったように皆が帰っていくそうだ。先日ハリーがレディ・ナッツフォード邸[108]でのパーティーに参加した時、テーヌ夫妻[109]を連れてきたジュスラン氏[110]を助けてテーヌ夫人の面倒を見ていたそうだ。家の中をひとめぐりして最初の部屋に戻ってきた時、人々が塊になって帰ろうとしているところで、全員がレディ・ナッツフォードに背を向け、彼女の方は部屋で全く一人ぼっちで立っていたのだ。テーヌ夫人は振り返って彼女に気づくと、ぎょっとして立ち止まり、「まあ、あの方をあんな風に一人ぼっちでほうっておくのですか」と言うと彼女の方に走って戻っていきそうになった。しかしジュスラン氏が「いいのですよ、いつもこうなのですよ云々」と言って急き立てて帰ったらしい。

八月十二日

ウィリアムはアイルランドについてとても面白いことを言っていた。アイルランド自治については健全な考えをもっているようだが、あの父の息子だから当然だろう。彼が雇っている小間使いの家族に会いに行くと、大歓迎を受けたそうだ。そこにいた二時間の間、五分おきに皆が「ありがたや、ケリーに今日のこの日があるなんて！」と繰り返したという。あの人たちは完全に外国の人であり、アメリカにいるアイルランド人よりもっと極端で、芝居に出てくるアイルランド人のようだと彼は言う。彼は強制退去[11]の件についても面白いことを言っていた。彼らの住む小屋の性格を考えると、強制退去の残酷さは消えてしまうそうだ。外の生活の方が、中の生活よりずっと好ましいのだから。あれだけの汚物、不幸、汚れのまっ只中から、理想に支えられ理想のみに頼って生きているこの陽気で社交的でウィットに富む知的な人種があらわれるのを見るのは実に驚くべきことだ云々と、彼は言っていた。

ああ、それにしても、なんという悲劇だろう！　恐れを知らぬアイルランドの人たちは七世紀もの間、イギリスの残忍さという厚い壁に我が身と理想をぶつけてきた。一方イギリス人は野生の動物たちと同じように、理想を吹き込まれることも、想像力にしたがって行動することもできないのだ。

バウヤー夫人に昨日聞いたところでは、ファイフ公爵夫人の受け取ったプレゼントは二十万ポンド分にも上ったそうだ。バチュラー夫妻は寝ていたらお腹が空かないからと言って昼まで寝ているというのに。ナースも、バチュラー夫人が客を迎えるにふさわしく服装を整えられるようにと、土曜日の訪問の時間を遅らせなければならない。服装を整えるといっても、首の周りに青いリボンを普通の安全ピンで留めるというだけ、それも私のピンクッションから取れた古いリボン飾りで、少し前にナースが彼女に与えたものなのだ。夫妻に新しい隣人ができたのだが、酒飲みではないかと心配していた。しかしそれは単に「彼女、結婚式だったから、ちょっと酔っ払っていた」だけだったらしい。二度目の結婚式。それはもちろんお祭り騒ぎをするのに文句無く正当な瞬間であり、方法である。「あの人はとても美しい家具と絵を持っているのですよ」とのことだが、それが持参金なのだろう。日曜日リバー・ウォークで二人の労働者を見かけた。三十歳ぐらいで、清潔で、知的で、しらふで、真面目そうで、是非とも二人を呼びとめて、こういう件全体についてどう思うかと尋ねたかった。でも、ああ、私は救いようもなく独善的で安楽な人間の部類に入れられてしまっている。

八月十三日

「苦しむことを学ばねばならない、苦痛の学問こそが唯一の人生の学問である、ということを私たちは彼〔智天使〕から学ぶであろう。彼の教えは霊感となって私たちの内に忍耐心を奮い立たせるだろう。忍耐とは最もむずかしい英雄的行為、休むことなく続く英雄的行為である。さらに彼は私たちに寛大と許しを、そして諦念も教えてくれるだろう。努力の内にある諦念と言っておきたい。それは、悪が絶対不滅であろうとも決して苛立つことなく、常に悪を打ち続けることである。このような霊感を受けると、最もつつましい存在でも、最も美しい交響曲、最も美しい詩にはるかに勝る芸術作品となることができる。自分自身の中に作り出す芸術作品こそが最上のものではないだろうか。他の作品、外のカンバスや紙に投影させるものは、イメージや影に過ぎない。人生という作品は現実である。素朴な人、自分の人生を慈悲の詩にするフォブール・サン・ジェルマンの貧しい古物商はホーマーよりも価値があるのだ」[112]。私の魂の中で、この一節がなんと美しいリズムになることか。一瞬私はそのリズムに揺られて願う——受け身の中の諦念をもっている者たちも、努力の中の諦念をもっている人たちと同じように、ホーマーを超えなくてもいい、それよりは何らかの精神的意義をもてますようにと。

九月三日

人生とはただただ巨大な冗談だ。「ピーボディ女史」の霊が八月二十一日キャサリン[113]という形となってあらわれた。これだけにしておこう。

十一月十六日

キャサリンは十一月九日にアンブリア号で出航した。明日あたり今日着いたという電報が来るといいと思う。彼女がこちらに到着した後ナースが悲しげに予言したように、彼女は確かに「お嬢さまの日記の邪魔」をしたようだ。（ついでながら、誰の日記であれ、それを生み出した国でこんなに名誉ある扱いを受けたことが今までにあったろうか）——しかしその災難も多分取り返しがつかないということはないだろう。時の経過による傷み、魂と肉体にのしかかる三人の病人の重荷[114]にもかかわらず、キャサリンは相変わらず雄大な冗談のようだ。柔軟性の権化、純粋に大西洋の向こうの現代の可能性であった。もちろん役に立たない情報の最新版ポケットハンドブックを持ち歩いていて、どんな人にも、どんなお望みの件についてでも、安心させるように、にこやかに、「情報」を与えていた。私は長い間新鮮な空気を吸った後でまたいつもの古びた容れ物に戻ってきた動物のような気分がする。そして絶望的な、あまりに聞き慣れたカチャッという音と共にふたが閉まるのだ。でもそんなことは八年前に私の足場がくずれ落ちかけて以来しょっちゅう起こっていることなので、数回むなしくもがいた後には、もう私は息をし、生き、この容れ物の中の窒息状態も自然なものだと思い始めている。なぜなら、ありがたいことに、苦悶というものは私たちが望まない限り繰り返されないものだから。私たちはその度に何か今まで以上のものをもって対処するものだ。そして以下の言葉にまさる真実はない。「魂は苦しみに合わせるために広げられていき、やがて驚異的な容量をもつようになる。ついさっき魂を破らんばかりに詰まっていたものが、もうかろうじて底を覆う程度になっている」[115]。でも私の魂は、女が一人で暮すことは決して残酷で自然の理に反した運命でもない、などと認めるほどに広がることは決してないだろう。毎日気にかけてあげて、何かを「してあげられる」人がいないというのは、悲しいだけではなく、人を干からびさせるものだ。これは科学的意見であって、嘆いているのではない。私はこの三ヵ月で得た栄養で満ちているから。

十一月十八日

彼女が到着したと今朝電報が来た。これであの挿話も夢のように消えてしまったわけだ！　だから と言って他の挿話を記録もせずに消えさせてはいけない。なぜならこの夏は、私にとっては目の回るほどのめまぐるしさだったから。まずウィリアムがスイスに行くのをやめて突然パリから戻ってきて、アメリカに帰っていった。いつものように数週間でヨーロッパを見尽くし、退屈で単調で役に立たないと判断したのだった。唯一必要なのは家に帰ることというわけで、イギリスに到着後の彼からの第一便は、もちろん家に帰る計画プラス妻子のことばかりだった。彼はまるで水銀の塊みたいで、知性の指で押さえることができない。ハリーと私は、ウィリアムのことで笑ったり、お父さまのことやウィリアムとお父さまがこういうやり方で似ていることなどを思い出したりした。結果的には似ているけれど、全く違う性格からきているようだ。ウィリアムの場合は、かつてある人が評したように「あることに固執するために固執する」ことが全く不可能というか、そんなことには無関心であるからで、お父さまの場合は（すてきな子供のようなお父さま！）自分自身の気まぐれにすら縛られない人で、その上あの愛すべきお父さまはしょっちゅうひどいホームシックに襲われたのだから。ハリーが言うには、大陸のいくつかの場所はとても鮮明に昔の場面を思い出させるそうだ。父が二週間の予定で出かけながら、三十六時間後に突然帰ってきて、母はそばに座って父の手を握り、私たち五人の子供は父の周りを「まるで溺れているのを助けられたところ」という具合に取り囲み、父は父にしかできないやり方で、自分の経験した寂しさの苦悩をとうとうと語っている、そんな場面である。でも我らが本題ウィリアムに話を戻すと、彼は八月十四日にリヴァプールに行く途中ハリーと一緒にやって来た。彼はパリでの経験をすべて語ってくれた。パリへは心理学会大会[116]の代表として赴いたのだったが、大会は大成功だったそうだ。フランス人はとても礼儀正しくもてなしがよく、ウィリアムに開会の挨拶をさせ、いつでもいろいろな会議の議長に外国人を指名した。なんとか彼から聞き出したところでは、発表者は頻繁にムッシュ・ウィルヤム・ジェイムズの名に言及していたそうだ。ハリーは、彼は偉大な「ウィリアム」たちの仲間入りをするのではないかと言っていた。ウィリアムはヘンリー・シジウィック[117]夫妻とフレデリック・マイヤーズ[118]夫妻が気に入ったそうだ。シジウィック夫人は誇り高い由緒ある家柄の出身ではあるが、見かけはまさしく田舎で店をやっている東部女そっくりだそうで、マイヤーズ夫人には謎のような褒め言葉を頂戴したそうだ。「あなたがお見かけ通りでうれしいですわ！」

　これで思い出したが、ケンブル夫人[119]が私を初めて訪問してくれた後で、私についてハリーに言った言葉はもっと謎めいていた。彼女は階段を上ってきたために、気の毒にひどく息切れがしていた。私は申し訳なさでいっぱいだったが、彼女に会うことを考えて大いに動揺していた気分は消えてしまった。息切れしたケンブル夫人はそれほどの脅威ではなかったから。後でハリーが彼女に妹が階段のことをとても気にしていましたと言うと、彼女はいつも自分に降りかかっている災難と変わりはしないと言い、こうつけ加えたそうだ。「幸いなことに妹さんはアメリカのご婦人でしょ。イギリスの婦人とは全く違うのですから、本当に」。以来私は彼女に会うと、とても苦労してぴったりの種類の婦人になろうと努力している。ただ知識欲を満足させるために、ある日ナースにキャサリンと私はイギリスの婦人とどこか違うのかと尋ねてみた。「全く違いますとも、お嬢さま」「まあ、私たち、どこが違うの」「そんなにエラそうにしていませんよ！」本当にガックリ!!

十一月十九日

このブラジル革命[120]というものが、いかに底知れぬ愚行か、今朝の新聞ではっきり分かった。それにあの恐怖のブレイン[121]は私たちアメリカ人には重荷である。

ちょっとこれを読んでみて。二人のアイルランド人がテキサスで蛇に出会った。一人が頭を切り落として、のたうつ胴体をいつまでも打ちすえているので、もう一人が「もうやめたらどうだ。死んでるじゃないか」と言った。すると相手は「もちろん分かってるよ。でもこやつに自分の不幸をよーく理解させたいのでね」。

ベルギーの心理学者デルブフ氏[122]がウィリアムにした話。彼には田舎者で教養のない召使いの女がいるのだが、ある日何人かの客が食事中、ワインを注ぐのに、彼女はいつもグラスをテーブルから取り上げて、客の背後で注いでいたそうだ。それでデルブフ氏はとうとう彼女に「テーブルの上で注ぎなさい」と言った。すると彼女はテーブルクロスにワインを注いだのだ。これは脳への指示が完全に失敗した例だ。

若い男が恋人をレストランに連れて行き、ディナーには何が一番飲みたいかと尋ねた。「シャンパンを一本かしら」。彼氏いわく「じゃあ、二番は？」

キャサリンは人を褒め、その人の目立たない外観について語る言葉を思いつくと、それを繊細に飾り立てる立派な習慣をもっている。私はいつでも褒め言葉を五分間心の中で信じ、もう二十分はそっと喜びを沸き立たせておくことにしている。そうすれば二十四時間のうちのたっぷり二十五分の間は、私の中の全人類に対する親愛と慈悲心が確かなものになる。

〔何語か抹消〕は結局夫を自分よりもはなはだしい嘘つきにしたがる人なのだ。真理への忠誠、すなわち自分自身への忠誠こそがあらゆる忠誠より大切で、夫、子供、友人、国家への忠誠など、それに比べれば無に等しいということを、女たちはいつになったら、わずかなりとも分かるようになるのだろうか。

十二月一日

キャサリンが行ってしまって以来、言葉が抑え込まれてひどい消化不良を起こしている。早く再び自分に栓をして、もとの「瓶詰めの稲妻」状態に戻るようにしよう。これはウィリアムの言い方で、以前ボストンの新聞で読んだ物語から見つけてきたのだ。ヒロインがそう描写されていたらしい。十五歳の時に読んだこれも忘れられない。ある目撃者が、殺されたとおぼしき男の遺体の様子を説明するよう求められた。すると彼女はこう言ったのだ。「感じのよさそうな人で、口から泡をふいていましたわ」。

自由統一党[123]全体からプンプンと美徳がにおってくるのは、ナースを叱る時の私と同じだ。あのお決まりの締めくくりの言葉が自分の口をついて出てくるのを聞くと、身震いしてしまう。「ねえナース、こんなこと言わなきゃならないのはつらいのだけど、あなたのためを思って言っているのよ」。これほどに不誠実な言葉があるだろうか。

キャサリンが『テンプル・バー』誌[124]は面白いと言うと、ある人がこう尋ねた。「おや、アメリカの人でも『テンプル・バー』を購読《テイクイン》しているのですか?」私はただちに『テンプル・バー』が二つの大陸に「摂取《テイクイン》」されている滑稽な図を思い描いてしまった。同じ時に、ある牧師補が「ブーランジェ[125]はとても賢い」と思うと発言した。イギリス人の頭でできる唯一の分析的発言である。「賢いですって。でも彼は失脚して、今はもう黒い馬しかないのですよ」「ああ、彼が黒い馬を持っているなんて聞いたことはありませんでしたが、でもジャージー[126]に行くなんてとても賢いと思いますよ」

今思いついた時に、これを書いておいた方がいいだろう。まだ生まれていない世代の人たちが将来私のことを剽窃屋と思ってはいけないから。カッコウと時計についての私のちょっとしたジョークは、キャサリンが言うには、ドクター・ホームズの『ヨーロッパでの百日』[127]に出てくるそうだ。私はその本を見たこともなければ、その広告を見たこともない。偉大な人は同じことを考えるそうだから、これは結果的に私が強い反対を押しきっていつも主張してきたこと、つまり私の頭脳は偉大だ、ということを証明してくれる。ヘンリーの話では、息子の方のウェンデル・ホームズはロンドンで大人気で、この上なく感じよくふるまっていて、若々しく、今まで以上にハンサムに見えるそうだ。それに相変わらず必死で浮気にふけっているとか。多分彼が以前言っていたように、彼にとって「天国とは常にかわい子ちゃんと浮気すること」なのだろう。彼が言った別の言葉もまだ記憶に残っている。「どんな男も自分の母親にニクルビー夫人[128]の片鱗を見るものだ」。これで思い出したのが、アリスが話してくれた、ある夜クラブのテーブルでファーロウ教授[129]が尋ねたことだ。「どうして伯母というのは、あんなに母親と違うのだろう?」これも同じくらいうまい言い方だと思う。

ぼんやり者のアーサー・G・セジウィック[130]がある日話していたことも思い出す。電報局に行き、電報を書いて、局員に渡し、「明瞭ですか」と聞くと、相手が言ったそうだ。「明瞭ですが珍妙です」と。O・W・ホームズは、そういうことがないからヨーロッパにいるとホームシックになるんだよねと言って、腹を立てているアーサーをうんざりさせていた。こんな些細なことを思い出すなんて、おかしなことだ。でもどういう形であれ、過去を呼び戻すのはうれしいことだから、思いつく限りのすべてをこの貴重な貯蔵室に入れておくことにしよう。――フランス小説を読むのはもうやめないといけない。相も変わらぬ姦通の話を一通り読むと、言葉にできないほどひどくうんざりし、退屈してしまう。かえって、興奮を求めてミス・ヤング[131]の書いた、（道徳を問題にする限りでは）不品行な嫡出子たちの話のどれかを読んでみようかという気になる。どれであれ大して変わらないはずだ。基本的な道徳の一つを発見して自分の民族に賦与したと感じるのは、慰めとなり、高揚させられることだろう。デュマ[132]が貞節をフランス人に賦与したように。彼はこの貞節のことをまるであらゆる悪を一掃するための「社会的水薬」（外用のみ、らしい）のように言い、純朴な子供のようにこの驚異の発見に感動しきっている。

ジョン・モーリー[133]はエイティ・クラブ[134]での見事な演説でこう言った。自分にとって「失業している労働者はハムレットやエディプス王よりはるかに悲劇的である」と。よく言ったわ、正直者のジョン！　ゆりかごから墓場まで目の前でポッカリと口を開けている黒い煮え立つ底無しの淵に自分自身と子供たちが沈みこんでいくのを見る恐ろしい絶望感を想像してみるといいのだ。ジョン・モーリーはただ普通程度に正直というだけで祭り上げられるのには、むしろうんざりしているにちがいない。

十二月二日

　ナースは昨日いつもの安息日の乱痴気騒ぎをやってきた。夜明けに家を出て、「我らが主の魂」をいただき、その放蕩は夜の八時半にやっと終わるのだ。奇蹟についても他のすべてと同様「つらいのは最初の一歩だけ」が当てはまるのは本当に幸いだ。最初の一口を与えられれば、何百万口も続けて食べることができる。長い間私の部屋の下に虫けらのように住みついていた国教会の教区牧師が私に会いに上がってきた時に、神学的知識をほんのちょっと見せびらかそうと、聖体拝受のことをあなたがたは全質変化ではなく両体共存[135]と呼ぶのではないですかと尋ねてやった。「そう聞こえますがね、そうではないのですよ」。じゃあ何なのですかと尋ねると、答えは同じく明快だった。彼は朗読してあげましょうかと言ったのだ。私はうかつなことに、図書館から借りた本がいっぱいあるから結構ですとお断りした。キャサリンが教えてくれるまで、彼がポケットに「魂の糧」を持っているなんて、私のうぶな頭には思い浮かびもしなかったのだ。私は大笑いして、以前聞いた、ある年老いた黒人女の話を思い出した。ガチョウを一羽盗みながら、そのすぐ後の伝道集会で極端な信仰心を見せたことでいさめられた彼女は、「ガチョウのせいで私と神様との仲が悪くなるなんて、まさか考えてやしないでしょうね」と叫んだそうだ。私はガチョウを盗んだわけではないが、やはり同じ気分がする。この三日の間に五人もの人に会った。人が殺到してきたみたいだった。一度会いに来て、以後二度と来なかった人が半ダースはいる。おかげで焼失をまぬがれたバーナムの見世物[136]のような気分がする。先祖が長々と続き、何世紀も経て最後にパーシーさんがあらわれるというのは割に合うことだろうか。彼女はたいそうおかしな人で、今までに会ったどんな人よりも卑俗な現実に生きている。オーストラリアに十七年[137]もいた兄と一緒に住んでいて、その兄が今失明の危機にさらされているというのに、彼女はそういう状況を兄にとって「さえない」と表現するのだ。昨日彼女にオーストラリアについていくつか質問をし、特に「港湾労働者のストライキ[138]」のために送られてきたお金について聞いてみた。すると彼女は「オーストラリアにはアイルランド人がたくさんいますからね」と答えたのだ。「でも港湾労働者はアイルランド人ではありませんでしたよ」「そうですけどね、でもストをしていたし、共和主義者だとか、そんなのでしょ」どうも彼女はアイルランド問題をストライキだと考えているようだ。共和制を求めてストをしているというのだ。

私の周りの傑出した人たちの別の一人がロンドンから帰ってきたので、どんな話を聞いたか尋ねてみると彼女は言った。「政治問題ばっかりだったわ。私、自分に関わりのないことは覚えていないの」。この人は頽廃した一族の一人というわけではなく、知性があるということになっているのに。

大部分の人たちにとって社会とのふれあいは、三ペンス硬貨の表面のようにつまらないもののようだ。ウィリアム・シジウィック夫妻が、キャサリンがまだいたある日の昼食にやってきた。フランスの選挙の翌日だったので、当然大いに関心をもって話題を選挙と博覧会[139]の成功に向けたのに、二人はまことに鈍い反応しか示さなかった。あの夫婦は本当に知的な人たちで、普段は関心の幅も広い。だからますますがっかりだった。

十二月十一日

「いい人」でいるのには本当にうんざりだ。もしも爆発して二十四時間でも皆をみじめな気分にさせることができれば、どんなにか自分を尊敬できるだろうに。わがままの塊になるのだ、〔名前が削除されている〕がそうだと人が言うように。それが自発的なものでさえあれば、つまり意識的に選んだ行動であれば、少しは魂を豊かにしてくれるかもしれない。しかし自分の得になるという思いから、またはひねくれ者らしくグロテスクにも何の意味もなく、無意識に起こるようになると、不面目なことになる。それなのに愚かな人たちは、私のことを「愛想がいい」と褒めるのだ！　プラムプディングやその他の消化の悪いお菓子を避けるのと同じように、苛立ちを人に見せるのを避けているのも知らないで！

十二月十二日

ハリーが三日の火曜日を一緒に過ごしてくれた。パリから戻ったばかりだ。パリでの経験について、いつもながら面白いことを言う。他の誰も気づかないようなものに気づいているのだ。彼はフランスが申し分のない状態にあると思っているらしい。たくさんの人に会い、イームズ嬢[140]に恋したと言う。メイン州かどこか出身のプリマドンナだ。アメリカ人によるヨーロッパの社交界征服、それはここイギリスでと同様、大陸でも大規模に起こっているらしいのだが、その件についても彼はとてもおかしな話をしてくれる。ただハールバート[141]やジェイムズ・ゴードン・ベネット[142]の話になると、少しばかり理解しがたい。フォン・ホフマン夫人[143]から聞いた話だそうだが、ある夜カンヌの彼女の別荘でパリ伯[144]が彼女のそばにやってきて、ベネット氏が来ておられるそうなので紹介してほしい、是非お会いしたいので、と言った。夫人はベネットが何をしでかすか分からないので、いやいや彼のところに行った。行ってみると彼は気が進まないようで、一歩も動こうとしない。その時ぞっとしたことに、伯爵がすぐそばに来ていることに夫人は気づいたそうだ。紹介を済ませると、伯爵は、妻を紹介させてほしい、お会いしたがっているので、とベネットに言い、彼女を連れてこようと行きかけた。フォン・ホフマン夫人はもう我慢ができなくて、ベネットの背に手をやると、せめて夫人を途中までお迎えするようにと背を押したという。アーチボルド・グローヴ夫妻[145]にはパリで会ったそうだ。モロッコのタンジールに行く途中の夫妻のために、ハリーが自分の泊まっているホテルに部屋を取ってあげたらしい。「人生というドラマはすごい勢いで進行していくものだね。あわれクロロホルムをあおったエドマンド・ガーニー[146]は、そのドラマからはすっかり姿を消してしまっていたみたいだった」とハリーは言っていた。イギリスの女性はパリとロンドンとでは全く違って見えるそうだ。美しくは見えなくて、大柄で不恰好に見えるらしい。『ニュー・レヴュー』誌は驚くべき成功をおさめ、六ヵ月の間に大儲けしている。確かに軽薄の中の軽薄というべき雑誌で、そんなものが成功したということが現在の知的需要がどんなものかを知らしめるのだ。名誉なことではない。ハリーはこの夏に起こったおかしな話をしてくれた。彼はジョージ・ラッセル氏[147]と知り合いではあったが、訪問したことはなかったそうだ。ある日ハリーがラッセル氏とどこかで出会った時、氏がハリーの傘について何か礼儀正しいこと、返してくれたとか、何か特別に徳のあることをしてくれた。そこでハリーは彼の家に行ってお礼のしるしに名刺を置いて行こうとしたが、召使いが彼は在宅だと言うので中に入って挨拶した。数日後ワズドン[148]滞在中に『ニュー・レヴュー』誌を開いてみると、狼狽したことに、自分がラッセル氏担当の「トーカーズ」欄で俎上に乗せられている一人になっていたのだ。不運にもローウェルのすぐ後で取り上げられていて、しかもその名士よりもずっとあたたかい扱いを受けていたので、その分よけいに不愉快だったそうだ。もちろんラッセル氏はハリーのこの訪問を氏の記事に対するお礼だと受け取っただろう！　しかもハリーはその件については全くふれなかったのだから、氏は彼のことを過度に謙虚な人物だと思ったことだろう。ラッセル氏は非常に感じやすい人で、ある時ハリーに、招待された田舎の邸宅で無作法な扱いを受けたために突然帰るはめになったようなことが幾度ぐらいあるかと尋ねたそうだ。そんなことはしたことがないと答えると、彼は驚いたような顔をして、「ほお、私は時々パン屋の荷車に乗せてもらって帰りましたよ」と答えたらしい。

　ある日ショールが左にずれ落ちかかり、クッションが右に落ちかかり、羽根布団が膝からすべり落ちそうになった時、つまり病人にとっては日常茶飯事のあのみじめな危機が起こった時、キャサリンが声を上げた。「畜生と言えないのがお気の毒ね」。私も心から同意した。たくましい元気の出るののしりの言葉が上品さと引き換えにすべて取り上げられてしまうというのは大きな損失だ。そういう試練の時には上品さなど寄りかかりがいのないもろい葦に過ぎない。もしも私が教育を受けていたら、今よりも馬鹿になっていただろうか。今よりましになっていただろうか。あの頭脳が膨張する絶妙な瞬間は間違いなく奪われていただろう。そんな瞬間には、空白の脳がしばしば、潜在的可能性の爽快な感覚、自己を宇宙のはてまで引き伸ばすような感覚で一杯にふくらむのだ。夢の現実性を相対的知識と取り替えたいと思うものがいるだろうか。

十二月十三日

自警協会(149)から報告が届いた。実に感じの悪い口調だ。いわゆる純化運動家のもったいぶった言葉づかいほどに不愉快なものはないと思うが、こういうプロの博愛主義者は触れるものすべてに影響を残していくものだ。

ドイツの皇帝(150)はカンカンに腹を立てている。間違いない。虚栄心よ、虚栄心よ、汝はなんという陥穽《かんせい》か。これは観察から言うことで、経験からでは断じてない。

少し前コンスタンス・モード(151)が音楽について語っていることに大いに感動した。彼女は一生の仕事として音楽に真剣に取り組みたいのだが、自分は娘であって息子ではないので、自分の好みは脇にやって教区の仕事をせねばならないと言うのだ。しかもその仕事はかなり大変なようだ。彼女の作る曲はとてもいい、独創的だという話なのに、あまりに気の毒ではないか。音楽のない人生なんて考えられないと彼女は言っている。それほどの情熱をもつ彼女が羨ましい。ああ、でも彼女はあのかけがえのない宝物、あの精神の情熱を知らないのだ。それは物理的障害をものともせず、悲しみ、孤独、苦痛を糧とし、喜びを求めることなく辛抱強く待つ。幸せの花開く時まで!

十二月十四日

昨日アリス(152)からすてきな手紙が届いた。アリスとマーガレット(153)はグレース・ノートン(154)が十八世紀のフランス婦人についてという学究的テーマを論じるというか、むしろ解説するのを聴きに行くとのことだ。自室の暖炉のそばに座ってサントブーヴ(155)を手に、想像してみるといい。せっかくくっきりとした十八世紀のフランス婦人というシルエットが、グレースの無能という霧の中で輪郭がぼやけてしまい、それを見てとろうと目をこらさねばならないのだ。唯一の存在理由が、優雅さ、そして明るさと確かな手触りにあった女たちを、グレースが不器用に下手くそに論じるなんて、聴くのも本当に苦痛だろう。グレースは昔メイベル・クウィンシー(156)に結婚祝いとしてモンテーニュ(157)を一冊贈った。「いけない」ページを糊づけしてしまって。あんなに素敵に滑稽な話はなかった！

先日どこかで読んだのだが、フランスの女性は戦争中「崇高にして魅力的」だったそうだ。いかにもフランスらしい組み合わせ！

黒人の少年が信仰復興伝道集会で先頭をきって、「主よ、あなたの僕《しもべ》を目立たせてください」と祈ったそうだ。なかなかうまい！　ウィリアムにショコルアの家(158)について尋ねた時の彼の答えは、彼自身と彼の環境を見事に表現している。「君の見たこともないような楽しい家だよ。十四もドアがあってね、全部外に向かって開くんだ」。彼の頭脳のドアは十四には限定されない。多分不幸なことだろうが。彼のケンブリッジの家(159)を建てている人が、ウィリアムはこの夏ヨーロッパに行ったおかげで少なくとも二千ドルは節約できたと言ったそうだ。なにしろ彼はあらゆる提案に耳を傾け、それに従って変更を加えるので、勘定が跳ね上がっていたらしい。新しい環境に対するアメリカ人の極端な順応性についてハリーと話していると、彼はこう言った。「まずそもそもやめるべき古いものがないからね。その上、人が五分の間に何にでもなってしまうのを見慣れているのだよ」。

モトレーの書簡集[160]を大いに興味深く読んだ。南部の反乱を扱った第二巻はいきいきとした思い出を呼びおこして心をあたためてくれる。すべて昨日のことのようなのに、精神的には、はるか遠い昔のことに思える。当時は抗議の声を上げる好戦的な愛国心が自然で必須のものであったのに、そんな愛国心は過去のものになってしまったらしいからだ。それに今は敗者のことを考えると、勝利の喜びも痛みを伴うほどである。哀れなモトレー[161]がヒストリカスの義理の息子に屈服せねばならないとは、なんという運命のいたずらだろう。彼は正直の権化のようで、女のようにムキになる癖があるから外交には全く向かない人だ。最近の伝記や書簡集の相当の部分を占める「出会った人々」のリストはなんと退屈なのだろう。言っているほどには、それぞれの違いがほとんど見られないのだから。

ドクター・ホームズの書簡集には、本当に楽しい気分にさせてくれる寛大で人間的な響きがある。特に自意識過剰のローウェル[162]と対比してみると。父がドクターのことを、クラブ[163]の会員全部を集めたぐらいの価値があると言って賛美していたのがよく理解できる。そしてローウェルがドクターを鼻であしらうのに腹を立て、ドクターがそれに見事な態度で対応しているのを賞賛していた。ドクター・ホームズが『モトレー回顧録[164]』で、モトレーの「美しさ」と個人的魅力について延々と語っているのは、モトレーの欠点を考えてみると本当に心を打たれてしまう。父がある土曜日、食事から帰ってきて話のつれづれにこんなことを言っていたのを思い出す。ドクター・ホームズが、息子たちが自分を軽蔑していると思ったことはないかと尋ねたそうだ。父が、いや、そんな不安を感じたことはないと答えると、驚いたような顔をして、こう言ったのだ。「でも結局ね、軽蔑して当然なのですよ。息子たちは私たちの肩の上に立つのですから[165]」。学識深くひょろ長いウェンデルが立つと、目も眩むばかりの高さになるではないか！　すぐさま二人の立った姿が教会の尖塔風に目に浮かぶ。

ブラウニング[166]が死んだ。もう少し早く、前の夏にエドワード・フィッツジェラルド[167]の件であんなに不愉快なふるまいをしてしまう前に、死ななかったのが残念だ。偉大な人々というのは、例えばバチュラー夫妻と比べれば、個人的にはとことん興味をひかないものだ。彼らの作品とは本当にかけ離れている。

フランス人は、イギリス人のように他人の話に耳を傾けるのかどうか、ハリーに尋ねてみた。フランス人はアメリカの女性たちのように、いっせいにしゃべるというのが彼の答えだった。イギリス人はその点、非の打ちようがない。いや、よ過ぎるぐらいだ。なぜなら彼らは話の途中で無言の賛成や反対で先をうながすことがなく、顔は大体の場合受け身で無表情なので、聴いてくれているのか、いないのか、判然としない。それでばつが悪い瞬間が訪れるのだ。ナースが最近ブランシュ・レピントンさんに出会うと、彼女は言ったそうだ。「昨日うかがった時、ジェイムズさんがいつもよりお元気そうでよかったですわ。疲れと痛みで顔色が悪くなるということが、あまりなかったようですから」だって。ふん、ばかばかしい！

十二月十六日

ドーデの『生存競争[168]』は駄作だ。父親が、娘の純潔を奪った上に裏切った主人公を殺すというクライマックスは、人間のとる手段の空しさ、はかなさを突きつけてくる。なぜなら復讐を成し遂げた殺人者の勝利の輝きも一瞬の生命しかなく、その犠牲者を前にすると色あせ揺らめき消えていかねばならないからだ。犠牲者の方は冷たいむくろとなり、それでも完璧に仕上げられた人物であるのに対し、復讐者の方は最初と変わらず形の定まらぬ人物で、あいまいで発育不全のままである。

アレヴィの『侵入』と合わせて『覚書きと思い出[169]』を読むと、心理的な側面がとても面白い。フランス人の人間性を裸にして見せてくれる話が、悲劇的なものも喜劇的なものもごたまぜになって詰まっている。フランス人の堕落を理解するのに、他は何も読まなくてもいいくらいだ。裏切り、栄光、誤り、常に生け贄の山羊を必要とするところ、ごく普通の寛大なあるいは男らしい行動をする自分に畏敬の念をもつところなどが交じり合って、彼らはいつもどうしようもない赤ちゃんなのだと感じてしまう。ワシントンで二人のフランス人が乗り合い馬車に乗っていた。そこへ二人の婦人が乗り込んできたが席がなかったので、フランス人の一人がもう一方に言った。「席を立とうよ。これは気高い行為だよ」。

かわいそうなナースをいじめることで私のどの部分が満足するのだろう。心の中に沸き起こるその欲望をしょっちゅうかき消さねばならない。これは多分野蛮な本性の生き残りで、今のところ彼女は私に依存しているから私の思いのままになるという意識もあるのだろう。いまわしい！　夏の間たまに外に出るのは楽しいことは確かだ。でもそのため毎日天気の状態や健康の状態を気にしなければならないし、雲行きをながめてみたり、自分の痛みを推し測ってみたりしなければならない。でも今は外では雨が降り、風が吹いて、骨をきしらせていくので、そんなことは考えなくてすむ。出歩ける人たちは信じないだろうが、外出する日は家に閉じこもっている日より、一日が二倍は長いのだ。病人が自分の基準を普通と考えて、それからはみ出す者を「変人で不自然」と決めつけるのは、知的なことではないだろう。しかし健康な人たち、特に——気が滅入るほどたくさんの——「心が健康」と呼ばれる人たちも同じようにバランスを欠いた見方をしているのではないかと私はかすかに疑っている。ともかくそう考えると楽しい。

十二月十七日

昨晩『ネイション』誌で、オルコット嬢[170]の『伝記と書簡』の紹介記事を読んだ。あのオルコット嬢の本では、ハリーが昔『ノース・アメリカン・レヴュー』誌で彼女の『ムーズ』の書評を書いたことが言及されている。それで思い出したことがある。ある日父がオルコット氏に道で会って言ったそうだ。「家では皆大いに楽しんで『クズ』を読んでいますよ」「『クズ』ですか？」とオルコット氏が尋ねる。「ええ、『クズ』です。娘さんの小説ですよ」と親父殿。含蓄ある『ムーズ』がクズになってしまうなんて[171]。

ロンドンのレディ何とかさんが元気づけの一杯とやらの罪深さについて私に語っていて、自分はそんなものは飲まずに牛肉スープとミルクを飲むことにしていると言った。「だって神様はそういうものは祝福なさるけれど、あちらの方は祝福なさらないと思うのですもの」。すると彼女はあの牧師補とは違うわけだ。彼は禁酒祭の話をしていて断言したのだ。「人が神様のよき贈り物のことを悪く言うのは悲しいことです！」と。神様もお気の毒に、牛肉を煮こんだりジンを蒸留したり、お忙しいことだ。

昨日読んだちょっとした自惚れの話のおかげで、十七世紀の尼僧院長が一人の女性、私たちの姉妹のように思えてくる。ハノーヴァー選帝侯夫人ソファイア(172)の面白い回顧録の中で、彼女は姉のハーフォード尼僧院長エリザベスのことを「この世のあらゆる言語、あらゆる科学」に通じ、「デカルトと定期的に書簡を交わしていた」と書いている。さらに彼女は美しい人であったが、鼻がよく赤くなり、「彼女の全学問をもってしてもこの悩みから彼女を救うことができなかった」という。この不幸に見舞われると「彼女は世間から身を隠してしまった」そうだ。我が友よ、よく分かります！これは過去を振り返って言っているのであって、今内省して言っているのではない。私たち女性のうちでその存在の要となるところに全学問をも無に帰す「赤い鼻」を持たない者がいるだろうか。自分の容貌を受け入れる勇気こそ、あらゆるヒロイズムの中で最も獲得しがたいものである。

一八八九年十二月二十九日

トム・アップルトン(173)が、長い巻き毛が頬にたれかかるブラウニング夫人(174)の写真を見て言ったそうだ。「魂のための愛玩犬ってとこだね！」

ブラウニングの息子が、妻のそばに埋葬してほしいという父親の神聖な願い(175)を無視したのは、きっと単に自分を偉く見せたかったのだろう。しかしあの裏切り者は、ウェストミンスター寺院の栄光(176)は天にまで鳴り響くとでも思っているのだろうか。それほどに人に賞賛されることが好きなのだろうか。それにしても彼の行動は実情とあまりにかけ離れているように思えるのだ。なぜならブラウニングの信奉者がほんの一握りしかいないなんてことが、あったはずはないのだから。ブラウニングとその妻の天才と教養が産んだ一人息子が、時代の浅薄で世俗的な流行から引き出される栄光にしがみつこうとするなんて、なんという皮肉。これは流行の悪口を言っているのであって、寺院について言っているのではありません。とんでもない。

クリスマスは何ら惨事もなく無事過ぎていった。それ以上何を望めようか。ちょっとしたプレゼントを半ダースほどもらった。しかし大当たりはバチュラー夫妻からのプレゼントで値段は三ペンスだ。値段をなぜ知っているかと言えば、ナースが選ぶのに一週間費やし、お金は私が前払いしなければならなかったからだ。バチュラー夫妻には内緒で。夫妻はもっと高くなかったのが分かってがっかりしていた。予算は九ペンスだったから。二人は一年前からこの出資を計画していたのだ。二人はすてきな人たちで、いつも私に「義務」ではなく「愛情」を贈ってくれる。バチュラーはその品物（ピンを入れる小さな真鍮のトレイ）を持ってくるのを水曜日まで待てず、月曜日に置いていった。それで愛する父のことを思い出した――かくして賢明な人と単純な人の共通点が生まれる。父はいつもいつも、決まって私たちのクリスマスを台無しにしたものだ。母が外出中に、私たちを連れて、入ってはいけないはずのクロゼットにそっと忍び込み、一週間も前にプレゼントを覗き見させてくれたのだ。父が後で母に白状したかどうかは憶えていない。いとしい、いとしいお父さま。私は恩知らずにも、そんなことしてくれなければいいのにと思ったものだ。

今ハリーから手紙が来て、ブラウニングの息子もどうしようもなかったのだと書いてあった。つまりフローレンスの市当局が墓地を開放することについて、ひどい態度をとったらしい。そうなってみると最初に書いた怒りの言葉はいわれのないものになるのだが、もちろん私のように超繊細な魂の持ち主は、あの息子が実際にはとらなかった問題の行動を、もしもとっていたらカッとしていただろう、ということを示すものとして大いに貴重ではあった。ハリーによれば儀式はとても印象深いものだったそうだ。しかし、なぜ人々は死と寺院の荘厳さをいや増さんと、あんなにけばけばしい花輪や「ミス・イブリン・スモーリー[177]」などと見え透いたカードを添付した花束などを届けたがるのだろう。

夜明けに二、三時間も自問していた――どきつく心臓と操り人形みたいに動くお腹をはげましてクラークさんに不服を言うべきだろうか、暖炉を飾る「あるべきでないもの」の厚い層を宇宙のどこか別の場所に移してくれと頼むべきだろうか、と。が結局いつものように私の「人の好さ」が勝ちをしめた。だってお腹がアクロバットを演じるのに比べれば、ほこりが層をなしていることから来る悲しみなどいかほどのものか。

オーシェイ大尉[178]がちょうど今、離婚訴訟でパーネルにずるい罠をしかけた。聞いた限りでは、パーネルに逃げ道はない。自由党にとってこれで問題が少し複雑になるのは確かだろうが、アイルランド自治というのは「奴隷解放」と同じく不変の道徳なのだから、いかなる遅延があろうと勝利するものだ。それにしても政治の下劣なこと。こんな風に、死がアイルランドの人々を征服するまで、グラッドストン氏が打ち負かされるまで、ものごとを引き伸ばすなんて！　超洗練された統一党は、えりすぐりの仲間の協力を得ているようだ。ピゴットとか、このいやなオーシェイとか。オーシェイは敵を打ちのめすために妻の不名誉を利用しているのだ。彼自身の傷ついた感情は三年以上もの間、その頭をもたげるのに効果的な瞬間を待ち構えて、身をひそめていたわけだ。

十二月三十日

花嫁十八歳、花婿二十二歳の若い夫婦がハネムーンで当地にやってきた。結婚式の翌日、花婿は猩紅熱にかかっていることが分かり、十日後に死んでしまった。若い人に苦痛と悲しみがおそいかかるのは、なんと残酷なことだろう。本当に無力な人たちなのに。あの人たちに何ができるだろう。そばに行って私の慣れというマントで包んであげたい、という気分に襲われる。苦しむ花嫁が自分で何らかの衣を織り上げるまで。

一八九〇年一月十一日

ハリーが昨日来てくれて、いつものように楽しい一日が過ごせた。彼が帰った後は、そんな贅沢を自分に許すことができるのであれば、二時間ほど大泣きに泣けそうだ。でも涙はまじりけなしの毒だから。以下は人間の努力がいかに無益なものかをあらわす見事な例となっているので、是非とも記録しておかねばならない。『スピーカー』誌の創刊号[179]が出た数日後、いつも親しく親切にしてくれて、しばしば私を「元気づける」ために手紙を書いてくれる友人が、また親切な手紙をくれて、結びにこうあった。「『スクィーカー』誌を読んではいけません。ブラウニングについてのひどい文章が載っています。それにしてもブラウニングについては皆、感情的で意味不明瞭なことを言わなければならないと思っているようです。ブラウニングを真似ているつもりなのでしょう」。問題のひどい文章というのがハリーの書いたものだったので、今回は元気づけにはならなかった。妹としての感受性がショックから回復し、一日好き勝手にやっていいと思い込んで暴れていたらしいお腹と心臓を落ち着かせてみると、この状況の滑稽さにすっかり参ってしまった。原因と意図と結果の不均衡と不調和があまりに極端だったのだ。ハリーの文章が『スピーカー』誌の現在と未来を台無しにするほどにひどいとか、善良な友人が情け深い意図をもって青ざめた犠牲者を打ちのめしてしまうとか、彼女が多分ただ「スクィーカー（キーキーいう人）」という言葉を使いたいがために（統一党風のシャレ）その話題を持ち出したとか、そして私を興奮させないよう用心深く政治の話題を避けて、結局私の唯一の傷つきやすい部分をあんなに勢いよく攻撃してしまったとか――本当に完璧だった。彼女が自分の間違い、というか見当違いに気づいてほしくないと思ってはいるが、彼女がうすうすとでも気づけば大いにうれしがる小鬼が私の心の中に住んでいるということも分かっている。小鬼はその狭い視野の中で起こる何かの実例となるような些細なもつれを面白がるばかりでなく、実に素早く人の愚かさにとびついていく。愚かさの方が美徳よりずっと元気づけになると気づいているのだ！　自分が「私は他の人と同じじゃないのよ」と言える人になろうと努力などしたことがなく、もともと自分の才能は他の人と同じじゃないどころか、それよりひどい点にあると最初の最初に発見したことをありがたいと思う。気をつけて、友よ。自己卑下を誇ることは本物の自負心よりも油断ならないのだから。

一月十二日

ブラジルの情勢[180]――皇后の死とかあの哀れな老人のこととか――には民主主義のぞっとする残忍

さが見えてムカムカさせられる。そんなことをしたら笑われるという心配さえなければ、民主主義など捨ててしまうのに。それにしても反動主義者というのはなんと奇妙な性格なのだろう。意識的に好機には背を向け、今ある道具を手に取ろうとせず、自らに失敗者という烙印を押す。開花を阻む病気にかかった植物のように見える。大きく広がる流れにそって進み、途中で手に入る楽しみをすべて手に入れればいいものを、いつもよどみに頭を突っ込んでいるのだ。

へそ曲がりのステッド(181)が、自分の創刊した『レヴュー・オブ・レヴューズ』誌の中で、実にすてきなやり方で本音を漏らしている。彼はあの雑誌で「宇宙」に向かって呼びかけたいと切望しているのだろう。彼は自分の信じるものの項目をあげているのだが、その第一が神、第二がイングランド、第三が人類だって！　人類もかわいそうに、付け足しなのだ。人はうぬぼれというシャボン玉を自分の手でつついて破る運命にある。

ボンドさんという、小さな店を持ちたいと苦闘し、八十四歳の老母をかかえて、具合も悪いとかあらゆる不幸を背負った人がいる。その人が先日ナースに何か言って、それに対してナースが「ジェイムズさんはレミントンの方ではありませんアメリカの方ですよ」と答えると、こう叫んだそうだ。「それであの方は違うのですね」。違いというのはどこにあったと思う？――その哀れなボンドさんは心を痛めていた。彼女はこの教区から別の教区に引っ越すことになっていて、私がもう援助を打ち切ると言うのではないかと心配していたのだ。慈善が宗教によって支配され、宗派によって細分されているというのは聞いたことがあるが、教区ごとの境界があるなんて初耳だった。あのステッドの言う「人類」がそうなのだろう。もっとも彼なら「大英帝国の」人類という言葉を使ってごまかすのだろうと思うけれど。

私が哀れなナースの技量を次々と試しているのを見たら、あなたはおかしがるでしょう。彼女は冬には私の知性を、夏には私の美を賞賛せねばならないのです。控えめな気分の時には（あら、笑わないで、そんな時もあるのだから）彼女に手紙のことについて相談します。すると彼女は、なにしろ利には聡いから、必ず褒め称えるのです。夏にはこれが一番と思える醜い女に出会うと、私はナースの慈悲にすがって、私は見た目あんなにひどいのかと聞きます。すると彼女はそれに応えて、そんなことはないと請け合い、安心させてくれるのです。身を乗り出していた黒めがねと青黄色い顔の美人である私はクッションにほっともたれかかることになります——当座は。ああ、でも見ると心を引き裂かれそうな気分にさせる人々がいる。筋肉を張らせる凛とした緊張がまるでない人たち。競走から落伍し、生気なく道端に取り残され、哀れなレースの肩飾りやみじめなひだ飾りでその汚れた体を飾り立てている人たち。まるで大きな人間製造工場から出た切れ端から作られたようで、何の機会も与えられずに生まれ出て、武器も持たずに戦うべく恐ろしい戦場に押し出されてきたのだ。司教座聖堂参事会員リーは、あの人たちは皆酒を飲むと言っていた。しかし残念ながら、これは酒を飲まない彼の頭が見た幻想ではないか。彼らは一瞬でも酒を飲む喜びを知った人のようには見えない。

一月十三日

あわれ小柄なポルトガルが、大柄ないじめっ子イギリスに屈服した。(182)『スタンダード』紙と『ぺル・メル・ガゼット』紙はイギリスの「断固とした姿勢」を褒め称えている。まるでマスチフ犬がテリアに向かっているみたい！　サモア問題[183]についてビスマルクを前にした時の卑屈さと比べてみるといい。キャサリンがロンドンから帰ってきて、こんなことを言っていた。ある日アシュバーナー夫人のところで、メイ・ボアハム夫人（旧姓ダブニー）とアニー・リチャーズ[184]と一緒に昼食をご馳走になっていた時の話だが、全員がイギリス人個人個人は大好きだけれど、イギリス人全体として見ると、その弱い者いじめの暴虐ぶりから、ただただいやな人たちに思えるという点で意見が一致したらしい。これはかなり面白い。なぜならアシュバーナー夫人もメイ・ボアハムもイギリス人を夫としているからだ。メイは家に帰ってその話を夫にしただろうか。夫のいない所で彼の国の人々について議論するなんて裏切り行為のような気がするのだが、きっと彼の方は妻がどう感じているか全然気づいてもいないのだろう。イギリス人はほとんどがひどく鈍感なのだから。以下はいつも健康な人が病弱な人に言うようなことで、彼らはその残酷さに気づいていない。当地のある老嬢が教区の集会に出ていると、牧師夫人がこう言ったそうだ。「この仕事のお手伝いはお願いしませんから。失神なさるもの」。昨年のある日、一日中よく働いた後失神しかけたことがあったからといって、その一日だけで彼女が役に立たないと決めつけるなんて。しかし健康な人とそうでない人が互いに理解し合うなんて不可能なのだ。最も共鳴し合っている時にかぎって、健康な人は全く的外れなことを言ってのけるのだから。少し前、アメリカからの友人の訪問を受け、昔からの知り合いだったので、過去のことをいくらか思い出したりして楽しんでいた。その時彼女が突然、今どこか痛むところはないのかと尋ねて、火星に行ってしまったみたいに距離が離れてしまった。彼女は私の座るソファのすぐ脇に立っていたのに、痛みは私の意識では「宇宙」の精髄であり、ぞっとする疲労は私たちの間にある手でも触れられそうな実体だということが、見抜けなかったのだ。どうして見抜くことができるだろう。私たちは感情的には溶け合っていた。でも肉体的にどういう共通点があったといえるだろう。特に私は彼女の問いかけすべてに虚勢で答えていたのだから。

　円卓の紳士たちは、自分たちが十九世紀のイギリスの人たちにどんなに真面目に受け取られているかを知って、きっと面白がっているだろう。M・トウェインの本[185]を少しばかり読んでみて、全く退屈だと思った。でもイギリス人にとって、問題はそういうことではなくて、こういう神聖で道徳的な人たちが揶揄の対象になるというのがショックなのだ。長い間大真面目に受け取られていた件を軽い調子で茶化すなどということは、イギリス人の頭脳に宙返りを強いるに等しく、それに対応するには頭脳の筋肉にしなやかさが欠けている。こういう展開はながめていると、実に面白い。なにしろイギリスの人たちはとても単純素朴で、冷笑家の餌食になりやすいのだ。

一月二十九日

　恐ろしい頭痛だった。本当に。露西亜型の風邪[186]の徴候を探したが無駄だった。あまりにも、あまりにもお馴染みのヤンキー型だった！　私が病原菌を蒔くという望みはない。神は神らしからぬ浪費ぶりで病原菌をばら蒔きながら、私のところに送るのを忘れておられるのだ。理由はただ単にそんなことをしたら小さなゴミの塊みたいな私を間違いなく掃き捨ててしまうことになるだろうから。病原菌の子供でも私などひと口だろう。

しかし私の存在全体が、十日前故国から送られてきた私の書き物机の中に潜んでやってきた亡霊病原菌とでも呼ぶべきものに根底から揺るがせられてしまった。机の中には古い手紙類が入っていたのだ。両親の手紙を見つけてしまい、二日間離れられなかった。今までになく強烈で絶妙で深く興味を引く経験の一つだった。少し努力して書くことでこの経験に形を与えてみれば、漠と広がる強烈な感情も範囲が限定され、刺激された無数の思い出が引き起こす「神聖な苦痛」も和らぐだろう。両親は生前私にとって生命の息吹であったが、死後歳月は過ぎていっても、二人はあの頃と同じように常に私と共にある。そして、これからの残り少ない、摩擦と静謐が限られた数だけ訪れる、本当に短い私の人生が終わり、それが霊的必然だとすれば、私たち三人が再び溶け合うことのできる時まで、私と共にあるだろう。しかし手紙を読んでいくと、まるで過去からの追伸を開けてしまったようにも思え、真に二人《いい》を理解するためには現実には二人を失う必要があったのだという気がした。愛情をこんこんと湧き出してくれるあの泉に自分が当然のこととして口をつけ、あの人間味のあるやさしさの海に無意識に身を浸していたなんて、今となっては信じがたい思いがする。手紙には両親の汚れのない素朴な暮らしの中での日々の出来事が綴られている。二人は普通の人々の営みに心乱されることのない魂を持ち、まるで粗雑なつくりの人間からはかけ離れて霊化された特別な存在のようだった。父は母の完璧さについて、さまざまに調子を変えて歌い上げる。なにしろ父は俗に「魅力的だが、家に入る時は玄関先にヴァイオリンを置いてしまう人」と言われるような、外面《そとづら》だけが魅力的な人ではなく、家庭の中でこそ最も美しいメロディーを奏でることができる人だった。一方、母の言葉は尋常ならざる無私の献身を表現している。まるで妻と母の精髄を無意識に具現しているかのようだ。二人は子供たちが思いをこらすにふさわしい見事に美しい一幅の絵になっている。ああ、私が両親から自分の身を引き離していったあの恐ろしい二年間の感情が波のように押し寄せてくる！　最初は、日ごと父が衰えていくのを見ていて、自分では父の役に立たないかもしれないという恐怖に取り憑かれた。父の衰え方は、ウィリアムに言わせれば、「彼を形作る細やかな繊維が重過ぎる諸々の重荷に擦り切れ、燃え尽きていった」ようだった。やがて父の魂の悲痛な懇願が聞き入れられ、老いて痩せこけた愛しい遺体が「ケンブリッジの丘に眠るメアリーのそばに横たわった」のだった。母は一八八二年一月二十九日、日曜の夕刻に、父は一八八二年十二月十九日、月曜の真昼に、死んだ。そして今私はあの時には流さなかった涙を流している。

二月一日

まるで双子のような二人の話をしてみよう。ジョージー・コスとシュルーズベリー伯爵夫人――伯爵未亡人だと思う――のことだ。ジョージーは十四歳、母親は一年前に恐ろしい癌で死亡、父親は途方もない脂肪の塊、兄弟姉妹は数が変動する。時には六人、時には九人。ただし変動するのは数のみで、質は変わることなく悪い。ジョージーはそのただ中からつまみ出され――火中から危うく取り出された燃えさし、というところ――ホーリー・ウォークに住む「おくしゃま」の家の冷たい栄光とお上品の中に置かれることになった。一週間一シリングで六人の子供の面倒を見るという約束で!!!　ジョージーは今までに聖書学級に行くとか日曜学校に通うとか等々と、いくらかの霊的指導を受けてはいた。でも彼女は教区牧師様の教え、つまり人は神が定め給うた人生での位置に満足しなければならないという教えをどうも呑みこんでいなかったらしい。ともかく衣服に関してはそうなのだ。なぜなら彼女は少し前私のところに来て、彼女の魂が「着替え」を切望していると言ったのだ。つまり私たちが神にその時どの「位置」を指定されていようと、たまには洗濯桶に入れてやった方が大いにいい部分の替えである。『スタンダード』紙がホワイトチャペルの住民[187]について「彼らの大欲」と呼んでいた部分を私も刺激したくなかったので、「事情を十分調査するまでは私からは布切れ一片上げるわけにはいかない」と宣言した。そこでナースがジョージーのランジェリーについて確かな筋に話を聞きに行った。すると確かな筋はジョージーの「がめつさ」にショックを受けながら、私が今、下品にならないような言葉を使って表現したものについては、ジョージーはそれぞれ一枚ずつしか与えられていないことを認めたのだった。思うに今こそ教区牧師が進み出て、鉄が熱いうちに、ジョージーに教えてやるべきなのだ。「着替え」を持てるべく生まれていない時に着替えを「つかもう」とすることの邪悪さを教え、むしろ感謝すべき点を指摘してやらないといけない。今彼女は一週間一シリングで六人の子供の面倒を見ているけれど、六ペンスで十二人の面倒を見るということだって十分にありえたのだから、とか何とか言って。しかし教区牧師というのは軟弱な連中で、結局国教会の介入もなく、こう話が決まった。ジョージーは着替えを十二ヵ月貸与される、そしてもしもその間彼女が何も「つかもう」としなければ、一年後ぼろぼろになってしまった時に彼女のものにしてもらえると。私たちはジョージーをなかなか手際よく押え込んでしまったが、シュルーズベリー伯爵夫人の方の大欲を押しとどめるのは残念ながらもっとむずかしいだろう。もう若くないから。彼女は昨年の夏いろいろなやり方で合衆国を痛めつけてきたらしい。その間ホテルや鉄道で一ドルと払わず、現地の連中から巻き上げたと顔も赤らめずに言うどころか、自慢げに言っているのだ。彼女のやり方はジョージーのより規模が大きく見える。しかし彼女の置かれた「位置」が間違いなく、洗濯桶と絞り機を連続して使用できることを保証しているのだから、猛禽としての才能を発揮すべく、彼女がより広い領域に向かうのは当然なのだ。

二月十日

キャサリンはすすめてくれたけれど、他の権利同様女性には許されていないあの言葉を使うのはやめておく。でも私は宣言する。人生を五つのクッションと三枚のショールの付属品として生きる人なら、全くだらしない自殺を何の前触れもなくやってのけても許されるはずだ。

すばらしい人メアリー・クロスがロンドンからわざわざ会いに来てくれて、二日間リージェント・ホテルに滞在した。なんていい人なのだろう!

この前日記を書いた日より後のことだが、ある日隣の獰猛な犬がパーシーさんのパグの小犬を昼食としていただこうと思いついた。結果は近所の人々には好評だった。私は卒倒して「プリムローズの君」[188]——ウィルモット先生——を呼びにやらねばならなかった。先生はキツネ狩りが大好きなのに、引き裂かれたパグの話には予想通り身震いしたので、この取るに足らない私の理論が首尾よく証明されることになった。なぜなら、もしも先生が二十頭もの猟犬に追い立てられて死んでゆく哀れな動物をじっとながめているイギリス紳士の輪の中にいたとすれば、先生はそれを瞬き一つせずにながめていただろうからだ。確かにこの庭における共食い作戦は、「勇敢なるブリトン人」の内に宿る「男らしいスポーツ」への情熱を華々しく誇示するものではなかったし、また紳士の楽しみのためにお膳立てされたものでもなかった。そして申し訳ないけれど、キツネさんの楽しみのためでもなかったのだ。

　リプレー夫妻からの手紙によると、曾祖父ヒュー・ウォルシュ[189]は若い時、恋をしていた女性との結婚が許されなかったため、悲嘆にくれてアイルランドを出てきたらしい。社会的地位はどうだったか、リプレー夫妻も知らないのだが、お金はいくらか持っていたにちがいない。なぜなら彼はハドソン河沿いのニューバーグに落ち着くと、悲しみをまぎらすために（なんと）石鹸工場を始めたからだ。後に彼はスループ船製造にも手をつけた。結婚して、娘の一人に初恋の人の名前をつけたという。彼もジェイムズのおじいさま[190]と同じように、あの堕落したアルスター[191]からやって来たにちがいない。この私にとってはなんという屈辱。きっと自分たちからどんな子孫が生まれてくるか考えもしなかったのだろう。そうでなければ、もう少し何とかしていただろうから。ロジャーズ家のケイティーとヘンリエッタが曾祖父ロバートソン[192]についておかしなことを言っていた。この曾祖父はパースシャーのラノックから来たとのことである。彼はニューヨークに来てリネンで大儲けした後、パースシャーに戻って先祖の骨を拾い集め、記念碑を建てた。それから三人目の妻を娶ると船で戻っていった。家に落ち着いてしばらくすると、花嫁が彼のお気に入りの末娘ワイコフおばさん[193]（いとこヘレン・パーキンズ[194]の母）をつねったことを知り、大いに立腹して彼女をスコットランドに送り返した。その後の彼女は消息不明だそうだ！　また二人の話では、ロバートソン家に伝わる古い青い広東の陶器――いとこヘレンが遺してくれて母から私の手に渡り、今はダヴィアガーデンズ[195]のハリーのところにある陶器――は、なんと二百年前のもののはずである。ケイティー・ロジャーズが大真面目に請け合ってくれたところでは、ロバートソンの家系はスコットランド王ロバート・ブルース[196]にまで遡れるそうだ。私はどうしてそう言えるのかと尋ねてみた。「まあ、だってロバートソンでしょ。ソン（息子）なのでしょ。ロバートの、あのう、そのう、ブルースの」。彼女は紋章を見せてくれた。ただしロバートソン家のものか、ブルース家のものか、あのう、そのう家のものかは、しかと分からなかった。皮肉屋らしいヘンリエッタは言っていた。「たとえ紋章《コート・オブ・アームズ》が本当にあったとしても、コートの肘から腕《アーム》のでるような矮小なものよ」。そのロバートソン老人が先祖の骨を集めていたなんてところは、王侯の子孫というよりは乞食みたいだと私は思う。しかしそれより領事の訪問について語らねばならない。イギリスに来て以来、病床を訪ねてくれた六人目の領事だ[197]。

二月十二日

心を打つ美しい話がある。どこかロンドンの近くに住む年老いた夫婦が、結婚五十年にもなって、職を失い、持てるものすべてを売り払い、もはや前途には恐れていた救貧院しかないという状態になった。そこに行けば確かに食事にはありつけるだろうが、二人は引き離されることになるのだ。それだけは耐えられなかった二人は、ある日一緒に出かけて、そのまま帰ってこなかった。紐で結びあった、老いた二人の遺体が川の中で発見された。なんという完璧な死に方だろう。

現代の君主たちが卑俗で貧弱な陳腐さにひたっている中で、サヴォイ家の人たちのみがそこから抜け出る華麗さを持っているようだ。アオスタ公[198]は瀕死の床に横たわっていた時にも、そばに立っていた神父に、行って休んでくれとねぎらった。老神父が立ち去ろうとすると、他の者たちにまじって立っていた一人の人物が進み出て、彼の両手を握ると、「ありがとうございます」と言った。そこで神父が悲しみと公爵への好意をあらわす言葉を口にすると、今度はさらに感情のこもった「ありがとうございます」が返ってきた。部屋は薄暗かったので、告解師は「どちらさまでしたでしょうか?」と尋ねた。「弟です」が答だったそうだ。

イギリスに来て五年の間に我が「王室」の方々が言った言葉で、全く表面的なこと以外、自分たちが何を代表しているのか少しでも分かっているらしいと思わせてくれる言葉など、一つも聞いたこともなければ読んだこともない。アンドリュー・ラング[199]のお話に出てくる「普通でないほど普通の食料雑貨店の主人」でも、あの人たちよりはずっと詩的感情をほとばしらせることができそうだ。あの人たちは歯を抜かれ爪は切られて立憲君主制の屈辱という檻の中に押し込まれてしまっている。そんなあの人たちに、最も卑しい臣民でも持っている生来の権利を自分たちも分け持っている、自分たちは奴隷ではなくて人間なのだという幻想を一瞬でも与えてくれるのは、花のようなレトリック以外に残されていないはずだ。そう考えてみると、あまりに情けない。

現代の博愛主義的たわごとの愚かさを表現するのに、二千年まえの敬愛すべき荘子の抱いた、同情心ある人への軽蔑ほどに完璧なものがあろうか。彼は言う。「同情心ある人とは、いつも誰か別の人であろうとし、そのため自分自身が存在するための唯一可能な口実を失ってしまう人である」。少なくともオスカー[200]の説明によればそうだ。

二月十三日

ある時軽率にも、単調さから抜け出し生命の息吹を吸い込みたいとあえぐ思いで、父が〔一語抹消〕の友人に宛てた手紙を一通読んでみた。それは完璧に気が抜けていた。ああ、なんと意気消沈させられる瞬間だったことか。まるで冒瀆行為を犯したような気分がした。愛すべき老ジョージ・ブラッドフォード[201]が死んだ。八十三歳だった。彼こそはニューイングランドの慎み深い独身男の花、それも独特の種類の独身男の最後の人だった。あらゆるやさしく慈愛深い思いが彼と共にあらんことを。

メアリー・クロスの話では、貸してもらって読んでいたハーバート・スペンサー[202]の自伝にこんなことが書いてあったそうだ。ハーバート・スペンサーがある日ハクスリー[203]と話していて、唯一望まれるのは死ぬ前に小さな印を残しておくことだと言った。それに対してハクスリーはこう答えた。「いや印が残るかどうかはどうでもいいのだよ。ひと頑張りさえしておけばね」。一見ハクスリーの方が大物に見えるだろう。実際その通りなのだが、でもハーバートの方も自分の不利になることを承知で書くことでバランスをとっている。無意識の美徳よりは意識的美徳の方が重いという理由で彼の方が少し重い、とまでは言えないかもしれないが。我が父の霊よ、もしもこの異端がお耳に入りましても、どうぞ私のもとにはお出ましになりませんように[204]。

蒐集家が自分の蒐集品を見ていかに喜ぼうと、私が自分の人間蒐集品バチュラー夫妻を気に入っているほどではないだろう。夫妻はそんじょそこらの一夜にして偶然出現した貧乏人などではなく、何世代もの貧乏がついに生み出した筋金入りの貧乏人なのだ。人間の基本的な感情に閉じ込められていて、一時的で気まぐれな感情に弄ばれている私たちと比べれば実にまともな人たちだ。本当に希少価値のある人たち！——この世界で次の話はお笑いとして最高だと思う。二千年も栄えてきた、あらゆる信心深い人の解釈によるキリスト教は、哀れな娘が道をあやまると、彼女の属するあらゆる団体から追放されねばならない、とする。彼女を正しい道に進ませるという目的のために設けられた団体のはずなのに。

かくして「我々」イギリス人は隣国の人たちに愛されるようになるのだ。この夏ロンドンのバーのホステスたちを「護る」ための協会を組織することが提案された。彼女らが大挙してパリの万国博に出かけていったからだ。

私はナースに対してヤマアラシみたいに毛を逆立てている。彼女の方も私と同じくらい戸惑っていて、私たち双方がこれを無数にある精神的消化不良の形の一つとして何とか堪え忍ぶよりしかたがない。一つ慰めがあるとすれば、彼女の方は私の百分の一も悩んではいないということだ。私が我慢できないのは、彼女の天才的なごまかしの術である。それが私の気まぐれに対抗するための唯一の防御法だということを忘れてこんなことを言っているのだけれど。彼女にお説教して私はこんなことを言う——嘘の行動を一つするよりは正直な嘘を二十も言ってくれた方がいいと。これでは彼女の霞がかかったような小さな頭脳には泥のように明快さが欠けるだろう。他人の気まぐれに日々の糧を頼らねばならないなんて考えてみると、なんとみじめなことか！　それに一体どうしたら私たち持てるものが、持たざるものにひらめいた動機をほんのわずかでも理解することができようか。彼女は、もしあることを明かすことで生計を危うくするのなら、それを隠しなさい、と彼女の属する同業者組合《ギルド》の規則で実際に教えられている。信仰に関する会話というものもその一つだ。それが患者の気に入らなかったら、その話題はやめて、とりなしの祈りを捧げるにとどめておきなさい、効き目があるかもしれないし、ともかく職を危うくすることはなかろうからと。ナースはこの無謀な罪人のために、いと高き神にとりなしてくれているのだろうかと時々考えてみる。どちらかというと、私の場合はもう絶望的だと思っているのではないだろうか。彼女の同業者組合の長はどこかの何とか牧師で、彼がそういう行動の指針を書いている。一つ分かってうれしかったのは、召使いが嘘をつくのは彼女らがカトリックだからだと考えるのは間違いだということだ。イギリスに来て以来、五、六人の付き添いさんに来てもらい、その中には「良家の出」のナースもまじっていたが、その人たちの皆が皆、確固たる嘘つきだった。しかも皆が皆、信心深かった。しかし最も熱烈に「聖霊」とか何かを渇望していた人たちは、直接嘘をつくよりはごまかしの方がうまかった。まるで教会でうやうやしくひざまずく習慣が演劇的要素を発達させ、彼女らの意識が聖職者のあいまいなごまかし文句に合うようになってしまっているようだった。一度、知的な付き添いさんにきてもらったことがある。彼女はその条件に合わせようと「文学的」セリフで仕事を始めた。それは「ロングフェロー(205)はとても深遠な詩人でしたわね」という風なことだった。そしてジェイムズ・T・フィールズ(206)に食事に招かれた機会に、彼女の人生はクライマックスに達したようだった。彼女はわが生まれ故郷の天才たちを選ぶ術にたけてはいたが、私たちはまもなく大いに円満に、高くつく別れ方をすることになった。それほど高尚な調子を続けるのは、あまりに緊張を強いたからだ。彼女はウィルキー・コリンズ(207)のいとこで、彼がいつも彼女を親切に援助していたのだと思う。その後は再び信心深い嘘つきに頼ることになった。そんな嘘つきのことは底の底まで分かってしまったし、もはや私を驚かせることはないはずだ。しかし私はこれからも一人よがりのやり方で嘘つきをきびしく罰し続けるだろうと思う。急いでつけ加えるが、私だって状況に追いつめられれば「大嘘」を上手につくだけの知性はもっている。ただしばしばそれを使うとなると、さらにもっとたくさんの嘘をつかねばならなくなるから、面倒なことになる。これは情熱的な恋心と同じだ。マッシモ・ダツェリオ[208]によれば若者は恋心を避けた方がよいそうだ。なぜなら「常に嘘をつき続けることが必要になるから」！　彼の魅力的な『回顧録』を参照せよ。気高い至高の情熱！　人類が兄弟になることはあるのだろうか。――フランス人の父をもつジュリア・マルクーに聞いた話だが、パリにいる友人の一人で新婚の女性が、初めて一人で外出した時どんなに興奮したか、その時男が一人後をつけてきているのに気づいてどんなにおびえたかを話してくれたそうだ。彼女は自宅に近づくと、夫に出会うのではないかと心配して、さらにおびえたそうである。彼女がその男を誘ったと夫が考えるだろうと思ったからだ。彼女は突然財布を取り出し、その男に一ペニーを与えると、その男は引き返して行き、彼女は夫が品位を落とすようなふるまいをするのを見ずにすんだというわけである。ジュリアはこの話を全く自然なものとして話していた。本当に北方の男とラテン系の男との間には越えがたい溝がある。

二月十五日

驚くべきことに、人はいとも易々と深遠なことを言ってしまう。しかも全く無意識のうちに言ってしまうので、得意満面になる瞬間を不運にも逃してしまうのだ。これはいつだって大切なものなのに。ある人がB夫人という人について説明していて、夫人は夫が成功することに野心をもっている、と言った。もちろんそれは世間的な意味での成功のことで、政治の方面らしい。それを聞いた私が「それでは、その人は単純な人なのね」と言って、相手を大いに混乱させてしまったので、以下のような点を指摘して自分の正しさを証明せねばならなかった。即ち、男性に見られるいかなる「成功」の追求も、野蛮人が限られた範囲内でもっていた野心の名残りに過ぎない。男はかつて犠牲者の頭皮を剝ぎ取った。今、女は夫のまさかりを知覚力の鈍い魂と分厚い皮膚に替え、自己の全エネルギーを人生のより下等な要素にふりむけて、ねたみ、悪意、あらゆる無慈悲な仕打ちをたくみに回避せねばならない。——しかし一方あらゆる繊細な色合いと微妙な音調でできている成功、外にあらわれることはなく、その成功を勝ち取った者の胸の中でのみ知られるような成功はどうだろう。全く予期せぬ時に、計り知れない喜びで心を満たすあの成功、単なる楽しみをあの幸せという名の小鳥（はずかしがりやの小鳥で、その歌は魂の耳にしか聞こえない）と取り違えることなど決してない成功はどうだろう。確かに人の意識の中に深くしみこんでいないようだ——「神の国は見える形では来ない。『ここにある』『あそこにある』と言えるものでもない。実に、神の国はあなたがたの間にあるのだ[209]」ということが。

二月十七日

月日がたつにつれ、イギリス人の諸々の慣行に見られる偽善ぶりの蔓延にだんだんと息苦しい思いがするようになった。最初は感じないし、友人たちについてどこがそうと指摘できるわけでもない。しかし日がたつにつれ、朝『スタンダード』紙を開くとそれがあらわれる。夕方は『ペル・メル・ガゼット』紙から色濃くたちのぼってくる。霧のように窓枠の隙間から入りこんできて、一日中私たちを覆い尽くす。一度ハリーに、彼のより広く多様な活動範囲から眺めるとどう感じるかと尋ねてみた。自分の意見がセンチメーター単位での観察から引き出した結論にしばられたくないと思ったからだ。ハリーが言うには、イギリス人の偽善ぶりは強調してもし過ぎることはないそうだ。それは無数の細かな事実や出来事で織りなされ、言葉にするとすり抜けてしまうが、ものごとの織り目の間にしみついているようで、列をなして目の前を通り過ぎて行く時に意識の中に小さな傷痕を残していく。例えば王室。人々はその見かけ倒しの地位に対してのみ頭を下げ、彼らにいかなる種類の人間らしい行動も許さない。骨抜きの教会。それが今日に至るまでどんどん広がった。法律は足の折れた犬を守るのにはヒステリックなのに、一方では「上流の人々」が四千羽のキジを打ち落とす[210]のに精を出しているとか、キツネが猟犬の群れに引き裂かれるのを喜んで見ているとか。各階級の人々が、その時々の「よき礼儀」に従って、世間体がいいか悪いかに縛られるがままになっているおとなしさ。一般大衆に見られる「目上の人たちという感覚」。親しそうに肩をたたかれているうちに、法律によってあらゆる自由を奪われてしまう労働者の受け身の姿勢。そして根深く骨と皮にしみついている信念——海外の土地はすべて自分たちの領分で、純粋な美徳から原住民を殺戮するのは全人類の中で自分たちだけだと信じている。先住民の扱い方を非難するなんてアメリカ人にはふさわしくないかもしれない。でも私たちのインディアンへのひどい扱いを、まじりけなしの極悪非道を装った兄弟愛のなせるわざだなどと、アメリカ人が言うのは聞いたことがない。
キャサリンがここにいる間は、できるだけ働いてもらわないと大いに不道徳なことになっただろうから、二週目には彼女は「ウォーキング」(211)の件に着手した。私は火葬については面倒でお金も高くつくと言われて、やる気を失っていた。そこでキャサリンが火葬の関係の人に手紙を書いて説明書を送ってもらうと、なんと、この上もなく簡単で安価だと分かったのだ。たったの六ギニーで、牧師さんにもう一ギニー払うらしい。私の灰は骨壺に入れられ、故国に送られる。ウィリアムの新居の広間を飾るためではなく、ケンブリッジの墓地の父と母のそばに葬られるためだ――ハリーが言うように、そうでないと私たちのことが神話になってしまうから。キャサリンがここにいる間に死ななくて大きな無駄をしてしまった。帰る時に船の上段のベッドに私の骨壺を乗せて持って帰ることができただろうに。そして彼女が船酔いで身悶えして横たわっている時には、いつもひどい船酔いに苦しめられていた私の肉体の部分が灰になってしまったという目にも見える確信をそばにおいて、きっと悲しみも大いに和らげられただろう。このようにしてかの早起きさん、不愉快なうじ虫から逃れてみせるというのは、なかなか見事にあざやかなものだと思う。願わくば、

「うじむしが
うごめきでては　はいまわる(212)」

ということが、私が土に返る時には起こってほしくないものだ。

次に私たちは私の遺言状に着手した。もう一度書き直したかったのだ。もちろん前のを作った後で私の気を悪くさせた人々を削るのだ。これはライラ・ウォルシュのいとこがやっていたことで、彼女は何週間かごとに書き直していたらしい。キャサリンは、私が素人好みの法律用語を使うことなく厳密に自分の言葉づかいに終始しておけば大丈夫だと言い、一つとしてかっこいい言葉での遺言を許してくれなかった。彼女はバーミンガムにいる領事に手紙を書き、領事立ち会いのもとで遺言状に署名する必要があるかどうか尋ねたところ、そうだという返事があり、リジー・パトナム(213)がバンベリーにいて、ある日の午後来訪する予定だと聞いたので、ボストンから来た連署人がいるというのはいいことだと思って、キャサリンは領事に電報を打った。この畏れ多い領事様の到着で私が「失神」したのも無理はなく、ベッドで寝かされることになってしまった。その後でこの上もなくおかしな場面が展開した。私は半気絶の状態で横たわり、この機会のために見つけられる限りのフリルで身を飾っていた。ナースは私の頭の方で、キャサリンが後で話してくれたところによると、心を配る献身的な看護婦という表情を顔にこの上なく分厚く張りつけていた。そのうちに、もやがかかったような中を五人の人影が並んで私の寝室に入ってくるのがぼんやりと見えた。先頭にたっていたのは全く風変わりな小柄な人物で、身振りたっぷりで顔をしかめ、寝台の足の方に位置を占めると、私の膝をなでながら長い熱弁をふるい始めた。彼と妻が両方とも「病の床にふせっていた」という話で、それがどうやら私の病気が即座に快復することの絶対的理由となっているようだった。キャサリンは苦労して彼が遺言状をその場で朗読するのを防いでみせた。彼の方は自分の雄弁の流れを突然ダムで堰きとめられてしまって、許せないと思っているにちがいない。私としては本当に妙な気分で、悪夢のような効果があり、まるで自分の遺言状が読まれる場面に自分も立ち会っているような感じだった。小説によく出てくる、貪欲な親戚の者たちが取り囲む中で遺言状が朗読される場面だ。皆は何度かぞろぞろと出たり入ったりし、こういう場合に領事が繰り出せるだけの名高いお役所流形式主義でがんじがらめになったあと、やっと階下で「上品」なお茶の時間となった。そこでは領事が自分の今までの経歴すべてと家族の消化の具合（気の毒なほど乱れているらしい）について話して、皆を楽しませたそうだ。領事はキャサリンに「我らが偉大なポルトガル大使ジョージ・B・ローリング」と縁続きかどうかと尋ねたそうだ。そんな侮辱を投げつけられて、ピーボディ＝ローリング一族の彼女がどんな反応をしたかは想像できるだろう。さらにまた郵便局長のジェイムズ氏と私が血縁関係になるのかどうかも知りたがったそうだ。私の方はまだ生まれてもいなかったので（エヘン！）もっと気楽に受け取ることができた。それにジェイムズ氏というのは親戚であるのが名誉といえる人物だろうと思うし。連署人をお願いしたブランシュ・レピントンさんが後でキャサリンに語ったところでは、彼女は私の顔は見ないようにし、「ジェイムズさんの手を凝視して」いなければならない気がしたそうだ。またあの場面は「記憶の中では見たこともないほど哀れを誘うものとして、そして想像力の中では最高に絵になる、そしてアメリカ的なものとして残るでしょう」とも言っていた。真面目に受け取ってくれていないと文句を言う筋合いはない。それに「絵になる」と「アメリカ的な」は普通は互いを相殺しあうと考えられているから、二つが結びつけられたのはこれが初めてだと思う。この話をハリーにすると、彼はこんなことを言っていた。「君はアメリカ人のために何もできなかったなんて言えないよ。だってその二つが結びつけられるのを君が可能にしたのだからね」。

二月二十日

昨日ベアトリス・バウヤーが若々しく美しくきらめいた姿で、婚約の報告にやってきた。見違えるほどで、内気さはすっかり影をひそめ、顔は幸せで輝いていた。今までも端正な顔立ちの人だったが、今や美しい。この輝きが曇ることがありませんように。思い出に光を与えるために大切にしまっておきたい美しい姿だ！　婚約というものは、いつもいかに独身女性の心をあたため刺激してくれるものか！　しかし全く正反対の見方もある。私たちのとびきり上等の下働きルイザが昨晩ナースに言っていたそうだ。若い間はできるだけ幸せでいなければならない、なぜならその後は「絶対いになれない」からと。ナースがどうしてと尋ねると、「だって結婚するでしょ、そうすると四六時中背後に男がいて、どうして幸せになれるでしょう！」そしてさらに続けて、自分は結婚しないですむ間はしないつもりだと言ったそうだ。彼女は、結婚が決して避けることのできない、ただ先に延ばすことしかできない運命で、夫というものは一瞬の誘惑の幻影すらも感じさせない絶対的悪だと、かたく信じているようだった。彼女の母親がヴァレンタインの日に第七子を出産した。確かにこれで彼女の確信の強さが説明できる。赤ん坊はルイザによれば「ヴァレンタイムのジェイコブ」と呼ばれることになっている。彼女はその日一度家に帰り、楽しかったかと尋ねると、顔を輝かせて、とても楽しかった、「だってお父さんが一日中私のことをかまってくれたのですもの」とのことだった。

西暦一八九〇年、正義はかくのごとくおこなわれる。

ベンゾン氏は、エイルズベリ侯爵が親切にも氏が以前はよい性格の人物だったと証言してはいたが、やはり禁固三ヵ月の刑ですんだことを幸運と感じてしかるべきである。文書偽造罪は立証できなかったが、偽ってさまざまな額の金銭を手に入れたことについては有罪とされた。最後まで実に見下げ果てた男で、審問の間、幾度となく涙を流していた。なぜいかなる種類であれ同情が彼に寄せられたのかと驚いてしまう。その背後には次のような考えがあるらしい。つまり、誰か「大物」が二年間に競馬に二十五万ポンドも注ぎ込めるのなら、その男はモンテカルロで豪勢にやるのを許されるべきだし、偽造した小切手や預金もない銀行払いの小切手を使ってギャンブルをするのも許されるべきだ、という考えである。（『トゥルース』誌より）

警察裁判所の審判の二つの教訓的事例が、マンチェスターのゴードン・メモリアル・ホームに住むデヴィーン氏がチェシャーの新聞に宛てた手紙の中にあげられている。そのうちの一つは不運な身寄りのないロンドンの少年の話で、彼は教育もあり育ちも良いが、貧困と飢えで破れかぶれになり、何とか刑務所にぶちこんでもらおう、ただし物を盗むとか、恥になるようなことは何もしないで、と決心した。そこで彼はユーストン駅まで歩いて行き、最初に目についた列車に乗りこんで、うまい具合にストックポートで逮捕され、無銭乗車のかどで告訴された。この少年は治安判事の一人に「げすのならず者」呼ばわりされ、一ヵ月の禁固刑を言い渡された。（『トゥルース』誌より）

次は愛すべき「一人の同情心ある男」の書いたもの。私たちのためにものごとを心地よくしてくれる人だ。

同じ学校であったさらに別の事例。十三歳の少年が学費を着服して八週間無断欠席していた。父親は息子の非行を知るとしたたかに殴りつけた。思いやりある隣人の通報で父親は暴行のかどで召喚され、慧眼の治安判事によって一ヵ月の重労働の刑を言い渡された。かくしてこの男の家族はその間稼ぎ手を奪われることになった。一方少年の方はそれ以来学校からも家からも姿を消してしまった。おそらく人生という学校でより高い水準に達するようになるだろう。[214]

小さなハリー[215]がある時、母親にこんなことを言った。「ママ、ぼくのおなか痛、すごく広いんだよ」。

ところで領事の話に戻ろう。キャサリンが彼の話していたことを教えてくれたが、それから判断すると彼は典型的な西部の政治家である。「バーミンガムの領事職はハリソン大統領個人への好意のつもりで引き受けた」だけだ、等々。実際に会ったことはないが、西部や南西部に群がっているような類の人だ。ひどい考えだけど。でもありがたいことに、母国の卑俗な人たちも、彼らを生み出した環境が多少とも想像できるために私たちにはましに見え、その結果彼らの与える不快感も単に相対的なものになる。これは天の配剤なのだ。とは言っても外国の人にとっては、まさしく絶対的なのではないだろうか。ロンドンでR・L・スティーヴンソン夫人[216]に会った時、一つの人間の類型として非常に奇妙な印象を受けた。外見からいうと、神または自然は、どちらが彼女を生み出すのに責任があったにせよ、彼女を手回しオルガンの付属品にするつもりだったように見える。しかし妻としての立派な美徳はいくつももっているのだろうし、彼女がハリーに宛てて書いた手紙を幾通か読んでもらったことがあるが見事なものだった。それにしてもあの利己主義！　しかもあんなにむき出しの！　まるで衣服を着けていない人のそばにいるような、なんとも妙な気分にさせられるのだ。我らが流動的な国アメリカに行ってきた旅人が、どんなグロテスクなことが起こるのを見たと言おうと、その可能性をアメリカ人が否定しているのを聞くのはこの上もなくばかばかしい。ある日ロンドンの私の部屋で、メアリー・ポーターが二人のイギリスの婦人にアメリカでの風俗や習慣のことを教えていたのだが、彼女の基準とするのが人工的で都会的なニューポートなのだ。私は我慢できなくて、すぐに西部での話をしてメアリーの気を悪くさせてしまった。その話というのは、キャサリンがここにいた時にしてくれた二つの話である。昨年の春のある日、北部に向かう途中ノース・カロライナのアシュヴィルで、彼女はテーブルで父親と母親と二人の娘が話しているのを漏れ聞いた。父「手袋なしでディナーをいただけるホテルにいるのはいいものだね」娘「あら、お父さま、家族だけの時なら手袋なしでも完全に規則通りだと思うわ」父「お前のお母さんはそうは思わないのだよ。私はディナーの時も、ホイスト遊びの時もいつも手袋をはめていなければならないのだ」キャサリンは本当にこの会話を聞いたのだ。だからあの広い国土のどこかには、手袋をはめた「規則通り」の人類が存在しているはずである。キャサリンのもう一つの話は、ある時ミシシッピー河の大きな蒸気船に乗っていた時のことだ。夜毎大広間でダンスがおこなわれたのだが、大広間の向こうには一等船室が並んでいて、それぞれの部屋の戸口にはママたちが座って娘を監視していた。彼女らは疲れてくると次第に船室に「引き下がり」、ベッドに入ると再びドアを開け、その見晴らしのいい場所から監視の任務を続行していたそうだ。

二月二十一日

『スタンダード』紙より

議長に宛てられた以下の奇抜な手紙が、昨日の朝リッチモンド救貧委員会の会合を大いにわかせた。

二月十九日　バーンズ、ハーミテジ

拝啓　リッチモンド救貧院内礼拝堂の日曜礼拝に出席する被収容者の数が少ないということは嘆かわしい事実で、救貧委員の皆さまがこの件について意見を交換し、改善のための方策を提案なされたのは賢明でありました。私は救貧院付きの牧師さまの邪魔をしようという気は全くございませんが、会衆の数を増やす助けをすることができればうれしく存じます。この目的のため、副牧師の職に応募させていただきたく、何卒よろしくお願い致します。固定給なしで喜んで勤めさせていただきます。私は不信心な人々を改心させた経験をかなりもっておりますので、救貧委員の皆さまを現在悩ませている大問題を解決することができると信じております。業績給にてお払いいただければ結構です。三百人の被収容者がいるとして、数カ月のうちに二百五十人は日曜礼拝に出席させることができるでしょう。現在定期的に礼拝に出席している者の数に一名つけ加わるごとに四ペンス、カトリック信者を国教会に改宗させれば、その度に一名につきもう一ペンス、救貧委員の皆さまが支払ってくださることのみを希望いたします。さらに音楽礼拝を魅力的にすることも手がけます。被収容者のうちで最も歌のうまい者たちに白い法衣を着せることをお許しください。この法衣は慰問のご婦人方が作ってくださるでしょう。お許しがあれば合唱つきの礼拝を、時には楽隊の伴奏つきで導入したいと思います。私ならこれが簡単にできます。なぜなら息子の一人はオーボエを、もう一人はファイフを吹き、娘たちはチェロ、コルネット、それにコントラバスを上手に演奏します。私も少々トロンボーンを吹くことができますし、また喜んで指揮もいたす所存です。ほんのわずかな時間をいただければ、明るく陽気な礼拝をすることで全収容者を定期的に礼拝に赴かせることができると信じて疑いません。国教会牧師の一人として、私は是非とも今すぐに己の義務を果たしたいと願っております。私の手紙を次の会合で救貧委員の皆さま方にお見せいただければ、私の喜びとするところでありまして、私の低額にての申し出が喜んで受け入れられることを確信しておりま す。

敬具
ピーター・トマス・マカラム

救貧委員たちはこの申し出を感謝しつつ断った。

ローマン・カトリックから一人の魂を救い出すのが五ペンスというささやかな価値しかないなんて、確かに今は宗教の衰弱の時代なのだ。一ついいことがある。春と青春時代が最も楽しい時期だとする古くからの迷信がほぼ粉砕されたことだ。春は一年中で最も憂鬱な時期だし、青春時代は一生で最も難しい時期なのだから。春は肉体的に私たちを落ち込ませるばかりでなく、自然の美が顕現されるのに呼応して、「自分は自分でしかないという生来の苦しみ、自己から離れて普遍的な存在とまじりあいたいという欲望[217]」が私たちを圧倒し絶望で満たすのだ。それに若い時代の喜びのどれが中年のこのめでたき瞬間に匹敵するだろうか。心静かで進むべき方向にも確信があり、日常生活の単純な出来事も人間の複雑さも、蓄積された過去の経験と結びつけられ突き合わせられると、すべて説明がつき豊かさも増すのである。それに対して空っぽの若者の意識は、破局というものを知らず、希望がいつまでも延期され、夜明けに約束されたことが日没にも果たされないのを知ると、ただ打ちひしがれ、うろたえる。私の若い頃は身体的事情により非常に熱っぽいといえるものではなかった。それでも私は十二歳から二十四歳までの間、誰かに言わせると「自分を殺す」ことにせっせと励まねばならなかった。よりよいやり方は中間色に身をつつみ、波静かな水辺を歩き、魂を沈黙させておくことだと骨の髄まで染み込ませた。あの六十二年から六十三年にかけての冬の灰色に垂れ込めたニューポートの空を思い出す。あの頃私は断崖の上をよく歩きまわっていた。そして自分にとって「人生」が何を意味するかが水晶のように明らかになると、私の若い魂はついに幼い産着の殻を脱ぎ捨てたのだ。それは単純なたった一つの認識ではあったが、それを前にするとすべての謎が消えてしまった。あの時ひらめいた火花が大小さまざまな経験という燃料を注がれて燃え続ける炎となり、私のささやかな旅に明かりを投げかけてくれた。その炎は潮が差す時には勢いが衰えることもあったが決して消えてしまうこともなかった——「一つの思考、常に現在という時にまじりあう、唯一で永遠なるもの」として。私は自分の気性にどんなに深く感謝していることか。この気性のおかげで、あの哀れな人々、自分の位置を決して知ることがなく、何かが襲いかかるたびにまるで枯れ葉のようにあちらへこちらへと吹きつけられている哀れな人々のみじめな運命を免れているのだから。あの人たちは打ちのめされることを恥じともせず、人間誰にでもある苦痛と悲しみに悲鳴をあげ、唯一残るものは私たちが人生に向ける抵抗であって、人生が私たちに課す重荷ではないということに、ほんのわずかにも気づきはしないのだ。

三月三日

私は自分が「教会」を前にして感じるうぶな苛立ちをいつもおかしく思っている。ほとんどの人たちの日常生活では伝統的で習慣的に過ぎないものを、中年に達してなお全く新しい発見として眺めることができるのは、こんなに限られた人生を生きる者にとってはもうけものだ。なぜなら教会とは、諸々の印象、精神的驚嘆、知的ねじれ、霊的不快の黄金郷《エルドラド》なのだから。まるで十九世紀末にもなって私が教会の非道という処女鉱脈を掘り当てたみたいだ。ナースは軽いインフルエンザにやられたようだ。ともかくここ数日見るからに気分が悪そうだったし、実際そうだったらしい。それでも気丈にがんばっていた。私も数日間寝込み、できるだけ「衰弱」してみせたが、無駄だった。小さなバイ菌も、私の血管に停滞するうすい血で宴会を催せると考えるほど馬鹿ではないらしい。だから私はもう少し生き続けることになる。でもそれがどうしたというのか。あと何度か頭痛を味わって、それでおしまいということになるのではないか。それにしても私があと何度か頭痛を味わうのが人類の進歩のために必須だとは少々滑稽なことである。しかし私の頭痛より滑稽なのは、「レジナルド・ブレット閣下」なる人物の熱弁だろう。彼の若き（?）魂はマーク・トウェインによるアーサー王の冒瀆に大いに腹を立て、『ペル・メル・ガゼット』紙の一コラム分を埋めてしまったのだ。レジナルドさん、落ち着きなさい。マークのことを洗練されたユーモリストと受け取ろうと、俗っぽいおどけ者と受け取ろうと、それはご自分の好みで決めたらいいけれど、ねえブレットさん、マークを大真面目に受け取って海の向こうの無遠慮な人々の嘲笑の的になってはいけません。大真面目に受け取る価値のあるものなんてめったにないのです。多分あなたは違うし、私も違う。それならマーク・トウェインなんてもっと違うのです。以下の文章で明らかなあなたの純朴な頭の混乱はたいそう面白いものだと思うので、記録に留めておきましょう。

> ヨーロッパにおいても、後世の明るい光をあてると不適切とか無益に見える大義のための戦いで、残虐な行為が広くおこなわれたが、アメリカにおいては、現代で最も野蛮な戦争が、同じ人種で同じ言語を有する者たちの間で無慈悲にも戦われたということを忘れてはいけない。この戦争では、一方の側で何千もの無力な捕虜が餓死させられ、もう一方の側では、戦場から這って逃げようとしていた戦傷者たちが冷血にも撃ち殺されたのだ。

あなたはあの戦争がただ野蛮な本能のはけ口にするためにのみ戦われたと思うのですか。何百万もの人々を奴隷の身から解放するという大義も、戦場に夫を送る妻や息子を送る母の心を高揚させるにふさわしい大義ではないというのですか。

　知的で、この上もなく理解力もあるマッシモ・ダツェリオの考えを読むと、「外国」の状況を把握することがいかに不可能に近いかを分からせてくれる。民主主義は専制君主の頭が無数にあるという点で専制政治と違う、つまり上からの独裁ではなく下からの独裁だ、という風に真実をついた見解を述べていながら、ロシアと（南北戦争時代の）合衆国を比較してこんなことを付け加えているのだ。「私は公平を期するために、ロシアの専制君主をアメリカの専制君主と同等に扱ったことについて許しを請わねばならない。なぜならアレクサンダー・ロマノフは自分の奴隷の鎖を解き放ったが、エイブラハム・リンカーンは敵の奴隷の鎖を解き放っただけなのだから」(218)。これを聞いて受ける印象は、あの慈愛の権化、哀れな悲劇のリンカーンが、敵の奴隷だけを解放して、自分の奴隷はそのまま多分ホワイトハウスの裏にでも隠してあるというもので、無理解がどれほど極まれるものかを示している。「ヴワズノンが語るところでは、ある日ヴォルテールの家に『アルジール』についての話を聞きに行くと、ラシーヌの息子と一緒になった。このラシーヌはヴォルテールの詩の一つを見たことがあると言い、絶えずぶつぶつと『その詩はぼくのだ』と繰り返していた。この絶え間ない不平の声に苛立った僧院長はヴォルテールに近づくと、『ぼくのだという詩をくれてやって、帰ってもらいなさいよ』と耳元で囁いたそうだ(219)」。賛成！　剽窃だといつも騒いでいる厄介者は、最も下等な原生動物だと言っていいだろう。

三月七日

今朝のハリーの手紙によれば、正反対の意見をもつジョージ・カーゾン氏(220)とオーガスティン・ビレル氏(221)の両方が彼にこう言ったそうだ。ラブーシェアはソールズベリー卿(222)攻撃の件で法務総裁に完全にやりこめられた、そして彼が自分の申し立てを証明するために提出した証拠は全く薄弱なものだったと。弱い人間が有罪宣告で落とし穴に落とされてしまうのを落ち着き払って見下して優越感にひたっているラブーシェアのような人にとっては、これはかなりグロテスクな出来事だろう。自分が気に入っていて、一番大切にし、信頼もしている資質がいつも、このあやつり人形芝居のような人生のどこか得意の絶頂期に、私たちを裏切るようである。ラビーさん、[223]お気をつけあそばせ。あなたのような人はうまくいっている時にのみ存在可能なのです。その道徳的薄っぺらさ、そして美意識に与える負担はあまりにひどいので、世俗的狡猾さをうまく機能させることができず、ヒステリックな人のように熱に浮かされてしまうと、あなたはまるでトランプの家のように崩れ落ちてしまうのです。パーネル・レポート動議の修正案[224]については、サー・チャールズ・ラッセルの演説のこの部分だけで十分だろう。

この討議における最もつらい出来事は、アイルランドの議員諸氏に送られた祝福の言葉が反対側のベンチに座る人たちには沈黙をもって迎えられたということです。しかもこの諸氏に非難が浴びせられた時、不利なでっち上げがおこなわれた時には、反対側の議員諸氏はそれが喝采に値すると考えたのです（謹聴、謹聴）。あなた方は盲目的に進んでいると私は思います。あなた方は公的生活から、そして重要な政党のリーダーの座から、一人の人物を追い出そうとしています。その人は数々の偉大な業績を成し遂げました。それらはアイルランドのためのみならず、帝国全体のためでもありました。なぜならアイルランドの弱体は帝国の弱体であり（謹聴、謹聴）、アイルランドの進歩は帝国に力を付与したのですから（喝采）。彼は、それまでの八十年間にアイルランドのために成し遂げられたことに匹敵するだけの確かな業績を、十年の間で成し遂げました。彼はそれを成し遂げるにあたって、イギリス国民の精神に高まりつつあった知性と共感によって助けられました。一方その精神は、この党を率いる天才的人物によって奮い立たされ、育てられてきたのです

（大喝采）。しかし賢明なる諸氏ならお分かりと思いますが、彼がなしたことはそれだけではないのです。彼はアイルランド問題の政治的支点をこの議場に移しました（謹聴、謹聴）。彼は大きな民衆の力を秘密組織から合法的行動へと向けました。この行動にも付随する悪や汚点があったかもしれないし、なかったかもしれません。しかしある一つの効果があったということは誰にも否定できません――あなた方の政策がそれを邪魔しない限りは。その効果とは、フィニアン同盟やもろもろの秘密結社[225]がもはや今日のアイルランドでは政治的要因でなくなったということです（謹聴、謹聴）。何よりも彼はアイルランドの人々に議会とその正義感を信頼することを教えました。不正を正すために議会の手続きに頼ることを教えたのです。あなた方は本来の政治家らしい道を進んでおられません。もしもパーネル氏が自分の属する階級に与し、自分の階級の利己的な利害のみによって動いていたとすれば、もしも彼がアイルランド人だということを忘れていれば、もしも彼がアイルランドの代表としてアイルランド人の問題こそが自分の最大の関心事だということを忘れていれば、もしも彼が、グラタン[226]の言葉を借りれば「英国下院という市場に自分を売りに出して」いたら、もしも彼が自分の国から聞こえる苦難の叫びに耳を塞いでいたとしたら――この叫びは反乱と反逆の叫びと誤解されることがあまりにしばしばありましたが――要するにもしも彼がそういうことをしていたら、あなた方は彼のことを議会の立派な議員だとみなされたのでしょうか（喝采）。今日あなた方は、最初に私が申したことすべてをなした人物を、最初に私が申した通りに行動した人物を、はずかしめようとしておられます（喝采）。この問題について、その個人的側面を超越して考えてやろうと思われるほどに度量の大きな方、これぞ政治家と呼べる方はおられないのでしょうか。（大喝采）パーネル氏の背後には国民があり、国民の希望があるということがお分かりにならないのでしょうか。（喝采）彼を傷つけるなら、その国民を傷つけ侮辱することになるということがお分かりにならないのでしょうか。（喝采）そういうことをしていれば国際的な紛争を和解させるどころか、悪化させることになるのがお分かりにならないのでしょうか。国益を意識しているあらゆる善良な人々は、その紛争が永遠に終結するのを見たいと願っているというのに。あなた方はご自分の党の得票でこの動議を可決するでしょう。もしもその勝利を勝ち取ったとしても、せいぜいピュロス王の勝

[227]利に過ぎず、あまりに大きな犠牲を払うことになるでしょう。そしてそれを勝ち取ったからといって、政治家としての特性も愛国者の特性も示したことにはならないのです。（野党席の喝采続く）

三月七日付け『スタンダード』紙より

統一党とトーリー党の行動は、ただただ究極の愚行としか言いようがない。ある民族にとって、これほどインスピレーションに欠け、これほど完璧にユーモアがないため、まるで頼るものもなく裸で取り残されたような状態になるというのは、本当に大きな不幸だ。しかもイギリス人の胸の内には「男らしさ」と「フェアプレイ」への愛着があると称える声がコーラスとなって、四方から沸き起こってくるのを読んでみるがいい。彼らはいつも他の国の人々に自分たちがそういう特質を独占していると主張しているのだ。ただしアイルランド人を前にした時のイギリス人が精神的にそれほどに下劣だといって責めてはいけない。仕方がないのだ。イギリス人の身体にはアイルランド人のことを想像してみる部分が全く欠如しているのだから。そのため当然のことながら、彼らの自尊心はアイルランド人を憎み軽蔑することでしか守りようがない。鉛のように重い足では行けない場所に運んでくれる翼など、彼らの精神にはついていないのだ。だから七世紀もたった今になってやっと、かすかながら分かりかけている――アイルランドには他のどの土地にもまして触知できない精神性があり、それが残忍さに出会っても、ついには勝ち誇り不滅のものとして立ちあらわれるのだ、ということを。

三月九日

しばしば夜のしじまの中で女の声が私の耳に鳴り響く。人間の声とも思えない声で、途切れることもなく、耳障りな単調さで「アンタはウゾーツキ。アンタはウゾーツキ」と言っている。それにまじって男の酔っ払った調子の声と、ジンに溺れたような弱々しい泣き声が唱和する。ある夜、ダヴィアガーデンズで就寝しようとしていた時（戸外というわけではなく、ハリーの家の中で）、こういう恐ろしい声が家の脇の路地から湧き上がるように聞こえてきた。ナースが見てきたところでは、夫婦が赤ん坊越しに言い争っていたのだ。小さな人間の命の痕跡のようなものを包んだぼろ布の束から、哀れな抗議の泣き声があがっていた。まるで地獄に降り立った気分だった。メアリー・ポーターがその頃イースト・エンドのそういうもののまっ只中に住んでいたので、ある日彼女に、そういうことから逃れることができるのか、それらが身体に染みついてしまって四六時中取り憑くということはないのか、と尋ねてみた。彼女は私が何を言っているのか分からないようだった。ああ、彼女には幸せにも痛くなる胃がないのだ。それにしても、あの人たちにとって「うそつき」が何を意味するのかが分かれば、面白いだろう。「うそつき」というのは非難のしかたとしてはたいそう高尚な形だと思えるのだ。ラスベリー夫人は、イースト・エンドに住む人たちは自分よりもよほど鋭い善悪の感覚をもっていることが分かったと言っていた。そんな風に自分をだまして、どんな満足がありうるのだろうか。

なんと私はセント・パンクラスの選挙の結果(228)を聞いて「失神」してしまった。当然のことながら、私の胃に差し迫った、もう七百もの選挙を予想することには、魅力を感じられない。消化作用は別にして、あの強大な器官の支配を受けることがなくなったら、どんな気分だろう。運命の三女神(229)の命令ですら、私の存在の要である胃の下す天命ほどに抵抗しがたいものであったためしはない。頭では、どんな運命も恐ろしくない。でも精神的には、あのうねうねとのたうつ蛇の巣の痙攣を前にすると、私は土を這うミミズよりも無力になって這いつくばってしまうのだ。いつ潰されてしまうか分からないというあの数時間の恐怖、一秒一秒まるで蜘蛛の糸一本で正気にしがみついて過ごすようなあの数時間の恐怖に、少しでも匹敵する痛みがあるだろうか。

サラ・ベルナール(230)がキリスト受難劇を演じるなんて全くぞっとさせられる。あの人は道徳的膿瘍、虚栄心で膿んでいる。

三月二十二日

昨晩バルフォア氏(231)は、彼が投獄する議員仲間についてこう言った。「もしも彼らが連れがほしいと言えば、他の囚人たちと一緒に運動させてやればいい。その権利はあるのだから」「スリ連中と一緒にと言うのか」と一人の議員が叫んだ。「そうですな。私は違いは認めておりませんから」。バルフォア氏は、自分が違いを認めている、だからこの虚勢は無礼であると同時に虚偽でもある、とよく分かっているのだ。そうでなければ、どうして彼とその仲間は、パーネル特別委員会報告で「有罪とされた犯罪人」に対して論理にかなった処置を講じないのだろう（三月二十日付け『ペル・メル・ガゼット』紙より）。

これは偉大な政治家、貴族階級の精華、「紳士の党」のスターという役割を演じているバルフォア氏のいかにもバルフォア氏らしい例だ。アメリカ人の私は、ノブレス・オブリージュ[232]とかその他の立派な世襲の伝統などについては今でも幻想をもっているので、遠い過去にルーツをもつ人たちが、いかにも評判の悪い成り上がりの西部の政治家と同じように紳士らしい本能に欠けていると分かると、ひどいショックを受けずにいられない。しかしその人たちの中でもバルフォアはきわだって、世襲身分に付随する責任への信頼を台無しにする傾向があり、寛大で男らしい高貴な伝統を、母親の乳と一緒に吸うことがなかったようだ。でもなぜあんな今にも消えてしまいそうな人物について熱くなる必要があろう。ウィリアムが言うように、「彼らの鉄面皮な傲慢さも歴史の審判を受けるだろう」から、私たちはその審判に彼らをまかせておけばいいのだ。

当地の女性たちは、アメリカではめったに起こらないことを、しょっちゅうやっているようだ。再婚である。これにはいつも驚かされる。その件について私が馬鹿げた青臭い潔癖さをもっているからではない。女たちが何であれ、殺人、盗み、飲酒以外に幸せがつかめるかもしれないと想像するものにしがみつくのを見るのは、たいそう結構なことだと私は思っている。そうではなくて、いつもあんなに信じきって同じ経験を繰り返す気になるなんて、あまりにも単純にできていることを暴露するではないか。昔の曲にちょっと変化をつけて演奏しているだけなのだ。一、二年以内にやってのけるのを見ると、彼女らの精神の肉は、身体につまっているあのピンクの肉と同様にきっと健康なのだろう。ちぎれた繊維も再婚する気になった途端に、どうもひとりでに治るようだ。何であれ人間関係が終わった後も残るのは主観的経験なのだから、妻としての部分は一度の実験で十分に成長したはずだし、ともかく配偶者を失ったという観点から少しは現状を考えてみたいという気になると思うだろう。でも違うのだ。彼女らはいつでも瞬時に再び愛情に飛びつく用意がある。まるで大切なのは愛情の質ではなくて量なのだと言わんばかりに。

ビスマルク[233]は自然の成り行きで消えて行くだろう、そして彼のいまわしい時代錯誤も次第にそれに続くだろうと思ってはいた。しかし、さらに彼が「つぶされる」、しかもいかにも彼らしく、自分の育てた人につぶされるなんて、喜ばしいばかりか滑稽でもある。しかし少々心配もある。なぜなら、ビスマルクの国内政策はハリーも言うようにブーランジェ並みだったようだが、彼が平和に寄与したのは確かなのだから。それに対して、彼の辞任を急がせた甘っちょろい坊やはまるで火薬庫の中でマッチをもって遊んでいる子供のような危うさを感じさせる。

「あなたの諸々の奉仕に対して十分見合うほどに報いることはとてもできません。だから私と祖国の尽きることのない感謝の気持ちをお伝えするのみです。その感謝の気持ちのしるしとして、あなたにはラウエンブルグ公爵の爵位を授与し、私の等身大の肖像画を送ります」。ウィルヘルム、I・R

よかったじゃないですか、ビスマルクさん。肖像画は等身大どころか、巨大なものということもありえたのですよ。半時間でもウィルヘルムになってみたい。本当に完璧なお方だから。現在知られているどんな人よりも、自分自身の個性について錯覚の虜になっていて、自己を相対的に測るという可能性から絶対的に隔たっている人だ。

ナースの父親は、チェルトナムの近くのプレストベリーにある国立学校の先生である。ナースが初めてやって来た時、大いに得意げに語ったところでは、この学校は「典礼主義[234]の温床」だそうだ。

次の話は先生の胸の内で魂がいかに発酵しているかを示している。クリスマスツリーの話をしていた時、私は、あら、三百人の子供用としたら、よほど大きくないといけないわね、と言った。するとナースは、場所が十分にないから、その半分ぐらいしか呼ばれないのだと答えた。「先生はどうやってその半分を選ぶの？ きっと成績の良い子ね」「あら、違いますよ。日曜学校に来る子供たちだけを呼ぶのです。非国教会派《チャペル》の子供たちが入れないように」これが人類の兄弟愛を象徴する偉大なキリスト教のお祭りとは。本当に、本当に、結構ですこと。

三月二十五日

ヘンリーが十日にやってきて、一日を過ごしてくれた。ヘンリー忍耐王と呼ばなければならないだろう。私は五年前の十一月に海を渡ってきて、おんぶお化けのように彼の首にしがみついてしまった。どう見てもこれからもずっとしがみついているだろう。私はこれまでに数限りない心労と不安を彼に与えてきた。それにもかかわらず、また私の病気の性質が尋常ではないにもかかわらず、彼の顔に苛立ちの表情が浮かぶのを見たこともなければ、思いやりのない言葉や誤解したような言葉が口をついて出てくるのを聞いたこともない。私がほんのわずかでも来てほしいという合図を送るだけで来てくれて、どの臓器が発症しているのであれ、そばにいてくれて、私の神経は彼の神経、私の胃は彼の胃だからと断言して、落ち着きと慰めを与えてくれる。私の胃を引き受けてくれるなんて、人類史上最高の兄妹愛だ。いついつまでに良くなってほしいなどと、遠まわしにほのめかしたことすらない。これは愚かしくも愛情深い友人や近親者が、愛する病人にどうしても負わせてしまう重荷なのだが。でも彼は記憶する限りいつもそんな風だった。あの独特の感受性を父とほとんど同じくらい強くもっているのだろう。あれを何と呼んだらいいのか、まるで表皮が関係しているようで、その表皮を通して人の気分を感じ取れるおかげで、相手の気分を勝手に解釈したり、その気分に気づかなかったりして、痛いところに触れてしまうのを免れるのだ。

少し前、ウィリアムがブラジル(235)から帰国後の六十六年二月にウィルキーに宛てた手紙の中に、こんなくだりを見つけてうれしかった。「ハリーはずっと進歩したと思います。彼は高潔な人物です。実に誠実で、思いやりがあって、尊敬に値します」。これらの言葉すべては当時と同様一八九〇年にもあてはまる。さらに続いてこれを見た時は、もちろんありがたいと思った。「そしてアリスはとてもいい娘になりました」。ここには本当に兄らしい妹を思いやる調子が聞こえるではないか！残念ながら私はあの頃以来、兄の言う高みから落ちてしまったことが幾度かあった。ハリーはあんなに俗世界に住んでいながら、完全に浮世離れしていて卑しいことが想像もできない。その一つの例として、彼はヘンリー・ワイコフ(236)の遺書について、またアルバート(237)が、というかむしろ堕落したアルバート・ワイコフ夫人が、その遺書に異議を申し立てるのではないかという恐れについて、こんなことを書いている。「いずれにせよウィリアムは彼の分の五千ドルは受け取ることになるとぼくは思っている。ワイコフ夫人がそれをけちるなんて卑しいことだし、もしも遺言に異議を申し立てるなら、そういう卑しいことをすることになるのだと分かれば、夫人も恥ずかしくて申し立てはやめるだろう」。四六時中競馬に凝っているワイコフ夫人が、皆に敬愛されるウィリアムの立派さに恐れ入り、恥じて正しい道に戻るだろうと考えるなんて、その美しい赤ん坊のような無邪気な見方には本当に感動してしまう。彼は芝居[238]については楽観的なようで、私が心配でどきどきしているのが理解できないらしい。彼が六カ月前に秘密だよと言って芝居の世界に乗り出したことを話してくれた時、どんな「精神状態」に陥ったことか。誰かにその件を話さずにいられなかった。そうでなければ爆発してしまっていただろう。そして相手はもちろんナースしかいなかった。あふれる言葉を受けとめてくれる器の貧弱さには泣きたい気分、それとも笑う方がよっぽど合っていただろうか、そんな気分だった。反応のいい聞き手たちが大勢ひかえてくれていた昔とは、それほどに対照的だったのだ。ナースはこういう話すべてに従順に耐えている。いつも変わらず教区牧師の非道の話とバルフォア氏の非道の話を交互に聞かされているので、いい気分転換だと思っているのだ。

三月三十日

毎日私には無上の三十秒がある。昼食後、休息から戻ってくると、窓が閉められてしまう前に顔を外に突き出し、春をたっぷり吸い込むのだ。バルコニーにある黄色く輝く水仙、正面の老木の、日に日に芽のふくらむ若枝、息もつかずに巣の大掃除に余念のないミヤマガラス、変化する光の明暗、そして大気には誕生の神秘。外を何時間さまよい歩いても、骨の髄にまで染み込むこの数秒間ほど強烈に、年ごとに繰り返される「奇跡」を吸い込むことはないだろう。

「我が家」という気分は、立派な意志があれば、そしてもしも自分が生きていく上に必要ならば——自分が生まれた我が家が目一杯大きくなり、見たところびくともしなかったのに（！）目の前で溶け去るのを見てしまった後であっても——どんな四つの壁の間にも作り上げることができるものだ。うれしいことに、この二つの部屋の中で「我が家」という気分がますます強く私を捉えている。この錯覚は、季節がいくつも通り過ぎて、次に何が予想できるかが分かるようになった結果、育まれたものだ。季節の変化を何度も経験すると、以前見たものを単色明暗画風《キアロスクロ》に見分けることができ、その景観のどの色をもって深みを増し、生硬なものを和らげればいいか分かるのだ。一本の光線が、過去の光線を思い起こさせ、来るべき光線をはらみつつ、部屋に斜めに差し込んでくるだけで一日が生きるに値するなんてことは、偏屈な者には軽蔑すべきものに見えるだろう。しかし強情な者はみじめな境遇を愛するものであり、自分自身とばかりでなく壁紙やソファのクッション、それにもちろん「シフォニア」たんす――あの下宿屋式装飾の中核をなすもの――とも仲良く暮らして、擦り切れるのを厭《いと》うことはないのだ。しかし正直に言って、椅子の掛け布やノッティンガムレースのカーテンには困ってしまった。どうしても慣れることはできないだろう。初めて来た時には十七枚あったが、以来一枚ずつ追放していって、三年後の今、何の痕跡も残っていない。クラークのおばさんの気持ちを考えて、ゆっくり進めねばならなかった。でもあのカーテンはあまりに気を滅入らせ、せっかくの高雅な印象まで相殺してしまっていたのだから。

　今朝届いた手紙で、ハリーが「魅力的なシルヴィア・デュ・モーリエ[239]とアーサー・デイヴィス〔デイヴィーズ〕との婚約」のことを書いている。「まだ無一文の法廷弁護士ではあるが、際立ってすぐれたハンサムな若者です。彼は奨学金や賞で獲得できるものはすべて獲得し、彼とその五人の兄弟は大学教育を受けるためのお金を一文も父親から出させなかったのです。アイルランド自治論者でスポーツマンでハンサムです」とのことだ。精神的、知的、肉体的にかくも見事に適応している彼のような人物がイギリスではしばしば見受けられ、そういう人を見る時にこそ、イギリス人というのはやはり例外的な人種なのだ、結局重きをなす人種なのだと思わせられる。だから心を強く揺すぶられて、巨大で密につまった民衆の群れのことまでも、あっさりと許す気になり、愛情すら抱きかける。彼のような人たちは、その民衆の中からこそ花開いたのだから。彼らは膝まで民衆のぬかるみに足をつっこんで穏やかに満足げに立っている。こちらの若い男性たちの間では、本当に魅力的な顔を見かける。しばしば祖先からそっくり受け継いだものではあるが、とても美しい純粋さ、無垢、素朴をあらわす表情で、錯綜する経験によってそこなわれていない晴朗さ、一時間前に自然の子宮から生まれ出たかのように、理論など持ち得ないという表情である。

　この冬のある日、バウヤー夫人が息子を連れて会いに来た。典型的ないい若者で、たいそう清潔で口下手だった。ニューカースル公爵が自分自身の祈祷のためにクランバーに建てた信心深い建造物[240]は五万ポンドかかったらしい。多分そのせいで公爵は歯ブラシを買えないのだろう。ルイザ・ローリング[241]のロンドンでのかかりつけの歯医者が彼女に言ったそうだ[242]。自分は三種類の歯磨き粉をもっている。彼女にはアメリカ人と歯を正しく磨いている人たちに与える歯磨き粉をあげよう。二つ目の種類は時々歯を磨く人用、三つ目、つまり混じりけなしの軽石は、ニューカースル公爵のように歯を一度も磨いたことのない人用だと。アメリカのキャンディへの投資以来、公爵はいずれ別の出費を余儀なくされるだろう。なぜならあんなに甘い公爵夫人を食べようとすれば、歯痛も起ころうというものだから[243]。

三月三十日

「貧しい人はどう生きているか」。その例が最近ヘバンの警察裁判所でなされた以下の証言にある。

スノウドン警部によれば、彼は先月十五日、ヘバン・キーのウィリアムズ通り八番にあるシンプソンの家に行った。未払いの二種の教育委員会罰金の徴収のためであった。シンプソンはお茶を飲んでいるところで、子供たちはすべて家にいた。シンプソン夫人が正面の部屋から出てきた。ぼろ布をいくらか垂らしてまとってはいたが、身体を覆い隠すには十分でなかった。その家の家具といえば椅子が二つ、そのうちの一つは背もたれがなくなっている、それに鉄製のベッドが二つ、その一つはこわれてしまっている。それに加えて汚れで真っ黒になって、垢光りしているマットレスが一つあった。子供たちは不潔そのもので、ぼろ布がぶら下がり、シラミだらけだった。家はひどい悪臭がした。食べるものはジャガイモ数個しかなかった。警部は後程もう一度家を訪れたが、ドアはしっかりと閉まっていた。ドアをこじ開けて入ると、誰かが家にいた形跡があるとは思われたが、家中探しても誰も見つけられなかった。マッチを擦って煙突を見上げると、ジョージが煙突の内側に足をかけ、反対側にもたれかかって休んでいた。火はついていなかった。ジョージ少年は誰かが家に入ってきた時は、しょっちゅうそこに行くのだと言った。娘たちが言うには、自分たちは戸棚の下の段で寝て、母親は上の棚で寝るのだそうだ。

それでもこの悲惨な家族の父親はアームストロングのところで働く大工で、年の始めからの給料は平均週二十五シリング七ペンスあった。「子供憲章」(244)のおかげで、彼と妻は（彼女は一番下の子を除けば、子供たちの継母に当たる）現在二カ月の重労働の刑に服している。

（四月五日付け『ペル・メル・ガゼット』紙より）

右のような話と比べると、ロッジ夫人が話していた、どこかの貧民窟から救い出されたという赤ん坊の話は、計り知れない価値がある。その子はどこかの施設に連れて行かれ、しみ一つないベッドに寝かされ、気持ちよく皮膚を覆っていた汚れがきれいに取り除かれると、大声で泣き始め、一晩中泣きわめいて、他の子供たちも全員三日間泣きわめかせた。万策つきて寮母が母親を呼びにやると、母親はその子を見てすぐに、「あら、床に寝かせてください」と言った。そうしてみると、子供は一晩中熟睡したのだ。しかし汚れた床に寝ている赤ん坊ほどに信心深いオールドミスたちの心を傷めるものがありうるだろうか。しかも当の赤ん坊はそれで至福を味わっているなんて。

四月六日

ウィルヘルム皇帝は「毎日が七月四日」みたいな若者らしい。これは誰かがニューポートの郵便局長コグズウェル氏を表現した言葉だ。トム・ハザード氏[245]が、コグズウェル氏の二番目の妻が死んだ時、自宅で開かれる「こーれい会」に出席しないかと彼を誘った。亡くなった奥様の声を聞き、手に触れることができますよと言って。それに対してコグズウェル氏は言下に答えた。「いえ、いえ、ハザードさん、結構ですよ。過去は過去としておくのが一番いいといつも思っていますのでね」。数カ月後、三番目のコグズウェル夫人が教会の祭壇の前に立っていた。

メアリー・トウィーディーおばさん[246]がメアリー・ハザード嬢に、死んで間もない妹のアナからもう消息はあったのかとからかって尋ねた。それに対して彼女はあったと答え、こう言ったそうだ。よくなったようです、ひどい病気だったのですけどね、でもまだ朝食に下りてくるほどではありませんの。

昨日「未来のマドンナ」[247]を読んだ。前に読んでから随分たっていて、新たな美の感覚を与えてくれた。ヘンリーの昔の作品を読み直すのは、いつも楽しいことだ。

四月七日

私はいつでも、珊瑚礁を作り上げていく珊瑚虫を我ながら連想するやり方で、主に観察か自分の内的意識から引き出した微細なものを積み重ねていって、さまざまな意見を作り上げている。その中でもある一つの意見は、最も頑強に続くばかりか、常に補強され、しかもそれを覆すようなみすぼらしくも細かな事実が生じて、気がとがめるから見ないようにしないといけない、ということはめったにない――その意見とは、このすぐれたイギリスの人々も自分たちの知らないことには手は出せないということだ。彼らは空中に漂うものを読み取ることができず、人の表にあらわれている一つの面を理解しても、それによって人の全体像をつかむことはできず、人の本質を推し測ることができない。この意見が私の中で固まったのが、リヴァプールで二人の垢だらけの少年の首にしがみついてタグボートから海岸に運ばれている間、つまり私が「世間」にさらされていた唯一の時と言っていいあの時だったのかどうかは不明だが、ともかく私は早い時期から、イギリス人は「直感的本性」をもっていないという印象を強く受けていた。「直感的本性」というのは、ある夏プリンストンで私たちの借りていた家の家主の男が自分の妻について使った言葉である。お父さまはその話をして大笑いしたものだ。ついでながら、彼女の「直感」とやらがどういうものかというと、夜明けにまっすぐな長い藁色の髪を垂らして、私たちの部屋の窓の下で花に向かって甘い声で何やらたわごとを囁きかけるというものだった。もちろんイギリス人にそこまでの鋭敏さが必要だとは言わない。ここに一つ二つ具体例をあげてみよう。ラスベリー夫人(248)がとても愛想よく親切に私に会いに来てくれるようになって一年か二年たった頃、アメリカでの暮らし方について尋ねたので、自分の家を持つか、賄い付きの下宿屋に住むしかないだろう、アメリカは大陸と同じで、イギリスにあるような、部屋だけ貸してくれる下宿屋というすぐれた制度がないのだからと答えた。アメリカの下宿屋がどんなものか説明してほしいというので、できる限りの説明をした。それなのに彼女は聞いたのだ。「自分の部屋も持てるのですか」だなんて。さて彼女は私が実際に就寝するところは見たことがない。だから自分が目にしていない時の私が、世間一般の礼節の常識を知っているかどうか、好んでいるかどうか、自信がもてないのだ。私たちが頻繁に楽しく会話を交わした間にも、彼女は何の印象も受けなかったらしい。受けていればそんな質問をする必要はなかっただろう。私の大概の習慣は上品だということに気づかなかったわけだ。

　メアリー・ピーボディが話していたことも思い出す。彼女は母親とスイスを旅行中に若い男性、マコーリー家の青年に出会った。彼は彼女ら母娘に惹かれたらしく、二人に合流して一週間一緒に旅をし、とても感じよくふるまった。二人が帰国して一年たった頃、突然彼から長い手紙が来て、その後ヨーロッパでどんなことが起こったかお知りになりたいだろうと思いましてと、母娘が毎日朝食時テーブルで読んで知っているさまざまな出来事が事細かに説明してあった。親切な青年は二人が森の奥に埋もれてしまっていると、きっと想像したのだろう。しかしメアリーが言っていたが、

「あんな手紙が私たちに必要だなんてね。一緒にいる時に彼が私たちのことをどう考えていたか、私たちにどの程度の機会が与えられていると考えていたか分かって、自尊心がひどく傷ついてしまったわ」。メアリー・ピーボディはきわだって知的だし、いろいろなことにも精通している。でも愛すべきその青年はボストンには行ったことがなく、ボストンには本も雑誌もあるということを実際に見たこともない。だからメアリーが一週間、彼の輝かしい視線を浴びている間は知的であったからといって（これは本当に彼にも分かったはずだ）、彼女が常に知的であるという大胆な一般化をするための十分な根拠にはならないというわけだ。眼科医のネトルシップ先生がダヴィアガーデンズの私のところに診察にやってきて、診察を終えてキャサリンから黄金色の飲み物を少々ご馳走になっていた時、先生は彼女にこれは「アパート」なのかと尋ね、そうだと言われてとても驚いているようで、「アメリカにもこういうものがあるのですか？　あなた方の階級の人たちはそういう所に住むのですか」と聞いてきた。その階級とやらが低いと言いたいのか、高いと言いたいのかは分からなかった。アパートなるものはロンドンのあらゆる地区にあるのに、それが彼の意識に入ってきたことがないのは、彼の鼻先がアパートの壁に触れて擦りむいたということがないからだ。彼は私たちがこのアパートをアメリカから輸入したと漠然と考えていたのではないかと思う。グラッドストン夫人がハリーに長老氏（ＧＯＭ）の見事なイタリア語についてこんなことを言ったそうだ。結婚して二、三日した頃、彼女が居間に立っていると、誰かが見事に美しいテノールでイタリアの歌を歌いながら階段を下りてきた。「廊下に出てみたら、それが夫だったことが分かって、どんなに驚いてうれしく思ったか、まあ想像してみてください。夫が歌を歌えるなんてことも、イタリア語が話せるなんてことも、全く知らなかったのですよ」。ある男と婚約して結婚して、その男がテノールの声をしているということを肌で感じ取らなかったなんて、どういうことだろう。それにしてもグラッドストン氏というのはなんと並外れた人物だろう。恋人としての才能すらもあふれんばかりに豊かなので、テノールの声とイタリアの歌の才能を眠らせたままにするだけの余裕があったわけだ。

チャールズ・バクストン夫人(249)がある日言っていた。マシュー・アーノルド夫人は、義弟のフォスター氏が彼女の航海中に死亡したことを、ニューヨークに着いた時にイギリスの新聞で知ったそうだ。「アメリカの新聞に出ていた電送ニュースで知ったという意味?」と私は尋ねた。すると「いいえ、ニューヨークに着いたら、当然イギリスの新聞を読むでしょ、それで知ったのですよ」。それはまるで人間の頭の中の光が全く入り込まない暗い部分のような気がしたので、理解させようという努力はもう諦めることにした。アーノルド夫人(250)は二度目にアメリカに行く前に私に会いに来てくれて、礼儀正しくアメリカ訪問のことを話してくれた。家事の大変さについて話していた時、彼女はある西部の家に滞在した時のことを話し出した。召使いの数がびっくりするほど少なくて、男の召使い一人と小間使いが一人いるだけだった。料理番はいなかったのかと尋ねると、「分からないわ。いたとしても見なかったわ」「でも食べるものはあったのでしょ?」「それは、そうよ」「その家の奥さんが料理をしたと思った?」「いいえ、思わなかったわ」この夫人はその家の見える所に召使いの女が「必要」なだけいないという事実のせいで状況がつかめなくなり、料理番を実際に目で見たわけではないという理由で想像をめぐらすこともできなくなったのだ。こういう些細な事例に際限もなく出会うことになる。

ついでながら、バクストン夫人はマシュー・アーノルド(251)の講演がひどい失敗だったと聞いて大いに驚き、アーノルド自身は輝かしい成功だったと思っていて、その夏二度目の渡米をした際に第二弾を打って出るつもりだったのは確かだと断言していた。代わりに彼は大いに論議の対象となった論文を書き、それで心がなぐさめられた——と祈ることにしよう。

五月五日

もしもソファに座ることができて、お昼の合間あいまの四時間ほど、書き物をしたり、自分に合った本を、つまり私の中の不透明なものを明らかにし形のない塊に形を与えてくれるような本を読んだりできれば、人生は信じがたいほど豊かなものに思える。人生は「手にした確信の喜び」で満ち、「理性も感情をもち、光は揺れながら広がっていく(252)」。

今朝の『スタンダード』紙は、ニュースのまとめ欄の最初の一節を、ポートランド公爵の生まれたばかりの娘が、ウィンザー・チャペルで女王陛下御臨席のもと、洗礼を受けたというわくわくするニュースにあてている。その欄の終わりの方に、八時間労働問題についてハイドパークでおこなわれた労働者の「印象深い」集会についての記事が出てくる。最初のニュースが最後に、最後のが最初に来るべきだ。私も労働者の世界の「名人」たち何人かの顔を見たかった。私たちの物質的未来はこの人たちの手の中にあるのだから。その未来はすぐそこまで来ているのかもしれない。ヨーロッパ各国政府が、五月一日にとったような萎縮した卑屈な態度を見せるなら、どれほどの弾みを与えることになるだろう。生きている間に改造が見られそうにも思えてくる。私は多分いつまでも慢心した資本家でいるのだろう。いろいろ考え合わせると、その不名誉は潔く甘受した方がいいのだ。プロレタリアートに本体を捧げることはできないのだから。でもアメリカを出る時にもってきた七パーセントか六パーセントが四パーセントに減ってしまったことに、[253]女らしい非論理的な満足を感じずにはいられない。四パーセント程度ではそれほど浅ましいとも感じないから。

　これほどに美しくも人類の連帯をあらわすものがありえようか。これらの飢えた人たちが、ただ単に同じ日に一緒になって通りを歩くだけで、世界中の皇帝、国王、大統領、百万長者を震え上がらせることができるとは！　英知を獲得するためのあらゆる機会をもち、高貴で人間味ある寛大な本能を受け継いだ人々が、互いの強欲を抑える手段として、羊のように無力な大勢の無辜《むこ》の民を撃ち倒すという以外の名案を思いつかなかった。それに対して、この人たち、鎮められることのない野蛮な本能をもった、持たざる人たちが、兄弟のような助け合いこそが勝利への道だと見抜いている。私たちの誰が、彼らのようなもろく情に熱い思いやりの心をもって、自分自身も飢え、妻や子が衰弱していくのを何週間もただ見ているだけという状態にありながら、なお同胞の力になろうとしたことがあっただろうか。それでもストのたびに、食べるものも着るものも教育も不十分な何千もの人々が共に立ち上がり、共に倒れている、それを自慢すらしないで。

一八九〇年五月十三日

ハリーが八日の木曜日にやってきた。彼は『アメリカ人』についていろいろな取り決めをするためにコンプトン夫妻[254]に会いにチェスターに行ってきたそうだ。まず地方で初演し、冬の間上演して、春にロンドンでかけられる予定だ。これが一番いいということになった。なぜならコンプトンがこの役を十分練習できるからだ。ハリーは夫妻といろいろ話し合わねばならないと言っている。コンプトン夫妻はこの芝居をとても高く買っていて、成功間違いないと確信しているらしい。夫妻は観客については経験豊かなのだから、誰よりもこういう件については正しい判断ができるだろう。ハリーは夫妻を知れば知るほどよく分かったそうだが、二人のイギリス風の品の良さと良識に大いに感心していた。フランスの二流の役者たちとは、いやその点でいうと一流の役者たちとも、ひどい違いである。フランスの役者と少しでも個人的交際を続けるのはただただ不可能だろう。作品の舞台となっている時代のニューマンの服装についてコンプトンに尋ねられたことで、ハリーはこんな話を思い出したそうだ。ロンドンの女優たち何人かがフランスの女性、多分元女優だと思う女性に、芝居の指導を受けることになったのだが、一日目にその内の一人レディ・アーチー・キャンベル[255]が自分の演じることになっているピエロの服装のままでやって来た。それを見てそのフランスの女性は感心したように言ったそうだ。「いかにもイギリス人らしいわね。役について考えるより先に衣装を作らせてしまっているわ」。ハリーは四月十五日にも来てくれていた。彼に会うのは本当に心休まる。正しい身の処し方についてとやかく言わないから。クッションの角度がどうだとか、ショールの数がどうだとか。

「取り戻しようもないものを前にした時の動物の無気力は、ほとんどの場合勇気のように見える」。これは手厳しい言い方だ。しかし自分の「勇気」なるものを見て、心の中でかすかに引きつったような笑いを浮かべたことのない人がいるだろうか。虚栄心がどんなに注意深く、うわべの幻想を消すまいとしていたとしても。

五月十七日

女王のワズドン訪問(256)は美徳へのご褒美のようだ。なぜなら善良なロスチャイルド(257)一家は、けしからん労働者たちが五月四日、デモのためにハイドパークに向かって行列していった時、ピカデリーの彼らの家のカーテンを閉め切った（『スピーカー』誌参照）そうだから。皇太子がハイドパークに出向かなかったなんて残念。そんな風にしてあらゆる機会を逸してしまうのだ。イタリアの王がああいう人たちの中で唯一、わずかなりと想像力をもって、がんじがらめの中でいくらか楽しんでいるようだ。でも気の毒に、あの人たちは奴隷も同然なのだ。女王が先日、馬車を止めさせて熊の演技をながめ、さらに笑ったそうだ。すると早速翌朝、いかにも『スタンダード』紙らしい社説が、「女王陛下のこの奇妙で、賢明とはいいがたい気まぐれ」（ひょっとして「演技」かもしれないのに）と文句をつけるのだから。メアリー王女（テック公爵夫人(258)）がイースト・エンドでの何かの集まりで開会の言葉を述べることになっていた。到着がたいそう遅れてしまったので、ある高貴な卿が王女抜きで先に式を進めていた。真ん中あたりで王女が到着した時、プログラムのすぐ次の予定は子供たちによる「メアリーよ、起きなさい」で始まる歌の合唱となっていた。もちろん卿はせいぜいこの演目をとばすという名案しか思いつかず、急いで次にいってしまった。かくして、スケジュール通りの生活という味気ない砂漠に暮らす運命にある公爵夫人は、その砂漠に潤いを与えてくれる人生のさざ波をすら奪われたわけだ。

月曜日の本紙が扱ったマーク・ヘンリー・ヴェイルという、突然飢えで倒れて死亡した人物についての記事は、かなりの関心を引き起こした。その件について下院で質問が出たくらいである。この件を調査していた議員の調べでは、ヴェイルはシャドウェルのハイ・ストリート二三一番に住んでいた。

議員がその住所を訪ねていくと、そこは暗くて狭いわびしげな路地で、問題の家はその路地の突き当たりにあると教えられた。路地を行くと小さな裏庭に出たが、ごみがいっぱいで、いやな異臭を放っていた。二三一番の家は高さ十八フィート、階下に一室、上に一室ある家だった。戸を開けたのは十四歳の少年で、尋ねると父親が死んで以来、彼と弟たちがその部屋に住んでいるとのことだった。その部屋、というか穴蔵は、奥行き十フィート、幅八フィート、天井までは七フィートしかなかった。炉には火の気がなく、冷たく湿っぽい壁、腐ったような空気から判断して、明らかに数日の間は火の気がなかったと思われる。窓といえばガラスの割れた窓三枚で、ガラスがなくなっている部分にはボロ布が突っこんであった。家具は二脚の椅子の残骸、こわれたテーブル、タンスとは名ばかりのもの、古い木製の枠をたくさんの汚れたボロ布で覆ったものがベッドと布団の役をし、それに古いオランダ製の時計とひびの入った皿二、三枚、それだけだった。

戸を開けた少年の話では母親はバンステッド精神科病院に入院中であった。飢えが原因の憂鬱症にかかっているのだった。少年には姉が三人、二十四歳で結婚しているマチルダ、二十二歳で奉公に行っているアニー、十八歳で学校に行っているマーサがいて、三人の弟は皆家にいるのだった。少年がその三人を呼び集めると、顔色が悪く汚れてはいるが賢そうな男の子たちだった。名前はウィリアム九歳、ハリー六歳、ジョージ四歳、自分はエドワード・ジョンで十四歳だと言った。父親は何をしていたのかと聞かれると、港湾労働者だったと答えたが、臨時雇いだったのであまり稼げなかった、ウールの売買がおこなわれている時以外は、とのことだった。父親は稼いだ金はすべて家に持ち帰り、「やさしい、いい父でした」と少年はいじらしくもつけ加えた。「この数週間はワッピングに住むマチルダが食べ物をくれたのですが、姉もそんなにくれるわけにもいかないのです。義兄もそれほど仕事があるわけではないのですから。彼も港湾労働者です」。
さらに少年は「家主の奥さんは上の階に住んでいます」と半分おびえたように言いかけたが、ちょうどその時家主の女性がそこにやって来た。小柄でしなびた顔の六十歳の老女だった。彼女はマリソン夫人と名乗ったが、隣人たちがそれを聞きつけると、皆で「いや違うぞ。ブレナン夫人だぞ」と叫んだ。名前はともかくとして、彼女はすぐにヴェイル一家について、彼らが週二シリングの部屋代を数週間分滞納しているという話を始めた。今のところ子供たちが頼れるのは、何人かの貧しい隣人たちと姉のマチルダの援助だけなのだ。水曜の午後に教区役人が初めて訪問し、子供たちを救貧院に連れて行こうとしたが、これはマチルダとジョンがきっぱりと拒絶した。父親の埋葬は港湾労働者組合が費用をもって執りおこなわれた。ジョンは早く仕事を見つけたがっている。そして自分と弟たちのために働きながら学校にも少し行けるようなところがいいと言っている。彼は賢く、野心にあふれ、弟たちを非常に大切にしている。（*P.M.G.*）

父親はなかなか立派な人物だったようだ。するべき仕事をもち、その仕事の賃金が手渡されようとした時に、主人の足元にばったりと倒れて死んでしまった。子供たちにもっと食べさせようと、自分は何も食べていなかったのだ。それなのに私ときたら先日くだらない結婚祝いのために六ポンドも使ってしまった！　だからといって、あの人たちに、はい、と言って持っている物を差し出すわけにはいかないし。

ボンドさんが小さな店を出すのを援助することで、危うく彼女を文無しにするところだった。あわててやめないといけなかったが、だからといって彼女は私のことを悪魔の化身とは思っていないらしい。最近聞いた中で一番みじめな貧困といえば、マンチェスター公爵の未亡人[259]の話だ。彼女の寡婦給与は年たったの二千ポンドしかない。マッチ一箱または朝食用の卵一個が彼女の手許に到達するまでに通過していく強欲な人々の群のことを考えてみれば、本当にお気の毒なのだ。
次は女性とニシンとの相対的価値を示すものとして貴重な記事だ。

気晴らしに母親や妻に襲いかかるのが日頃の生活の単調さを救う楽しみとなっている男たちにとって、今後ハムステッドは特別な魅力をもつことになるだろう。最近ヘンリー・ウィレットなる人物に下された判決が先例として認められればの話である。この大した人物は何年にもわたって哀れな妻に一連の残酷な暴力をふるっていて、跳び蹴りをくらわせるとか、頭をたたき割るとか、耳の後からピンや針で脳みそを突き刺すとかして殺してやると日頃から脅し続けていた。しかしそれがついに頂点に達し、彼は残忍にもベッドで妻を襲い、彼女の背中に自分の膝を押し当てて首を絞めようとした。面白がってやったお遊びだったとのことだが、それで彼は逮捕された。ハムステッド法廷の賢者たちは、この人道に反する行為に嫌悪を表明し、この人非人を見せしめとすべく罰金を課した。十シリングを！
次にこちらの写真に注目。ベリーの治安判事たちは土曜日にメアリー・ブロムリーなる女に一カ月の禁固刑を（罰金による猶予なしで）言い渡した。八百屋の荷車から三ペンスなりのニシン三本を盗んだ科による。メアリーに前科があるとはいえ、このような罪状にこのような刑を言い渡すとはベリー法廷の恥である。当地選出議員サー・ヘンリー・ジェイムズ[260]は刑の軽減を支持する一人である。彼ができるだけ早い機会にこの件についてベリーの治安判事にちょっとした忠告を与えることを希望する。

（『トゥルース』誌）

五月二十日

今「自己犠牲[261]」というものがどこにあると言われていると思う？　なんとスタンリー[262]の英雄的な胸の中に。彼は今、本人も認めるところでは、私が午後のお茶を楽しむように、アフリカ旅行の楽しみを最後の一滴まで飲み尽くしているところだ。ヘンリーが最近来た時に言っていたが、ドロシー・テナント嬢[263]に（とても魅力的な女性なのだそうだが）、何かスタンリーについて尋ねると、「あのスタンたら、結局何をしてもうまくいかないでしょうね」と言ったそうだ。上品な女性がどうしてあんな粗雑で粗野で未熟な男と結婚できるのだろう。「弾丸と聖書[264]」という言葉がスタンリーという人物をぴったり表現している。

先日私はほとんどフランス人風に運命の不公平を意識してしまった。私としてはめずらしい。なぜなら私の気性は反抗的ではないし、うんざりする反乱はできるだけ抑えつけておいたから。なにしろ幸いなことに私は早くから気づいていたのだ——失敗した反逆者の姿は、冷徹な傍観者の目には英雄的というよりは喜劇的に見えるということに、そして実際的な目的のためには、降服が、それもできれば微笑みながらの降服が、運命の女神の卑劣な罠を回避するための唯一可能な態度だということに。ある午後私は疲れきっていて、休もうとベッドに向かいかけていた時、コンスタンス・モードの来訪が告げられ、翌日アメリカに行くので少しでも会えないかとのことだった。急いでベッドに入ると、背が高く背筋を伸ばして端正な顔つきの彼女は目を輝かせ、頬を紅潮させて、あなたのお国に行きますと言った。私の方の縮みきってガタガタになった最高の特権が、彼女の「お国」でベッドに入ることだというのに！　一瞬なんという大きなホームシックの波にのまれてしまったことか。ああ、松の木々から差し込む木漏れ日をもう一度見てみたい。松ヤニの香りのする空気を吸い込みたい。母なる大地にこの萎えた身体を投げ出し、ごわごわした草の中に顔を埋め、かのめでたき国の醜く未熟な虚空が象徴するあらゆるものを崇めたい。閉ざされた人類のための「無限の機会」を具現しているものを。その柔軟な諸条件は伸びてあらゆる大きさの人間にぴたりと合い、青ざめて欠乏を知らず、苔むして蜘蛛の巣のはった過去の幻や謎に覆われることはなく、天与の善意とやさしさがあふれている。よろめく者には救いの手が、信用を失った者には寛大な思いやりが、伝統から追放された者すべてには希望の心が与えられる国！

六月二日

　五月十八日に今年初めて外に出た。私としてはとても早い。ブールジエ[265]がハリーに言ったそうだ。「デュマの前では、才気を発揮するなど、とてもできなかった」と。あの人類で最高にウィットに富み、無限の洞察力のある民族が、個人のレベルでは巨大な虚栄心、すなわち生におけるあらゆるグロテスクなものの源に屈しているのを見ると驚いてしまう。あの「現象の背後の知りえない事実[266]」が見せる、人を自己破壊へと向かわせようとするいたずらな熱情、つまり仲間の前では自分を強く見せようとする資質と同じものが、知らぬ間にその人の内面をむしばんでいくところは、センチメンタルのかけらもない老嬢がソファに座って眺めるには楽しいものだ。ひょっとして「知りえない事実」が単に「現象」を茶化しているだけなのだろうか。アメリカの民衆が人生のあらゆる真面目な事柄を茶化すと言われるように。それとも単に人類があまりに鈍感なので、あらゆる臆病、愚かさ、自己愛がグロテスクの極みにまで行きつかない限り、それらに気づかないというだけなのだろうか。

　アイルランドさんの話では、ケンブル夫人が初めてアメリカを訪れた時、「女たちは金切り声を上げているハツカネズミみたい」と言ったそうだ。

二人の友人がお父さまの『遺稿集』[267]を借りていった。ウィリアムが『故ヘンリー・ジェイムズの』という妙なタイトルをつけている本だ。まるで新聞の死亡公告の「故だれそれの未亡人」みたいな言い方だ。一方の友人は彼（お父さま）が「広教会派[268]のことをご存じなかったのは残念です」と言った。広教会派って、くたびれはてた英国国教会の一センチほどの分派のことだ。もう一方の友人は「ダーウィンのことをご存じなかったのは残念に思います」とのことだった。わが愛する老翁は一般「教養」を身につける機会がなかったようだ――でしょ？ ダーウィンといえば、先日エミール・モンテギュ[269]の論文を読んでいたのだが、その中で彼は生存競争派たち（もちろん皆ひどい過激派だ）に向かって、歴代続いた家系の長は彼らが金科玉条とする理論を完璧に具現するものであり、適者生存の見事な「例」として大切にするべきだ、と指摘している。この自明の意見はもちろん新しいものではないが、特にこんなに手際よく表現されるのを見たのは初めてだったので、うれしかった。

六月九日

今朝ハリーから二十五ページものすてきな手紙[270]を受け取った。あの偉大な芝居[271]を読んだ後に書いた数行の手紙に対する返事なのだ！ 私の意見を意見として尊重してくれていると彼の手紙が暗に伝えてくることに、私は感激し心打たれてしまった。身内の者からほんのわずかでも褒め言葉をもらうと、大勢の人から賞賛されるよりうれしいものだ。大勢の人からの賞賛なんて慣れてしまっているもの。慈しみ寛大に受け入れてくれる我が家の、あのさざ波もたたない悠然たる流れのような雰囲気の中をずっと漂ってきたことを振り返ってみると、自分が今以上に不快で鼻持ちならない人間にならなかったことが不思議に思える。ハリーは今ヴェニスのパラッツォ・バルバロのカーティス夫妻(272)のところに滞在している。ワームリー嬢——名前を聞くだけで昔が思い出される——も一緒だ。

六月十日

賢明なる『スタンダード』紙は私が読み始めてから六年間、計り知れない楽しみを与えてくれた。それにしても海峡トンネルの話は最高だ。サー・エドワード・ワトキン(273)がこの件を再び議会に持ち出した。以下は彼の演説の一部と、それに関する『スタンダード』紙の社説。

「トンネルは国境を作り出すと強調する者がいます。しかしフランスはすでにベルギーへの鉄道を十四本、ドイツへ八本、スイスへ七本、イタリアへ二本もっていて、スペインへは二本の上に三本目を建設中ではありませんか。トンネルは危険だ、平和を導き出すどころか戦争に通じるとも言われます。しかし議会の入り口の二倍ほどのトンネルの入り口を守るのに、約三千万ポンドかかるなどと言うのは馬鹿げています（喝采）。なぜ実験を続行する許しをいただけないのでしょうか。なぜこのまま朽ち果てるままで捨て置かれるのですか。議員諸氏には公正な扱いをお願いし、実験の続行の許可をいただきたいのです。海峡に橋をかけようとか、地下鉄を通そうとかの提案もなされ、石炭が発見されたりもしました。このように事情が変わったのですから、この提案を再度提出するのも時宜にかなっているといえるでしょう。もし政府が多数決の力でこの計画を押しつぶし続けるのなら、選挙民の前でその行動の正当性を証明する必要があります。また大陸に行くのに、なぜ嵐の海を渡る以外の方法を許さないのかの説明もしなければなりません」。

この提案に対する主たる反論は非常に説得力に富んでいるので、船酔いを逃れるよりはイギリスの安全を大切にする人々、また個人の投機屋たちへの大きな利益よりは適度な軍事予算の方を大切にする人々の目から見ると、全く議論の余地はない。この計画の提唱者たちは、トンネルのイギリス側口が反対側からわが国に侵入した外国の軍隊の手に落ちることを絶対に不可能にする手段を講ずることは可能だ、と人々を説き伏せようと努力したが徒労だった。そういう状況はまず起こりそうではないと――紙の上で――示すのは簡単だ。しかし、たとえ紙の上でも、それ以上に強力な論拠を提示することはできない。これほどに重要な件について、起こりそうにないという蓋然性だけでは、国を愛するイギリス人にはとても十分だとは思えないだろう。この種の問題を偶然にまかせることはできない。トンネルのイギリス側口を軍隊の統治下におくということは――さっきも言った通り、紙の上では――確かに簡単である。またトンネルを守る軍隊が、トンネルを水没させるとか、何か他の方法で通路を遮断する方法を講じるのも簡単だろう。しかし少しでも分別があり、わずかでも用心深さがあれば、その頼りにする方法がうまく作動しないかもしれないし、作動するにしても遅過ぎるかもしれない、またイギリス側のトンネルの護衛兵が急襲され制圧されてしまうかもしれない、と気づくはずだ。海峡トンネルを計画し、建設したがっている人たちは、戦争の技術について、その急襲、戦術、失敗、破局について、何も知らないのだ。恋と戦争においては何をやっても許されるという古い諺もあるように、わが国と戦闘状態になった時に、敵国の将軍や政治家の中で、軍隊をすばやくわが国に送り込む手段を手に入れるための何らかの作戦がフェアでないから実行しないなどと考える者がいるだろうか。哲学的な歴史家は裏切り行為は悪しきものと非難するかもしれない。しかしだからと言って、その裏切り行為が結果としてもたらしたことを取り消すことにはならないだろう。一方に無節操の可能性、もう一方に躊躇とへまの可能性があり、その両方を考え合わせてみる時、このトンネルの計画を推進したり是認したりする人は、たとえイギリスに愛情をもっていることは認めるにしても、やはり正気とは思えない。危険性を極限にまで小さくすることができたとしても、この計画を推し進めると、私たちは狂人の群と成り果てるだろう。至高の重大性をもつがゆえに、絶対的確実さこそが唯一の十分にして適切な安全策となりうる事柄もあるのだ。自然は、大陸の征服者の野望とイギリス人の自由との間に大海という障壁をおくことで、私たちにその絶対的確実さを与えてくれた。征服者たちとその国の者たちが、その障壁を避け、側面にまわったり、背後からついたりしたがるということは完璧に理解できる。そして哲学的精神から、彼らの巧妙さを「トロイの木馬」の製作者を賞賛するのと同じように賞賛することもできる。しかしサー・エドウィン・ワトキンとその仲間たちに関して言えば、彼らに対する私たちの感情はどんな古典を用いてもうまく表現できるものではない。きっと悪気はないのだろう。ただ私たちが不満とし、嘆かわしく思うのは、彼らの先見の明のなさ、そして政治的能力の欠如である。

「豪胆なブリトン人」が、自分は一本の銀色の帯のような海峡によってのみ破滅から守られているなどと、顔を赤らめもせずに言うなんて想像するだけでおかしい。昔から一人のジョン・ブルに対抗するにはフランス人が三人必要というのが定説になっていたことを考えると、この小さな穴の前でジョン・ブルでいっぱいの島が身をすくませている光景はもっとおかしい。さらに邪悪で不道徳な「外国の将軍」が、昔ながらの戦術をイギリスの無垢な人々に対して使うのを（『スタンダード』紙によれば）絶対に「遠慮」しないだろうという言い方は最高だ。これが特に軍隊のように勇ましい党が叫んでいることなのだ。スイスのことを思い出してみるといい。本当に傑作！

六月十五日

心の中で歌う時って、すばらしい。でもどんなに高くつくことか。敬虔な人たちのやり方には当惑させられる。

陪審長のファレル氏は昨日エ・レ・バンに滞在中の女王陛下に電報を打ち、デイヴィーズ夫人の電信によるメッセージを好意的に考慮していただきたいと依頼した。クルーにある原始メソディスト教会牧師E・ハンコックス師は午後、女王陛下に電報を送り、クルーの全教会はリチャードの死刑執行が猶予されることを祈っていると伝え……

この人たちは父親を殺したデイヴィーズの二人の息子の死刑執行猶予を勝ち取ろうと努めているのであり、新聞はこの手の話でもちきりだ。ハンコックス師は、お祈りの効能に疑いがあるので、エホバにひとこと言ってくれと女王に頼んでいるのだろうか。それともクルーでは皆が熱心に祈っているからエホバが女王の先を越してしまうかもしれませんよ、とほのめかしているのだろうか。実際、霊的力と現世的力をこのような不敬で懐疑的なやり方で対抗させるのは賢明ではないと思う。そんなことをすれば、きっと神に対する信頼か君主に対する信頼かをぶちこわすことになるだろうから。ともかく私の抱く信頼にとっては、あまりの負担になる。

人はへりくだって神の前にひれ伏し、神の栄光を称え、神の業はすべて善であると言いながら、人間を襲う無数の不幸のほんのわずかでも自分たちの運命にふりかかると、神意に声高に不平を言い、まるで暗黒の業をなす悪しき力をなだめるかのように、神にどうぞこの災難から免れさせてくださいと嘆願する。そんな人たちを見ていると不思議に思う。コンスタンス・モードが、母親が危篤と言われた時どんなに悲しかったか、どんなに神様に命を助けてくださいと祈ったかを話してくれた。話を聞くにつれて、彼女の見せる感情の誠実さと激しさゆえに、私の心が受けた衝撃が大きくなっていった。人は頭を垂れ、力を与えたまえと哀願する。しかし自分の判断と善なる神の判断とをどうして比べることができるだろう。自分のちっぽけな必要性のために他人の運命を変えてほしいなどと、どうして言えるだろう。自分の哀れな嘆きを荘厳な死の前にどうして押し出すことができるのだろう。父が食べることを拒否して死の床に横たわっていた時、私のために食べてくれないといけないと言って食べさせなさいと言った人たちがいて、心底ぞっとしたことを憶えている。私が神の意志を押しとどめて、父の寿命に一秒を付け加えたいと願うなんて、どうしてありえようか。

六月十六日

他の人すべてが読んでいる本を自分は読まないでおくということが、どれほどの優越感を与えてくれるものか。私は決してアミエル[274]は読まないだろうし、今までのところマリー（バシュキルツェフ）の『日記[275]』にも屈していない。彼女は偏屈の中の偏屈なのだろうと思う。自分自身の小さな自意識のフットライトを浴びて、自分の小さな舞台の上を歩いているところほど読んでわびしいものがあるだろうか、それほど演じやすい役があるだろうか。私は年齢を重ねるにつれて、ますます熱心な常識の信奉者になる。それはそうと、オーガスティン・ビレル氏が、救貧法より詩を好む人は「知的きどり屋」だと民衆を前にして言ったとして、それがイギリス人の状況をどれほど好転させることになるだろうか。間違いなく民衆は、いや庶民といってもいいが、そんな馬鹿なことよりもましなことを聞かせてもらうに値する。『スピーカー』誌で彼の文章を読んで以来、ビレルには慣れたので、以前ほど彼の言い方に苛立って内容が読めないというほどではない。ついでながら、ビレルの言い方には風変わりであろうとするところ、凝って人とは違っていたいとするところがあり、しかもいつもそのあとに自意識的な「うまいだろ」が聞こえてくるようなところがあり、彼にこそ知的きどり屋という言葉がぴたりと当てはまる。ある時ハリーにそう感じないかと尋ねてみると、彼は感じると言い、さらにおかしなことに、彼の顔つきにも同じようなことがあると言った。つまり彼が何か言った後はいつも、鼻をぴくぴくさせ、唇で音をたてるので、すぐに彼が自分のことを喝采しているのが分かるというのだ。きっとボストンで言うところの「内気」なのだろう。ミケランジェロもそうだったように。[276]

昨晩クランリカード[277]の小作人組合のリーダー、正直者のジョン・ローシュ（彼はバルフォア政権のもとで五度も残酷な投獄の憂き目にあった）が野党の熱狂的な喝采の中、議長の歓迎を受けるためにそばを通って行った時は、バルフォア氏にとって、さぞや不愉快な瞬間であったにちがいない。(*P. M. G*)

私の血を熱くするバルフォア氏と教区牧師がいなければ、私は羨むべき時代に生きていることになるだろう。「悪しきものは何もなく、悲しいことと滑稽なことしかない」時代に。

大地よ、失意のうちに死した者たちのことを忘れるなかれ。
大地よ、権利を奪われた者を忘れるなかれ。

忘れられた者を忘れるなかれ。むなしく生き、死した
あらゆる死者のために、聖なる悲しみの旋律を
やさしき小声で歌い続けよ。
帝位につく未来よ。幾世代もの人々が列をなし
そなたを玉座に導くとき
忘れられた者、知られざる者を忘れるなかれ。[278]

「以下はオクスフォード大学リンカーン・カレッジのフェローであるジェイムズ・ウィリアムズ氏[279]の作であり、一八八三年に出版された『三年の物語』と呼ばれる詩集に収められている。詩行は次の通りである」。

思い出

真実にして気高い勇敢な魂よ。あなたは大海原を渡ろうと
白い翼を広げた。
過去の悲しみはもはや死に絶えたのだ。
なぜ悲しむ必要があろう。

あなたは人のより幸せな運命を見て嘆くこともなかった。
そしてあなたは壮麗な船が高価な荷物を積みこんで
一艘一艘そばを通るのを見ても
ため息一つ洩らさなかった。

人が成功の数を数えるとき、失敗があなたのものだった。
多分その方がよかったのだ。さもなければ神は
正義を私たちに教えるための誠実な魂の持ち主を
一人減らすところだった。

時の岸辺にかがり火を燃やすことができなかったとしても
罪ではない。
罪となるのは努力をしない人で、
努力はしたが失敗した人ではない。

大地は実を結ぶことのなかった努力に敬意は払わない。
しかし永遠の正義である神の目はより鋭く、
打ちひしがれた者の頭にも香油を注いでくださるだろう。

努力に報いる賞賛の香油を。

六月十八日

この一年か二年、本を読むとしょっちゅう自分がちょうど考えていたことに出会うのは面白い。面白いというのはもちろん、私の本の選び方がでたらめだからである。昔、目が悪かった頃のウィリアムを思い出す。私がなんであれ読んでいた本の中から面白いと思ったことを彼に話し始めると、彼はいつも「昨日ちらっとその本を覗いてね。そこは読んだよ」と言ったものだ。どれを記憶しておくかを選ぶのは何なのだろう。どうして子供の頃のある一つの経験や印象が、概してぼんやりとした靄のような背景の中で、あんなに光を放つ実質あるものとして目立つのだろうか。憶えているのは初めての経験という性格を帯びているものなので、それがいつまでも消えないでいる理由なのかもしれない。この件について何か理論があるかどうか、それとも（こっちの方がいいかもしれないが）、理論を作り上げる価値があるかどうか、いつかウィリアムに尋ねてみなければ。私は自分が初めて純粋な知的作用を意識した時のことを鮮明に憶えている。五六年の夏ブーローニュ[280]に滞在していた時のことだ。家庭教師のマリー・ボナンギュ先生[281]の両親が郊外に別荘《カンパーニュ》をもっていて、私たちを一日招待してくれた。たぶんマリー先生の誕生日だったと思う。迎えにきた大きくみすぼらしい軽四輪馬車にウィリアムを除く私たち兄妹四人がぎゅうぎゅうに乗り込んだ。道中について憶えているのは、果てしなく続くリボンのように細い埃っぽい道が前方に延びていたことと、ウィルキーとボブの靴の踵が私のすねに食いこんでくる時の、いつも以上に大きな痛みだけである。マリーは私たちに、父親は若い時にひどい火傷をして顔に傷があるから見ないようにしなさい、とても気にする人だから、と言っていた。私は同情と見たいという欲望との痛いような葛藤を感じ、さらに自分のそんな卑しさを善良な老人に見つけられるのではないかという不安を感じたのを憶えている。彼はテーブルの正面に座り、砂糖をかぶせて、その上にキャラウェイシードが入ったピンクと白の虫のような形のものを散りばめた大きなケーキを切り分けようとしていた。自分の子供時代のことを、あのぞっとするケーキからの絶え間ない逃亡の時と捉えるのはたやすいだろう。今でもあのケーキは子供たちに暗い影を投げかけているのだろうか。しかし私の「知性」が初めて花開いた時の話に進もう。私たちは庭で遊びなさいと連れて行かれた。記憶するところでは、庭といっても砂地の、というか埃っぽい地面がひろがっているだけの所で、ただみすぼらしいリンゴの木が二、三本あり、そのうちの一本からブランコがぶら下がっていた。やがてウィルキーとボブは姿を消した（それは別に残念というわけではなかった）、そしてボナンギュ家の人たちも姿を消した。ハリーはブランコに座っていて、私は近づいてブランコのそばに立った。その間にも太陽はものさびしく広がる地面の上の方で傾き始め、退屈な、子供には果てしないと思える数時間が過ぎていった。その時ハリーが突然声を上げて言ったのだ。「こういうのが、きっと苦難のもとでの喜びって言えるんだろうね」。この言葉の意味と、絶妙で独創的な言い回しに呼応して、私の全存在が揺り動かされた。それが今でも、あの時芽生えた妹としてのプライドで、私の心臓をどきつかせそうになるほどだ。あの時一瞬にして悟ったのだ。この知性への働きかけが、いつも私を子供っぽい大笑いに誘う未熟な働きかけよりも、ずっと高貴な性質であることを。このような繊細な知性に気づいたばかりでなく、しっかり理解できたことへの満足感をも今はっきりと感じることができる。まるで新しい感覚、知的なもの、例えばくすくす笑いとは区別される本当の才気を計ることのできる感覚、そんなものを手に入れた気分だった。

七月十八日

人はいかに健康でなければならないか——病気になるためには。親愛なる名無しさんへのこういう打ち明け話がもう十分に私の精神的衰弱を暴露してしまっているから、ここに肉体的衰弱の話まで事細かに説明したくはない。全体的に嘆きの調子を抑えることはできないにしても。しかし今回の発作はかなり度を越していて、その組み合わせが滑稽だった。まずいつもの、家族の間では「アリスのお腹」と呼ばれていた自堕落な器官に起こったリューマチ性痛風の発作、それと一緒に化膿した虫歯、それに首のひどい筋違えが起こったのだ。三年ぶりにモルヒネをわずかにとることで、神経をしずめ、痛みを何ら気を散らすことなく経験することができた。生《き》の痛みが身震いさせつつ襲ってくるのには、どこか気分を爽快にするところがある。それはまるで現代とその高度な洗練ぶり（大の男たちも麻酔なしで歯を抜いてもらうことはできない！）から私たちを切り離し、今では想像もできない歯痛で引き裂かれる思いをした昔の人々と結びつけてくれるような気がする。屈服して我がプリムローズの君、ウィルモット先生を呼びにやったりはしなかった。あの昔からの「忍耐」という妙薬以外何も信用していないからだ。その妙薬とは、今よりももっとひどい状態にならないように筋肉の収縮とうめき声はひかえるという単純な成分からなっている。

七月二十八日

私は草原に横たわっていた。波一つ立たぬ静寂が私の骨の髄にまで染み込み、草を食む牛たち、しんとした木々、ただよう雲、急降下する小鳥たちと一つになるまで。

七月二十九日

ひどい打撃だ。なつかしいヘンリーが八月一日までには戻ってくると、指折り数えて待っていたのに、ああ、彼は十三日まで延ばしてしまった。彼は私がこんなに具合が悪いなんて気づいていないのだから、それでいいのだ。私はここのところセンチメンタルになってしまって、彼のことが恋しくなっているようだ。いつもは彼がどこかに行っている時は、ロマンチックなふりをして楽しんでいるのに。「みなし子」がひとり、とバトラー将軍(282)(だったかな?)がよく言っていたように、友もいない、か弱い女がひとり、見知らぬ国で苦難の風に揉まれている、とか何とか言って。

フランスの本はひどい時には本当にひどい。コペ(283)の『青春の日々』ほどつまらない作品はないだろう。あれに比べれば、水で割った牛乳でもまだ濃い飲み物といえるだろう。『スピーカー』誌にアナトール・フランス(284)の『文学生活』の書評が載っている。信じられないほどぞんざいな書評で、知的という評判を望むしかるべき雑誌が、あんなものを掲載するなんて信じられない。あの本の第二巻は繊細さ、美、気品、人間らしさで満ちているというのに。ああ、イギリス人の性質は実に粗雑になりうるのだ! なつかしいブート氏(285)が、私が病気になる前のある日、一列車遅らせてまで会いに来てくれた。

八月十三日

人が一人ひとりと倒れていく時、私たちは両手で顔を覆いつつ、埃っぽい街道の果てまで一歩一歩進んで行く。私たちがそれぞれの人に向けていたそれぞれ特別な面は、もはや相手の発していた光に照らされることはない。記憶をあたため意識を照らすために、その人たちがもっていた消し難い輝きを自分のものにしておかなければ、最後の段階はどんなに暗くなるだろう。

八月十七日

アナトール・フランスがどこかで言っていた。「何であれ、生の鼓動に耳を傾けているだけよりはましだ(286)」。たしかに否定はできない。でもね、アナトール、もしも運命がただ耳を傾ける以外の機会を与えてくれなかったとしても、その耳が大きく開いて想像力に富んでいれば、その小さな甲高い鍵盤でも、喜劇であれ、悲劇であれ、あらゆる調子のメロディーを奏でることができる、と分かりますよ。

八月十八日

私に大いなる変化が訪れた。生来の信仰心が澄んだ小川のように私の中を流れ、不毛の土地を緑にする。その小川の自然の灌漑作用を、懐疑という沈み木が邪魔することもなければ、軽やかに進む流れを淀ませることもない。その信仰心は私の知的精神的呼吸であり、経験以外の啓示は必要とせず、唯一の儀式は日常のふるまいである。子供の頃、若い頃、そしてこの数年前までずっと、死とはあらゆる願望が成就される霊的存在への入り口だと考えて、自分を元気づける必要があった。しかし今は、もちろん無という存在は知的にはいつも以上に理解しがたく想像しがたいのだが、あらゆる成就への憧れ、達成への情熱は私の中で消え失せ、偉大な「神秘」が永遠の死となろうと栄光の生となろうと、その両方を同じ平静さをもって眺めることができる。長く絶え間なかった重圧と緊張が、休息への願望以外のあらゆる願望を消し去ったということだ。さらには、自分を形作るべき時期は終わり、長い間の屈服の習慣ゆえに、私はあらゆる制限に身が合うようになったのだ。

八月十八日

夢

私が夢で誰に会うかですって？
なんと、それは王女様。
私以外の友を望まない人。
愛する人よ、さあ出かけよう。月が昇る。

裾をひきずるドレスは白のサテン。
　櫛は銀に宝石の飾りつき。
　月は草原すれすれに昇る。
愛する人よ、さあ出かけよう。私があなたの騎士。

彼女の肩には大きな金色のマント。
　私の上着は古いズック製。
　愛する人よ、さあ出かけよう。やさしの森に。
月は柳の木の下まで昇る。

子供が小鳥と遊ぶように
　彼女は私の命をその白い手に握る。
　月は枝の間まで昇る。
愛する人よ、さあ出かけよう。糸巻きを持っておいで。

幸いにも、これは証明済みのこと、
　心を満たすのに愛に勝るものはない。
いとしい人は美しく、私は彼女を愛している。

愛する人よ、さあ出かけよう。月は昇った。

ガブリエル・ヴィケール(287)

サウスケンジントン　一八九〇～一八九一

ロンドン、サウスケンジントンホテル

九月十二日

ひどいものだった！　私は八月二日の土曜日に完全にダウンして、ハリーに電報という電気ショックを与え、その結果、彼は一言の文句もなく、ヴァロンブロサ村を見下ろすパラディシノ[1]から私のむさ苦しい消化不良の生活につきあうため帰ってきた。代わりに彼はキャサリンに復讐した。八月六日に彼からの電報を受けたキャサリンは、九月二日には私を掘りだし、この心地よい場所に移してくれたのである。唯一の胃腸不良の治療法である、フランス人の料理人を求めてのことだ。おかげで私はもうカビのはえたキノコのような気分があまりしなくなっている。世の中からこのままシュッと消え去る望みがかすかにありそうだが、あの「跳ね返り」という怪物が容赦なく私をつかんで離さないので、また何度か別の激しい活動の機会を求めて奮い立つことは間違いない。フィレンツェからやってきたボールドウィン医師[2]はハリーのところに滞在している。私はお目にかかってはいないが、ハリーとキャサリンは共に、「彼女が死ぬことはありうるのか」と質問して、「死ぬ場合もあります」という慰めになる返事を引き出している。すべての関係者にとってこれはたいそう元気づけられることである。唯一の欠点は、それが眠っている間に起こるだろうから、私は観客の一人になれないということだ。なんとひどいペテンであろうか。あらゆる劇的なエピソードが否定されてきた者には自分の死に立ち会うことが許されるべきだと思う。私は最後の最後になってやっと事切れることになるだろうから、生というこのおどけたペテンに幕が下りる時に、絶対なる力との傲慢な戦い(3)でぼろぼろになった自分の自尊心を見ていられたら完璧だろうに。

九月十三日

キャサリンがブランチ・レピントンさんにサツマイモを持って行った――彼女が書いてきたのによると、「ヤムイモは変だけどおいしい」とのこと。「私は家主に妻と試食するように勧めました。彼の答えは一般的な感想だと思います。『ええ、サツマイモはたいそう気にいりました。もっともそれに縛りつけられるのはいやですがね、ジャガイモみたいに』」。これはあらゆる機会につきまとってしつこく悩ます「蒸しポテト」に対する国民的な態度を完璧に表現している。ところがマッシュされると、ジャガイモは「たいそう贅沢な味だ」といわれる。

キャサリンは私の烈しい攻撃演説を百姓一揆《ジャックリーズ》(4)の乱と呼ぶけれども、ハウエルズがいう「見かけ倒し《ジムクラックリーズ》」(5)の方があっていていいと思う。二人の友人同士が次のように話していた。「ではテナント嬢はライオンをつかまえたのね」「どちらかというと虎でしょ」「いいえ、ライオンよ。だってスタンリーは百獣の王ですもの」

ボールドウィン先生によると、イタリア人は痛みを感じると大泣きするだけでなく、家内中が彼をとり囲んでそろって大泣きをするという。最近、先生はりっぱな陸軍大佐に呼ばれたところ、ハンサムな大男がピンクの絹地とレースのカーテンがかかった豪華なベッドに横たわって、喉が痛いと涙をぽろぽろ流して泣いていたそうだ。ボールドウィン先生はマン島の統治者（と思う）スペンサー・ウォルポール家[6]に宿泊に訪れた。その家ではベートマン卿というたいへん尊大で、口うるさい人がいた。彼がおこなった、あることについてボールドウィン先生は次のように言った。「ベートマン卿[7]、あなたを見ると、テキサスでのなんとか卿を思い出しますよ。ある男が彼のところにやってきて、『あなたが一生懸命やりさえすれば、あなたが卿という身分であることを、他の人たちは気にしませんよ』と言ったそうです」。この発言はウォルポール統治官らを喜ばせ、ベートマン卿から何本もの葉巻が奮発されたそうだ。クラレンス・キング[8]がハリーに話したところによると、ウィスコンシンでは芝生を青い状態に保つのはたいへん困難らしいが、そこに住む男が自分の息子の墓に友人を連れていったという。その友人が「この墓はみごとに芝が青いですね」と言うと、その男は答えた、「ええ、息子の死の床で墓の芝を青く保ち続けてやると約束したのです。だから絶対そうしますよ。たとえ緑のペンキを塗らなければならなくなったとしても」と。これこそがヤンキーがいつも持ち合わせていると、メアリー・パークマン夫人がいうところの、臨機応変だ。

九月十五日

先日、歯を抜いた[9]が、それはちょっとした人の一生のようで、興味深く面白かった。というのは、はじめは、ずるずる長々と引っぱられ、それから医師が手をひねらせて一巻の終わり！　歯医者は私の顔を両手ではさんで叫んだ、「でかしたぞー、ジェイムズさん！」そしてキャサリンとナースは、膝をがくがくさせ、顔を青くして、私の「ヒロイズム」を褒めそやした。肉が引き裂かれるにせよ、愛が引き裂かれるにせよ、誰にもある、単純で原始的な感覚や経験すべてにつきものの、感覚の麻痺状態にひたっていた私は、二人をただ笑い続けた。身体が二つに引き裂かれるのでない限り、私は「ヒロイズム」の出番がどこにあるのか分からなかった。ハリーがフィレンツェで珍事に見舞われたという。到着した日の夜、彼は夕食の後に喉の烈しい痛みにみまわれた。ひどい歯痛があったので、彼はそれが関係していると思った。そして翌日、歯医者のところで過ごし、午後、ホテルからボールドウィン先生のところへ泊まりに出かけた。喉がますます痛くなってきたので、すぐに「私の喉をみてください」と先生に言った。「おや、何かが喉に引っかかってますよ。それも緑色ですよ！」と先生は引っ張って引っ張って、舌の根本あたりにからみついていた、長いいんげん豆のすじを引っ張り出した。ハリーの舌の根本あたりは膿み始めていた。歯医者が午前中ずっと彼の口の中を覗き込んでいながら、緑色の物体が見えなかったなんて、なんというまぬけだろう。

感情的な表現は無限に豊かでさまざまな形をとる。例えば月の光がアメリカ人の屠殺業者に次のように妻に向かって言わせる。「あまりにも美しい夜なので、もう一分たりともじっと横になってはいられない。出ていって屠殺でもしないと」。

九月十八日

カイラー夫人は、ニュージャージーのモリスタウンに住んでいるのだが、湖水地方に来てすばらしい景色を見つめていた。そしてたまたま通りかかったアメリカ人に向かって言ったという。「なんと素晴らしいところでしょう！」と。「そうですね、私もそう言いたいところですが、私自身が世界で最も美しいところから来ましたのでね」「それはどこですか？」「ニュージャージーのモリスタウンです」この話を聞くと、大陸で、ロンドンが恋しいとハリーに言ったイギリス人を思い出す。ロンドンは他の都市と比べて夜あかあかと灯がともされているからだそうだ。私はハリーにどう反論したのかを聞いた。「沈黙！」が彼の答だった。

『パリ・イリュストレ』誌にブールジェの結婚[10]についての記事が載っている。それによると若い花嫁が裕福だといううわさは本当でなく、彼女の持参財産といえば美貌と若さのみであり、あの偉大な分析家の「高貴な心」を知っている者は誰でも彼が愛による結婚をできる人だと知っているとのことだ。間違いなく、どんなフランス人男性でも自分は恋愛結婚ができるのだから「高貴」だと思うことができるのだろう。どこかで読んだのだが、あるフランス人男性が肉体的苦痛は耐えられないので容赦してほしいと毎日祈りながら、精神的苦痛の方はフンと鼻であしらったとか。彼らには精神的苦痛がどんなものか分かっているのだろうか。フランス人の手紙や回想録を読むと、彼らは運命の逆転、一番大事な友人の裏切り、あるいはそのような薄っぺらなことについてのみ、泣きわめいているように思われる。

九月二十四日[11]

これがハリーが「白鳥の歌[12]」と呼ぶものである。メアリー・クロスから『デイリー・ニュース』紙に載った、『ネイション』誌からの抜粋[13]、ヨーロッパでの名声の第一号を手に入れるなんて、なんと楽しいことだろう。私が肉体的にこんなにも衰弱していることが、世間知らずの男たちにとってなんと幸運なことか！

『ネイション』誌の編集者様

拝啓　数年前から、私はイングランドの田舎に暮らしています。故郷からずっと離れていますが、時々、大西洋の向こうからの純粋で汚れのない風が、私の愛国心をあおります。

今朝、七月四日というこの日に最も適切にも、我が国の東部のある都市から来た女性が私の大家の女性に部屋を借りたいと申し出ました。貸す部屋がないと断る際に、大家さんは家には病人がいると言ったのです。それに対してその女性は声を上げげました。「それなら、私たちを受け入れられなくてよかったかもしれません。というのは、私のかわいい娘は十三歳なのですが、たいそう自由を好み、金切り声をあげて家中を走り回るのが好きなものですから」。

かしこ

イングランドにて　病人より

一八九〇年七月四日

ある病気のアメリカ人の女性が、何年間か「イングランドの田舎」に暮らしていたのだが、いかに時々、

「大西洋の向こうからの純粋で汚れのない風が彼女の愛国心をあおる」かを、ニューヨークのある新聞に伝えた。つい最近、その風は作者の大家の部屋をたまたま借りようとした、「我が国の東部のある都市から来た女性」という形をとった。貸す部屋がないと断る際に、大家は家には病人がいるとたまたま話した。「それなら」と直ちに「我が国の東部のある都市から来た女性」は答えたのである。「私たちを受け入れられなくてよかったかもしれません。というのは、私のかわいい娘は十三歳なのですが、たいそう自由を好み、金切り声をあげて家中を走り回るのが好きなものですから[14]」。

クラークさんがこの話を私が絶望的な頃に教えてくれたので、私は投書するという窮余の策を求めたわけだ。ハリーの創作ノートと比較してみると、たとえ『悲劇の詩神[15]』を創作したとしても、私はこれ以上の作家の過程を体験できなかったであろう。天才の作品でよく起きることなのだが、私は長さと編集者による拒否権発動を心配して主要な部分を省かなければならなかった。この話を語った時のクラークさんの無反応ぶりが、日常、偶然起こる出来事に対するイギリス大衆の反応のなさを非常によくあらわし、それは、海の向こうから来た攻撃的な子供や、病人のために子供の金切り声をつかの間でも抑えることを思いつけないアメリカ人の母親と、教訓的な対照をなすということである。しかしそう考えると、シェイクスピアはあの無抵抗なオセロをよくあるタイプだと思っていたのかもしれない！　我々はこの高くつく場所にやってきて、子供たちが大勢いるというだけでなく、騒々しく、まるでサラトガ[16]にいるように廊下を駆けぬけ、大声で叫んでいるのを見て大いに驚いた。この現象は、これらの子供たちはオーストラリア人であるということで説明がつく。つまり、新大陸の雰囲気の影響であり、すべて環境のせいなのだ。

「『ロンドンのストリート・チルドレン』[17]に載っているもう一つの面白いお話は六歳の小さな少年についてである。彼はクリスマスが大好きだと言った。なぜならクリスマス・イヴに靴下をつるすと、翌朝、その中にプレゼントが入っているからだと。『この前のクリスマスには何が入っていましたか』とスタンリー夫人が聞くと、『半ペニーが一枚』と彼は思い出してうれしそうに微笑んで答えた。しかし彼は正直につけ加えた。『僕が前の晩に自分で入れたんだ』」。

なんと幸せなことか、私たちの半ペニー硬貨は永久になくなることはないのだから。私たちは、悦に入って自分たちに半ペニーを与え続ける。キャサリンと小さなナースまでもが私を管理しようとするのを見るのは面白い。そして黙って従おうとする気分になって、彼女たちの知恵を意識し、彼女たちの手の内に入りたい、こちらから歩み寄りたいという願いなどを感じることはたいへん興味深く、気を紛らわす。

いとしき人よ　われ死なば
　悲しき歌を　やめたまへ、
影濃き松も　薔薇をさへ
　わが墓の邊に　植ゑませず、
時雨《しぐれ》と露に　霑《ぬ》れそばつ
　ただ青草を　茂らせよ、

しのびたまふも　忘るるも
心のままに　なしたまへ。(18)

クリスティナ・ロセッティ

「ハルで木曜日に、エイミー・カレン（三十三歳）の死に関する検死審問が開かれた。カレン嬢は一人住まいで、「殺虫剤」で服毒自殺し、水曜日の朝にベッドで死んでいるのが発見された。故人はジョン・アストンという名前の事務職員と結婚することになっていたらしい。アストン氏によると、彼は故人と知り合って何年にもなるという。二人は結婚する予定になっていて、十日ほど前に婚約していた。月曜日の夜に彼はその婚約を解消するように彼女に手紙で求めている。火曜日の朝に彼は彼女から手紙を受け取った。それは八月十九日の日付になっていて、次の通りであった。

親愛なるジャックへ、あなたは正しいことをなさいました。手遅れになってから私が気づくまではおかないで、本当のことをまだ間に合ううちに教えてくださったのですから。その動機は私にも分かります。ある人を愛しながら、別の女性と結婚することはできませんものね。しかし私ほどあなたを愛する人はいないでしょう。たぶんあなたはご自分がどれだけ私にとっていとしいのか、ほとんど気づいておられなかったでしょう。持っておく価値がないものとしてこのように不注意に捨ててしまう、この愛がどんなに深く強いかを、あなたにはとても測ることなどできないのでしょう。もし死ぬ決心がついていなければ、こんなことをあなたに言うなんてプライドが許さないでしょうが、生きていて言えないことも、死ぬのなら言うことができます。というのは、ええ、私はあなたなしでは生きていけないのです。あなたがほんの一瞬、私に見せてくれた天国を見た後では、二度とあなたに会えないという前提のもとで人生に直面したくないのです。あなたがこれを受け取る頃には、私はもうこの世にいないでしょう。だけどご自分を責めないでください、あなた。こうなる運命だったし、こうする以外、なかったでしょう。さようならジャック。神がいらっしゃるのなら、どうぞ私の愛しい人、あなたを祝福し、守り、幸福にしてくださいますように。

エイミー

私のピアノをあなたがもらってくださると嬉しいのですが。ウィリーにあなたにもらってほしいと言いましたが、あなたはそれが私のものであったからとしりごみし、嫌われるかもしれませんね。

陪審員は、死は毒物を、それも故人とアストン氏の婚約が突然破棄されたことが原因で引き起こされた精神的憂鬱の状態で、自分で服毒したことでもたらされたという結論の評決をだした」。

なんと美しい誠意と威厳であろうか。自分の悲しみの幻想に入り込み、「ジャック」が自分の空想の産物、自分の豊かな可能性のみから生まれたものだということを認識しないままでいられるのは、なんと幸福で賢明だろう。

九月二十六日

キャサリンは昨晩、次のような会話を聞いて楽しんだ。おばのところにお茶に招かれていたナースが帰ってきた。「さあ、お帰りなさい。楽しかったですか」「ええ、お嬢様、たいへん楽しかったです。いとこのトムが家まで送ってくれて、いろいろなことを話してくれました。そして商業主義《コマース》の今日の事態への影響についてどう思うかを聞きました」「きっと商業主義《コマース》が国民を高めたかを聞きたかったのでしょう」「はい、まさにそうでした。そして私がそれらのことについて何も知らないことはご存知でしょう」「まあ、ナース、あなたはなんと残酷なのでしょう。私は、この五年間、国民の嘆かわしい状態についてばかり話していたのに」「でもお嬢様、あなたは商業主義《コマース》について何も話されたことがないじゃないですか」「でも私はバルフォアや教区牧師の国民を堕落させる影響については話したことがあるでしょう」「あら、彼が政治と言ってさえくれたなら、私にもそのことだと分かったのですが」ににたにた笑っているキャサリンの前で私の役立たずぶりが暴露されたのは本当に屈辱であった。

九月二十七日

ああ、悲しい、なんと悲しいことか。私はやせるのが止まっただけでなく、はなはだしい脂肪を身につけ始め、永遠の平安と休息への望みはすべて消えつつある。カタツムリのように、陰鬱に少しばかり這い上がるだけなのだ。またすぐに駆け下りられるように。それなのに医師たちは、あなたは死ぬとか、回復するとか即断する！　でも回復なぞしない、い、い！　私は十九歳の頃以来、そのどちらかだと言われ続け、いまだに死にも回復もしていない――もう四十二歳なので、どちらの過程をたどるのにも十分な時間があったのに。医者の診察の後には、人間として体験した、他のどんな場合より、ずっと知的後退を感じるものだと思う。『スタンダード』紙に、あるニューヨークの人の結婚式の記事が載っている。三人からの結婚祝いのプレゼントについて述べられていて、おじの一人からの金の正餐用食器一式、兄弟の一人からの金のデザート用食器一式、そして「レディ・何とかザインからの本一冊」である——なんと薄っぺらに聞こえることか。金というものほど俗っぽいものが思いつけるだろうか。花嫁はブーケの代わりに銀の祈祷書を手に持っていたそうで、ずっとしてハリーにこの話をすると、「もちろん金の食器で食べることのできる女性は、銀の祈祷書でお祈りできてしかるべきだよ！」と言った。キャサリンは大いに満足した様子であざみの紋章のついた印章を見せてくれた。それが不敬な人々の非難[19]を受けるかもしれないと考えなかったのかと聞いてみた。これは、彼女には新しい見方を与え、面白がらせた。彼女は祖父がそれを選んだのだと言った——「予言的に[20]」と私はささやいた。最も柔軟性のある人たちが、このように反骨精神が頭をもたげる前に自分たちに与えられたものを、何の疑問もなく受け入れているのはなんともおかしい。

十月四日

ある男がセント・ポール寺院で自殺をした。その男はどうしようもなくだらしないことをしたと認めざるをえないが、これが聖職者たちの間では実に面白い騒ぎと狼狽を引き起こした。大聖堂はもう一度清めなければならないと心配しているのだが、ひょっとすると彼らの高度に鍛えられた言い抜けの腕をふるって「清めの業《わざ》」で血の跡を洗い流すことができるかもしれない！　私は「セレブレーション[21]」という言葉を宗教的儀式としてとらえることにけっして慣れることができない。「セレブレーション」と聞けばアメリカ人はあまりにも栄光ある七月四日のお祭り騒ぎを思いおこさずにはいられないからだ。オーストラリア人もアメリカ人のように、朝食に冷たい水を飲むし、夫は妻を先に部屋に入らせ、先にテーブルにつかせる。これらの相似点について聞いてから、子供たちの金切り声はさほどひどく聞こえなくなった。レミントンでは面白いことがあった。小さなナースが図書館から初期のキリスト教徒についての歴史の本を借りてきたのだが、それはローマ教会という幼い分派が、その生みの親である英国国教会から枝分かれした時のことを私に突きつけるためだった。その本では見つけられなかったようなので、彼女は、私の具合が悪くなったこともあり、その時は私を改宗させることは諦めたようだった。ところが昨日、彼女はルナンの『聖パウロ』[22]を、たぶんその歴史的なエピソードが見つかるかもしれないからと、いとこのトムから借りてきた。彼女はあらゆる階級の人を含む数え切れない友人たちに対して、誠実でとてもいい人である。ただその彼女は、先日再会したバッキンガム州の伯爵夫人のメイドよりも、ハムステッドの煙突掃除一家のポーター家に胸をわくわくさせている。八五年の七月と八月に私たちがトインビー・ホール[23]のバーネット邸を借りて住んでいた時に、彼女はこの煙突掃除人たちと知り合った。日曜日には彼女は彼らに会いに行き、彼らがいい暮らしをしていて、言語も文法も飾り立て、野心ももち、それに幼いウィリーのためにああ悲しいかな、ピアノを欲しがっていると言っていた。これもすべてインフルエンザやその破壊的な結果であるリューマチ熱などと直面しながらだとか。なんと心うたれることか！　酒などは飲まないのである。バチュラー夫妻は、週に三シリング六ペンスの収入、それも二十五年間「コロネット」を演奏し続け、両目の白内障のためにやめた国民軍楽隊から得られる年金であるというのに、ナースに一枚三ペンスのハンカチを三枚プレゼントし、私たちの超すばらしい日雇い雑役婦のチャールトン夫人は、割り当てられた庭から時々、カリフラワーとカボチャを持ってきてくれた。いずれも貧しさのプレッシャーをウェストミンスター公爵夫人[24]ほど痛く感じているようには見えない。どこかで目にした手紙によると、このウェストミンスター公爵夫人は次のような屈辱に耐えねばならなかった。彼女は芸術教育推進のための、それも若い女性のためだったと思うが、ある組織の委員会へ五年間二十ポンド寄付し続けると約束した時には、それがどれだけ煩わしいことになるか分かっておらず、その結果、それを撤回しなければならないと手紙に書いてきたという。そのような恥ずかしい行為は公爵夫人であるがための大きな代償だったにちがいない！ハリーは最近の旅について心打つエピソードを話してくれた。キリスト受難劇の後、彼らはガーミックという、すばらしいチロルの渓谷に、一週間滞在したのだが、そこではやさしい、日差しの明るい自然に加えて、にこにこした穏やかな農夫たちが魅力をそえていたそうだ。この農夫たちは、優雅な挨拶をすることでアメリカから来た野蛮な侵略者の━夫人を誘惑しようと、お互いを出し抜こうとしていたとか。(25)

十月十日

『トゥルース』誌は、教会会議で、托鉢修道士会が設立されない限り、教会は大衆と身近にはなれないと言ったファラー副主教(26)と年二千ポンドの俸給との思いがけない関連性を指摘している！何年か前に、エクセターの主教だったと思うが、白痴の人たち何人かに堅信礼を施したことを次のように言って正当化した人がいた。そのうちの一人の「お馬鹿さんのビリー」が死の床で次のような栄光ある考えをあらわしたというのだ――「お馬鹿さんのビリーには見える、一の中に三、三の中に一！」

ウィリアムは過去数年間、息子たちに聖書を読んで聞かせながらその都度、（なんと！）解説していたという。それなのに先日、小さなビリーが「でもお父さん、いったいエホバって誰なの？」と声をあげた。三年間、そんなことは明快になっていると悦に入って考えていたウィリアムにとって、これは大きな打撃であったにちがいない。何年か前に、ハリーが五歳かそのくらいの頃、ウィリアムが神の本質を説明していた時に、神はどこにでも存在すると聞いたハリーが、神様は椅子なのかテーブルなのかと聞いた。「いや、神様は物ではなく、精霊なのだ。神様は私たちの周囲のどこにもいらっしゃって、あたりに充満しているのだよ」「へえー、それなら神様はスカンクなんだね！」アメリカの子供にとって「充満している」という言葉がそれ以外の意味をもつことなどできるわけがない。アメリカ人であるマールバラ公爵閣下夫人[27]は、ロンドンでは歓迎されないようで、それはもちろん閣下夫人である証なのだけれども、その「閣下夫人」という身分を絶えず話に入れることで、自分への言及を豊かにする。ある時、彼女はロスチャイルド家の人を訪ねた際に、褒める物を何でも彼がくれたという話をしていた。ついにそれは受け取れないと思う物があって、彼女は「いいえ、それは結構！」と言ってその場を去ったそうだ。しかし自分の家に到着してみると、従僕が小包をもってやってきて言ったという。「閣下夫人、これはあちらの閣下の下僕から閣下夫人に差し上げるようにと渡された小包です」と。

　引き込まれるように面白いのは、歴史的に偉大な「お払い箱」を実現するために最もつまらない道具を役立てるという、天の途方もなく巧みな仕掛けである。王政反対者たちがそれを知ってさえいれば、運命の瞬間を静かに座して待つ方が、手も汚さず、面白いと思うだろうに。その時がくれば、残っていた消えそうなあの人たちは、自ら破滅へと陽気に小躍りしていき、何らかのグロテスクな避けられない愚行によって動物程度の知性さえも自ら剝ぎ取ってしまうのである。この十年間に君主制の伝統を傷つけてきた、英国皇太子と彼の「ユダヤ人銀行家たちや色仕掛けで地位を求めるアメリカ人女たち」(28)や、空論をもてあそぶことすらできないブーランジェを抱え込んだオルレアン派たち、巨大なウィリアム皇帝と彼の等身大の肖像画(29)といったものを考えてみるといい！ 不思議なことに、十分年をとって経験を蓄えたはずの人々が気づいているように見えもしないのだ——すべての技のうちで生き方の技が最も絶妙で報いの大きいものであり、またその生き方の技は、自分の無力さにどっぷり浸り込んで、生のからくりや自分たちにふりかかった特別の困難に対して、絶えることのない不平不満を漏らすことでは、完成させることはできないということを。麻痺で寝台から動けない者も、もし望めば、スタンリーが未開人を殺すより、もっと広い経験を得られるし、二部屋の小さな家は宮殿より無限に豊かでやさしい家庭の調和を与えるかもしれないのである。そして穏やかな綿紡ぎ職人が勝ち取る勝利に比べれば、名の響いた大将の勝利がちりと灰に見えてしまうこともある。それなら聖なる火を無駄にしたり、他の人は持っているのに自分たちは持っていないものを俗悪にも追求することで、肉体をすり減らさないようにしよう。敗北を認めることは征服への道ではないし、あらゆる失敗からは消えることのない経験が残るのである。

十月十二日

確かにこのかわいそうな女性の状況は哀れをさそう。キャサリンはイエール(30)でスペイン人かフランス人の騎兵士官と結婚したイギリス婦人と知り合った。その夫は娘一人を遺して亡くなった。後に彼女は、ホブソンかホジソンという名の牧師補と結婚し、九人の子供をもうけた。ある日、キャサリンがその人を訪ねた時、美しい娘となっていた長女が突然飛び上がって、テーブルの上にある二枚の写真をつかんで彼女に渡して言ったのである。「これを見て、それからこれを。こっちの男性の妻となった後で、いったいどうしてママがこんな人と結婚できたのかしらと思うでしょう」。

確かにそこには故人となった、いかつい髭の、さっそうとした男性とそれと対照をなす、冴えない、ずんぐりしたホブソンがいた。部屋のもう片側には夫人の姉である下院議員の妻が、ホブソンとの結婚がもたらした愛の結晶が多過ぎると彼女を責めていた。「あなた方牧師の立場の人々がそんな大家族をもっていて、どうして我々がイーストエンドの人たちに偉そうにお説教できましょうか」と。石臼のように、この上と下の両方から責められて、かわいそうな夫人は抗弁することも不平を言うこともなく、ただ座っていた。

ケンブリッジの、ある試験の解答。「キリストの幼い頃のことについてはあまり知られていない。我々が知っているわずかのことは、ファラー副主教から得るものである[31]」。

十月二十日

ブート氏が昨年の夏、いつも変わらぬイギリス風にどうしてもなじめないと言った。イギリスに上陸する翌日にはいつもそれを感じ、驚いたと言う――「まるで『ペアレンツ・アシスタント[32]』の世界で目覚めたかのように」と。ウィリアムは、アメリカで吹雪のあとに書いてきた――「外では光が金切り声をあげている」と。ハウエルズはニューヨークについて言っている――「目に映るなんという喧噪か」[33]。興味深く本がつながった。キャサリンが『ドン・キホーテ』を読んでくれる。ナースは『デイヴィッド・コパフィールド』を。そして私は自分でモーパッサンの『死のごとく強し』を読んでいる。この二冊のたくましい本の間にはさまれ、『デイヴィッド・コパフィールド』は全く弱々しくて、実体があるのはミコーバ[34]だけだ。モーパッサンの「卑怯者」は、翌日闘う予定の決闘で立派な態度をとれないだろうと確信して銃で自殺する男の話だが、実にすばらしい作品である。私たちを支配するのが周辺事情だけとはなんということか。追い求める賞品とそれを勝ち取った者を見ると、競争に参加するわずかなチャンスもなかったことが喜ばしい。

十月二十五日

キャサリンが言うには、ここはショッキングなホテルだ。階段を曲がるたびに、彼女のたてる音で、キスという息抜きを楽しんでいる給仕係と部屋女中が飛び上がるのだという。彼らの生活は私たちとなんとちがうことか。確かに私たちは彼らのように働いてはいないが、彼らが秘密のキスで得る「理想」に私たちが到達することがあるだろうか。

キャサリンは先日、モートレークにある美しい古いお屋敷のテンプル・グローヴに出かけた。そこは何年も前から、子供たちをイートン校などに送り出すための私立の学校であり、もともとはサー・ウィリアム・テンプル[35]によって建てられたものだ。キャサリンは甘やかされた子供たちに与えられるあらゆる贅沢と美を話してみせてくれた。そしてナースが数日後、友人が看護士をしているワンズワースの病院に出かけ、帰ってからお土産話としてキャサリンとは対照的な話をしてくれた。結核で死にそうな十二歳の小さな女の子があまりにもやせこけているので、ほんの五歳か六歳にしか見えなかったとか。彼女の母親は飲酒僻のために精神病院に入っており、父親は酔ったうえで発作を起こし、一週間前に死んだという。その女の子がベッドに横たわって、もらったばかりのビスケットを前に微笑もうとしたというのである。それから背骨の曲がった小さな少年が癌で死にかけだという話もあった。ナースはレミントンで執りおこなわれた、年老いたボンド夫人の葬式に行った。家族、つまり娘と孫たちが墓のそばに立って長い間待った末、牧師がやってきたのだが、彼はポケットから本をひっぱりだし、礼拝文を読み上げ、そして後ろを向いて歩き去ったのだ——家族に一言も話しかけず、視線を向けることさえしなかった！

十月二十六日

ウィリアムは「隠れた自己[36]」についての論文で、神経症の患者が自分の意識の一定部分を「捨てる」と書いているが、これはすばらしい表現である。それは彼のような学者がよく使う言葉かもしれないにしても、これ以上ないほどぴったりの言葉である。ただし不運にも私は自分の意識を捨てて、五分間でも休息をえられたことは一度もない。私は意識的な自己放棄を無限の回数してきたが、今振り返ってみて、それが幼少の時代に始まったことが分かる。ただし初めて倒れて何度かのヒステリーの激しい発作にみまわれた六七年か六八年までは、自己放棄の必要性を意識してはいなかった。あの発作の嵐の後、身体は疲れ切って横たわっているけれども頭ははっきりしていて活動的で、最も明確な強い印象を受けやすい状態になっていた。その時私には、それが単に私の身体と意志の間の闘いであり、それも前者が最後には勝つという闘いなのだということがはっきりと分かった。何らかの身体的弱さ、神経の過度の感じやすさのために、道徳的力がほんの一瞬、いわば停止し、その見張り機能の奮闘で疲れ切ったために、肉体の正常性を維持することを拒絶するのである。私が書斎で身動きもできずに本を読んでいて、突然、筋肉が激しい衝動の波におそわれ、窓から身を投げるとか、机で書き物をしている銀色の巻き毛をした穏やかな親父殿の頭を殴り飛ばすとか、無数にあるもののどれか一つをやってみたいという気になった時、自分と精神に障害のある人の唯一の違いとは、私には狂気の恐れ、苦しみがあるばかりでなく、医師、看護士の役割あるいは、拘束衣の役割まで押しつけられるということだと思えたものだ。考えてもみよ、私はいつだって一瞬でも自制をなくすと自分の心のメカニズムがバラバラになってしまうと意識し、いつかこれを完全に捨てなければならず、堤防がくずれて洪水がなだれ込むのを許し、自分が不変の法則を前にして情けなく無力であることを認めさせられるだろうと意識しているのだ。今まで自然に蓄えてきた自己の精神的よりどころが、心のメカニズムを一インチでも捨てることや、筋肉を一筋でも緩めるのを禁じる気性であるのなら、これはけっして終わることのない闘いなのである。ある朝、学校でどうしようもない感情の高まりのためにさぼったり、ずるけたりする代わりに、お勉強を、ちょっと気分を変えてやってみようと思いついた時に、私の頭の中で激しい反乱が起こり、その結果私は自分の脳をいわば「捨てる」ということをせざるをえなかった。その後もいつもそうだった。自分でくっついてくる知識は勝手であるが、意識し継続した大脳作用は不可能であり、眼の後ろで頭はいかなる光も射し込んだことのない密集したジャングルのように感じられる。よって頭以外についても同様、私はみぞおち、両手の平、両足の裏を捨てることになり、それらの正気を保つことを拒絶するのだ。すると今度は道徳的印象がつぎつぎと、一つには絶望を、もう一つには恐怖を、そして三つめには心配を生じさせ、とうとう生とは、遠回しの暗示からの長い逃亡となり、自己の破滅へと仕掛けられた何重もの罠を苦労して避けることになるのだ。

十一月七日

私は自分の修辞的な部分を「捨て」、神経症の治療における医者たちの無知と愚かさについての雄弁な長広舌をやめなければならない。実はそれで十月二十六日の記述分を飾るつもりだったのだが。私の怒りで沸き返る部分も尽きてしまって捨てなければならなかった。私たちはタンブリッジ・ウェルズに永住のつもりで住居を移すところだったのだが、私が発作を起こしたので、ここにしばらく留まるのが混沌からの唯一の出口のように思われた。非常によい部屋をあてがわれていて、寝室は、イギリスで借りた部屋の中では、隙間風のせいで私が飛ばされたりゆらされたりしない、唯一の部屋である。ここはあの心やさしいヘンリーの家に近い。彼の心配げで愛情深い心は、しおれゆく花を毎日見守って満足している。なぜなら私たちの望みがまたもや復活したからだ。骨のあたりにつき始めていた肉もほとんど消えてしまった。死期が近づいたらホテルで死ぬのは美的でないということで、私はハリーの部屋に運ばれていくことになっている。ただし、キャサリンによると、ホテルででも完璧な品位が保たれるそうだ。人々が昼食あるいは夕食をとっている間に、亡骸を裏階段を通って運び出すからだ。よって友人あるいは付き添いが大声で嘆き悲しまない限り、周囲の部屋の人たちは隣で小さな寿命が尽きたことなどにけっして気がつかない。ここでは人が死ぬやいなやすべての窓と戸を閉めるという奇妙な風習がある。ナースによると、大気にふれると遺体は黒くなるそうだ。何か気候上の影響だと思う。明らかに四、五日は遺体を埋葬しないし、氷はめったに使われないようだし、どのように手はずを整えるのかが私には全く理解できない。イギリスの中産階級の家には寝室は最小の数しかないのに、家族の人数は最大であるし、この長く続く苦痛の期間にそれがどう処理されるのかは陰鬱な問題である。

関節にたまった流動体は、膝の水と呼ぶ[37]が、どういうわけか、にやりとさせられる。

中年というものは、次第に友人たちの運命が展開され、最後には個々、与えられた型をとるのが見られて、たいそう面白い。そこで私にとって第一番の友である自分がどんな型をとるのかを空想して頭がいっぱいになる。あらゆる物質的心配事や誘惑からは解放され、基本的な衝動とは無縁であった人間で、途方もない、非生産的な感情のみをただ集めて薄葉紙に包んだものだからだ。それは苦痛と同様に喜びによっても割れ目ができた壁のようなものであり――行動に対する揺るぎのない確信あるいは渇望によって活気づいているのに、容赦なく行動を阻まれ、「女の無用なせかせかぶり」を邪魔しようとあらゆる安全弁が閉められてしまっている。ふと目を上げて、私のよき伴侶であるキャサリンが小さな消しゴムで上手に壁紙のいく筋かの汚れを取り除いているのを見て、彼女の筋肉の休むことなく多様な動きをする様が、彼女の付属物である不面目な私に光を投げかけてくれるのではと期待して、心は高揚する。

十一月八日

貧民街に住んでいて装飾のセンスを発揮させるのには、困ったこともある。ナースの叔母のところで「侯爵夫人」が働いているのだが、彼女の身につけている肌着類の色合いがよくなかった。それを煮沸するように彼女に言うと、「お許しください、奥様、こすったらライスが破れてしまうのです」とのこと。これらの製品の周りにはぼろのレースが花綱のように縫いつけられていたのだ！この類のものは一ヤード半ペニーで買える。自分が人に強い印象を与えると思ったことなど久しくないけれど、実をいうと、これほど自分に影響力がないと思わされるなんて全く予想だにしなかった。友人がキャサリンに私はよく読書をするのかと尋ねたので、私の気分が十分にいい時にはすると答えた際の話だ。「ええ、そうでしょうね、シジウィック夫人が彼女に本のリストを渡しているのでしょう」だって。本は本に過ぎず、身近にあるからとか、題名を覚えているからとかで、読む本を決めているような、自主性のない人たちの一人に数えられるなんて考えただけでぞっとする。親愛なるブリテンよ、「兄弟愛」や「文明化」とか何とかによって自分たちが普通の人々よりすぐれているという、あなた方のいつもの「高潔」のポーズは、全人類にとってたいそう不快なものである。だから、あなた方が、悪魔であれスタンリーであれ、その時にあなたがたを奮い立たせる野獣が誰であれ、その名にかけて行動するまでは、他の国々が、あなた方のきれい事で塗り固める至高の才能が暴かれたと言って、はでな喜び方をしても文句はいえない。天罰はすばやく下される！エミン・パシャ救出探検団のうそが暴かれた。なんと鼻につくひどい話か！ザンジバル人のかつ

ぎ人夫が八〇〇人から二四〇人に落ち込んだことを除けば、その成果はなんとわずかなことか。(38)

十一月九日

小さなナースがしょっちゅう私を打ち負かす。先日、ナースが「お嬢さま、今日は陰気な日でしたね」と言ったのに対して、私はつい気取って言ってしまった。「いいえ陰気ではなかったわ。それはただ運命で、運命としては陰気なものは何もないでしょう」と。彼女は人の気分を萎えさせるような沈黙は得意なので、何も言わなかった。少し後で、オーストラリア人の子供たちがいつものように大声をあげだしたので、私が「あの子供たちのナースはひどくみじめな生活をおくっているでしょうね！」と言うと、彼女は「ええ、十分にみじめに見えますがね、でもそれが彼女の運命なのですよ、お嬢さま」と答えた。前述の「として」で別の件を思い出した。キャサリンは、マインド療法者(39)でチャールズ＆スーザン・ボールズという、講演をしている人たちについての噂を聞いた。彼らの講演を聴きに行ったところ、アメリカで聴いたものよりずっと筋が通っていたという。治療過程を見たり聞いたりするのは「面白い」と思ったので、治療を受けるべく「スーザン」を招いてもらった。彼女は私に目を閉じて「私は神の子。神の子として純粋で、完璧で欠点もない！」と繰り返し考えるように命じた。私の意識は、はるか遠くをスキップし始め、時々彼女が「さあ、やめて」とか「さあ、また考えて」とか言って私を呼び戻した。それが終わった後、彼女は私が「知的な友人たち」によってあまりにも防御されているとか、私が知的過ぎるなどと言った。それはうまい策略だと思う。彼女は立派に報酬を断った。「ニューイングランドの精神の方」に会うのはたいへんな喜びだったからなどという。彼女は誠実な人だと思うが、あのような治療が大衆に感銘を与えるのは、この民族が精神的にいかに貧しいかということを暴露するものだ。キャサリンはあのハワイス[40]という男がボールズ夫妻の講演会で次のように言っているのを耳にした。「私たちはいつも人間を引き上げようとしていたのですが、お二人はうまくやりましたね。霊《スピリット》の方を引き下ろしたのですから[41]」と。彼は自分が思っていたより賢明なことを言ったのだ。

先日ハリーが来た時、それまで聞いていた会話にうんざりさせられていたという。今まで聞いたどんな話よりも英国社会の堕落を強く印象づけたという。彼がよく知っている家柄のよい女性を訪ねたところ、そこに一人は若く、もう一方は年配の、二人の紳士がいた。一人が官吏の試験に落ちたばかりの彼女の息子について尋ねると、夫人は息子にどうかと勧められた仕事があり、あなた方の意見を聞きたいのだと言った。『ニューヨーク・ワールド』紙の前編集者のピューリッツァ[42]がパリのイギリス大使館に良家の若者を推薦してほしいと依頼してきた。秘書を務め、彼の代わりに手紙を書くなどをするが、主に彼の家に人を招き寄せるという、社交の役に立つ——要するに、明らかにピューリッツァの金メッキのサロンへのおとりのカモの役をするのである。クロード・ポンソンビーというりっぱな名に恵まれた青年がこの役割を三年間果たし、アメリカ人と結婚したばかりで、ピューリッツァは彼に三万ポンドの「持参金」を与えたとか。そして彼の後継者も同じように大事に扱われるだろうと期待できた。そこにいたイギリス人は二人ともそれは「陽気な人生」になるだろうと言った。すると夫人は今度はハリーに向かってどう思うかを尋ねた。「私ならむしろロンドンの一番汚い十字路を清掃する方がいいですね！」と彼は答えた。それに対する反応は驚きの眼差しであった！　ハリーは考えられうる最も俗っぽい新聞を編集することで財産を築いたというピューリッツァの経歴を知っているのかと彼女に尋ねると、ええ、もちろん、彼のことはすべて知っているし、彼女の唯一の心配は完璧な落ちこぼれである彼女の息子がその人も羨む地位を手に入れ損なうかもしれないということであった。その気取り屋の息子は医学にたいそう強い好みを持っているらしいが、医師になることは社会的に不名誉であると考え、ピューリッツァのような者への客引きの方が人間としてより崇高だと思っているのである。

帰宅の途中、ハリーはある店で女優や踊り子の写真にまじって、美しいレディ・ヘレン・ダンカム[43]の写真が揺れ動いているのを見た。彼女は誰かと結婚したばかりなのだが、写真では頭のうえで腕を組んで椅子かソファの上に寝そべっていた。貴族のすばらしい世襲の制度が現在の世代をこんな状態にまで貶めたのだ――彼らは内部からこんなにも崩れ、腐っていたのだ！　ハリーは三万ポンドの結婚祝いなど全く信じられないと言う。そういえばハリーが数年前、私に話したことを覚えている。ピューリッツァが彼のところにやってきて、『ニューヨーク・ワールド』紙に数編の作品を書いてほしいと依頼してきたということ、そしてそれらの作品に要求される唯一の質とは「いかなる文学的要素もない」ということだった。そんなものを読んだことがありますか！

浮きかすのような上流の人たちの話をしているついでに、次の話もしておこう。それは、最もそれらしく目立つ人々が、しばしばどれだけ薄い繁栄の表面をかすめるように生きていかなければならないのかを示すものだ。ある青年が昨年、紳士的な党によって議会に選出された。外観がひどくみすぼらしいというわけではないのだが、ハリーの友人の女性が去年の冬、話したところによると、その彼をディナーに招待した折のことである。彼女はパリに住んでいるのだが、そこで彼は、他の客より長居をしていたもう一人の紳士よりも遅くまで居残ろうとしているように見えた。彼はそれほどの知り合いでもなかったので、このことは彼女を驚かせた。やっと彼が立ち上がり、居間を出たのだが、彼がしばらく控えの間で執事と話しているのが聞こえたと思ったという。数日後、この一家の古くからの使用人である執事が彼女のところにやってきて、あの紳士が家を出る際に彼に二百フラン貸してほしい、翌日返すからと言ったので、節約家のフランス人らしくたまたま手元にもっていたので貸したが、いまだに返してもらっていないという。その婦人はお金の催促の手紙を書くように言い、彼もそうし、一日か二日のうちに支払うという返事を受け取った。しかしながらお金が支払われたのは数週間もたってからだった。執事からお金を借りるなんて！

昔、子供時代にテンプル家の人々[44]を見てどれだけ面白く思ったかを覚えている。「誇り」とか貴族の血とか、「勇々しい」本性とか、そんなことを言いながら、彼らの面倒をみるという役目を担った人の負担で食べていくことについては平気だったのだから。例えばボブ[45]は、トウィーディー氏を「端綱」[46]と呼んで嘲っていたが、彼のお金が手に入ることがあればそれを喜んで使ったものだ。「ノブレス・オブリージ」とは崇高な行為をおこなうことではなく、下品な行為をおこないながら、それでも社会的に咎められず、個人的には自分の俗っぽい気取りを増長させることらしい。

十一月二十三日

肥大化した俗物たち、ビスマルクやウィルヘルム二世やスタンリーなどのような人たちのはびここの時代に、モルトケのような慎ましさに出くわすと、なんと心が豊かになることか！　人々の目と耳を独占した偉大なる者たちは、遺体の正装安置が終わると完全に消滅するようだが、目にも耳にもふれなかった者たちは、死という偉大なる平等主義者に見出され、その物言わぬ、低い身分とは不相応なまでに高められる。

キャサリンは、私がナースの小さな実体という薄っぺらな土壌を掘り起こし、掻きならしたりするさまを見て、しょうがないわねと微笑む。しかしパンとチーズが空腹の人間にもたらす満足を美食家は全く分からないように、健康な者たちには、限られた視野という野原に顔を出す、小さな花のような観察や印象が知覚できないのだ。それらの花は意図的に豊かにされているとはいえ、香りと彩りでいっぱいなのに。

前述のナースという土壌には、いかなる俗物根性の芽もない。男、女、子供、イギリス人、アメリカ人、金持ち、貧乏人のどれであろうと、私が今まで接した誰よりも、スノッブの根本的な性質に欠けている。ところが、その彼女が、これまで私には謎であった、この世における強力な要素、つまり「権威の感覚」と「目上の人という感覚」の働きを見せてくれた。しかもこの私が彼女にとってこれらの絶対的な存在であることを認識させることで。自分が全く別個の存在、つまり「目上」あるいは「権威者」であるということ、そしてその私の言葉が引用されると執事の部屋での論争にたちまち麻痺と終結がもたらされるということを突然知った時、たまたま持っているアメリカ人としての意識がどんなに高揚することか。ストックとかいうメイドがいて、ナースは「いつも反論したくなるのです、お嬢さま」だそうだ。（レミントンのクラークさんが「けっして同意できない二つの気象[48]が出会う」と呼んでいた現象の例である。）ナースはその彼女とその時々の問題を論じ、うち負かしているらしい。「もちろんいつも、それについて私自身は何も知りませんけれど、これこれしかじかと言っている人は知っていますと言うのですよ。すると『それは誰？』と聞かれるので『私のお世話しているジェイムズ様です。あの方ならそれについてご存知のはずです』と言うのです」。それに対して今のところ、ストックが冒瀆の言葉を口にしたという報告はない。「畜生」という言葉を彼女が鉄のおなかの中に飲み込んでいると信じよう。驚くべきことは、ナースが自分の主張を完璧に放棄するのは、私たちにとって最も神聖なはずの意見や自分個人についてであるということだ。部屋の整え方とかのささいな事柄については健康な騾馬のように頑固なのに。先月、彼女は休暇をとろうとし、日が設定されたが、その朝になって、眼科医が往診に来ることになっていたので彼女の休暇は翌日まで延ばす方がいいということになった。着替えを手伝ってもらっていた時に、彼女の歯は、どれも向きがおかしいのだけれど、二本はどうしても抜かないといけないと突然ひらめいたので、キャサリンが彼女を歯医者に連れていって抜いてもらった。その間、彼女は休日がこのように勝手に血生臭いものにかえられたことには全く受け身で、文句を言うこともなかった。

　レミントンの家主は急進的な町長について、少年時代には貧しかったという理由のみで悪口を言っていた。「あら、彼は建設業者のところで働いていたのだから何も分かるはずがないんですよ、お嬢さん。紳士階級の方々なら私たちが何を望んでいるのかご存知ですよ」と。彼女は、彼が自分と同じ階級の一人であるから軽蔑したのであり、彼の出世が彼女を少しは社会的に押し上げたとは感じられなかったのである。対照的に、ずんぐりした、狐狩りをする地主がいつも無知で怠惰でわがままであったがために、彼の前で彼女は熱狂的にひれ伏したのである。犬が罰を与えようとする手を尻尾を振ってなめようとするような階級制度が存在する唯一の国イングランドでは、その巨大な階級制度ゆえに、はじめは全く予想もしなかった軟弱さをしばらくすると感じてしまうのだ。それは程度こそちがえ、下から上までの階級すべてに見られる。ヴィクトリア女王即位の六十年祭の間、皇太子がある日、マールバラ宮殿から出てきて、気を失いかけの兵士をたまたま見かけられた。皇太子は馬車を停め、彼をマールバラ宮殿の庭へと運ばせた。するとこの高貴な行動を語る、たくさんの手紙が『スタンダード』紙に寄せられ、連隊長、少佐、大尉がこの宇宙上まれな出来事を思い思いに語り、皇太子が何を言い、どのように立っていて、座っていたかどうかなどを書いていて、とうとう私は吐き気がした。皇太子がどれだけ偉大で魅力的で神々しい人だと描かれているかを読めば当然であろう！　ハリーはスタンリー・クラーク[49]が皇太子から「指示」を受けるのを一度見たことがあった。彼の皇太子に対する態度は、職人が彼に対する時の態度そのものであり、皇太子の態度は、寝室付きの召使いに対するやさしい主人の態度のようであったという。クラーク大尉は妻がサー・ジョン・ローズ[50]から七万ポンドを相続したにもかかわらず、相変わらずお追従者である。スローン＝スタンリー夫人は父親とジュリア、つまりレディ・トウィードデール[51]のことをこのように言っている。「お父さまが恋をし、その年老いた哀れな膝の上に彼女が座っているのがどんなに奇妙に見えたかご想像できないでしょう」と。

十一月二十四日

天のなさり方は本当に変わっている。実体のつまったレディ・ローズベリー[52]が亡くなり、ぼろ切れのような私が残って風になびいているのだから！　名士たちが、自分が何か変だと気づき始める時は、奇妙に混乱させられる瞬間にちがいない。きっと、ことは慈悲深く執りおこなわれ、哀れな魂はやんわりと諦めさせられるものと信じる。自分がただ一つの原子に過ぎず、本質においても偉大なる小さき王国の未来の女首相ではないということをその時になって分かり始めなければならないなんて、たいそう当惑させられることだろう。

以下はオーグル博士の話――博士はある講演をした際、「私は無節操な（アンスクルーピュラスな）神の御手にある」と言ったそうだ。半時間ほどしてから一人の男性が彼のところへやってきて言った。「少し前にあなたは『私は無節操な神の御手にある』とおっしゃったが、計り知れない（インスクルータブルな）神というおつもりだったのではないでしょうか」と。博士はその時にこそ、無節操な神[53]の御手にあると感じたにちがいない。

十一月三十日

これ以上劇的なアイロニーがありえようか？　パーネルが、何年も必死に苦闘した末、しかも彼を押しつぶそうと入念に骨折って築き上げられた「委員会」という巨大な装置から逃れ、さらに忌まわしい離婚裁判によってほんの短い期間でも名声が失墜し、必然的に影がうすれつつも、やっと最高の勝利を得て数カ月ほどという時になって、容赦ない運命のせいで、今、破滅に追い込まれただけでなく、彼が書いた数行のせいで、後世にも悪名を残してしまったのだ。昨日はなんと心の痛む日だったか。そして私はパーネルの声明文書とそれが意味するアイルランド自治案がつぶれ葬り去られる可能性を考えて涙をながした[54]。なぜならもし明日アイルランドの人たちが彼の擁護を宣言すれば、私たちは、あの悲劇の地の悲しみに耳を閉ざし、心を閉ざしてしまわなければならないだろうから。どんな大義もあのような卑劣な道具、つまり友人を裏切る者、同盟者を裏切る者、母国を裏切る者を利用して戦っても許されるほど神聖なものは何もない！　苦痛の軽減は予期せぬ頃にくるもので、私の涙はまた別のアイロニーで乾いてしまった！『スタンダード』紙によると、ルナンは言ったそうだ。パーネルはグラッドストンの助言を取り入れるべきだ、グラッドストンは偉大な政治家なのだから、何があってもその時の状況の政治的必要性以外の何ものにも影響されるはずはなく、彼に抵抗するのは賢明な策ではないと。ああ、フランス人たちの魅惑的な完璧さよ。その道徳的細かさは確かに『ユアレの尼僧院長[55]』の作者にふさわしいものだ。

　聞いたところによると、孫がまた一人ふえるそうだ。未婚の私には、三人もの不運な子供たちに生きるという人間の悲しみを課せば、母親の心さえも満足してよさそうなものなのにと思われる。しかし、哀れみというのは、親の心の中には明らかに存在しない。それにしても結婚した者たちは、その品位のなさで、夢見る独身女性のすべての理想を打ち砕くよう運命づけられている。私の知らない、ある「貴婦人」の存在をあげたい。結婚して一年にしかならないのに、彼女はすでに自分の結婚衣装を部屋女中にやってしまったとか！　確かに夫は二回目の冒険の相手なのだろうが、彼がどんな無感覚なリアリズムで身を固めているにせよ、ウェディングドレスのひだの中にその花婿の青白い影が残っていて、いまだ大事にされるべきとは思わないのだろうか？

十二月七日

音楽と宗教にはどんなつながりがありえるのか。安息日の合間合間に神に向けられる、あの悲しげな和音とは一体どんな意味があるのだろうか。

一八九〇年　十二月三十一日[56]

ハバクク[57]ではないから、私は何でもやりかねないということはない。キャサリンは昨日、絶望の調子で「お願いだから、あなたをベッドから起きあがらせるような話題を始めないで」と声をあげた。彼女はすばらしい重宝な人だが、めったに燃え上がることはない。

現状を考えると、イギリスのこの場所が私にとって最良の場所であると確信しているが、自分がたまたま生を受けた場所に背を向けて、そこを自分の目的に合わせて形づくろうとしなかったこと、どんな不毛の状態からであっても、そこから目いっぱい豊かな発展を引き出さなかったことが、私の原生の本能を痛めつけ、絶えず恥と弱さの感覚でいっぱいにする。この感覚は原始的かもしれないが、意図されていたものを取り逃がしたようで、これまでのところは自分が失敗者のように思われる。

私たちは両親に感謝すべきなのだ。両親はあらゆる下等な迷信を払いのけ、私たちの精神をかさかさに乾いた殻で満たすのを義務と感じず、むしろ個人的経験が私たちの精神に記すあらゆるものを受け入れられるようにと、精神を白紙のままにしてくれた。その結果、私たちは、がらくたを掘り起こして掃き出すことにエネルギーを浪費するという、うんざりするようなことはしなくてすんだ。お父さまがほとんど死に絶えてしまったように見えるものをきびしく批判していたことを私は不思議に思ったものだ。ここイギリスに来るまで、その醜いものがどれほど生命力を保持しているか夢にも思わなかったので。教区牧師とは、貧民街にとっての石鹸のようなものだと言われている。しかし精神的堕落を伴う清潔さがどんな神聖な香りをもてるのか。そして拷問のような饒舌と無気力な言い逃れによって支えられた信仰は、どんな精神的向上をもたらしうるのか。宗教が外から押しつけられ、美徳が自尊心の尺度としてではなく、いとわしい見栄張りの貪欲な神の機嫌をとり、暗い謎の未来においてその神に支払った額だけ地獄の熱さを和らげてもらう手段だと教えられるなんて、想像するだけでぞっとする。

一八九一年　一月七日

この十八カ月かそこら、私が胸をときめかせていたわが家の一大イベントが始まった。『アメリカ人』[58]が「リヴァプールのブライトン」と呼ばれるサウスポートで、一月三日に初演され、聴衆とコンプトンと作者にとっては、すばらしい成功であったらしい。コンプトンは見事に演じてくれたとハリーは言っていて、初めて大喝采を受けて歓喜で顔が紅潮している彼の話を聞いたり、そんな姿を見たりするのは楽しかった。芝居の最後に彼は、鳴り止まぬ拍手に呼び出され、大喜びの好意的な劇団員たちによって舞台へと押し出された。三度目のおじぎとひとしきりの拍手喝采の時に、一緒に立っていたコンプトンが、彼の方を向き、両手をつかんで固く握ったそうだ。なかなかコンプトンもすてきじゃない。私はいとしいハリーがそのような成功を得たことには本当に感謝している。これから迎える数々の「初演の夜」については私たちはさほど震えおののくことはないだろう。コンプトン夫妻は、聴衆の傾向について一番分かっている人たちなのだが、この芝居の見込みは明るいと言っている。

ハリーが言うには、四時頃にはあまりにも神経質になったので両膝がガクガクしそうになり、夕食をいっさい口にできず、劇場に出かけて舞台を歩き回り、私の部屋でのいつもの癖にならって、マントルピースの埃を払い、ボール紙でできたいくつかの花瓶をまっすぐにし、敷物の角を整えたりしたのだが、やがて幕が上がるやいなや、なんと時計のように落ち着いたとか。もしハリーが今、演劇で成功するとしたら、時機というものは逃れることも早めることもできないという法則を示す非常に面白い例となるであろう。ほとんど二年前になるが、彼はコンプトンから『アメリカ人』を戯曲にしてほしいという手紙を受け取った。彼はすぐに「ノー」と返答するつもりだったのだが、「いや、一週間ほど考えてみよう」と考え直し、その結果がこの美しい劇である。本当に美しいのだから、その強い人間性あふれる性質のために。

人の本性が暴かれるのを見るのは最高に関心を引くことなので、次の逸話はその喜劇性は別にして、うまく完結している点で貴重である。ウィリアム・アーチャー(59)という『ワールド』紙の演劇批評家が、ハリーによるとロンドンでは断然最良の批評家だそうだが、彼に手紙をよこし、サウスポートでの劇を観に来ると言ってきた。ハリーは遠くて寒いからと辞退したのだが、にもかかわらず土曜日の夜に彼はあらわれた。そしてハリーはそれまで一度も会ったことがなかったのだが、幕間に紹介された。劇が終了した後、彼はバレスティエ(60)に、ホテルで話をしたいとハリーに伝えるように言った。ホテルに戻ると、ハリーは伝言を送って彼を自分の部屋に招いた。入ってくるなり、アーチャーはハリーの成功を祝う言葉をいくらかつぶやくと、すぐにつけ加えて、「この劇はロンドンでよりは地方で成功しそうな劇だと思います」と言った。そしてそれが彼の神聖な使命であるかのように、劇の短所や欠点をすべて列挙し始め、なぜハリーがこれこれをしないでそうこうしたのかなどと尋ねた。成功で興奮していたハリーは、もちろん全く知らない人にこのように求めてもいない陰鬱な好意を示されることがたいそう異様なことに思えた。この青年個人の見た目のタイプ（非国教会派の牧師のタイプ）から判断して、彼が生来、演劇すべてからかけ離れているように見えたので、いっそうそうであった。気分が暗くなったにもかかわらず、ハリーはそれをすべて完璧な上品さで受けとめ、やがてコンプトンたちが夕食のためにやって来たので、お辞儀をして彼に丁重に出ていってもらい、仕返しのために、彼のことを、気取り屋のローストというおいしい一皿として客にふるまったという。

しかし私たちのこの小さな整然とした世界はたいそう狭いので、キャサリンが午後、アーチャーという錠前にすばらしい正確さでぴったりとはまる鍵を拾ってきた。彼女はハリーの劇に非常に興味をもった友人を訪ねていたところで、その人によると前日食事を共にした一人の紳士がアーチャーに会ったという。アーチャーは、初心者が有能な批評家の意見を聞かないで戯曲を書くことに着手するのは、たいそう異常な、聞いたこともないような、ほとんど道義に反することだと言ったという！　笑わないで、想像力を大きく働かせ、アーチャーが本当にどれだけ崇高に行動したかを理解してほしい。ハリーが、並ぶ例がないほどの無礼と虚勢で大胆に彼に相談もせずに戯曲を書いたというのに、彼の方は想像できうる最も公平無私の精神を発揮し、途方もない愚かさを満足させる以外の報酬を望むこともなくやってきて、ハリーに自分の知恵を最大限に分かち与えたのだから。もちろん、劇がすばらしい大成功であったことは極めてささいな問題であったのだ。私たち三人はどれだけ笑いに笑ったことか！

この種の人間、想像力とユーモアに全く欠けている人間に出くわすと、批評家が芸術家の精神を狂わんばかりの苛立ちでいっぱいにするのは、不思議なことだろうか。芸術家は、成し遂げられなかったことがあったにせよ、創作しようと少なくとも試みたのだから。ハリーは答えた。「いや不思議じゃないよ。しかしそう感じることはできないんだ。批評家を憎み、彼らに対して感じる皮肉や嘲り、そして軽蔑を表現するなんて、フランス人でないとできないだろう！」と。ハリーは、何にも乱されない穏やかな性格のために、確かにこの話題にはむいていないし、批評家連中全体に対して完璧に動じないままでいる。文学的好みの話といえば、レディ・ロンズデール[61]、今やレディなんとかという別の名前だが、その彼女がハリーに何か重要なことを相談したいので、ある日のある時間に来るように頼んだ。ハリーが到着すると、彼女はブーシェ[62]とヴァトー[63]についての本を書きたい、そこでどのように本を書き始めたらよいのか教えてほしいと言った。それに対してハリーは「始めるのは難しくないのですが、困るのは終わり方ですね」と答えたそうだ。

一月十日

モナコの王女がハリーに話したところによると、ブールジェがある日彼女と食事をしていると、長い間言葉もなく、憂鬱につつまれていたという。そして突然、わっと泣き出し、部屋から急いで出ていった。後を追っていくと、彼は両手で顔をおおってすすり泣いていた。どうしたのか尋ねられると、「生きること、生きること、生きることとはこんなに悲しいのだ！」と叫んだのだという。彼は、現在、アルジェで新婚旅行中であるが、いまだに絶望の状態にある。

一月十二日

バートン夫人[64]、上品なブレッド夫人の役を演じているこの女優は、ハリーがある日、リハーサルの後でお礼を言った際に、「私は努力して最善を尽くしますが、コンプトン氏のために演じてきた、この七年間、いつも赤鼻の貴婦人を演じていたことをご承知おきくださいね」と言った。芝居の世界につきものの苦労やみじめさすべてがありながら、それを慰める金銀糸もスパンコールもなく、ただ赤い鼻だけだという、世に知られていない悲劇を想像してみると、なんと哀れなことか。ハリーは「そうなんだ。彼女は闘技場へ放り込まれたローマの捕虜のように、毎晩、野蛮なイギリスの大衆の嘲りにさらされているのだ」と言う。

キャサリンはめげることのない楽天家だ。今朝、彼女は私のために筆記してあげようと言ってくれた。「あら、そんな時間はないでしょう」と言うと、彼女曰く、「いいえ、あるわよ。正午までは出かけないし、それまでにはあなたはいつも、気を失ってベッドに戻っているじゃないですか」。

私が『スタンダード』紙より、とうとうイギリスとフランスの間に電話をつなぐことが決まったということを読み上げたところ、キャサリンは「勇気あるわね！　フランス人はイギリス人に悪口を浴びせるかもしれないのに」と声をあげた。そう聞くと、一方をイギリス海峡トンネルに、もう片方を、貧困に打ちひしがれた未来の「分離した」アイルランドがもっと予想される陸軍と海軍に挟まれるからと縮みあがった小さな島が、いかにも強健に見えてくる。

一月十六日

ウィリアムは『心理学』の中で、「非凡な才能とは、普通でないふうに知覚する能力という程度のものである(65)」と書いている。これは妹の考えでは、あるいはむしろ妹の心情では、長い間慣れてきた「苦労を受け入れる無限の容量」よりもぴったりに思われるが、そう定義すると大いに尊敬される我らがいとこのイギリス人は、馴染みのない野や踏みならされていない道の場合、どの程度足を伸ばして自由に草を食むことができるだろうか。なぜならイギリス人は自分がまさに普通の時にしか自尊心をもたないからだ。

このことはハリーの『悲劇の詩神(66)』についてフレデリック・マイヤーズ氏が馬鹿ていねいな手紙の中に書いたことによって強く印象づけられた。氏によれば、この小説の中で、ハリーが異国人であると唯一示すものは、登場人物の一人のイギリス人男性に「けっして、けっして」とか「絶対にけっして」とか(67)を口にさせたことであるという。「なぜならイギリス人は誰もそんなことを言ったことがないからです」とか。これはきっと本当だろう。なぜならイギリス人はこれこれを言ったことがないと誰でも断言できるからだ。そう断言することにより、自分たちの思いつきを一ダースかそれぐらいの数の言い回しに押し込み、閉じ込め、限定しようという最も強い欲求が満たされるのである。まるで言葉の微妙さで遊ぶことにはある種の品位が欠けているかのように。例えば「たいへん賢明な」という表現は、知性の物差しからいうと、レディ・ダンロー[68]からグラッドストン氏までの、無限の微妙な区分すべてにわたって用いられる。しかしアメリカ人はこれこれを言ったことがないと断言できたりするものだろうか。なぜならアメリカ人の心にとって、言語上であろうと理想上であろうと、人前で隣の人をはっとさせ、「居住まいを正させる」時ほど喜びが大きいことはないのではないか？

エリー・エメット[69]は親戚のローズ家の人々のところに滞在しているのだが、ある日、チャールズ夫人とドライブをしていた。馬車がラッセル・スクエアに入って、エリーが「ここがアミーリア[70]が住んでいたところですね」と声をあげると、ふだんしないような身震いをしてローズ夫人が次のように言った。「まあ、あなたはロンドンをそのように見るのですか？」と。親愛なる名無しさん、（これは男性ですよ！　男性によって最も拒絶され、軽蔑された者である私にさえロマンスの青ざめた影が残っているのだから）私はあなたと同じように、この強力な民族について記録された、このような極めて詳細な観察をたいへん面白いと思っています。イギリス人は次の話のように変なのです。微小なものと巨大なものがこれほど、程よく対比されたことはないお話です。私がレミントンにいる頃、友人の一人がハリーに私がまもなくロンドンに来るのではないのかと尋ねました。彼は「いいえ」と答えました。「ロンドンにとってはなんという損失か」というのが見当はずれの返答でした。

「けっして、けっしてありえない」と、先ほど引用された句は、パリにいるアメリカ人からとったものである。そしてハリーはわざとそれを、まっすぐな道から時々はずれてくれたらと期待されるイギリス人に発せさせたのだ。

先日、友人の一人がキャサリンに言った。「あなたはいつもあまりにも真面目に見えるから、冗談を言っているのかどうか全く分かりません。いつでも目をちかっとさせるべきだと思いますよ」―「そうですね。これは冗談ですよという警告としてね」「アメリカ人は私たちが冗談を笑って受け流すことができないと思っているというのは本当ですか」と彼女はなさけない顔で尋ねた。

一月二十一日

この凍てつくような寒さのみじめな時期に自殺をするなんて、ベッドフォード公爵[71]はなんと華々しくて教訓的か。呼吸しようという、どう見ても抑えられない単純な動物的欲求は、貧民街ではあふれんばかりなのに、彼はこれが欠乏していることを示したのだ。その欲求なくしては、すべての権力も輝かしさも、倦怠という病巣には効かないのだ。その彼の財産が教会からの略奪品であったことを考えると、彼が自己抹殺を禁じる戒律を破ったことが、さらに彼の自殺を完璧にした。そうでなければ教会は「これが私たちによる復讐だ」と言っていたかもしれないからだ。

気象現象のように時々イギリス人を襲うヒステリー症状を見ると、世界のあらゆる地方を支配しているこの強力な民族が、いったん自分たちの島に閉じ込められると震えるほどの恐怖に悩まされる巨大で軟弱な集団に見えてくる。

キャサリンは「感受性の強い人」によくあるように、言葉の正確さにやたらとこだわる。彼女は、自分は真実をたいへん尊重しているので、あえてそれに関わったりすることはめったにないのだと言う。

私はナースに、ハリーの劇がロンドンにくる時には彼女も見に行き、一階の正面特別席に席をとるべきだと言った。「お嬢さま、私は天井桟敷の方がいいです。それなら部屋女中の何人かに一緒に行ってもらえますし。彼女たちには事前には作者がジェイムズ様だとは絶対に言わないようにします。そうすれば、たとえお芝居が成功でなくても、なんの問題もないでしょう」。これは人生の複雑さを単純化してくれる！


ケンジントンの週刊新聞からの記事(72)

「次のはがきがクリスマスの翌日に私に届きました。

行政職協同組合店のご案内

お得意さま方である近隣の教区牧師、牧師補、そして他の役人の皆様、上記の店の後援をぜひお願いします。

配当やすべての詳細は各日曜日の礼拝式の後に教会の寄り合いでお知らせします。同時に牧師と教会の後援のため、教会座席料と小売商などからの寄付も受け付けます。

敬具

一聖職者より

自分を愛するようにあなたの隣人を愛せよ。　マルコ伝一二・三一

注意事項―小売り商人たちは、皆さんの便宜のためにツケでちょっとした商品を供給してくれる便利な「連中」として愛情を込めて推薦される。またウィンドウに「ポスター」を展示してくれる。料金と税を支払うのを助けてくれる。彼らの間の競争は価格を低くとどめてくれる。彼らは教会に寄付してくれる。そしていつも教会と政府の統合に賛成票を投じてくれる。しかし―

あなたがたは、神と富とに兼ね仕えることはできない。　マタイ伝六・二四」

教区牧師は効き目間違いなしの吐剤である。

「彫刻家は、作品のはじめの土台を造る際に、大概どんな種類の着衣も身につけない土台を形成することから始める。そしてこの手始めの、想像力による「造り上げ」をおこなう時に、王室の面々の姿形が臣民に熟視されるのではないかということを女王はずっと恐れておられた。そこで王室一家をモデルにする作品のために、女王は特別のアトリエが独占的に確保されることを主張することになったのである」（『トゥルース』誌より）。

女王ってまるで典型的な食料雑貨屋ではないか？

私が前回ここロンドンにいた時によく会いに来てくれた友人の一人が、ある日言った。「私は『ワイルド・ウェスト』(73)を観てきたところです。あなたのお国が大好きです。たいそう自由で新鮮なのですもの」と。女性版のカウボーイとして私の魅力が説明されたのだ。

一月二十三日

新しい年が進まないうちに、クリスマスの目新しい祝い方を詳しく話しておかなければ。小さなナースは、体験すべてを大きなものも小さなものも話してくれるという模範的な習慣をもっている。そしてここに来て以来、使用人頭の部屋での心理展開を披露して、無限の楽しみを与えてくれた。小間使い、料理長、使用人頭、給仕係などの精神面でのエキセントリックな点についてはすべて報告することを許しているが、「ご婦人たち」の噂についてはすべて私がきびしく制限している。ただし好奇心がしばしば私のお上品ぶりに勝ってしまい、ジョーンズ夫人、ブラウン夫人、ロビンソン夫人の欠点について、私はたいへんな貪欲さで聞き入っていることを告白しなければならない。なぜなら、ああ、悲しいかな、私同様に、部屋女中たちの心は人間の完璧さよりは欠点を披露することの方をより滋味に富むと思っているからである。徳は話の種になりにくいという事実が、徳からの逸脱に私たちがすっかりとらわれてしまうことを十二分に説明する。

このようにして社会の広い範囲がナースの口を通して私たちに開かれたのである。それはクリスマスの夜にホテルでの使用人たちの舞踏会で始まり、少し規模が小さくなって、マールバラ宮殿に王族のありがたき御足の大きさを測るために行ったことのあるブーツ職人「いとこのヴァル」宅でのパーティーへと続き、土曜日の夜のハムステッドの煙突掃除夫の家での幅広い人々の集まりで終結した。そこではマーシャル・アンド・スネルグローヴ店(74)の店員という、身分の高い男がいる一方で、部屋の反対側では荷馬車屋と農夫が活躍していた。

ナースは、自分が踊り手としてはぱっとしないことを知っていて、かといって目立たなくてもいいとはけっして思わなかったので、舞踏会では年老いた魔女として上手に扮装し、『チェアリング』からのものさびしい出し物を歌い、演じた。「ベッツイ・ウェアリング」、「湿った屋根裏部屋」やコミックソングとして知られている「ルーマティックス」をである。私たちは長い間、彼女が音楽と絵画に「精通している」と印象づけられてきたが、彼女の芝居の才能は眠っていたのだ。だからその予想されなかった開花に私たちはたいへん驚き、喜んだ。ある日、私が『アメリカ人』の初日についてどれだけ心配かを彼女に話すと、彼女は尋ねた。「私がもしクリスマスの夜に失敗していたら、お嬢さまはがっかりなさいましたか?」そしてつけ加えた。「もし失敗していたなら、二度とこのホテルでこんなに堂々とはできませんでしたよ」。

そのクリスマスの夜には紳士淑女が丁重に招待されていたので、キャサリンはネズミ色のビロードのドレスを着て、ナースの歌の直前に降りていった。彼女は事務室の「紳士」の一人に入り口で迎えられ、席に案内された。私たちの女中のジェニーが感激して彼女に挨拶をしにやってきて、別の女中を紹介した際、ジェシー（私たちの二人目の女中）がキャサリンの横に座った。その間、三人の給仕係が、招待者と友人の関係のように、時折キャサリンと楽しく会話をかわしたという。それを聞いているうちに私はすっかり感動してしまった。これらの美しい礼節が世の不公平を見事に包み隠し、それらの不公平が長く存続しえたことを非常にうまく説明、正当化するので、民主主義がその長柄の羽根ぼうきで花綱のように張ったクモの巣を掃き、豊かに色づけられた社会の枠組みを粉々に砕いて塵にしてしまう時にはむき出しにされるであろう不公平の生《なま》の鋭さのことを考えると、軟弱にも震えが起こる。ジェニーは翌朝、ナースに機嫌よく、「部屋にいる皆の目の前でローリング様が私と握手してくださったなんて」と言った。私たちの無意識の善行が私たちの無意識の残酷さに勝ることを祈ろう。

ところでこのことで、キャサリンはポーツマス伯爵夫人[75]と並ぶことになる。ポーツマス伯爵夫人はいつも村の学校の女性教員と握手をするという。「それが最良のやり方である」からだとか。伯爵夫人は名士という枠組みにがっちりと組み込まれていて、ゆりかごから墓場までの間、ちょっと気分転換に薄暗い片隅でしなやかに宙返りをやってみるということもできない。そんな人生は詐欺である。さてクリスマスの話を続けなければ。

いとこのヴァルのパーティーは王族の痕跡があったり、イワン・ベルリンというへたくそというよりはぼんやりしたプロの喜劇役者がいたため、ありきたりであったようだ。しかしパーティーが本当に活気に満ちていたのは煙突掃除人夫宅でのことであった。彼はハムステッド・ヒースの窪地にある小さな家に住んでいる。

パーティーは二十人ばかりで構成された。十人は幸運にも来なかった。その二十人は皆、何とか部屋におさまるように、小さな居間の壁ぞいにびっしり置かれた背なしの腰掛けの席につかされたのだが、誰も壁にもたれることができなかった。この極寒の季節に暖かくなり過ぎるからと暖房もいれなかったため、壁が濡れていたのである。ナースは突然歌い出した時を除いて午後五時から翌朝の六時までずっと自分の席に座っていた。この催しの特徴は歌を中断しないことと、一晩中座っていることだったから。ナースは一度、マーシャル・アンド・スネルグローヴ店の店員相手にユライア・ヒープ(76)のねちっとした手について話をして、場を高尚にしたという。「他の人たちは、私たちが何について話していたのか分からなかったでしょうよ、お嬢さま」。彼らはそれぞれ持ち歌が決まっていたようで、ある反抗的な若い女性は夜中たびたび「経かたびらを着たジョアンナ」を歌うように求められたが、歌ったのは「炊事釜の中のジョー」だったし、また煙突掃除人夫がナースのところにやってきて、ある若い女性がナースの持ち歌を歌おうとしているが、彼にはどうしようもないと言ってきた。まるで歌を歌うためにも著作権があるかのようだ。荷馬車屋と一ギャロンのビールについての話は残念ながらしない方がいいだろう。それにしても天然痘で痘痕《あばた》がいっぱいあって、神様が一番ご機嫌の悪い時につくられたような顔をした農夫が、最高の優しさの例のようだった。彼は他の客が居心地よくしているように、そしてこの祝祭が「うまくいく」ようにたいそう心を配っていたので、ナースは彼を亭主役の身内にちがいないと思ったという。その証拠に、ある一つの歌が終わるやいなや、彼は「他に誰も歌わないなら、僕が別の歌を知っている」と大声で言い、自分の腰掛けに座ったままで、両目をしっかり閉じて両手を握りしめ、かかとを腰掛けの下にひっこめて、小詩をものうげに長々と歌って、「ドーシが私のために死んだ」などと繰り返した。この身分の低い若者の人生における喜びはなんと素朴なことか。魂は歌で恍惚とし、本能そのもので、もてなしの情であふれているのだから。例えばウォーンクリフ卿(77)と比べると対照的である。卿は、その祖先の極端な身分の高さのせいで、それに見合う身分の女性に恵まれず、どんなに美しい客であろうと背を向け、四日連続して自分の妹をしかめ面することもなく晩餐にエスコートするのである。この身分にとらわれている不幸な男のところに滞在していた、ある婦人がもの悲しく言った。「爵位もないので、私は毎日、同じ殿方と晩餐に向かわなければなりませんでした。それもスモーリー氏となのですよ」。

一月二十七日

愛するキャサリンは気分がすぐれない――バプテスト派教徒のようにおとなしく、穏やかに見え、痛々しささえ見られる。動物王国で病気が純粋に正常な者にいつももたらすものだ。

一月二十八日

エリー・エメットが再婚を考えていると聞いて、たいそう驚き、ショックを受けた。彼女の心は悲しみで打ちひしがれていると思い込んでいたのに、十八の娘のような軽薄さでそんなことを考えているのだ(78)。かわいそうなテンプルの彼女への献身、悲劇的な死、そして彼が彼女の六人の子供の父親であることは、すべて忘れられたのだ。彼の思い出さえ神聖ではないらしい。なぜなら彼女は

「今まで人を愛したことがない」と言っているのだから。人間は皆、なんと儚い存在か。確かに経験は、永遠に消えない跡を残したりせず、砂の上に書かれた字のように、変化する状況というさざ波が寄せるたびに洗い流されるしかないのだ。経験したことがない者から見れば、一回の幸せな結婚の「経験」は結婚の至福をたっぷり与えたにちがいなく、母性のすべての琴線も六人の子供の相手をすることで十分振動したと思われる。しかし人は物事の永遠の精髄についての知識を吸収して生きることはなく、新たな興奮を切望するだけなのである。

二月六日

キャサリンは今週景気づいている。十七もの「ご招待」を受けたのだから！　彼女は貪欲にも社交時間の限度が許す限り応じるのだ――これが三千マイルもの向こうからやってきてくれた献身的な友だというのだから、ああ、気取り屋め！　私は始終跪いて懇願している。私が傍にいない時に彼女特有の冗談を言って現地の人たちを当惑させないようにと。同じ懇願を、彼女のおばのエイサ・グレイ夫人[79]も二十年前にイギリスで一緒だった時に口にしたとか。クラフ夫人[80]は夕べキャサリンに『トゥルース』誌を「とる」のは道徳的に間違っていないかと尋ねた。

りっぱな人物でいるなんて、たいそううんざりさせられるにちがいない！　殺人や離婚あるいは、特別に神経をとがらせる対象が何であれ、それらについて絶対読まないという、精神的な貧血症を起こしている人たちだ。そういうことで彼女たちは見栄を張っているのだ。ちょうど芝居を観に行って、悪役が舞台の上を通り過ぎるたびに目を閉じるのだと自慢するのと同じくらいに気持ち悪いことである。

それとは反対の傾向と言えば、たいへんユニークな出来事がクロス一族[81]に起こっている。彼らは自分たちが不道徳な人間だとさかんに主張するのである。これもすべて抗議、即ちジョージ・エリオットに対しての無類の忠誠の証なのである。ボヘミアン風になろうとしてタバコを吸い、かわいそうに息をつまらせるような煙が身体にしみ込むにしたがって、自分たちも不滅のジョージのように、まっすぐな狭い道から逸れてしまったと感じているのだ。それを想像すると、彼らの骨格である、奮闘的できびしく道徳的な面をひどく傷つけているはずだと思え、心が痛む。善良で母性的なオター夫人[82]は、消化器官が有害なタバコを受けつけないので、代わりにもっと強い手段に身を任せ、次のようにまで言い放っている。「女性の心を誰よりも完全に理解している男性がいます。フランス人のギイ・ド・モーパッサンです」。彼女はリンカーン州の奥深くに住んでいるので、このエピソードから、沼地に住む善男善女たちは想像していたより大胆に見えてくる。この精神的同化への欲求が非常に熱っぽいので、ひょっとして次の世代かそこらで、ダーウィンあるいはスペンサーの環境適応の例が見事、生身の女性にあらわれるかもしれないと興味を抱かせる。女性たちの前進は今や、ぴんと張って切れそうなほどの勢いである。彼女たちの今まで止められていた言葉や行動が、波打つ柔軟さを手に入れて流れ出したら、どんなに面白いことか。そういう変化は、そう数は多くない、道徳的抑制の緩和支持者には当然のものである。

想像力のない女性の空想は途方もないものになりうるものだ！　この私でさえ、レミントンの一人の独身女性の鼻孔に、禁じられた芳しい香りを発散していたのだ。その女性は洗練された人で、年は五十歳であるが、キャサリンが言うようにいまだワーズワース風の乙女を体現していた。つまり純粋さが薄まった際にしみ出る、人を疲れさせる性質をもっているのだ。ある時彼女に、父があらゆる形式や儀式を嫌っていたと言うと、それを聞いて、私が神聖なる結婚の外にできた子供であるとほのめかしたと思ったようだ。この疑念は長い間彼女をひどく悩ませ、とうとうキャサリンにそれについて質問させた。キャサリンは一度吹き出した後、私を徳と平凡に戻してくれた。ただし、キャサリンは哀れな女性に約束した通りに黙っているほど、不道徳ではなかったのだ。

彼女が初めて私の御前にまかり出《いで》た時、とこれは意図的な言い方なのだが、彼女は次のように考えたにちがいない。「アメリカには階級がないといわれるけど、それは本当じゃないわ。だってこれこそ上流階級よ！」と。そしてこの後の展開では、彼女は私を王室の私生児のように扱うようになっていたのだ。去年の夏、ブート氏にこの話をすると、彼は面白がって説明した。「それなら、あなたはフィッツ＝ジェイムズ(83)の一人にちがいない」。すると天からくすくす笑いが聞こえたと思った。

二月八日

最近の手紙にはある種の弔いの香りがするので、私が死んだという噂がアメリカでは広まっているのだろう。ヘレン・ペインがまたもやそのことを聞き損なわなければいいと思う。一度彼女に、私がたいそう重病で死にかけていると思われていたと話したことがあった。その時に彼女は悲しそうな調子で「あら、私ったら、その知らせを聞き損なったわ」と大声で言った。

空間を「ガタガタ動きまわる」べく生まれたアメリカ人は、自分であれ他の誰かであれ、すぐに知覚できる社会的価値というものをもてないがゆえに、この地のあらゆる種類・条件の人がもつ自分の身分の感覚はたいへんためになる。そして人の軽重について、例えば執事と男爵のような地位の差を測る尺度を常に正確に保つ技をもっているというのはたいへんすばらしい。レミントンに、哀れな遺物ともいえる一人の年老いた上流婦人がいて、ほんの影のような人間でしかないわりには、全く不滅の実体という印象を与えた。不運にも週十シリングの収入というところまで落ちぶれていて、その彼女と比べればニクルビー夫人[84]もまだ論理家といえるぐらいであり、その知的範囲は蟻のようであった。それもその気になれば、自分の生涯を構成する悲劇をすべてたいへんな正確さで語れるような可愛い、小さなつやのある、れっきとした蟻ではなく、ぼやけたあいまいな蟻なのである。そんな蟻が存在しうればの話であるが。しかしながら、この小さな、社会の没落者に、上流婦人という身分が堅固にそなわっている。彼女をつつむ受け継がれたよい育ちという雰囲気をどれだけ頻繁に私は悲しく凝視したことか。その雰囲気を透かして見ると、そこには絶望的な暗号が果てしなく列をなしていて、それらの暗号により、この落ちぶれ者の群れた島で彼女の実体はますます大きくなるのである。

私たちはある日、たいへん人のよい、そして面白いが、遠慮がなくて不快な、しかしこちらではたいそう好かれるタイプの、あるアメリカ人女性について話していた。するとパーマーさんが「あの人は一度私に途方もないことを言ったのですよ」と言って、こんな話をした。以前執事であった男性とその妻の家にパーマーさんが一時下宿したことがあるそうだ。男性はとても見てくれがよく、レミントンの晩餐会によく呼ばれて場に華を添え、名前もたまたまパーマーだったとか。ある時心得ちがいにも、このアメリカ人のユーモアのある人は言ったそうだ。「あなたならあのパーマーという男の家に住みたくはないでしょう。彼の妹に間違われるかもしれないから」と。もちろんパーマーさんは強い調子で、示されたような不条理な災難が自分に起こるなんてありえないと否定したが、パーマーさんの先祖たちも皆、そんなことは思いもよらないといっそう強く主張したにちがいない。それから数分後、パーマーさんは今度は参加した集まりについて説明した。この集まりでミス・キングズリーは、非常に興奮しやすい人だと思われているのだが、タッチブルックの牧師[85]の言葉を借りれば、「あまりにもやきもき」したので、リー卿[86]に思わず「『こっちへ来なさい！』と叫んだのです。急いでいたために彼の身分に必要な敬語を使うのを忘れてですよ」とか。このパーマーさんにとって、執事も上流婦人も貴族も、元素と同じぐらいにほとんど互換性のない、固定された実体なのである。そして彼女のくだらない上流気取りからすると、一人の貴族を急がせたことは、執事の妹であるという考えをもてあそんだというのと同じくらいとんでもない話なのだろう。ただしあの心得違いをしたアメリカ人は「どうしていけないのでしょう。だってパーマーさんはたいへんハンサムなのに」と尋ねたとか。国際的な視点などはいったい存在しえるのだろうか？イギリス人は、階級の一員であることを第一次的に感じ、人間として感じるのが第二次的でしかないので、動き回っているアメリカ人が個人の尊厳に対してもっている責任に煩わされることはないのだ。だから彼らはなんの恥じらいもなしに、大きな家の借用から、はてはすぐ使ってしまう端金まで、目上の人たちからあらゆる好意を受け入れることができる。それで思い出したのだが、マシュー・アーノルドの親しい友人がハリーに言ったことだ。「彼はね、家を貸してもらうのがたいそう上手なのですよ」。

三月四日

キャサリンが与えるという至福を知っているとすると、私は確かに受けるという不幸を知っている！ 彼女がどんな大きな罪を犯そうとも、そのことを彼女に突きつけようとすると、突然、三千マイルもの航海で彼女が経験したどうしようもない船酔いが私をじっと見つめ、私の正当な怒りもしぼんでしまい、私はつい気の抜けた愛想笑いでごまかし、もつれたショールの中へとバタリと倒れ込む。

ビリーはどうやら小さなペギー(87)をひどくからかうようだ。ふだんは、穏やかに耐えているが、時々、彼女の怒りが爆発する。先日、彼女は母親に、「ビリーに怒って話すと、お腹が震えるの」と言った。どうぞこれが遺伝の兆しではありませんように。そして私の例にあったような、感情をため込んだためにぐうぐう音のするほら穴が、彼女の無垢な身体の奥深くにあるように運命づけられていませんように。

ロンドンのあるお宅の居間で、年老いた故チャニング博士の甥(88)の息子とその金持ちの妻に会うなんて、なんと場違いなのだろう。彼はアメリカ国籍を放棄し、この国の急進的な下院議員になっていて、このシーズンにデビューする予定の娘のドレスの仕立てについて女主人に熱心に質問をしていたそうだ。

先日、一人の女性がロンドンの病院に連れてこられ、腕にはひどいかみ傷があった。医師が犬に嚙まれたのかと彼女に尋ねた。「いいえ、先生、ご婦人が嚙んだのです！」

女中のジェニーが『閣僚』[89]を観に行って来た。彼女は殺人が一つ二つ盛り込まれ、銃が発射されるような「何か激しいものですよ」と言わしめる過激な芝居の方が好きだそうだ。精神は、筋肉がぎくっとするのに比例して刺激されるということである。彼女はジョン・ウッド夫人[90]を「荒々しい芝居にも洗練された芝居にもむいた」とてもよい女優だと考えている。

詩人たちは、自分たちの伴侶を見つける[91]のが下手なことでいつも女性のファンを苛立たせてきた。散文的で飛べないクラフ夫人をみると、故アーサー・ヒュー・クラフ氏も並外れて下手だったらしい。キャサリンは先日、クラフ夫人と『踊る娘』[92]を観に行った。芝居の中で、悪者の公爵が自分の犯した数々の悪事を列挙し、そんな自分より身分の低い者たちの方がどれだけましかと言う。それに対してクラフ夫人は声をあげた。「彼があんなことを言うのを聞くのは残念ですわ。現状では人々を自分の階級にとどめておくだけで十分にたいへんなのですから。そんな時にあの種の話は彼らに悪い影響を与えます」。

ケンジントン　一八九一年〜一八九二年

三月二十二日

自分の小さな運命という固定されたモザイクが、出来事という小片で埋められていくのを見るのは、なんと面白いことか。それら細かいさまざまな結果も自分で選んだのだという幻想によってすべてを切り抜けさせるのが魅力的だ。身体的に完全に破綻したおかげで、私はナースの言う「りそー」を達成した。三月十二日以来、カムデン・ヒル（アーガイル・ロード四十一番）にある小さな家に落ち着いている。少し前に、私の体ではロンドンを出ることはできないし、部屋を借りて大家夫人の餌食にもなれないという結論に至り、そのため自分たち用の家が絶対必要ということになり、またキャサリンが身近にいたおかげで可能になったのだ。彼女が魔法の杖をひと振りするだけで、決心をしてから三週間で、気がついてみれば私たちは気持ちよく現在の家に落ち着いていた。彼女がいつものように、私の思いつきのでこぼこした部分をならしてくれ、その暗い隅にも日の光を入れてくれたのだ。

「使用人」は二人で、トンプソン夫人という、家の賃貸契約に含まれている料理人と、あのすばらしいルイザである。クラーク夫人のところをやめたのを、キャサリンがレミントンから連れてきたのだが、雑働きから女中兼小間使いに変えられつつある。この世帯の縮小が、ナースをもちろん悩ませている。彼女のつきあいはこの冬、「ホテルの六十三人の使用人」で大いに飾られていたのだから。しかし彼女にとって最もつらい試練は、夕食での会話の知的レベルの低さである。引っ越して二日目に彼女は言った。「トンプソン夫人はきっとウェズリー派[1]ですよ、お嬢さま。彼女は造物主と言うのですが、その表現は高教会派のものではありません。それにいつも『美しい夢』を見るのだそうです。その中で誰かが彼女に質問をし、彼女によると、『最も奇妙なのは、私は一度も答えることがなく、ただいつも上を指すのです。つまり救世主に向かって』なのだそうです」。その夢より奇妙なのは、彼女がこの芝居がかった、空を指すポーズをずっと続けても、数々のこの世的風味に少しもダメージを与えておらず、つくる料理がたいへんおいしく、健康によいことである。彼女の信仰心が、たいへん熱心な絶対禁酒主義のため、倍に強化されて、料理のソースにワインを入れないらしいのにである。キャサリンは、そうでないと自分がその料理を食べられないからでしょうと言う。しかしワインがすでに入っているようにおいしいので、上に向けられた指が電気の棒のようになんらかの霊的刺激をソースに与えているにちがいない。しかし見て本当に胸をわくわくさせるのは、純朴な心を持ったルイザが、働きづめの雑働きのさなぎを脱皮し、小間使いの天空で羽を広げることを覚え始めているさまだ。彼女の心理状態のほんのわずかな色合いの変化にも家中が大きな興味をもち、彼女の周りに群がり、その発達の段階をじっと観察している。彼女の最初の質問は、「このあたりは切り裂きジャック(2)の出る所ですか」であった。彼女が初めて一人で出かけた時に、もちろん見事に道に迷ってしまったのだが、「吠え」ようとした際に、幸運にも一人の警官に救出された。彼女が言うには、「乗合馬車って、本当にこわかったです!」ナースとトンプソンは、それぞれ国教会と非国教会に彼女を引き入れようと争っている。今までのところ二人とも互角で、ルイザが賢明なら今後もそうだろう。

プリンス・ナポレオン(3)の死の床を、あの連中がハイエナのように取り囲む光景ほどぞっとさせるものがいまだかつてあっただろうか。彼の無防備な弱さに乗じて何らかの約束を引き出そうとしているのだ。それを連中は、彼の不浄な経歴を利用し、食い物にして、ゆがめて下劣な譲歩にかえてしまうかもしれない。

三月二十三日

この国に適応して暮らそうとする場合、いつも覚えておき計算に入れなければならないのは、こちらでは最も単純な進化でもその始まりをはるか昔までたどることができることと、そうする際に、長い時という重圧によって硬直してしまっていることである。アメリカでだとせいぜい明日のことのみを考えればよいのだけれど。こちらでの継続性と土地柄はケンジントン・スクエアの馬車の標識に見られる。「毎日運行、ロンドンへ往復(4)」と書かれているのだ。悪天候が始まる前に、ある夜キャサリンは食事に招かれたが、ウィンブルドンからやってくる予定の客二人を皆で長い間待った。やっと到着したその客たちは、危険な旅の途中で数々の冒険をしてきたようだった。辻馬車が駅から途中で道に迷うし、膝掛けをなくしたため、寒さで凍えたご婦人が溶けるのに、もし大平原を越えてきたとしても、これほど時間はかからなかっただろう。この二人は市内の友人の家に数日滞在することになっていて、大事な箱を自分たちで運んできた。それを晩餐に持ってくるのはおかしいように思われるが、実は賢明であった。なぜならキャサリンはある月曜日にフラムから自分のトランクを発送したのだが、運送業者の馬車で三十五分のはずがクィーンズ・ゲイト・テラスに届いたのは水曜日なのだから。

もし生きることの目的が脂肪を身につけることと消化不良を伴わない食物の摂取、それに心地よい感覚が続くことならば、間違いなく私は落伍者である。なぜなら私の飽くことのない虚栄心をもってしても、一個の動物としては自分の存在意義を正当化できないのだから。ただし私のすべての繊維組織が病んだ軀《むくろ》としてのみ理解されることには抗議する。愚かな友人たちがおせじのように言うのだが。一体、溶けていく肉体と痛む骨には、不滅のものから生み出される満足感を害するどんな力があるというのだ。この冬は比べものにならないほど豊かな時であった。心は友と兄の愛情深い行為にしっかり暖められ、頭は、たいへん多様で面白い公私両方の出来事に深く動かされ、魂は経験の意味をより明確に知覚することで広げられ、強められ、その一方で、わずかな圧力を加えるだけで、あらゆるものから人間喜劇のみずみずしいジュースがたっぷりと流れ出ていたのだから。

三月二十七日

羊小屋に酔っぱらった庭師の男が登場するといった騒ぎが起こった。その彼は、絶対禁酒主義者のトンプソン嬢に、はじめは一杯飲もうと誘い、それから結婚しようと誘ったのだ。キャサリンは幸いにも女性らしさと共に、ある種の男性の長所も持ち合わせていて、ネズミにも酔っぱらいにも怯えたりしない。よって罪人はきっぱりと追い立てられ、ヒステリーも直ちに収められた。

ピアノを弾かない人が天国に行って弾く人にする復讐を考えて私は大いに喜ぶ。ひどい流血の惨事が起こるにちがいないから。サウスケンジントンのホテルには十五台のピアノと二十三人の騒々しい子供たちがいて、廊下を子供部屋代わりにし、人の部屋の前で何時間も金切り声をあげるのを咎められもしなかった。その結果、イギリスの子供は厳しくしつけられているとかロンドンのホテルには厳粛な品格があるという古い概念は、悲しいことに昔話になってしまっていた。私がこちらに来て以来の変わりようでさえめざましく、例えば若い娘たちが一人で舞踏会に出かけ、母親たちが招待さえされないのだ。ベッシー・クラーク、つまりスタンリー・クラーク夫人の二十歳のチャーミングなお嬢さんがキャサリンに語ったところによると、午前八時にハイド・パークの中を一人で乗馬するという。なぜなら一緒に行ってくれる馬丁もいないし、母親が、多くの娘たちがするようにお昼の十二時に一人で乗馬することをどうしても許してくれないからだそうだ。そして彼女もミニー・エメット(5)も行きたいところへはどこへでも乗合馬車で一人で出かけるようだ。

この話を聞くと、生まれながらあまり容貌については天の恵みを受けず、長い家系をもっていないチェンバレン嬢たちが、それに釣り合った作法というもので囲い込まれ、一人での外出が許されないのはより自然に思える。なにせ父親のジョゼフ(6)は「ねじとカラー」の人だから、この点についてもトーリー党の人たち以上にトーリー的なのだから。しかし何よりもすばらしいのは、彼がハイベリーの館を飾り付けるために美しいメアリー夫人のエンディコット家[7]の先祖の絵を一枚持っていることである。まさしくブラマジェム[8]の典型！

『アメリカ人』はエジンバラでと同様に、ベルファストでも大成功であった。なんのかんの言っても、アルスター地方にもなにか人間的なところがあるにちがいない。ナースにベルファストの新聞の記事を読んでやって言った。「これがアイルランド的熱狂よ」と。「そうですね、お嬢さま、平明な文体で書かれていますね」と彼女は答えた。私はこの時修辞家のナースに同情した。時には自分が知的欠乏の境界より少しだけでも上に位置づけられたのだと感謝の気持ちでいっぱいになる。知的に欠乏している者たちは、一枚の絵あるいは一ページから目的のものを探し出すだけのために持ち合わせの知性をすべて使い果たすのである。私たちにはさらに次のものを探し出すための余力があるのだが、彼女たちにはその後にどんな知性の欠片さえも残っていない。新しいものをとらえ、宿らせるためのものが何も蓄えられていないのだ。戸棚に何も入っていないように、彼女たちの精神はかわいそうにきれいに掃き清められている。長い一日をあくせくと身を粉にして働かなければならないのは、なんと悲しいことか。それもただ飢えから逃れるためで、原始的な感覚しか刺激されることがなく、神聖な思い出も、大事にしてきた望みも、内省の喜びもないのだから。

四月五日

死が近づくと、空白がどんなに触知できるようになることか、どんなにあたり全体に行き渡るように思われることか。その内で生のさまざまな音をたいそう騒々しく反響させながら。

これは昨日キャサリンが手を貸して引き起こした、面白い女性らしい混乱である。二人の友人がここを訪れていた。一人は典型的なイギリス婦人で、もう一人は典型的な、マインド療法を受けたジャマイカ・プレーン[9]出身の女性である。キャサリンは突然、後者が次のように言うのを聞いた。「ここイギリスではそれを催眠術というけれど、私たちはそれこそ定冠詞付きの科学[10]というのです」。すると「でも脳のような繊細な器官をいじくるなんてたいそう危険でしょ」が答えだった。キャサリンは二人の救出に向かい、それぞれの混乱から解き放そうとむなしい努力をした。催眠術はマッサージではなく、また定冠詞付きの科学というものも催眠術ではないと言ったのである。しかし結果、今度は東部人がこんなことを言った。「最近は見事に脳を形作ってくれるものですよ」。するともう一方が「何かすばらしい道具を使ってでしょうけど、頭蓋骨を突き抜けてどうやってやるのかしら。そしてまた脳の重さを測るのもたいへんだと思うけど、どうやって測るのかしら」と言うので、「検死」とキャサリンはつぶやき、科学の謎に光を投げかけようとした。しかしそれに対して東部人は「では生命の分の重さは?」と嘲っただけだった。

確かによい作法は悪しきつきあいによって堕落させられる。私がナースの策謀により、イースター・カードを送ったことを思い返せば。カードだけでもいけないのに、「イースター」という言葉をそえたものだから。お父さまは天でうめいたにちがいない。イースターが、ナースの言葉を使えばお父さまの特別に「大っ嫌いなもの」なのだから。その彼女は、喜ばしいことに、見たところ私によって堕落させられつつある。ただし彼女は今やこれで復讐を果たしたのだ。実はこの冬、彼女が満腹の際に、「聖体を拝領する」か「聖体拝領を受ける」のどちらの言い方であれ、実際にそうしていることを知った。レミントンではそのようなことは致命的な霊的不消化を起こすと言っていたのに。その時、思わず「あなたのいう聖体拝領や他のものも、今まで通り言い紛らわしをしている限り、完全なごまかしだわね」と叫んだ。かわいそうな彼女には、宇宙について分からないのと同じように言い紛らわしが何を意味するのかが分かっていない。そういう言い紛らわしをするのは彼女が自分の身を、私の独裁的な力から守るための無意識的な防御行動に過ぎない。私のポケットには数シリングの貨幣があるけれど、彼女は半ペニーも持っていないのだということだ。

　キャサリンはこの冬、数日をウールソンさん[11]と過ごしにチェルトナムに出かけ、サー・マイケル・ヒックス・ビーチ[12]夫妻、そしてその友人一人と同じ列車で帰ってきた。紳士たちはその前夜に統一党員の集会で演説をしていて、イギリス紳士は絶対しないと誤って考えられている、ごく親しい態度で胸中を明かしあったという。「あなたはエイバーコーン家の近くにお住まいですよね」「はい」「ひどくわびしいでしょう」「はい、しかしたいへんいい人たちですよ」「一度あのお宅に滞在したことがあるのですが、たった一つの部屋に皆、集まっていました。おそろしく退屈でした」「ご存じでしょうが、あのお宅は生活が苦しいようです」などなどと。公爵一家が一つの暖炉にかがみ込んでいるのは十分に哀れな姿で、あのバチュラー夫妻よりずっと寒いにちがいないし、自分たちを憂鬱から救い出すものはほとんど何も持ちあわせていない。しかし以前世話になったお宅の貧しさとわびしさを人前で公言するのを許す無神経ぶりは、民主主義精神をもつ者にとっては衝撃と驚きの一つである。イギリス紳士たちには長く受け継がれた繊細さと洗練があるという幻想に間違ってとらわれてきたのだから。そのサー・マイケルが望むのは、イートン校にいる二人の息子のうち、一人がクリケットチームに入り、もう一人がラグビーのチームに入ることのみであるとか。アイオワに住んでいたベンソン家の一人が息子たちを教育するためにイングランドにもどってきた。ベンソン氏によると、息子たちをアメリカ合衆国の学校に送り込むところであったが、イングランドに帰れば彼らもウサギ狩りができると思い、もどってきたとか。息子たちが母国の飾りものになる予定なら、殺戮の本能を発達させる方法を選ぶのは確かに賢明である。

レミントンのボイヤー夫人は息子がサンドハースト校(13)に入学できなかったことを嘆いたものだった。「もっと小さい頃には、すばらしい勉強家だったのです。ところが受験指導の先生からの手紙によると、息子は他の子たちによくある、イートン校から悪習をもって帰るということはなかったのですが、イートン校で勉強する力を完全につぶされたというのです。よくあるようにね」。私は少しは知恵を身につけていたので、生来もっていたわずかの能力をも若い人たちから奪ってしまうことがよく知られている学びの中心地に彼らを送り込むことがいかにばかげているかなどと言わなかった。一度何も知らない頃、大英帝国がよろめくことがないよう、何を言ってはならないかをわきまえる以前に、イートン校で息子の品行がいつのまにか害されたと嘆く母親に「それならなぜ息子さんたちをそこに入学させるのですか」と口にしてしまった。その時、彼女の受けた精神的ショックの反響がほとんど聞こえそうだった。彼女はあえいでこう言ったのだ。「だって仕方ないでしょう」。しかしジョージ・ボイヤーは習得した知識を失うという特別な才能をもっているにちがいない。彼はいつもフランス語が得意で成績もよかったのに、不運な思いつきでドイツ語の力を強化するために三カ月ドイツへ送られてしまった。次の「試験」で、彼はドイツ語を何も身につけていなかったことが分かったばかりでなく、それまでしっかり詰まっていた、脳のフランス語用の細胞の中味をきれいに掃き出すのに勤しんでいたらしいことが分かったそうだ。

四月七日

レミントンにいた頃の我らが大家夫人がキャサリンに言った。「ひどい船酔いをして降りられない際に、食事はどうやってとられるのですか」「部屋でとります」「なるほどね。あなたはいつも必要なものを手に入れる方法をよく知っていらっしゃいます。高貴なご婦人方とはちがうのですね。いろいろなことに手を出されて、ご自分でやってみられて……」すなわちキャサリンは、他のつまらないこと同様に、この善良な老婦人にとっては宇宙的次元の問題、つまりゴミ入れ、銅釜や料理用のレンジについて把握している。確かに先週、彼女はいろいろなことに手を出していた。ある二十四時間に、彼女はいつものようにあちらこちらへと、午後にはハック・テューク医師[14]と「ベドラム」へ、夜には「かっこいい」晩餐へ、そして翌朝にはクラップトンで救世軍の娘さんたちと一緒にひざまずいて声をあげてお祈りしていたのだ。これらの三つのうちのどれが狂気の中心かを知るのは面白いだろう。『スペクテイター』誌のタウンゼント氏[15]がブライス氏[16]について「ブライス氏の精神はよい精神であって、偉大なものではない。とらわれない精神と言っていいであろう」と言ったように、彼女の精神も「とらわれない」といってもいいだろう。ブライス氏の精神が何にとらわれないかは『スペクテイター』誌の預言者の秘密であるが、キャサリンの精神は、状況について、いかなる先入観にもとらわれず、一刻一刻と変化する瞬間の急場に「対応する」ことが可能なのだ。だから貧民街で働くシスターがキャサリンの肩をたたいた時には、キャサリンはいつものような偽りの拒絶の意思表示をする代わりに、何の良心の呵責もなしに喜んで神に調子よくお祈りしたのだ。復活祭の翌日の月曜日、つまり一般公休日に彼女はケンジントン市役所で催された禁酒の茶会でテーブルの「給仕をした」。聖メアリー・アボット教区司祭の、E・カー・グリン師閣下が主人役をつとめ、妻レディ・メアリー(旧姓キャンベル)が何人もの赤ちゃんを膝にのせて「おもりをした」という。その中に風変わりな小さな女の子がいて、遺伝によりすでに大人のように種入りケーキを好まなくなっていた。「彼女の母親も同じであった」そうだ。

シェーン夫人という人はサッカレーのいとこで、自分がエセル[17]のモデルではないかと顔を赤らめながら言っているのだが、キャサリンとたいへん親しい。その彼女がケンジントンの救貧委員をしているおかげで、私たちはたいへん面白い話をたくさん聞くことができる。彼女は(貧しい人々のために働いた人なら皆そうなるように)熱烈な絶対禁酒主義者であり、数度、女性が男性よりはるかに強い精神的勇気をもっていることを自ら例証した。彼女によると、同じ委員会仲間や幾人かの酒場認定判定者は、彼女が改革を提案することに喜んで賛成し、非公式には勧めさえするのだが、会合では彼女の動議に賛成しないという。そして最近ある機会に、彼女一人を四百人の酒場の主人たちの野次にさらしたそうだ。彼女がケンジントン救貧院の真向かいにある酒場の認可の更新に反対したからである。その救貧院の四分の三の収容者が飲酒癖のために連れてこられるらしい。ある貧しい女性が夫についてこう語ったそうだ。「夫に八軒の酒場の前を素通りさせることができても、九軒目は無理です」。一般公休日のお茶の後の演奏会で教区牧師がシェーン夫人のなしたことについて少し話すと、人々は夫人の勇気に報い、卑怯な男性たちに恥をかかせるため、絶大な拍手喝采をおくった。取っておけばよかったと思うのは、最近、公にされた公爵たちや国教会が所有する酒場の比率についての記事である。州によっては公爵の一人か二人がすべての酒場を所有していると か。毎年毎年、日曜日に酒場を開店するのを許可する法案を退けなければならないのがなんと愚かしいことか。その一方で、これらの地獄の酒場はあらゆる地域で有毒な蒸気を噴き出し、それで国の気風を充たすのを許されているからだ。しかも信仰心の名のもとに。

四月九日

シェーン夫人がある日キャサリンに語ったところによると、気がつかないうちにローン侯爵(18)に自分は無一文だと言わせていたそうだ。それは救貧院の委員会で彼女の再任に賛成投票するように依頼した時のことで、彼は地方税納付者でも家持ちでもないので投票はできないと説明したのだ。これが宮殿に住んでいることとの不面目である。うわさによると、彼は新婚旅行で（その場がうまく運ぶように）花嫁に「あなたは国家によって養われている乞食に過ぎないのです」と言ったという。たぶんこれでその後の彼女の感情が説明できるであろう。

この件は昨年の秋、サウスケンジントン・ホテルでナースがある日話してくれたことを思い出させる。ローン侯爵が前日に到着し、二階にすばらしいスウィートルームが用意されていたが、五階のベッドルーム一部屋を借りただけで、一人の従者さえ連れず、部屋女中をベルで呼び出す代わりに彼女たちが座っている部屋に古い部屋着のままで入っていき、そこで指図をしたという。この話が給仕係の部屋で伝えられると、ウッドフォード「氏」という召使い頭で、小間使いたちのお茶の量を統括し、態度はお世辞たらたら、輪郭はピクウィック風[19]に太っていて、足はおなかの後ろに隠れ、「体形はないも同然」という男が声をあげた。「ああ、それこそ本物だ！ すぐに偽物と区別がつく」と。侯爵でなければ、そんなふるまいをする人を彼はどれだけ軽蔑するであろうか。ハリーが言った。「召使い頭を賢くするには侯爵一人が必要だ」。

ある日ショーディッチで民衆を観察していたキャサリンは、一人の女の子が半ペニー分のアイスクリームを買うのを見た。彼女は手のひらの上の新聞紙に軽く塗りつけられたそのアイスクリームを、無限の満足でもって舌の運動で消化器官に移していたという。高い階級の人々の世界では、アイスにはガラスの器が用意され、もう半ペニー出せばスプーンがついてくるが、自然は舌という道具を気前よく用意しているのに、どうして人はそのような余計なもので贅沢をするのか。

シェーン夫人はあらゆる方法を用いて税金を使わないようにしようとする。そこでこの冬、救貧院の会合の一つで救貧院の子供たちに贈るクリスマスのおもちゃに五ポンド使うという提案が出されると、彼女は教区のお金持ちにおもちゃでいっぱいの子供部屋から去年のおもちゃを送ってもらうように訴えようと提案した。しかし誰にも聞いてはもらえず、最初の動議が可決された。帰宅すると、ある親切な人物によって教区の数々の子供部屋から集められた六十個ものおもちゃが入った籠が届けられていたのを知って、彼女は驚き、満足した。よって次の会合で仲間たちをうまく打ち負かすことができると思った。ところがそうはならず、どうしようもない愚か者たちはすでに承認してしまった出金は撤回できないと言って、救貧院中を花で飾るためにもう二ポンド追加することを投票で決めてしまった。

クリスマスより少し前のある日に、キャサリンが一緒に救貧院を見て回った際、シェーン夫人がそこの院長（いかにもイギリス人らしい名前のブリンブルコンブという名前であったが）に子供たちのために六十ものおもちゃがあると話すと、彼は言った。「いや、毎年『トゥルース』誌が送ってくるおもちゃや新しい六ペンス銀貨があるんですよ。子供は十七人しかいないのに」と。時にはこの国の住人が皆、感傷の池の中でもがいているように思われる。特に愚かで怠惰なおせっかいやきが、救貧院にいる、一文なしになった、頑丈な怠け者たちに週に二度イチゴやクリームを送ってくるのを聞いたりすると。たいていの堕落は飲酒の結果である。例えば一人の老人はグラッドストンやシェーン夫人のおじさんと学校では机を並べていたし、一人の女性はある王子の家庭教師であった。

イギリスの労働者が老後にそなえて一ペニーを蓄えることすら完全に不可能だと聞く。一見したところ、これは真実のように思われるが、シェーン夫人が計算したところによると、たいへん低く見積もっても一日に六ペンスという一家のビール代を抑えると、五四六ポンドの金額が六十年の生涯に蓄えられるという。しかしイギリスの気候がビールを「必要とする」と彼らは言う。その一方でそれを考慮したとしても、やはりビールは毒である。それにイギリスに来て以来それまでの人生で聞いたことがないほど、飲酒がもたらす「怒りっぽさ」の話を聞いた。

四月十二日

事実を知っていると、ハリーがアルフレッド・パーソンズ[20]の絵画展のカタログに書いた紹介文について『トゥルース』誌に載った批評はたいへん滑稽である。その批評の趣意とは、ヘンリー・ジェイムズ氏は、サヴィル・クラブ[21]の著名な会員であるので、友人のパーソンズ氏の絵について当然のことながら賞賛を書いているなどなど——本当は、ハリーはサヴィル・クラブを好きではなく、年に一度程度しか行かないし、パーソンズ氏は会員ではないのだ！

ハリーはある日、バーン＝ジョーンズ[22]、サージェント[23]、それにアルフレッド・パーソンズは、ものの見方については彼が知る限り最も完璧な芸術家たちであり、性格においては最もいい人たちだと言っていた。

ハリーのようにあれほど強い、ほとんど完璧な芸術的傾向をもった人が、あらゆる病気に対して完全に生理的嫌悪をもっているなんて珍しい。しかし、悲しい運命ながら、彼は私のような人間を背負いこんでしまった。彼の忍耐がいかに美しいかをいくら誇張してもしきれない。その忍耐で、彼自身から全くかけ離れた、しかし私のやせこけた、容赦なく道徳に支配された全身を夢中にさせる数々の疑問（おこがましくも問題というほど自分が堕落していませんように）についての吐露に耳を傾けてくれるのだから。まるで昨日のことのようにお父さまの声の響きが聞こえる。ニューポートである日、私の欠点を非難した時のことである。「ああ、アリス、おまえはなんときついのだ」と。そしてその時が初めてという訳ではないのだが、それが本当だとつくづく感じ入ったことを覚えている。そして人間的な温情がその熟した核であるお父さまがもった嫌悪を知った。ああ、ずっとこの何年もの間、あのきつい芯はいまだ私に突きつけられている。ただし、たとえお父さまの歩いた道のりにまき散らされたような豊かな花は咲きそうにないとしても、時という重い手により、寛大でやさしい衝動が私に沸き起こるかもしれないという期待にふけることがあるのだが。
この話はなつかしい「ウィルキンズ・ミコーバー[24]」のお得意の笑い話を思い出させる。ジョージ・ブラッドフォード氏[25]がニューポートに学校を開いた。ある日、エマソン氏が、氏のコンコードの家を訪れていたウィルキーの前で、その学校についてブラッドフォード氏に話を聞いていた時のことである。「それでアリスとはどんな女の子なのですか」とエマソン氏が聞くと、「たいへん道徳的な性質の持ち主です」とブラッドフォード氏は答えた。これを聞いてたいへん面白がったエマソン氏は声をあげた。「では彼女の父親はいったいどうやって彼女と仲良くできるのです」と。しかし、誰が、やさしい愛情、気遣う同情、そして父親としての寛大さが一方を占める、あの長きにわたる親子のつながりを語ることができようか。

四月十三日

キャサリンは極端に普通過ぎるので、時にはほとんど原型にしか見えないことがある。私のような貧血症の者は、あまりにも感情と感動によって生じる虚栄心でいっぱいになるので、病的なものに生えるキノコのようにふくれあがるのだ。

四月十九日

これほど滑稽なことはない。トーリー党政府の法務府総裁がが婚約不履行の裁判でハールバート[26]の弁護をし、彼がたいへん良識のある紳士であり、その花開いた名声がスキャンダルや誹謗の香りで汚されることはこれまでなかったと真面目くさって言ったのだから。かわいそうなサー・リチャード・ウェブスター。ピゴットが終わったら、今度はハールバートなのだから。

アメリカ人の地位が向上したことが、ケンブリッジポート出身の青年、確かフラトン[27]といったと思うが、二十五歳をこえてもいないのに、『タイムズ』紙の副編集者だったのが、今やパリに派遣されたという事実で強調されている。そのうちにブロウィッツ[28]に取って代わるだろう。

『スピーカー』誌が「この一週間」という題名のコラム[29]を、ハウエルズをつぶすという輝かしい使命から解放したことを祝福しよう。ハウエルズの才能を賞賛はするが、ロンドンの週刊誌が毎週毎週、彼の悪口を書き、侮辱しなければならないほど彼に影響力があると考えたりするとは、彼が実際以上に強力な人物に見えてしまう。病的に取り憑かれているといえるほどだ。彼は彼らの想像力ではあまりに大きく見えるから、彼が実際に言ったことがなくなると、今度はある状況下で彼が犯すであろう邪悪な行為を予測までするのだ。相手がハウエルズでなければ、テネシー州のジェンキンズか、ミズーラ州のトムキンズの英知が、母国での無名の状態から引きずり出されて、大英帝国の非難の的にされた。トムキンズもジェンキンズも、いかに無謀な夢の中であれ、そのような栄誉を望んだりしただろうか。編集主任も、二つのコラムを割いて怒りをぶつけていたのだが、誰についてだと思う？　なんとかわいそうな、年老いたマリオン・ハーランド[30]についてである。彼女のいやに感傷的な物語を、幼少時に『ゴーディズ・レディズ・ブック』誌[31]で、それも三十年前にニューポートのペリー宅[32]でたまたま読んだものである。なんとめちゃくちゃなことか。長く忘れられていた文学（！）の過去から、この消えてしまいそうな幽霊が突然、ロンドンの一週刊誌の怒号につぶされるために、恐るべき存在として「出現」させられるなんて。それも「男性」としてである。しかしながらついに賢い編集者がロンドンの中心にさえ記録すべきもっと重要な文献があることに気づいたので、アメリカ合衆国は後方の目立たない位置に下がらなければならず、その文学上の欠点はもはや現在の最も中心的で強力な要因とは見えなくなった。

四月二十二日

小さなナースの看護士仲間から聞いた、ある悲しい小さなお話に、この何カ月か私たちはたいそう興味をもっていた。口にするのもいやなサザーランド公爵の一人娘であるレディ・アレキサンドラ・レヴソン・ガウワー[33]が、この近くに住む伯父のアーガイル公爵の家で重病でふせっていたが、最近亡くなったという。彼女の母親は二、三年前に亡くなったのだが、父親はすぐに忌まわしい女性と結婚した。まだ二十五歳のその若い娘は、その時の悲しみと踏みにじられた母親の過去の記憶にあまりにも打ちひしがれたため、聖バーソロミュー病院へ出向いて病人を看護することによって気分を紛らせようとした。特別な育てられ方をした、心やさしい娘が、その小さなつるを前へと伸ばして、身分の低いものに巻き付け夢中になるとは、どこか哀れである。しかし彼女は病院には三カ月いただけでたいそう健康を害してそこを出た。そして女王が彼女を見舞いに訪ね、父親そして伯父の公爵たち、兄弟やいとこにあたる侯爵たち、あらゆる位の貴族、貴婦人たちが彼女のことで心を煩わせたりしたが、その娘自身は、負うには重過ぎる荷に導かれ、心穏やかな喜びを得てうつろな影の世界から去って行った。父親にはあの娘の繊細な心を引き裂いた蛮行を悔いる心はないのだろうか。

　彼女は、私たちアメリカ人の異なる質の価値基準から見ると、ずいぶん勉強になる言葉を残した。彼女が自分のナースに語ったのは、たいへん悲しい思いをしたということ、そして父親が「女王が会われない」ような人と結婚したから一緒には住めないということである。この「女王が会われない」というのはもちろんナースに説明するには都合のいい表現であるが、同時にまた彼女の骨の髄までしみこんだ、我慢できる相手かそうでないかを分ける絶対的基準であったのだ。それを聞いて私は全く新しい考え方に目を開かれ、自分は個人的な特権という足かせをはめられるようなことから生来免れてきたことに感謝したいという衝動を感じた。

　しかしあらゆる嫌悪を誘うものの中で一番いやなのは、天をめざす魂に自然に起こる信仰ではなく、世間体という外見的な基準にしたがって信じられる宗教である。その宗教の神は、きびしく格式張った規定の儀式の中で崇められる、厳密な定められた輪郭をもった神であって、信者の欲求に合わせて刻々と姿を変える神、神の属性について生き生きとした、今までよりも明確な知識を得たことで、信者が胸を熱くする神ではない。その信仰は昔から伝えられてきた、こだまする美辞、そして人々によるむなしい繰り返しによって支えられたものである。それは、それぞれの人の魂のうちで堅固に生まれ、その魂の神聖な秘密となる信仰ではなく、魂と神との霊的な交わりが、平凡な喜びと悲しみ、どこにでもある光景と音であり、その儀式が俗世の干渉を避けて個人の神秘の中に隠される、そんな信仰でもないのだ。

四月二十三日

この冬、本当に胸をわくわくさせてもらった。あの未知の世界、舞台の世界が私たちに開かれ、劇作家の意識に入り込み、劇作家を縛りつける事情をすべて知るようになったのだから。ハリーは人に「語る」という点では、最も魅力的な人物であり、さらに彼が見抜くことといったら！　コンプトンがキャサリンに語ったところによると、ハリーは劇団の団員たちについて自分たち夫婦が何年もたってからやっと分かり始めたことをすぐに話したそうだ。コンプトン夫妻はまた、『アメリカ人』を稽古する時に、小さな削除を除いては変更を提案しなかったという事実を詳細に述べた。これはたいそう異例らしい。ケンダル夫人は自分の本に、戯曲はほとんど全面的に書き直されるのが普通であると書いている[34]。

かわいそうな作者が目的を実現する際に直面する動かしようもない制限をすべて知ると、どんな劇も離れ業に見える。例えば与えられた時間内に物語を語るために、すべての音節の時間を測らなければならないというだけで十分にむずかしいし、最も教養のない人でもその人なりに理解できるように物語るのはよりむずかしい。各場が「幕」でもって終了しなければならないこともむずかしい。そして最重要なのであるが、座長ともし存在するならその妻が主役になり、その二人が終局で大団円を迎えるようにしなければならないというのはヘラクレスばりの仕事である[35]。

舞台上でも座長は自分の妻と結婚しなければならない。その目的を達成するために彼女が喜劇女優から悲劇女優へと変わらなければならなくてもである。そしてこれが芸術だというのである！　このようなはるか昔から神聖だとされる奇怪な足枷、つまり受け継がれてきたために神聖視される無意味な決まり事の数々、それらをこわすよりも、自分が芸術家として救われるのを危うくするのを選ぶなんて、これほど滑稽なまでにイギリス的なものは考えられるだろうか！

数日前にハリーがやってきた。ヘアー[36]とのたいそう気のあった会談で熱くなっていた。ヘアーはハリーがジュネヴィーヴ・ウォード嬢[37]のためにクリスマス前に書いた戯曲第二号『ヴィバート夫人』[38]の上演を引き受けただけでなく、その引き受け方が熱狂的で、「戯曲の名作」と呼んだのだという。彼の話は知的で、イギリスの大衆についての見解は至極妥当なものであった。配役について大いに話し、「この戯曲はコメディー・フランセーズ[39]向きだ」と繰り返し言ったという。彼が上演したばかりの『レディ・バウンティフル』[40]は不運にも失敗に終わり、ハリーの劇を明らかに今すぐ上演したいところなのだが、休息をとるため、まず古い戯曲を再演し、そして次には別の新作を上演すると約束しているので、残念ながらハリーの作品は秋か冬にならないと上演されないという。彼は作品を自分の劇団に合わせるという座長としての仕事からは解放されているようで、幸いにも女優の妻をもっていない。

驚いたことにハリーは、この劇の成功が、『アメリカ人』あるいは彼が書きあげたばかりの喜劇と比べると、どれだけ役者のうまさにかかっているのかが分かっていなかった。つまりこの劇の命は繊細な心理的状況を伝える精妙さと芸術性にこそあるのであり、だからそういう芸術性や精妙さが存在することに気づく限られた大衆だけに訴えるのだ。ハリーが言うには『レディ・バウンティフル』はこのうえもなく見事に舞台化されているとか。この方面ではイギリス人はフランス人よりも途方もなくすぐれているのだという。フランス人はそれを演技で代用しているのではと私は言った。ハリーは「うん、もちろん、ここイギリスでは演技はおまけの一要素に過ぎない」と言った。「あるとずいぶん足しになるわね」と私は答えた。ある若いアメリカの娘がスイスの山についてリジー・パトナムにそう言ったらしい。

ハリーが言っていたのだが、コンプトン一座と稽古している間、実際の演出の仕方に左右されない芝居だといわれるのはたいへんいいことなのだが、道具があのように劣っている場合には演出の仕方こそが大いなる支えであり、それに頼りきってその細部にまでしがみついたとか。

四月二十四日

本当に予期せぬことしか予期できないものだ！　昨日、チェンバレン夫人が町にいなかったので、いつもハイベリーから彼女たちに送られてくる大きな箱いっぱいの花がキャサリンに転送されてきた。ナースは箱を開けるとすてきな花々を私の膝の上に置いた。その真ん中に小さな包みを見つけ、開けてみると、あらなんと突然、無名の私の前にありがたくもジョゼフの歴史に残る「ボタン穴用の飾り花[41]」二個があったのだ。ナースは急いで卑しい身分の私にその醜い花、こんな醜いのは蘭ぐらい、をつけてくれ、私は生きている価値があると思った。その数分後に『スタンダード』紙を取り上げて読んだところ、この男がどこかで演説[42]をし、その結びに、ほんの少数のアイルランド人のみが自治を求めているのであり、それもお金を儲けるためだというようなことを言ったということを知った。いかにも下劣な人が言いそうなことではないか。

議会解散のうわさがある。たいそうおそろしいことだ。この何カ月かの社会の沈滞は大きな安らぎであったのに。
イギリス人について誰も理解できないものの一つは、政治家同士の関係である。彼らは議会においてもその外でもあらゆる機会をとらえては、議会人らしさを、あったとしてもほとんど装おうともせず、お互いを嘘つきとか、悪党だとか呼んでいる。そうしておきながらその後、肩を並べて一緒に食事をしに出て行くのである。このことを国民が拍手喝采し、『スタンダード』紙も最近、この件を社説に取り上げるにいたった。「他にどんな国でそんなことが起こりえるのだろうか、などなど」と。どこでも起こりえないですよ！　極端に滑稽な要素のあるフランスの決闘でさえ男らしい印象を与えてくれる。自分を悪党と呼んだばかりの男と食事をとりにおとなしく歩いていく臆病な人間と比較すれば。もし本気でけなされたのなら、まず相手を殴り倒すだろうと想像されるのだが。もしも相手がただ単に政治的に利用しようとしている堕落した嘘つきならば、一緒に食事をした際に胃袋がスープを受けつけないはずだ。ああしかし、「大胆で高貴な大ブリテン人」であることと矛盾することなく便宜主義へと走るというそのやり方は、多種で偉大である！

四月二十五日

自分が民衆の娘の一人に当然「よい影響を与えている」と悦に入っていたところ、実はその間ずっと彼女が家庭の中で飲まなくても家庭の外で坂をころげ落ちていたのを知ると、たいそう気がそがれるが、役にも立つ。自分がどのように騙されていたかを知るのは、虚栄心にたいそう衝撃を与え、怒りをもたらすものである。しかしそのうち理性が働いて分かるのだ。彼女がもっているふりもしなかったあらゆる資質や品性を、自分自身の意識の中にあるからこそ、彼女にもあるものとかってに賦与していたことを。そして無知なる者は、受け継いだものであれ習得したものであれ、どんな芽ももたないから何も知覚したり理解したりできないのに対して、私たちは、自分たちのロマンティックな知覚でもって、最も粗野な雑草に最も美しい花が咲く可能性を見出したと想像してしまい、その棘に刺され、その刺毛に傷つけられると、裏切られたと感じるのだ。

四月二十六日

私たち五人は決定的に愚かしい小さな家で馬鹿みたいに幸せにしている。皆を結ぶ鎖の輪が少ないから、ここまでたどりつくのはたやすいように見えるが、それぞれの輪が忍耐という容赦のない鍛冶屋により鍛えられなければならなかった。誰の基準もいいかげんにされることはなく、私の場合、まるでそれが権利であるかのようにキャサリンを巻き込むことを気にする良心をなくすため、少しばかり悪い人間にならなければならなかった。それからもう少しお金を得る必要もあった。それはかわいそうな年老いた従兄ヘンリー・ワイコフの悲劇的な人生(43)が終わったことで都合よく手に入ったのだけれど。泥棒が入ることを絶えず恐れなければならないのではと心配していたが、いまだ本当に怯えさせられたことはない。家の雰囲気はかなり純化されており、日常、お互い穏やかに交流している。唯一の争いは、ルイザの原形のままの魂についてである。私たちの契約が終わる時に彼女が国教会風の儀礼的形式とバプテスト風の洗礼的形式のどちらを選択することになるのか、いまだ全く見当がつかない。ナースが彼女に帽子を作ってやると、今度は洗礼者のトンプソン夫人がエプロンを作ってあげるなどなど。その間、上の階にいる冷血なユニテリアン派のキャサリンと自然宗教(44)の熱烈な信者の私が、これらの教会中心主義者の恥ずべき策謀を（なんと！）神聖な嫌悪でもってじっと見守っているのだ。キャサリンに言わせると、私が「五人のうちで最も引き合う（私はふくれあがったという表現がいいと思うのだが）宗教をもちあわせている」のだとか。私一人に三つの必要欠くべからざる要素が一緒になっているからだ。その三つとは「アラーの神、預言者、そして信者」である。

かわいそうな小さなナースはあまりにも迷信にどっぷりつかっているために、五年間も私の嘲りを聞いていたにもかかわらず、私には英国国教会は存在しないということをいまだ理解さえできないのである。その結果、ルイザが非国教会派の教会堂へと連れて行かれた時には、彼女はわざわざやってきて何らかの言い訳をするものだから、私は甚だ落胆させるように言ってやる。「彼女にはすばらしいところよ！」

なんのかんの言ってもナースは世界中で一番いい人であり、見事な模範的忍耐でもって、私のすべての鋭い角《かど》にも合わせてくれる。それもうめき声一つ漏らさないで。昨年の夏、私の肉体という土台がすべて崩れ、溺れかかった人間が藁にもすがるように彼女にしがみついた際、私は生の豊かさを印象づけられた。半ダースばかりの誠実なやさしい本能のみを覆っている、彼女の細長く、やせたフラ・アンジェリコ(45)風の外観に錨を下ろし、素朴で善良なるものと結びつくことで、安らぎを見つけたからである。その結果、非現実から逃れ、巨大な羊の群れのようにじっと反芻する大衆に自己を埋没することによって生じる喜ばしい平安が、私にもたらされたのであった。昔、何カ月もいや何年にもわたり「発作」にみまわれ、お母さまやお父さまが長い夜中見守ってくれた頃、二人を失ったら私はどうなるのと叫んだものだった。そのように問いかける私への答えがここにあったのだ。その頃グロスターシャーの小さな村でよちよち歩いていた小さな女の子が、今、故郷を離れて、私の窮状に手を差しのべ、あらゆる親切な世話をしてくれ、人間の善はあらゆる人間の悪にまさり、そして真の啓蒙は暗雲の中からのみ照らし出されるのだという、この上なく絶妙な真実をかつてなく深く感じさせてくれる。

五月三日

ボブからの手紙によると、勉強が得意なネッド(46)を善良なメアリー(47)が「祭壇の補佐役」にしようと予定しているという。彼の血に混じっているはずのお父さまの気質を考慮すると、これはどうしようもなくおかしい。しかも祭壇は英国聖公会の礼式にのっとったものであるそうだ。あの安普請の魂の建築物には、ロマンスや権威を与えるようなカソリック教会のもつ歴史的輝きもなく、知的精神的原動力を支える、厳格で男性的なカルヴィニズムのいかめしい、英雄的な簡素さにも欠けるというのに。

五月七日

キャサリンは五月三日にハイド・パークでの八時間労働を求めるデモに出かけた。私がそこにいなくてよかったと彼女は言う。デモの大きさがあまりにも圧倒的であったので、私など感動で大泣きしただろうからと。この八時間労働という問題全体が、水先案内人も羅針盤もなしで放り込まれる、疑問の荒海のようなものなので、それに対する感情を閉ざさなければならなかった。社会の体制全体は醜悪で一新されるべきだと思うが、今のところイギリスの労働者は、この光景について誰かが言ったように、イギリスほど恵まれていない国の労働者と比べると「あまりにも大切にされ、甘やかされていて」、誰かが彼を仕事に必要としても、あまりにも年がら年中、腹立たしくも丸一日あるいは半日の休養を求めるので、「失業」などは途方もない作り話なのだと確信するにいたるのである。こちらの労働者は、ここで続けて住めば住むほど、嫌でも目に入るあの特性、つまりあらゆる階級で根性が欠如していること、そして人生を弱腰に築き、受け入れること、そういう特質の塊のように見える。

ハリーは昨夏、大陸で、主にバイエルンとイタリアで会った人たちについて興味深い話をしてくれた。その話から、無名の何百万もの人々が骨折って働きながら、報いられることがなく、その徳を記録されることもなく沈黙のうちに死んでいく一方で、その人たちの永続する英雄的資質こそが、それなしでは朝霧のように消えてしまう、金切り声を張り上げる、虹色にきらめく浮き泡のような上流の人たちの原動力となっているのだという強い印象を受けた。

なんという光景だろうか。アングロ＝サクソン族が、ロシア皇帝(48)に対してロシアからユダヤ人を追い出すことについて抗議をしているなんて。自らの政府がユダヤ人たちの移住を禁止する法律をつくっているその時にである。

今日、ナースが窓まで連れていってくれた。するとあら、春がいつもの手品をしていた。わが家にはとても小さな庭があって、近所の庭と共に、すばらしい空と羽毛のようにふわふわした緑を見せてくれる。キャサリンは私たちの庭に二十シリング分の種と二十ポンド分のエネルギーを費やした。そして季節が進めば、時たま私の「奴隷たち」に抱えられて、もつれあって咲く花の中を行くことができればと夢みる。こんなにもたくさんの美的な胃をもっていて、私達はなんと幸運か。おかげで日よけをした部屋の中で横になっていると、過去に見た光景を何度も何度も反芻することができる。一筋の光が射し込んだり、ふわっと香りが漂ったり、風の音が聞こえたりすると、ちらちら光る眺めやざわめく松の木と湿った神聖な土の香りの幻が完璧に目の前にあらわれる。

五月九日

ある人たちについての自分たちの理論が、当の本人の口から確認され、正しいとされるのを聞くという満足をえるのは、そうあることではない。しかしある理論についての権威ある承認が、ニューナム校の女性校長のクラフ先生(49)によって、キャサリンが先日そこで昼食をとっている際に与えられたのだ。この尊敬すべきイギリス民族がこれほどまでに完璧に異質で、まるで私たちアメリカ人とは共通の血をひいているはずがないかのように思わせるのは、何よりも彼らの知識が細分化されていることである。イギリス人について、一つのことで誰よりも秀でていることは、その人に輝きは与えなくとも、その人物を少なくとも知性があるといえるレベルまでは引き上げると断言するのも不可能である。なぜならそういう人はしばしば卓越したその才能を漏れ出る隙間もない容器に入れていて、そこから何かを芽生えさせる熱意が漏れ出ることもなく、その才能以外は、生まれたままの哀れを誘う子供のような無知のままなのだから。そんな人は無意識に生まれた犠牲者だと思っていた。しかしクラフ先生の発言から察するに、イギリスでは必死で生徒たちをそのようにしようとしているのである。子供の知力は数学とか言語の習得とか、ある一つの勉学のみにささげ、熟達させるべきであって、他の分野については偶然という種にまかせるというのがイギリスの確立された法則なのだ。彼女のところにやってくるアメリカ娘たちが、全般的な知性をもち、特定の能力の発達が欠如しているのは、その法則に全く逆らっているということになる。だから、イギリス人と話していると、こんなにも話が途切れてしまうのだ。話題からちょっとずれた、しかし関連した質問をすると、その人のすべての知能が停止し、きまり悪がることなくそのことについては全く知らないと言い切るのだ。そのような率直さは間違いなく、いと高き神なら喜ばれるだろうが、会話の流れをたいそう妨げ、中断させてしまう。私たちアメリカ人が足下に不愉快な疑問が湧くのを感じて一か八かで想像力の翼をはためかせてみる時よりも妨げになるのである。

すべて簡単で自明である。イギリスでは「数学」とは相対的にではなく絶対的に「数学」なのであり、それに静かに満足しているのだが、臆病なアメリカ人は自国の文化のほぐれた端っこで、ただ多くのものについてのおおよその知識をつかむのに夢中になっているだけだ。初めはイギリス人の知的やりとりの洗練されたなめらかさに出くわすと、たいそう印象づけられ、魅了されるものである。ただしそれはすべてを照らし出す光が投影されるまでのことだ。そうなると、どんなインスピレーションの発揮もその人に求めることはできないこと、そしてほんの例外的な場合を除いて、その人の中身が、生まれついた身分ゆえに受け継がれた教育と、幸運な機会という表面に見合うものであったためしがないと分かるのである。それに対して教育を受け過ぎたアメリカ人を見たことがあるだろうか。いつも「目にあまる」ノートン[50]ぐらいだろう。

毎年、春になるとケンブリッジ大学の数学の学位試験の一級合格者が、その制度が初めて登場した時のように、イギリス人を少年のような熱狂に駆り立てる。そしてずっとこの何世紀か最優秀合格者が無力で無名の状態に落ちぶれてしまったのを見ても、その栄光に影をおとすこともないし、また一つの系統の知識を突出してもっていてもそれが生活の実践的な知恵へとはめったにつながらないという事実に気づかせることもない。メアリー・ポーターがある日私に話したところによると、最下層の間でも、一つのことに訓練され、他のものにとりかかることをけっしてしなかった人々の無能さが、状況をこれほど複雑化したのだという。それは、彼女が金庫づくり職人であった男たちについて案じていた頃であった。商売の変動が仕事を減らし、これらのかわいそうな人たちは港湾労働者という、哀れな状況に落ちぶれなければならなかったのだ!

この種の例は無限に増えていく。もう一つ二つは述べるに値する。この家を借りうけた「先」の不動産屋は手広く上流相手の商売をしている。しかしキャサリンがベアリング・ブラザーズ[51]を保証人として挙げると、不動産屋はその会社のことを知らなかった。その転落[52]が世に鳴り響いたのがこの冬だったことを考えると、彼の商売上の関心がその事業半径のすぐ外で途切れてしまうということがますます驚くべきことのように思える。

ハイド・パークでの八時間労働要求のデモの後の月曜日に、キャサリンは下層階級の幼児たちを楽しませるために通っているショアディッチにあるクラブに出かけた。そこでキャスカート嬢という、労働者に生涯を捧げ、彼らのクラブをまとめることに大いに関与している人に、男たちが八時間労働の問題についてどう言っているのか、そしてその要求が誠実なものだという印象を得ているかどうか尋ねた。彼女は全体にあいまいで、要求について話されるのを聞いたことがなく、明らかにそれについて何の興味をもっていなかった。ハイド・パークで何か集会が開かれるとは聞いていましたが、とのことであった。

　広大な沸きかえるような貧困の問題の中から、彼女はクラブのまとめ役と娯楽の担当という役割に出くわし、自分のものとした。そして大きな成功に到達したのだが、その問題全体に対するほんのわずかな興味も彼女の意識にしみ込み、行き渡ることはなかったのだ。

「たいそう賢明で」物知りだといわれている既婚の女性が、ある日女性の身体についてのあまりにも並はずれた無知をさらけだしたので、私は「子供を産んだことのある人を知らないのですか」と声をあげた。「いいえ、知っています。私の姉は十二人ばかり産みました」。

　ハリーは昨日、ハンフリー・ウォード夫人[53]宅を訪れていた。彼女はグローヴナー・プレイスの美しい新しい家に引っ越したばかりで、その家は『ロバート・エルズミアー』がもたらしたものの一つといわれている。ペーター嬢もそこに来ていて、バッキンガム・パレス・ガーデンズの美しい木々を眺めて感動したハリーは、彼女にロンドンの中心部にある、そのような美しいものが楽しまれもせずに無駄にされていること、つまり女王には見向きもされず、下層階級には開放もされていないことについて嘆いた。すると彼女は（じっと木々の方を見据えて）おずおずと「そのようなものがどこにあるのですか」と言った。「えっ、そこですよ。あなたの目の前にあるでしょ」とハリーが言うと、それに対して彼女は「ええそうですね、そうなのでしょうね」と答えた。これが教養のある家族には「人知れず培われた知識の宝庫」といわれる婦人なのである。

今思うに、この長い説教はすべてハリーのある日の一言に要約できたかもしれない。「イギリス人は賢明でなくても偉大なことをなせる唯一の民族である」。

五月三十一日

待つ者には、すべてがやってくる。私の熱望は常軌を逸していたかもしれないが、今となってはそれがりっぱに成就されなかったと文句は言えない。具合が悪くなって以来、常識的に言ってどんなに恐ろしい病名をはりつけられてもいいから、何か触診できる病気になることをずっとずっと望んでいたが、主観的な感覚の途方もない塊に一人苦しめられる状況にいつも押し戻されていた。同情的な人といわれる「医者」は、そういう感覚は私個人のせいだと請け合うよりましな思いつきができず、優雅な自己満足でしゃあしゃあと私から手を引いたのだ。トーリー先生(54)だけが私を理性のある人間として扱ってくれ、私がいろいろな痛みに苦しんでいるせいで、当然、知的成長も止まっているとは考えない人であった。

ここでのすべての幸福と快適さにもかかわらず、私は着実な速足で悪くなってきている。だから四日前にアンドリュー・クラーク先生(55)を往診に呼びにやったところ、そのすばらしい先生は、私が心臓の病になっていると診断してくれたのみならず、私の乳房にできて三カ月にもなり、たいへんな痛みを起こしているしこりが腫瘍であって、痛みを和らげる以外にはなす術がなく、時間の問題だなどと言ってくれた。これが、「神経性知覚過敏症の最もひどい症例」という繊細な飾りと共に、七年間私から歩行を奪っている脊髄性神経症に付け加えられた。この診断に、過去二十年も私を襲ったおなかの「リウマチ性痛風」の発作が加わると、最も誇大した病気に関する虚栄心をも満足させてしかるべきである。このように自分の病気を列挙するのは明らかにみっともないが、私はそれを科学的精神でおこなっている。自分には何の生産的な価値もないが、破壊しえないものとしてのある種の価値をもっているということを示すために。

六月一日

経験したことがない人には、サー・アンドリュー・クラークの断固とした診断が与えてくれた、とてつもない安堵を理解するのはむずかしいであろう。それは私たちを形のない曖昧さから救い上げ、しっかりした具体的なものの中心に置いてくれるのだから。誰も当然ながら、暗い「死の影の谷」へ進むのにそのような醜いぞっとする方法を自ら選びはしないだろうし、もちろん途中で多くの精神的な腱がぷっつり切れることもあるだろう。でも私たちは身を引き締めていくのだ。すると終わりにある祝福された平安には何の影もささないだろう。

しばらく楽しみにできるとなると、死という出来事の価値が倍増するように思われる。なぜなら自分が自分にとって突然興味をそそるものになり、自分の揺れ動く小さな個性は、カメオのように浮き上がり、記憶に群がってくる、実を結ばなかった小さな冒険をやさしく許す気分になるのだ。悲しみはすべてキャサリンとハリーにある。二人はその出来事を全部見るのだから。一方で私は感じるだけ。ただ二人はもちろん大天使のようにそれを受け入れ、無限のやさしさと忍耐で気にかけてくれる。かわいそうなウィリアムは苦しみには大げさに共感する人だから、すべてが終わるまでその出来事について何も知らせないことにする[56]。

六月五日

バラに害虫がいるように、腫瘍には落胆が潜んでいる！　腫瘍ができれば完璧に安心して、それに頼っていられるとずっと思っていたのに、なんてことだろう！　このみじめなものは、腫瘍として絶対的というだけなのだ。病気としては平凡で、生命を縮めるものとして善意ではあるが、私がそれに関わらされたことで、あらゆる種類のまれな厄介事を引き起こす。そのため私は、他の腫瘍をもった患者と比べてどの程度の激痛を経験すれば、痛みを和らげる麻酔剤を使っていいかどうかを決定するのに、今までと変わらず苦しまされるのだ。

私は一週間かそこらで死ぬかもしれないが、何カ月も生きるかもしれないとサー・アンドリュー・クラークが言っていたらしい。これは重い負担である。この一週間に私に「死ぬ心の準備ができた」ように見えるとキャサリンは言うけれども、何カ月もの間、持続させられないことは確かだからだ。

どんなまじないをとなえれば告解による罪の赦しを得ていない私の魂が天国へいけるのか説明するようにと言ってナースを死ぬほどからかっている。口に出さなくてもそう熱烈に考えているようなので。思うに彼女の鉄のような心の中では、あの神秘的な、しかし何でも説明してくれる「アメリカン」という言葉で足りているのだろう。日曜日に彼女が「お嬢様、私は今日遅くなります。行列を見たいので」という時、彼女の英国国教会的な派手な祈祷の行事も私たちの七月四日の儀式を連想させるだけなのだ！

アザミの冠毛のような私にこのような手の込んだ退出を用意してくれるなんて、運命はユーモアを全くもっていないのか、あるいは過度にもち過ぎているのかが分からない。とくにこの世の偉大なる人々の非常に多くが病原菌のせいで一日二日のうちに命を失うというこの時にである。洗礼女トンプソン夫人が祈祷集会からほろ酔いで帰ってきたりしたら、私は驚いて宙に吹っ飛ぶだろう。あるいはルイザが郵便配達人といちゃついているのが見つかったりとか、ナースが見せようとエプロンの外に十字架をぶらさげることに固執したりとかしてもやはり同様に驚くであろう。（私は彼女が病床の私の世話をした時に、それが肉付きのよい鼻にどんとぶつかったという口実で十字架を禁止したのだ。その時、十字架が本当に傷つけたのは私の霊的鼻孔であることを彼女は全く気づきもしなかったのだが）。しかし人生とは不均衡、矛盾でいっぱいで絶望的に奇怪である！ 人生のいかさまぶりは、ロバート・エルズミアー[57]のイメージを提供する人物が、ぽかんと口をあけて見とれている何百万もの読者によって家や土地を山のように与えられているのに、対照的にエルズミアーの人生を生きる人は、すでに持っていたわずかばかりのものまでもが奪われてしまうという事実によってこそ示されるのだ。

六月六日

キャサリンは道徳的怒りに共感を求められると、手に持ったジャックナイフを開くように怒りを二倍にしてしまうという、いらいらするアメリカ人の傾向を非常に強く持っている。彼女は本当に厄介だ。とくに午前二時頃には。

六月十六日

ベルリンのあのお方[58]をこの時期にここに連れてきて、バカラ・スキャンダル[59]での「ウェールズおじさん[60]」の皇太子らしいポーズを目立たせるなんて、運命の神はなんとずるいいたずらをするのだろう。なぜならあの皇帝版バーナム[61]をいかに評価できないといえども、彼は皇太子のように卑しいことにふけったりしないのだから。皇太子は求められないとけっして支払わず、王女は高い金額を賭け、誰も支払うように求めるはずもないから負けても全く支払わないという話を偶然聞くと、今まで発揮されたあさましい強欲ぶりもいよいよひどく見えてしまう。誰かは忘れたが、ハリーがある外交官から聞いた話によると、皇太子はパリの社交界ではたいそう嫌われているとか。賭け金がすぐに支払われることを猛然と求め、最近、あるフランスの高貴な身分の青年から有り金全部を奪ったので、その青年は完璧に破産したという。

アナトール・フランスの新しい本[62]が出たらしい。私がそれを読むことはないだろう。相当以前から、私は目先で読めるものしか読まないようになった。興味、あるいは考えを抱かせるものはなんでも、涙を大量に流させてしまうから。サー・アンドリュー・クラークは私に宣告をした後にキャサリンに会い、私が何かやっているかどうか尋ねた。いつも通りで、読んだり口述したりできるだけのことはしていますと彼女は答えた。「それでいいのです。何も諦めさせてはいけません。来週死ぬ運命であったとしても、普段通りやってどこがいけないでしょうか」とのことであった。先生は私たちが「死ぬ準備」の入念な体勢に入ったと思ったのだろう。それにしても実際にそれに着手した人には、どんなにたいへんな仕事であることか。

人間の精神的進化のために、天がいかにいらいらさせるやり方を用いるかに、私はいつも気がついて嫌気がさしてしまう。ハリーの戯曲の才能の進化を一年かそこら早めて私に見せるということを渋ったと考えると本当に腹がたつ。この最高の興味はレミントンでの口にするのもいやな年月を明るくしてくれたかもしれないのに。それがなかったものだからあの年月を一人で「頑張り通す」ことによる緊張で、私の精神状態は穴だらけになってしまった。

ヘアー卿によると、ハリーの劇の困ったところは、それを演じる役者がいないということである。なんせ彼の芝居はコメディー・フランセーズの役者向きだから。ハリーにあれほど完璧な戯曲を突然書き上げたことをどう説明するのかと尋ねると、彼は戯曲を書くことはできるといつも確信していたが、それを人に売ってまわるのが嫌だったと答えた。

昨年、彼は『悲劇の詩神』を出版し、『アメリカ人』を上演し、『ヴィヴァート夫人』（ヘアー卿(63)が上演すると約束）と、すばらしい喜劇を一編書き上げた。ウィリアムの『心理学』(64)と一緒にすると、一家族としては悪くない成果ではないか！　とくに私が死ぬという一番困難なことをやってのければ。この芝居の仕事のせいで、ハリーの情け深いつきあいは悲しくも倍増するだろう。彼が訪ねてあげる母国からの人々以外にも、彼が励まし、手を握ってあげる病人や肉親を失った人々は絶えることがない。今や、髪を振り乱した女性作家たちすべてが、不完全なお芝居を何とかしてもらおうとして彼のところにやってきて、結果として彼はそれらを書き直すことになるだろう。女優についていうと、ロビンズ嬢(65)は、コクラン(66)の次に最も知性のある人だと彼は言う。そのコクランとは彼女の演技について話したことがあるとか。

六月十七日

次の話がいかにもイギリスらしくて嬉しかった。キャサリンは先日、たいへん身なりのいい女性が、昼間に群衆の中をヴィクトリア馬車に乗ってピカデリー通りをハイド・パークへと向かうのを見た。その女性は、そこまではレディらしさを完璧に実践していたのだが、この国で最も着飾った人々までもがよくやるように、つい本性を噴出させて、人目も気にせず、大きな消化の悪そうな安パンをおいしそうに食べ、お腹の欲求を満足させていたのである。馬車の調度品などが完璧であるということと、そんな安パンをおいしそうに食べる様子から分かる彼女の味覚の繊細さの欠如や、人目の多い時間にそのようなべとべとした物質を咬むという見苦しい行為で顔をゆがめ、それをさらすのに全く平気であるということが釣り合っていなかった。この不調和はイギリスの土壌特有のものである。嗜好の点では、イギリス人には階級のちがいはないように思われる。ハリーはいつもこのことを言っているが、私の目には初めから分かっていたし、それ故、ユニークでないとしても、私が言い始めたことなのである。ところでハリーは私の口からこぼれ落ちた多くの真珠を彼の本にはめ込んできた。彼は恥かしげもなく私の言葉を盗むのである。家族が口にしたことが分かっているのだから、差し障りはないとだけ彼は言うのだ。

王位五十年祭の年の一八八七年、ハリーのところに滞在した折、時々私たちに襲いかかる、罪を犯したいという願望が起こったことを思い出す。私たち哀れな女には美食の悪徳以外は何も許されていないので、ナースをガンターの店にエクレアを買いにやった。すると「エクレアはできたてを食べないといけないビスキュイーの一種なので、前日に注文しなければならない」という答えが返されてきた。私は笑って、二十年前のハーバード・スクエアにあった小さなマッケロイの店を思い出した。今ではアメリカでもここイギリスでよく見られる洗練された様子に到達しているだろう。だからといってイギリスの方が先行しているのではない。寝るための手はずの調整が完璧に欠如している点においては、彼らの方が有史以前、あるいは少なくとも中世的だといえるかもしれない。このことは、どんどん胸が悪くなるような詳細でもって次第に分かるようになった。ここに来て最初の夏（一八八五年）、私たちは、ハムステッド・ヒースのてっぺんの最も美しいところに小さな家を借りた。召使いたちの区画を除いては、四つのたいへん小さな部屋しかなかった。その中に私たち（キャサリンと私）は二カ月間押し込まれていた。イギリスに来て初めの頃だったので、トインビー・ホールのバーネット夫妻（私たちの家主）がそれを借りる前には、妻と子供五人に恵まれた男性が住んでいたと知って、驚きで圧倒された。その前の人は九人の子持ちであったことを知った時には、当然のことながら、ますます驚いた。家の中には子供たちが立っていられるぐらいのスペースはあったのだろうが、夜には、それぞれが身体の下にきっちりと毛布を折りたたんで段々に重なって寝ていたのだろう。これらの人々はかなり立派な人々で、教育を受けており、確か芸術家だったと思う。しかし彼らが夜の間に複数の子供たちをどう寝かせていたのかの問題を解く試みはとうに諦めた。ただ召使いたちの寝る際の様子の嫌悪をもよおす実態がますます明らかにされると、ただただぞっとするしかなかった。私は、もちろん「中産階級」の家についてのみ言っているのだ。彼らはたいへん快適でぜいたくな生活をし、極度にまで召使いを甘やかし、御馳走を食べさせているが、彼らが身体を横たえる場所をどこにも与えない。執事と従僕は、実際に食料貯蔵室と食器部屋、つまり毎日食べ物を口にするのに用いた食器やグラスが洗われる場所で眠るのである。大きな家では執事は銀の食器類を守るためにそうするのだ。銀器を持ちながら、それを置く場所が執事の寝室しかないなんて！　これらのことを考えると一番鈍い想像力でさえ思い起こす光景はあまりにもひどくてほのめかすこともできない。

出生登録本署長官のオーグル医師がキャサリンに語ったところでは、お金持ちの人々が近所にセントジョージ病院を建設するための寄付を約束したのは、従僕が猩紅熱のため食器部屋で寝こんだ時に送り出す場所が必要であったからだ。召使いが幸運にも寝室をもつ場合は、家族用の空間のまっ只中に入れられるようである。警察の報告を読んでいると、それは外国人にはたいそう魅惑的で教訓的な読み物であるのだが、最も好奇心をそそる家庭内の手はずが絶えず暴かれている。例えば、先日、アントロバス氏という人が、父親はたいへん富裕な銀行家だと思うのだが、自分の部屋で撃たれているのが発見され、従者と執事が、彼の部屋とはドアでつながっている隣の部屋で寝ているということが証言で明らかになった。召使いたちはどこでも空いているところに寝かされているらしい。キャサリンはこの家を探している時に奇妙な経験をした。彼女が見た三十の物件のうちで、この家のみが魅力的なもので、他の可能性といえば一軒しかなかった。どこも清潔さが欠如していて小さく、寝室と居間の大きさが不釣り合いであった。彼女はパレス・ガーデンズ・テラスにある、四つの居間と八つの主寝室のある、やや大きい家を見た。「上流婦人風の管理人」に召使いの部屋はどこかと聞くと、「階下に、台所の隣にあります」と言った。「いくつあるのですか」「一つです」キャサリンが驚きの声をあげると、「三人には十分な大きさですよ」、三人の女中にはということである。もちろん執事と従者には食料貯蔵室と食器部屋があった。この印象の正しさを次の『ペル・メル・ガゼット』紙からの切り抜きが証明してくれる。

「今日、ギルバート氏の有名な家(67)（ハリントン・ガーデンズ三十九番）がトークン・ハウス・ヤードで、フォックス・アンド・ボウスフィールド(68)によるオークションにかけられる。これは一八八三年にジョージ氏とピート氏によって建てられた小規模な宮殿である。ポーチから屋根まですべてが豪華である。外側のホールはオーク材で覆われ、男爵の玄関のように見える。内側のホールは接待用広間として用いられ、背の高いオーク材の腰羽目があり、壁は金の和紙で覆われている。炉隅は風変わりな古い十七世紀オランダ製タイルで覆われている。炉床はモザイクで、そしてドッグ暖炉は、赤レンガでできている。食堂も彫刻のほどこされた、オーク材の腰羽目で覆われ、板にはそれぞれ寓話が描かれている。二階にはギルバート氏の書斎があり、そこで彼の劇やオペラの多くが書かれた。家の大きさが分かるように、部屋のリストをつけよう。

ホールと玄関ホール	三	化粧室	三
娯楽室	五	バスルーム	四
ビリヤードルーム	一	副寝室	五
最上寝室	四	召使いの部屋	三

家全体が電気照明である。コミックオペラはたいしたものだ！」

私がレミントンで住んでいたクラークさんの家は、あらゆる大きさのものを入れても（そして全部小さかった）寝室が三つしかなかったが、私がそこを借りるちょっと前には、他の大家族以外にも、何とか閣下に一年間賃貸されていた。五人の子供、妻、家庭教師、執事、ナースと女中数人を連れてきたそうだ。そして（すてきな古いお屋敷にはきっとあるのだろうが）クローゼットや使わない物をしまっておく場所が全くないということは、私たち哀れなアメリカ人をたいへん当惑させる。私たちには先祖伝来の家財は比較的少ないのだが。聞いたところによると、イギリス人は椅子に衣服を積み上げ、寝室の端にブーツをずらりと並べるものだとか。問題の何とか閣下の、何も不平を言わないという忍耐は、イギリス人が長い間、堕落した土地保有制度に従ってきたことにもあらわれている。そういう態度が、安普請大工にあらゆる家庭内のプライバシーをむちゃくちゃに破壊することを許したのだ。一般的に中産階級の家はボール紙の箱なみの丈夫さしかないから、床を歩くと、家がゆれ、震動し、アメリカの夏のホテルにいるかのように、隣人の声がはっきりと聞こえる。ラング夫人が教えてくれたのだが、彼女の家の正面の壁には穴があいていて、そこから空を見ることができるとか。アシュバーナー一家は、九年間も探した末、大きくていい家に移り住み、十分に「修繕」し、そしてそれから何週間も座れるように応接間を暖めようとしたが、無駄であった。するとその家を以前所有していた人たちに、その部屋は寒い時期にはけっして使えないと言われた。ジョージ(69)はそこで思いついて、梯子をのぼって窓のてっぺんを見てみると、イギリスの職人によってすべて調べられていたのだが、その職人が備え付ける際に換気のためか外の通りに向かって窓を数インチ、わざと開けたままだったという。

ロンドンの広大さはあまりにも圧倒的なので、それに伴って堅固なものという表面的な印象があり、ダンボール製の家々が何マイルも続いているだけだと分かると、かなり意気消沈させられる。それに比べれば私たちアメリカの木の家々は中世の砦のようである。この様子はこの地域だけのことではない。以前、私が住んでいた、家々が古めかしいメイフェア(70)でもそうであった。そういう家は、限られた収入しかない人々の家ではなく、りっぱな馬車やヴィクトリア馬車、足を高くあげて歩く馬、第一御者、第二御者、執事、従者などをもつ人々の家であることを付け加えなければならない。

六月二十四日

私たちは常に石炭を補給するかのごとく、将来使えるようにと無意識に情報を取り入れている。一日に五、六回ほど、「キャサリンにそれについて聞いておかないと」とか「これについて調べないと」とか、いつかその知識が必要かもしれないと考えて言っていることに気づく。そして突然「いつか」は、私に関していえば終わったのだと考え、はっとやめてしまう。自然で単純で、たいへん好ましい考え方だ。死とは霊的なものを取り上げるというよりはむしろ自然のものを削ぎ落としていくようなものである。その時が近づくにつれ、それは疑いもなくもっと肯定的なものを静かに見えるのだろう。私の受け継いだものや周囲の環境を考えれば、奇妙にも知的好奇心が完璧に欠如している（哲学や学説、神学や科学が、生きた感情や教訓に比べればずっと乾いた殻のようなものだった）おかげで、霊的なものがあまりにも絶対的な、屈しない力で私を支配し、その結果、無意識に私に作用するようなので、今さら牧師と祈祷書の助けでそれを拾い上げる必要はないのだ。

このように自分の意識を退屈なものから頑固に切り離そうとし、自己を一つの動機、つまり若い頃に抱いて一度も修正されることがなかった、現在有効な原則に集中させることは、偏狭な性質を示す。それはその衝動において、賞賛されるものでもなく、人に寛大であろうとするものでもないが、道から踏み外させることはけっしてなく、すぐに自分の小さなコンパスの指す方向が分かるから、大いに実践的で時間を無駄にしないものである。あまりにも多くの人々が、横道に逸れるたびにやり直すという一生を過ごすように見える。

人生に主要な魅力を与えてくれるものは、当人の首尾一貫性のなさ、あるいは兄のそれであるので、もし私がこれほど無名でなければ、一握りの人々に私を馬鹿にする楽しい機会を与えるところだ。なぜならきっと、国教会の牧師が私の葬式を取り仕切るだろうから。私はウォーキングに運ばれることになっている。もしハリーがフランスの文学者たちのようであってさえくれれば、私の人生の荘厳さをたやすく記録してくれるだろうに、そして教区牧師には結局存在理由があるのだということ、そして人がどんなにすぐれていても、死が悲しくも身を削るものだということ、それら二点を認めさせられる屈辱を受けないですませてくれるだろうに。洗礼を両親によって、結婚を鈍感で知覚力のない男たちによって否定されたので、この最初で最後の儀式に自分で立ち会えないのは残念だ。たぶん私のいたずらっ子の部分が宙を彷徨って、すばらしい、大いに飾りたてられた美辞を楽しむであろう。私の「他の人とは異なる」部分にあてつける冗談はもちろんのことだ。お母さまとお父さまが亡くなった時、私たちは、妥協してくれる(71)ユニテリアン派の牧師に頼ることにした。

この牧師にとってはどんな羊も毛色が違い過ぎることはなかった。しかしこのような牧師はイギリスの牧場で見つけるのはむずかしい。

お父さまが亡くなる一週間前のある日、私はお葬式をどうしてほしいか考えたかを尋ねた。お父さまはそれまでそれについて考えたことがなかったようで、すぐにたいへん興味をもち、しばらく考えて、最も厳粛にそしてたいへん堂々と言った。「牧師にこれだけを言うように言ってくれ。『ここに眠るのは、生涯ずっと、誕生、結婚そして死に関わる儀式はすべてくだらないと考えた男である』と。それ以上、一言も話させるな」。しかしこれを許すだけ融通性のある人は、ユニテリアン派にさえいなかった。父のような人のそばにいると、人類はどんなに疲れ切った、臆病な腑抜けに見えることか。

七月十五日

広い空間がすぐ近くにまで迫っているという爽快な意識がある。そして今朝、アイルランド滞在中でインフルエンザから回復しつつあるハリー(72)から手紙が一通届いた。それは、めでたくも因習が欠如している、鼓舞され、鼓舞してくれるアイルランド民族の元から届いたゆえに、天国の香りをもたらしてくれた。この息苦しい国で暮らした七年間の後の解放がどんなものであるか想像できるだろうか。ここでは「形式」が神々の中の神なのだから。

ある日、ウィリアムの『心理学』についてのいくつかのよい書評、それは彼の知的つまさき旋回《ピルエット》を非難し、厳粛な問題を軽く扱おうとする大胆さに身をひるませるものなのだが、それについて話していると、ハリーは言った。「そう、彼らは知的なお遊びを理解できないんだ」と。以前『スペクテイター』誌が一度、お父さまが平凡の次元から飛躍することを「粗野」と書いていた[73]ことを思い出す。

ウィリアムは彼の本をドイツ語に翻訳してほしいとすでに四件もの依頼があったという。この本についての数ある書評の一つ[74]が『ネイション』誌に載っていたのだが、どう見ても公立学校の生徒か、グリーン山脈[75]の牧師によって書かれたようだ。その書評によると、お父さまが極め付きの物質主義者であるので、その息子の一人が霊的なものを垣間見ることができたのは驚くべきことであるという。

喜劇と悲劇は交互に起こる。私が次のことを聞いた時の気持ちが想像できるだろうか。ジュール・ルメートルについては、やり方が悪意があって冷淡なだけではなく（それは当然と思っていたのだが）、生活においてもあまりにも卑しくて堕落しているというのだ。そのため私の女らしい資質は、これまで彼を精神的に厚遇したことをけっして許さないであろう。

九月三日

この死の時に、どれだけ多くの人々が私に「心うたれ、印象づけられた」かを知るのはたいへんありがたい。しかしその人たちが、このうんざりする旅路のもっと早い段階で、「心うたれ、印象づけられた」と胸の内を明らかにしようと思ってくれていたら、どんなに励まされ支えられただろうかと考えずにはいられない。

日記の間隔が長いのは精神的不毛をさすわけではない。私の「広い額」は今までと変わらず芽を出したばかりの考えでいっぱいになっている。しかし、悲しいかな、身体はますます調子が悪いのだ。皆さんには申し訳なく思う。なぜなら私の伝えるべきことさえ伝えていないかのように感じるからである。この文章にも、もっと情熱がほとばしり出て、文句をいう調子がより少なければいいのだが、どうやらこれは私の生来の性格からきているらしい。でも結局、すばらしい島民イギリス人は、長い年月にわたって観察してきた私の眼の存在に気づいても押しつぶされたりはしないだろうし、熱狂的な者の単調さは消化不良の調子よりも持続しようとすると疲れるだろう。

屠殺場へと連れて行かれる羊のように、私はキャサリンにカメラの前へと連れて行かれた！ なんらかの奇妙な頭の状態のせいだろうが、アニー・リチャーズが「アリスはきれいな顔立ちをしている」と言ったのが聞こえた。キャサリンは快く刺激された虚栄心の「心理的瞬間」をとらえて、一つ眼の怪物に私をねらわせた。女性は女性に対してそこまで残酷になれるのだ。

予想していたほど受難を堪能できるようではないようだ。なぜなら結局は『アメリカ人』を少しばかり見たことになるからである。ハリーが先日、サントレ夫人(76)の夜会服の見本を持ってきてくれた。コンプトン夫人と選んでいたのだ。

九月七日

往年の美の名残(77)は光り輝く美しさで写真屋からもどってきた！ あまりにも褒められたので、あのすばらしいキャサリンに対して、私の心は今や寛容な感情であふれている。助言にあんなに長けていて、決断力があんなに強く、行動ではあんなにやさしいのだから。

九月十八日[78]

先日、たいへん面白いことに、キャサリンがこちらのある大学で勉強している若いアメリカ娘に出くわし、何も専門的に勉強せず、準備もできていない、知性のあるアメリカ人学生についてのクラフ先生の意見[79]を、あらゆる点について確認した。その娘は確かに母国ではたいへんできがよかったのだが、自分の選んだ専門領域だと思っていたものについて何も知らなかったことに屈辱でいっぱいになったという。学友はやさしく親切で、喜んで彼女を助けてくれるのだが、最も退屈な人々だと分かったそうだ。なぜなら彼女たちは自分たちの興味の対象以外については頭が全く白紙で、無関心で、いかなる一般的な好奇心をも持ちあわせていなかったのである。一人は、彼女がたぶん聞いたことがない、読むとショックを受けるかもしれない目新しい作品だと言って、『ジェーン・エア』[80]を読むように薦め、もう一人は、苗字が両半球で知られている人だが、パリへ行った時には英語か米語のどちらの言語を話すのかを尋ねたとか。そしてニューヨークが港かどうかも尋ねたという。すべてのアメリカ娘は初めの一年か二年は気候と食べ物でたいへんつらい思いをするそうだ。彼女は、ブリテン人がただちに食べる必要性に迫られているという、私たちのもった印象を正しいと確認してくれた。そしてブリテン人が倒れないと痛みを感じられないということも。また彼女によると、男子学生と女子学生が一緒に歩くことを取り締まる規則をつくる必要はないという。なぜなら女子学生はほとんどすべてがたぶん家庭教師か教師になるであろうから、男子学生は、彼女らがどんなに綺麗であろうと魅力的であろうと、大学の外で好ましいと認められる相手であろうと、そんな女性の一人と一緒に歩くという悪趣味の罪を犯すより、むしろカム川に身を投げるだろうというのだ。そのようなことがあるから、すべてのアメリカ人は、イングランドにいるのが長ければ長いほどますます完璧に自分が外国人だと感じるようになるのである。アメリカ人青年は誰であれ、そのような男らしくない俗物根性から生まれた計算に縛られるなんて許せるだろうか。

「ねえナース、料理人のヘンダーソンはルイザのいい友人にはなりえないと思うの。あなたの言うように、四六時中、信者の話をするのならね」「女中ですよ、お嬢さま、ルイザの一番の友達は」「その娘はいい娘なの？」「はい、お嬢さま、とてもいい人に見えます。ただ着飾り過ぎですけど。今、下の階にいますが、金色の組み紐で縁取られた赤紫のドレスを着ています」「なんとひどいこと、ナース！」「でもお嬢さま、私たちはルイザをすべてから守ることはできませんよ」

ルイザが「アップス・アンド・ダウンズ」（エプソム・ダウンズ[81]）での少年禁酒団のお祭り（ピクニック）に出かけたのは、幸運にもひどい頭痛の翌日であった。幸運だというのは、彼女が言うには、「そのような楽しみが予想されるところにそのような苦悶を持ち込むことはできない」からである。後に彼女が話したところによると、彼女は完璧な乗り方でロバに乗ったという。行列でロバに乗るのには馴れていたからだとか。この特技は子供の頃、「さまざまな色の服を着て」コヴェントリーでのレディ・ゴダイヴァ[82]の行列に参加したことに由来するのが判明した。「レディ・ゴダイヴァは昔は何も身につけないで乗ったものだったのに、今やタイツを着用し、覗き屋トムも行列にいるのですよ」——「あら、本物のレディ・ゴダイヴァですよ。ずっと同じでしたもの」

九月二十日

親愛なるチャイルド氏(83)からの手紙は嬉しい。彼からもらったのものなのだから。しかし今や人の不滅を保証してもらうことなんてどうでもいいことなのに。思考がいまだ自分個人の充足に留まり、偉大なる不滅のもの、愛、善、そして真理に他のものすべてが含まれるという知識に根付いていないとなれば、人生の経験から得たことがいかに少なかったことか。人はそれより劣るもののために祈る必要はないのだ！　あの世でもう一度会うであろう人々についての言及は、死んでしまった人々の聖域へのはるか行き過ぎた侵入として私を震え上がらせる。なぜならお母さまが亡くなって、娘としての愛情が極致にまで分かったあの夜以来、お母さまに対する個人的要求がすべて消滅し、私の心の中ではお母さまは美しい輝く思い出として留まっているからだ。神聖なる母性の本質、そこから私は偉大な物事を知ることになった。すべてを与えよ、しかし何も求めるなということを。

十月三十一日(84)

ゴドキン氏からハリーへ物憂い手紙が来た。何世紀も昔に年老いた牛がそれを聞いて死んだという役にも立たないメロディ(85)にのって「あらゆるものがここではだめになる」というのだ。自分の洞察力があまりにも弱いので、悪の靄《もや》を見通せないということを最後に告白しなければならないなんて、なんと屈辱にみちたことか！　しかし個人的、いや私的な感情だけは反映させないでほしいという要求は、人間には耐えられない負担である。

ちょっと待ってよ、エドウィンが物憂いというのは、私の写真を受け取ったことに感謝の言葉が欠けていたことを私があまりにもはっきりと感じたから、余計にひどく見えたのではないか。これこそ私的な感情の反映である。

次の文句に出くわした。「アルコールが私から逃げていったのだから」[86]。現代の神秘主義者特有の、ずるい「罪」の回避の仕方の完璧な例である。「多色」の神秘思想家のようだとふざけていうこともあるが。

十二月一日

ラブーシェアのようにユーモラスな人を見るのは心理的に面白い。彼は子供のような単純さを、散文的な姿勢を押し進めることによって露呈し、その結果、彼が崇拝する効率を完璧に台無しにしてしまうのだ。

身体的退化が進むにつれて、「主題」や「疑問」が知性の手から滑りおちていくのを見るのは面白い。それらを脇にやり、筋肉を動かすのをやめるかのように自然にそれらから離れるのだ。その結果、総選挙、「イギリス民族」など、私があれほど自分にあっていると感じ、あれほど軽く無造作に論じてきた数々のとるに足らない話題は、現在、巨大なまでに広がった状態で横たわり眠るのである。

十二月四日

死がこんなに近づいている時に、何であれ、私という儚い個人に関わることを真剣にとらえることが可能であるなら、最期の、人に知られることのない小さな場面のフットライトを前に、私はうるわしくも哀愁に満ちた人物を装ってみせてもいいかもしれない。それは今週になって自分が数年早く生まれ過ぎたことを知ったからだ。しかしながらこの発見をしたからといって、私の不死の魂の栄えある可能性が私の想像には曇って見えることがけっしてないので、この状況の、真に人間的でめちゃくちゃな面をただ静観することによって、最期の時を明るく保とうと思う。

油断ならない悪魔モルヒネは、痛みは殺すが眠りを損ない、あらゆる忌まわしい神経性の苦痛をもたらすものだが、二、三週間前、その邪悪さをついに私たちにみせ、キャサリンと私はほとんどかつてないほどのどん底に落ちた。キャサリンは、ウィリアムの指示で、催眠術のタッキー(87)を頼り、彼の月光のような人格の穏やかな光線が、私たちを覆っていた暗い靄《もや》を小さな希望で貫いてくれた。そして今、この治療の広大なる可能性がほんの表面的にだが、私に開かれたのだ。この治療の恩恵が得られる状態を私がはるかに越えてしまった今になってである。そしてこの遅過ぎた発見の「腹のたつこと」を、もっと完璧で「この世的」なものとしているのは、この催眠術が、二十四年前に「いつか明らかにされるはずの秘密」だと経験上私には分かっていた形式と方向性をとっていることである。その形式と方向性とは、現代人の複雑なメカニズムの正気を維持するためにずっと寝ずの番をして疲労困憊《こんぱい》した番犬を、一時、その義務から解放するというものである。複雑な謎をとく黄金の解決法が思いも寄らぬ単純さをもった機械的方法だということは、最も高尚な神の秩序が最も卑しい手段によりもたらされるという無数の美しい例の一つに過ぎない。

十二月十一日

若いバレスティエ、(88)あの有能で必要不可欠な人物が死んだ！　蜘蛛の巣のように吹き飛ばされたのだ。彼は蜘蛛の糸のように繊細な精神とエネルギーだけが混ぜ合わさって、この上もなく薄い肉体に包まれていたようである。広く影響を及ぼす喪失をたいへん残念に思う。そして苛立つ浪費感に襲われる。たった二十八年という短い人生が、あれほど他の人たちによい影響を与えたことはめったにないと思う。かわいそうなハリーが彼の母親と姉妹たちのために何かできないかとドレスデンへ出かけた。ハリーにとって一生の友となるだろうと喜び、悲しくも彼に欠けていた仕事上の友人をやっと確保できたのだと確信していたのに。その青年には会ったことはないが、まもなくあの「たそがれの地」で、ヴェダー(89)の描く幽霊のように空をさっと飛びかってすれちがい、出会うのではないだろうかと思う。「分かりません。夕べ死んだばかりなので」。オールドリッチ(90)風に。そして私は答えるのだ。彼は止まって言うのだろうか。「あなたのお名前は何ですか」と。

この死ぬ件について困るのは、誰にもそれについて話すことができないことである。だったら何の面白みがあるのか。

十二月三十日

『アメリカ人』は七十六夜目に栄誉ある終焉を迎えた。客の興味と熱狂ぶりに関していえば、大成功であったが、劇場全般にとって散々なシーズンであったため、そしてコンプトンが新参者でお金がなかったため、興業は期待していたより短かった。この二年間にこの美しい劇が与えてくれた、興味、期待には感謝しなければならない。最初の夜の興奮とすばらしい成功、その後一、二週間ばかりの間の「連続興業」についての心配、つまり失敗ではという一瞬の心配、それらはあまりにも重い感情と印象であったため、そこから何かを得るには私は弱過ぎると思えた。しかし私はそれを超えて生き続け、一見、消化しにくい巨大な塊を吸収し、すべてをその正しい割合で見る時間があったので、結果としてそれは非常にたくさんの隠された謎めいた衝動の説明となってくれた。私を初めて（そして私の楽しみを四倍にして）演劇界という、具体性を追求する巨大な集団と接触させてくれたのだから。その結果、私の世俗的話の貯蔵庫がもう一階分大きくなったように思う。さらにこの芝居に関する逸話全体があまりにも喜劇の金糸に満ちていたので私たちは笑いに満ちていた。最上の時は、ある午後、ハリーが全く奇妙な、面白がったような、驚いたような、自己嫌悪に陥ったような表情で入ってきて言った時だ。コンプトンから電報を受け取ったばかりで、それによるとその夜、英国皇太子が劇場にいらっしゃる予定(91)なので、「洗練された人々」何人かをボックス席二つほどに「飾って」ほしいとのことであった。そして哀れな声でハリーは言った。「僕は自分の大事な原稿を片づけて、コンプトンの言うようにしようとここに出てきたのだよ。善良なコンプトン夫妻のためなら何でもするけれど、そうなると僕は一生、親切に走り回ることになるだろうね」。私たちは裸の自己を見つめてみて、けばけばしい崇拝の対象、皇太子を前に平伏する衝動に動かされる最も卑しいトランビー・クロフト族(92)の芽を自分の心にも見つけ、驚きながらも納得したのである。本当に教訓になる、赤面させる瞬間であった。また別の幸運な出来事は、ハリーが劇場に着いた際、侯爵を演じた熟練した俳優(93)がなんと出演した七十夜目に「なぜ彼は、第四場でマダム・ド・サントレにあれほど手紙を渡したがったのですか」と言うのを折よく聞いたことだ。こういう役者を素材にハリーは芝居を作らなければならなかったのだ。そして彼はガレー船の奴隷のように働いた。彼はたいへん男らしく、寛大で、そしてどんな小さなつまらない出来事が起ころうと、何が露呈されようと、苛立つことなく、教訓的な側面に完璧に専心していたので、人は彼に無限の満足をおぼえたのである。一座の全員と最も友好的な関係をもち、彼が言うには、コンプトン夫妻は思いもよらない上品な人たちで、この上なく腹立たしい危機においても、コンプトンが「畜生」と言うのさえ聞いたことがないという。

一八九二年一月一日

最も醜いものが最も美しいものをつくるのに貢献するように、私の胸にある、この好ましからざる石のような塊が、キャサリンのもつ友情や献身を発揮する無比の能力が完璧に開花するのに好都合な土壌であることは、不思議ではない。私を見守ってくれる注意深さ、忍耐、そして疲れを知らぬ精神力の物語を、私の弱々しいペンによって語ることは不可能であり、すべての苦痛と不快感は、彼女が私の日々を満たしてくれるすべての幸福と平穏の代価としては大したことがない。

しかしながら彼女には、一つたいへん深刻な欠点があることを認めなければならない。彼女は男性と全く合わない人で、それがとくにイギリス人医師という形をとった時には、彼がみせる無能な麻痺状態の姿は本当に惨めである。ボールドウィンは顔色を失うことはなかったが、偉大なサー・アンドリュー・クラークさえ色褪せて見えた。

男性はいつになったら乾涸びた理性に支配された知識人についての幻想から解放され、みずみずしい生命の科学に満たされた聡明な人々に頭を下げるのだろうか。

一月四日

得をするということは、隠遁者や怠惰な者には大した意味をもたない。そういう者たちには測る尺度がなく、失敗によって試されることもなかったので、意識した自己満足の中に永遠にとろとろと浸るのである。サー・アンドリュー・クラークは、ハーガン教授[94]のように「外観はますます健康そのもので輝いている」が、内には骸骨があり、その恐ろしい微笑みを私たちは見た。

八年前にボーンマスに滞在していた頃の話だが、一人の若いアメリカ人がロンドンに彼に診察してもらいに出かけた。サー・アンドリューは予約の時間より二時間遅れた。部屋に入る時に召使いが彼の名を告げると、彼は直ちに「レイト・サー・アンドリュー・クラーク」（遅れた／故サー・アンドリュー・クラーク）とつけ加えた。私たちが彼を待っている時に私はキャサリンに言った。「もちろんよ！」（メアリー・クロスがいつも手紙に、私たちを安堵させ、励ますために書いている文句）「この部屋に入ってくる時、彼は同じことを言うわよ」と。するとほら、本当にドアが開き、血色のよい顔をした紳士が入ってきて、「レイト・サー・アンドリュー」が耳に入り、何年もずっと私たちにもさざ波のように伝わってきたのと同種の陽気な笑いが続いたのだ。人の身体の不可欠な一部になってしまって、受刑者の鉄の玉と鎖のように、一生引きずっていかれる運命にある、しゃれの苦難を想像してみるといい。彼はむなしくそれから逃れようとしているのだろうか、あるいはその支配力に屈しているのだろうか、あるいは開業を始めてまもない頃に自分の口からこぼれ落ちるのを初めて聞いた時の、彼の全存在を輝かせた喜びの記憶がひょっとしてまだ残っているのだろうか。

サー・アンドリューは間違いなく心底は善良で親切だが、医者が皆見せるあのつるつると捉えどころのない態度はひどいものである。一時間ぶっ続けでしゃべっておきながら、本当のことを言ってくれない。何か聞き取ろうと望む青ざめた犠牲者が、しがみつくための瘤《こぶ》のようなもの、人間という疣《いぼ》を求めて、疲れたつるを伸ばすのだが、つるつるに磨かれた表面からむなしくすべり落ちてしまう。ビリヤードのボールの表面のようなもので、心を安らかにし、豊かにさせてくれることはないのだ。私の神経症的状態をどれだけ理解し同情しているかを示すため、彼はキャサリンに自分自身の苦しみをそのような捉えどころのない話し方で話し、自分の哀しい青年時代を説明した。「結婚するまで」女性とキスをしたことがなかったとか。これは純情なアンドリューの珍しい結婚前の純潔の面を示す。

ジョン・クロス氏がキャサリンに語った奇妙な事実だが、サー・アンドリューのところに大勢の上流婦人たちがやってくるが、診察料金を支払わないとか。そうではなくて、たぶんそれは彼女たちが神経質になっていて忘れたのだろうというクロス氏の意見に答えて、サー・アンドリューは言った。「初回の時のみに起こるのだったらそう思うでしょうけど、何度も何度も起こるのです。そして支払わないのはお金持ちのご婦人方だけで、貧しい人たちはいつも支払ってくれます」。礼儀作法上、彼は請求書を送ることができず、あまりにも恥ずかしがり屋で診察料を求めることもできない。だからこの点においては他の多くの場合におけるように、貧しき者が富める者のために支払うのである。

一月六日

イギリス人たちがエミリー・ディキンソンを五流だと宣告するのは、(95)さもありなん。彼らは質のよいものをこれほどまでに読み落とすというすばらしい才能があるのだから。たくましい詩は、繊細な詩同様に、イギリス人には分からないのだ。ディキンソンがT・W・ヒギンソン(96)のせいで青白く貧相に見え、(97)私には見えなかった何か隠れた欠点があるのではないかと震えさせる。しかし、いったいどんな哲学の大書が、次の詩ほど完璧に人生という安っぽい茶番劇を要約してみせるだろうか、天を仰ぎ見る視点をあらわしたりするだろうか。

なんと鬱陶しいのでしょう―誰かであるなんて！
なんと目立つでしょう―蛙のように―
一日中、ほれぼれと聞いてくれる沼に向かって
自分の名前を唱えるなんて！(98)

タッキー先生は、先日、私が出版するために何か書いたことがあるかどうかを尋ねた。私はそのような汚名については激しく否定した。純粋に毒のない者がいつも一家の蛇の痕跡をもっていると

思われるなんて、なんと悲しいことか。わが家の詩神は、あまりオリジナルとは考えてもらえない。例えば、ジョージ・エリオットの男やもめ、クロス氏[99]が、ウィリアムは彼の心理学をフレデリック・マイヤーズ氏から教えてもらったのかをキャサリンに尋ねたそうだし、リッチフィールド（旧姓ダーウィン）夫人はバーニー嬢の書簡集[100]を読んだばかりだと述べて、「ヘンリー・ジェイムズ氏はバーニー嬢の手紙を読んだかどうか、それらの本から彼の小説の登場人物たちのヒントを得たのか」どうか尋ねた。私がボールトン・ロウで「サロン」を開いていた時、彼女は私を訪ねてきて、私のどこが悪いのかを尋ねた。私は「潜在性の痛風だとか」と答えると、「あら、イギリスにもありますわ。ご両親の飲酒から遺伝したのですか」。その時思ったのだが、ダーウィン風の頭は、社交よりは科学においての方が偉大にちがいない。

一月三十日

ある友人がキャサリンに、チャールズ・キングズリー夫人の夫の思い出に対する献身ぶりについて感動してしゃべっていたのだが、その証拠としてあげたのは、彼女がいつも夫の胸像のそばに座り、隣の枕に彼の写真をとめておいたことである。洗練された霊的な感情を表現する究極のものとして、これほど異様でいやなものはありえるだろうか。

金曜日にキャサリンは楽団長に言った。「なぜ毎週来るのですか。演奏させてもらえないことが分かっていて」「こちらのご婦人がまだご存命だと私たちに分かるわけがないでしょう」となだめるような答が返ってきた。こうやって毎金曜日、騒々しい曲を五つも聞かされて悩まされるのだ。

ヘンリー・アダムズ氏[101]が先日キャサリンと、アメリカの病人に関してのイギリス人医師の無知ぶりについて語って言うには、「ニューイングランド人の患者を前にしたイギリス人医師は手にリンゴをもった血色のよい少年[102]のようだ」。

二月一日

私は政治的には全く堕落している。ロッセンデルでの偉大な勝利[103]に気絶すらできなかった。しかしながら、少しは血が騒ぐし、残念な気がする。かわいそうな愛しい、「上品な」自由党派が、自分たちのためらいとぶつかって、労働者問題という潮にもてあそばれる帆柱のようになって漂うのを見る楽しみを逃すことになるからである。アイルランド問題が片付いたら労働者問題がすぐになだれ込むであろう。

悲劇は、悲しみと痛みにあるのではなく、幸福になるには無情にも力不足であることにあるのだ。

一人のご婦人が、先日キャサリンに自分は接神論[104]で肝臓をなおし、マインド療法により、腫瘍を取り除いたと大真面目に言ったという。ブリテン人としてはたいへんよくできたことだ。しかし一番よくできているのは、ボストン・ハイランド[105]の方だ。キャサリンが先日その人に、私が最近おそろしい痛みにおそわれたことを伝えると、王子の死による「喪中のロンドンによって引き起こされたのです」と答えた。「でも彼女は何カ月もベッドから出ていないし、喪中のロンドンを見ていないし、彼女の気分は完璧に明るいのですよ」「そういうことは関係ないのです。喪中のロンドンは彼女の身体に伝わり、痛みを起こすのです」誰かさんの指摘によると、適切な名前は「マインドの病」だとか。

人生の成功、失敗は、後世の人々が見る限りでは、この世から消えるのにぴったりの機会をつかむ運があるかないかにかかっているように思われる。かわいそうな「襟とカフス」(106)氏はその機会を得たのだ。彼のぼやけて活気のない人柄も、今後人々の目には、死の瞬間の劇的な対照から生まれるロマンスの膜で覆われるだろう。彼の苦しみの日々が私たちに引き起こすやさしい感情により、かわいそうな空虚な魂が人間の形を帯びたのである。

二月二日

この長くかけてゆっくりと死んでいくというのは、確かに教訓的であるが、がっかりさせられるほどに、興奮と関わりがない。「自然さ」が極限にまで達している。一つ一つ活動を棄てていくのであり、ソファに横たわることもなく、朝刊を読むこともなく、新しい本をなくしたことを残念に思わなくなっていることに、何カ月も過ぎ去ってから突然気づくのである。いつもと変わらぬ満足感をもって、だんだん狭くなっていく円をぐるぐる回り、とうとう消失点に到達するということであろう。

しかしながら虚栄心は支配力を保っていて、私は自分が自分のままである、たぶんこのように削ぎ落とされていくなかで今までよりももっと凝縮された本質になっただけだと思って満足している。もし自分の魂の運命について関心をもっていれば、時が飛ぶように去っていくことに間違いなく不安を感じるであろう。しかし私はかわいそうな、みすぼらしい、年取ったこの魂に今ほど完璧に無関心であったことはなかった。実はずっと以前から私は死んだ状態で、絶え間なく何が起こるか分からない恐怖に直面して、ただ一時間一時間を陰気に後ろに押しやってきたに過ぎない。深い海に沈み、暗い水が私を覆い尽くし、希望も平安も得られなかった七八年のおぞましい夏[107]以来ずっとそうだった。だから今や完成させるべきは、空っぽの豆のさやをしなびさせるだけなのだ。

少し前に、やさしい、そして普段、理解のあるタッキーに関してかなり面白いエピソードがあった。彼は私がもう少し生きるだろうと請け合ってしまった。私がおそろしくショックを受けたので、彼は自分が引き起こした混乱を見て安心させるように保証した。「でも気分もよくいられますよ」と。それに対して私は声をあげた。「そんなことはどうでもいいのです。でも、あーんあーん、なんと不都合だこと」。かわいそうな彼は思わず大笑いをした。後になってこの出来事は起こってよかったと思った。なぜなら私は不意をつかれたので、自分の死にたいという願望の真剣さを試すことができたからだ。いつも死にたいと思っていたが、死という変化の瞬間に私の肉体がどんな兆候を示すかについてあまり分からなかった。なぜなら実際のその時のことを思うとこれから歯医者で歯を抜かれるという時のような震えが時々あるからだ。しかしタッキーの意見に私の肉体が精神同様に怒ったようなので、たぶん純化した精神にふさわしい落ち着きを保つことができるであろう。とにかくこの件については「精神の強さ」というような虚言はなく、ただ単に肉体的な衰弱があるだけなのだから、狼狽させられたりしたら本当にうんざりだ。

二月二十八日

私が霊化されて「あの世担当の電報配達人」となるということが明らかに当然視されている。なぜならお父さまとお母さまへという伝言がまた届いたからだ。それぞれの特質が昇華したものとしてしか考えられない二人を、トムやディックやハリーの信仰がもう少し深いとかもう少し浅いとかのうわさに引きずり込むなんてぞっとする。おそろしいパイパー夫人(108)によって私の無防備な魂が呼び寄せられたりしませんように天に祈る。「霊媒」というものは、最も下品な形の物質主義や偶像崇拝よりも霊的概念を堕落させたと思う。霊媒が伝えたもので、最もけちで卑しくて粗雑な事実や詳細以外のものがかつてあっただろうか。人間の雑事を消化する卑しい腸の域を超えたものはあっただろうか。そしてそれらをすべて吸い取り、嗜好やユーモアの感覚をすべて失う、奇妙なスポンジのような人の心よ！

二月二十九日

ジュネーブの菓子屋のある若い女性が友人の一人に話したことだが、朝、散歩中に店に入ってきたある君主にケーキをご馳走したという。友人が「どんな気分でしたか」と言うと、「恥ずかしいけど、感動しました」。ナースは、病院に入院していた、たいへん口汚い人夫について話してくれた。クロロフォルム麻酔をかけられることになっていて、彼女や看護助手は、彼が変なことを言うかもしれないとたいへん心配していたという。そこで彼女たちの一人が、もし不敬の言葉を口にしようものなら、彼の口をハンカチで覆おうと、頭のところに立った。すると驚いたことに、彼はキリストについておしゃべりを始めたそうだ。
　肉体を疲労させ、神経を苛立たせるのは、すでに起こったことをいつまでも嘆き悲しみ、なぜああなったのだろうと考え、変えたいと思うことである。まるで「起こった」ことが歴史へと結晶化されても、個人的関わりは消えないかのように。内なる果肉を形作って刻印をつけたのが苦痛であろうと喜びであろうと、どうでもいいことではないか。なぜなら私は永遠へと広がっていく輪郭とそれがなす装飾模様を眺めるという最高の興味に夢中になっているのだから。

三月四日

　私は肉体的苦痛という恐ろしい挽き臼でゆっくりと挽かれている。そして二晩、私はキャサリンに致死量の薬を求めそうになったが、そのような慣れないことには躊躇して、毎秒毎秒耐えるのである。私を生き続けさせる、混乱した小さなハンマーも、まもなく取り乱した仕事を終えるのが妥当だとそのうちにきっと分かってくれるだろう。それがどうであれ、肉体的苦痛はどんなに大きくても、自然に終わり、乾いたかすのように心から落ちてしまう。その一方、精神的不調和や神経的恐怖は魂を焼け焦がす。この最後の二つはキャサリンの催眠術をかける時のリズミカルな手の動きで完璧に制御されている。だから私はもはや恐れていない。神聖な停止という深い海に初めて浮かんでいるのを感じ、すべての愛しい古くからある神秘や奇跡が霞みとなって消えてしまうのを見た時は、なんとすばらしい瞬間だったことか！　あの初めての経験は繰り返されないのは幸いだ。くせになるかもしれないから。

キャサリンにはどうにもできない。そのように造られているのだから。健康の権化なのだ。ボールドウィンが「ニューイングランドの何でもこなす教授」と呼ぶように。

キャサリン・P・ローリングによる最後の記述(109)

五日の土曜日中、そして夜になってもアリスは文を綴っていた。彼女が私に最後に言ったのは、三月四日の「精神的不調和や神経的恐怖」の文を修正することであった。

この三月四日の口述は一日中彼女の頭脳をかけめぐっていた。そしてたいそう衰弱し、口述はひどく疲労させたが、彼女は書き留めてもらうまで頭を休めることができなかった。それから彼女はほっと安堵したようで、私はミス・ウールソンのお話「ドロシー」(110)を最後まで読んで聞かせた。

K.P.L.

原注・訳注

（原注）はレオン・エデルの注、それ以外は訳注。訳者が原注を補ったり正したりする時は【　】で示す。

レミントン

（1）**レミントン (Leamington)**　公式名はロイヤル・レミントン・スパ (Royal Leamington Spa)。ロンドンの北西部、列車で三時間ほどの町。鉱泉で有名な人気の保養地で、ヴィクトリア女王が訪れたことから「ロイヤル」が冠せられる。アリスは一八八七年七月に、療養のためというよりは友人たちに囲まれたロンドンの生活から逃れるため、孤独と静寂を求めて、前年の夏を過ごしたことのあるレミントンに移り住んだ。

一八八九年

六月一日

（2）**ヘンリエッタ・チャイルド (Henrietta Child)**　（原注）ジェイムズ家の古い友人であるマサチュー

セッツ州ケンブリッジのフランシス・J・チャイルド教授夫妻の三人娘の末娘。【アリスは特にヘンリエッタに好意を抱いていたようで、彼女に一千ドルを遺贈している。血縁者以外で遺産の受取人に指定された数少ない人物の一人。

なお、フランシス・J・チャイルド (Francis J. Child, 1825-96) はアメリカの文献学者で、ハーバード大学英文学科教授。代表的な仕事はイングランドとスコットランドのバラッド研究で、民話の比較研究を応用し、この分野での研究の先駆けとなった。今でも驚異的研究として高く評価されている。】

(3) **オースティン嬢** (Miss Austen)　十九世紀初頭イギリスの小説家ジェーン・オースティン (Jane Austen, 1775-1817) のこと。作品は匿名で出版され、完成された六作のうち二作は死後出版された。代表作は『高慢と偏見』(*Pride and Prejudice*, 1813)、『エマ』(*Emma*, 1816)。次に言及される『説得』(*Persuasion*, 1818) は改訂の余地を残したまま、死後出版された。

(4) **シジウィック夫人**　(原注) ケンブリッジ大学の哲学教授ヘンリー・シジウィックの妻シジウィック夫人 (Mrs. Henry Sidgwick, 1845-1936) は、一八九二年から一九一〇年までケンブリッジの女性のためのニューナム・カレッジの校長を務めた。【ヘンリー・シジウィックではなく、その兄ウィリアム・シジウィック (William Carr Sidgwick, 1834-1909) の夫人のことと思われる。アリスは兄ウィリアム夫人アリスに宛てた手紙 (一八八六年十二月八日) で、ウィリアム・シジウィック夫人を、ロンドンの「サロン」に会いに来てくれた人の内で「一番知的な人」と紹介している。】

(5) **ライム・リージス** (Lyme Regis)　イングランド南部ドーセット州西部のイギリス海峡に臨む風光明媚なリゾート地。「コッブ」(the Cobb) と呼ばれる小石を積み上げて築いた突堤が海に突き出して、この地の特異な景観となっている。

(6) **愛らしいルイザ・マスグローヴ**　(原注) ジェーン・オースティン作『説得』(*Persuasion*, 1818) への言及。作中、彼女はコッブからキャプテン・ウェントワースの腕の中に飛び込もうとして地面に落ち、けがをする。

（7）**Cさん** （原注） レミントンでアリスの家主であったミス・クラーク (Miss Clarke) のことだろう。

（8）**ナース** (Nurse) 病身のアリスの世話をするために雇われた女性ではあるが、正式の看護師の資格を持っていたようではない。この時のナースはエミリー・アン・ブラッドフィールド (Emily Ann Bradfield) という若いイギリス人女性で、アリスが死去するまで忠実に仕え、火葬場まで付き添った。

六月二日

（9）**ケロッグ夫人** (Mrs. Kellogg) アメリカのケンブリッジ在住時代のアリスの友人。一八八八年にイギリスを訪れた際、アリスに会いにきている。

（10）**ジュール・ルメートル** (Jules Lemaître, 1853-1914) （原注） フランスの批評家、劇作家。【以下に引用される『同時代人物評論』の作者。】

（11）**『パリ・イリュストレ』誌** (*Paris Illustré*) 一八八三年創刊の週刊グラビア雑誌。挿絵の質を誇った。

（12）**『デバ』新聞** (*Journal des Débats*) 「デバ」とはディベイト、討論のこと。一七八九年創刊の日刊紙で、十九世紀にはフランスの最も影響力のある新聞であった。寄稿者には、作家・政治家のシャトーブリアン (François René de Chateaubriand, 1768-1848)、ルナン、文芸評論家・歴史家のテーヌ (Hyppolyte Taine, 1828-93) などが名を連ねた。

（13）**『ラ・ヌーベル・ルヴュ』誌** (*La Nouvelle Revue*) 一八七九年創刊のフランスの文芸誌。一九〇九年にアンドレ・ジードなどが創刊した『ラ・ヌーベル・ルヴュ・フランセーズ』(*La Nouvelle Revue Française* or *NRF*) とは別。

（14）**ジョルジュ・オーネ** (Georges Ohnet, 1848-1918) （原注） フランスの小説家。一連の俗受けする、上品ぶってセンチメンタルな小説を書いた。

（15）**ルナン** (Ernest Renan, 1823-1892) （原注） フランスの歴史家、ヘブライ学者、文献学者、批評家。

（16）**ルナンの「大きな顔」** ("*le vaste visage*") ルメートルはルナンについて、「半ば開いて、実に小さな歯を見せる、実に繊細な口元と、たっぷりと肉が垂れる頬との対比」がひどく滑稽で、ギュスターヴ・ドレの描くラブレーの挿絵を彷彿とさせる、と評し（『同時代人物評論』第一巻「エルネスト・ルナン」）、アリスの兄ヘンリーは自伝第三巻『道半ば』(*Middle Years*, 1917) 第六章で、ルナンに初めて会った時、彼が作品で見せる「絶妙に仕上げをほどこされた」顔と実際の顔のギャップにショックを受けたと思い出している。（『同時代人物評論』については注（33）参照）

(17) **サラ・ベルナール** (Sarah Bernhardt, 1844-1923)　フランスの舞台女優。本名アンリエット＝ロジーヌ・ベルナール (Henriette-Rosine Bernard)。ヨーロッパ、アメリカで絶大な人気を誇り、おそらく十九世紀の最も有名な女優であった。草創期の頃の映画に出演した舞台俳優の最初の一人でもある。アリスが後に彼女のことを「道徳的膿瘍、虚栄心で膿んでいる」（一八九〇年三月九日）と酷評しているのは、ベルナールの奔放な私生活のせいだろう。私生児を出産し、何人もの名高い男性（小説家のヴィクトル・ユーゴーやヴィクトリア女王の長男で後のエドワード七世も含まれる）との関係が噂された。

(18)「**それから……賛美しなさい**」　ジュール・ルメートル『同時代人物評論』第二巻「サラ・ベルナール」より。ルナンが『幼年時代と青年時代の思い出』(*Souvenirs d'enfance et de jeunesse*, 1883) で過去を振り返り、今後ひどい不幸に見舞われることがない限りは、この世を去るにあたって「すべての善きことの原因 (cause) に感謝するだろう」と書いているのを、ルメートルが意図的に（少しのからかいを込めて）「第一原因」(Cause première) すなわち神と解釈しているのだと思われる。

六月三日

(19) **H兄さん**　（原注）アリスは日記の中で、小説家の兄ヘンリー (Henry, 1843-1916) のことをHと記している。【以後アリスの別の箇所での呼び方に統一して「ハリー」と記す。】

(20) **ウォルシュのおばあさま**　（原注）アリス・ジェイムズの母方の祖母はニューヨークのアレクサンダー・ロバートソンの娘エリザベス・ロバートソンで、ニューヨーク州ニューバーグのヒューとキャサリン・ウォルシュ夫妻の長男ジェイムズ・ウォルシュと結婚した。【この肖像画は叔母（母の妹）キャサリン・ウォルシュ（「ケイトおばさま」注（27）参照）が死去した際に（この年の三月五日）、ヘンリーが望んで譲り受けたもの。】

（21）**ロバート・リンカーン**（Robert Todd Lincoln, 1843-1926）（原注）アメリカ第十六代大統領エイブラハム・リンカーンの息子で、一八八九年から一八九二年まで合衆国のイギリス大使を務めた。

（22）**哀れなh**　ロンドンの特にイーストエンド（東部の下層民街）に住む労働者階級の人々に特有のコクニーなまりに、hで始まる単語のhの発音を落としたり（アリスの表記によれば、家主夫人も「とてもむずかしい」の"it is very hard"を"it is very 'ard"と発音している）、逆に母音で始まる単語に不要なhをつけたりする（「卵」の"egg"を"hegg"）特徴があることを指している。少年は先生に「aspirate（気音に発音する、h音を響かせる）しなさい」と言われたのだろう。

六月四日

（23）**ソマーズ**（Somers）（原注）車椅子を押すために雇われている男。

（24）**この部屋**　（原注）レミントンのハミルトン・テラス十一番の部屋。

六月十日

（25）『**キリストにならいて**』（*De Imitatione Chrisiti*）（原注）トマス・ア・ケンピス（Thomas à Kempis, 1380-1471）作。【修道士たちの精神生活の完成のために書かれた書。世界中で聖書についで広く読まれている宗教書であり、聖書についで最も多くの言語に翻訳された書である。以下の文章は第一巻第二十章「孤独と沈黙を愛すべきこと」よりの引用。（大沢章・呉茂一訳、一九六〇年、岩波文庫、四五頁）】

（26）**カルヴィン風の育ち**　アメリカには十七世紀植民地時代よりカルヴィニズムの流れをひくピューリタニズムの精神が支配的であり、アメリカ人の精神を特徴づけているといわれる。ただしジェイムズ家の子供たちは父親の教育方針により、特定の教会に属するということはなかった。

六月十一日

(27) **Kおばさま**　(原注) アリスの母メアリー・ウォルシュ・ジェイムズの妹キャサリン・ウォルシュ(Catherine Walsh, 1812-89)、ジェイムズ家の人々にとっての「ケイトおばさま」のこと。【姉の手助けをするためにジェイムズ家に同居し、第二の主婦・母の役を果たした。一八五三年に結婚したが、短期間で終わったその結婚についての詳細は明らかでない。一八五五年にはジェイムズ家の一員としてヨーロッパ旅行にも同行している。その後もほとんどはジェイムズ家と行動を共にした。一八八九年三月五日に死去した。】

(28) **リジー・デュヴネック** (Elizabeth [Lizzie] Boott Duveneck, 1846-1888)　(原注) アマチュア作曲家フランシス・ブート(Francis Boott, 1813-1904)の娘であり、画家フランク・デュヴネック(Frank Duveneck)の妻。彼女は【ヘンリー・ジェイムズの初期の代表作】『ある婦人の肖像』(*The Portrait of a Lady*, 1881)の登場人物パンジー・オズモンド(Pansy Osmond)の「原型」であった。【フランシス・ブートは一八四七年に妻を亡くすと、幼い娘リジーを連れてヨーロッパに渡り、暮らした。ジェイムズ一家はケンブリッジ在住時代に一時帰国していた父娘と親しくなったが、ヨーロッパ育ちのリジーはロマンチックな存在だった、と小説家ヘンリーは自伝で回想している(『ある青年の覚え書』第十三章)。一八八八年に肺炎で幼い息子を残して急逝した。】

(29) **ハリー**　(原注) 小説家ヘンリーは、同じくヘンリーであった父親と区別するため、家族にはハリーと呼ばれていた。

(30) **言い方にこだわる**　エデル版では「言い直し方にこだわる(preoccupation with the manner of re-saying it)」となっているが、ここではローリング私家版およびバー版の「言い方(manner of saying it)」を採用した。

六月十二日

（31）**ペンシルヴァニアの洪水**　一八八九年五月三十一日に起こった洪水のこと。五日間降り続いた雨でコネモー川 (the Connemaugh) のダムが決壊し、ペンシルヴァニア州ジョンズタウンの町が洪水に襲われて、およそ二千三百人の死者がでた。

（32）**メアリー・エリオット** (Mary Elliot)　アリスの生涯にわたる友人ファニー・モース (Frances [Fanny] Rollins Morse, 1850-1928) の妹。ファニー・モースについては注（39）参照。

（33）『**研究と肖像**』(*Etudes et Portraits*)　ジュール・ルメートル作『同時代人物評論』(*Les Contemporains*, vols. 1-7, 1885-99; vol.8, 1918) の副題。ゾラ、モーパッサン、ブールジェ、ゴンクール、ロチなどの現代小説家についての文芸時評をはじめとして、ギリシャ、ラテンの古典文学の評論などをまとめたもの。古典的教養に裏打ちされた、明快で、皮肉、才気に富んだ印象批評の傑作。

六月十三日

（34）**パーネル氏の下院での「嘘」**　（原注）チャールズ・スチュアート・パーネル (Charles Stewart Parnell, 1846-1891) は議会におけるアイルランド独立運動のリーダー。『タイムズ』紙がこれより二年前に、パーネルが署名したとされる一連の手紙を掲載していたが、それは一八八二年五月にアイルランドで起こったフェニックス公園の殺人を弁護するものであった。アリスがここで言及しているのは、この嫌疑について調査する特別委員会が一八八九年に開催した審理についてである。一八九〇年の二月にリチャード・ピゴット (Richard Pigott) がこれらの手紙を偽造したことを認める【一八八九年二月の間違い。注（36）参照】。法務総裁はサー・リチャード・ウェブスター (Sir Richard Webster) であった。『ネイション』誌（一八八九年五月十六日）は次のようにコメントしている。「パーネルは殺人と暴力行為を奨励したかどで事実上裁判にかけられているのだから、一度や二度単に嘘をついたということが判明したとて、大勢には関りなく、重要でもない」。

(35)**『ネイション』誌**　一八六五年七月に創刊され、アメリカで現在も出版されている雑誌の中で最も歴史の長い週刊誌。政治・文化一般を扱い「左派の旗艦」と自らを位置づけた。初代編集長はゴドキン(Edwin Lawrence Godkin, 1831-1902)。

(36)**アイルランド問題**　連合法により連合王国に併合された一八〇〇年以来、アイルランドでは熱心な合同撤回(repeal)運動、七〇年代に入ってからは自治(home rule)獲得運動が繰り広げられ、多くは非合法組織による暗殺、爆破という暴力的な形をとった。例えば一八八二年五月には、新しく赴任してきたアイルランド担当長官キャヴェンディッシュ(Lord Frederick Cavendish)と次官バーク(Thomas Burke)がダブリンのフェニックス公園で秘密組織インビンシブルズ(Invincibles)のメンバーに刺殺された。その後、これら暴力的活動への反省から国会内での合法的活動に期待が寄せられるようになり、自治党(Home Rule Party)を率いるパーネルの議事妨害作戦が、比較的無関心であったイギリス国内にもアイルランド自治問題をクローズアップさせた。一八八六年政権を奪取したグラッドストンの第三次内閣がアイルランド自治法案を提出したが敗れ、一八九二年の第四次内閣でも提出、再び否決された。自治が確立するのは第一次世界大戦後一九二二年のことで、アルスター地方を除いて自治が認められ、アイルランド自由国となったが、なお紛争は続き、イギリス連邦からも離脱して現在のアイルランド共和国となったのは第二次世界大戦後であった。

　アリスの日記の一八八九年当時は保守党のソールズベリー卿(Lord Salisbury, 1830-1903)の政権下にあった。彼女がアイルランド自治問題に大きな関心を寄せ、その成り行きを見守っているのが、日記からうかがえる。

　この時期のパーネルの立場について。一八八七年『タイムズ』紙が「パーネリズムと犯罪」というタイトルの一連の記事を連載し、最終回四月十八日にパーネルが署名したとされる手紙を掲載した。フェニックス公園の殺人を「最善の策」であったと擁護する内容であった。この手紙の真偽を含めて、パーネルおよび他のアイルランド出身議員たちの「犯罪」を調査する特別委員会が一八八八年に発足し、一八八九年二月に手紙を新聞社に売ったリチャード・ピゴット(Richard Piggot)が偽造を認めて逃亡、自殺した後も委員会の調査は続けられ、報告書が提出されたのは一八九〇年二月であった。パーネルと事件との直接の関わりは否定したものの、彼が暴力を奨励または黙認した責任は認めるものであった。

六月十三日

(37)**キングズリー**(Kingsley)　(原注)チャールズ・キングズリー(Charles Kingsley, 1819-75)は『西へ向かえ』その他の小説の作者。【熱心なキリスト教社会主義者で、最初は社会問題を扱う小説を書いていたが、歴史小説を書くようになってから人気作家となった。代表作『西へ向かえ』(*Westward Ho!*, 1855)は彼の最上ではないにせよ、ベストセラーとなった代表作で、十六世紀エリザベス朝時代を舞台に、エイミアス・リー(Amyas Leigh)を主人公とする海洋冒険小説。ここでアリスが「キングズリー風にすすり泣く」と言うのは、登場人物たちが喜び、悲しみ、憐みで「すすり泣く」(“sob”)のを、からかっているのだと思われる。】

(38)**ラブーシェア**(Henry Du Pré Labouchere, 1831-1912)　(原注)ジャーナリストとして『トゥルース』誌の創始者(一八七六年)であり、一八八〇年から一九〇五年まではノーザンプトン選出の自由党急進派議員でもあった。

(39)**ファニー・モース**(Frances Rollins Morse, 1850-1928)　(原注)ボストンの社会福祉家、芸術愛好家で、ジェイムズ家の友人。【アリスがボストン時代に出会った親友の一人。】

(40)**メアリー・クロス**(Mary Cross)　ジョージ・エリオットの夫ジョン・クロス(JohnCross)の妹。ジョン・クロスについては一八八九年六月二十八日参照。

(41)**チャヴァスさん**(Miss Chavasse)　(原注)アリスが一八八六年にイギリス到着直後ボーンマスに滞在していた時のナース。

(42)**ポートランド公爵**　(原注)ウィニフレッド・ダラス＝ヨーク嬢(Miss Winifred Dallas-Yorke)との結

婚を報じる当時の記事では、五百（五千ではなく）の結婚祝いのプレゼントの話が報道されている。

（43）**ハウエルズ氏 (Mr. Howells)**　（原注）ウィリアム・ディーン・ハウエルズ (William Dean Howells, 1837-1920) は一八六〇年代以来ジェイムズ家の人々の友人だった。【ハウエルズはジャーナリスト、雑誌編集者、小説家であり、『アトランティック・マンスリー』や『ハーパーズ・マンスリー』などのアメリカを代表する雑誌の編集に携わりつつ、精力的に四十編以上の小説を発表した。リアリズムを説きながら、常識的で道徳的な作品を書き、その生ぬるさが指摘される。代表作は『サイラス・ラパムの向上』(*The Rise of Silas Lapham*, 1885)、『新しい運命の危機』(*A Hazard of New Fortunes*, 1890) など。ヘンリー・ジェイムズ、マーク・トウェインとも親しく、若いスティーヴン・クレインやフランク・ノリスなどに発表の機会を与えて育てた。名前をもじって「アメリカ文学界のディーン（長老氏）」と呼ばれた。】

六月十四日

（44）**ポンプ・ルーム (the Pump Room)**　王立ポンプ・ルーム (the Royal Pump Rooms) と呼ばれる温泉施設のことと思われる。病気の治療のための飲用鉱泉水をくみ上げるポンプが置いてあったため、こう呼ばれた。十九世紀初頭に建てられ、世紀半ばまではレミントンの大社交場であった。建物は現存する。

（45）**十歳のベッキーがその細い身体で**　エデル版では「ベッキーの細い身体でしばしば」(Becky's slender person often) となっているが、ここではローリング私家版およびバー版の Becky's slender person of ten を採用した。

六月十六日

（46）**ウェンデル・ホームズ**　（原注）ここで言及されているのはオリヴァー・ウェンデル・ホームズ (Oliver Wendell Homes, Jr., 1841-1935) のこと。朝食のテーブルの「独裁者」と呼ばれるドクター・オリヴァー・ウェンデル・ホームズ (Dr. Oliver Wendell Homes, 1809-94) の息子で、後に最高裁判所判事を務めた（一九〇二年から一九三二年まで）。【父のドクター・オリヴァー・ウェンデル・ホームズは医学博士、詩人、エッセイスト、小説家。医学博士としてハーバード大学の解剖学・生理学の教授を務め、一方でユーモラスなエッセイや詩やスピーチで人気を集めた。『朝食のテーブルの独裁者』(*The Autocrat of the Breakfast Table,* 1858) はボストンの下宿屋における朝食のテーブルでの会話という設定によるエッセイ、詩などをまとめたもので、ホームズを有名にした作品。】

(47)「**驚くほどに繊細な夢**」……**影に満ちた美しき人生の理想なのだ**」。　フランスの小説家・文学批評家アナトール・フランス (Anatole France, 1844-1924) の小説『ジャン・セルヴィアンの願い』(*Les Désirs de Jean Servien,* 1882) よりの引用。ただし、原文では最後の部分が「遠くから愛する女性にすべてを捧げた」となっているのを、アリスが自分の人生にひきつけて「善意と諦念にすべてを捧げた」と書き換えたものと思われる。

六月十七日

(48) **ロバート・ブキャナン** (Robert Buchanan, 1841-1901)　詩人、小説家。批評の手きびしさでよく知られており、嫌われてもいた。「批評家としての現代の若者」("The Modern Young Man as Critic," 1889) でヘンリー・ジェイムズを「超繊細な若者」(the superfine young man) と呼び、「この若者は何が言いたいのだ。どう感じているのだ。なぜ思うことを口にして、さっさとお終いにしてくれないのだ」云々と酷評している。(Yeazell 168-69n)

(49) **ボブ** (Bob)　（原注）ロバートソン・ジェイムズ (Robertson James, 1846-1910) のこと。アリスのすぐ上の兄。ウィスコンシン州プレリ・デュ・シアン (Prairie du Chien) で仕事に就いていた。【ジェイムズ家の四番目の息子ボブ（ロバートソン、Robertson James, 1846-1910）の人生は、二人の兄ウィリアムとヘンリーの輝かしい業績の陰に隠れた失敗者の人生だったといわれる。南北戦争の時には十六歳で年齢を偽って入隊（一八六三年）したが、黒人部隊と共にワグナー砦襲撃に加わり負傷した兄ウィルキー (Garth

Wilkinson, 1845-83）のような華々しい活躍の場に恵まれず、戦後はウィルキーと共に父親の援助を受けて、フロリダに土地を買い解放された黒人を雇って農場を経営するという事業に乗り出したが、ウィルキーのような熱意を欠いて、経営が苦しくなると兄よりも先に投げ出してしまう。軍隊時代に身につけたらしい飲酒癖が災いし、その後も何をしても長続きすることがなかった。フロリダから帰るとミルウォーキーで鉄道会社の職につき、土地の資産家の娘と結婚すると（一八七二年）、ウィスコンシン州プレリ・デュ・シアン（Prairie du Chien）の鉄道会社勤務に落ち着くかに見えたが、数年で妻と子供を捨てて東部に戻ってしまい、その後は病院に入ったり、妻の元に戻ったり、東部に戻ったりの繰り返しだった。一八八九年当時は、ボストン近郊のコンコードに住んでいた。】

六月十八日

（50）**コネモー川の洪水**　注（31）参照。

六月十九日

（51）**サー・チャールズ・ラッセル**（Sir Charles Russell 後の Lord Russell of Killowen, 1832-1900）【アイルランド出身の法律家、自由党の政治家。】（原注）パーネル委員会の委員であり、ピゴットの文書偽造を暴いた人物である。彼のパーネル弁護の演説は法廷における雄弁の見事な例とみなされている。彼は後に英国高等法院王座部首席裁判官に任命された。

六月二十日

（52）**ゴドキン氏**（Edwin L. Godkin, 1831-1902）（原注）『ネイション』誌の創始者兼編集者。

（53）「**共通の思い出が……大切なものになる**」。ジョージ・エリオット（注（62）参照）が一八七八年十月十日に旧友に宛てた手紙にある文章。今でも誕生日祝いや同窓会の記念の言葉として、しばしば使われている。

六月二十一日

(54)『反逆した女』(*La Révoltée*, 1889)　（原注）ジュール・ルメートル作の喜劇。

六月二十七日

(55)**ネイシャプールでも……**　（原注）エドワード・フィッツジェラルド(Edward Fitzgerald)作『オマル・ハイヤームのルバイヤート』(*Rubáiyát of Omar Khayyám*)の第二版（一八六八年）第八スタンザからの引用。【オマル・ハイヤーム（c.1050-1123）はペルシャの詩人。彼の残した四行連詩からフィッツジェラルドが彼の考えるハイヤームの思想と気分にそって選び出し、まとめ、翻訳した（初版一八五九年）。中には彼自身の創作もわずかながら含まれている。ハイヤームの詩が最初に日本に紹介されたのも、このフィッツジェラルド訳による。現在はペルシャ語の原典からの翻訳が出版されている。】

(56)**ヘンリー**(Henley)　ヘンリー・オン・テムズのこと。イングランド南部オックスフォードシャーのテムズ川に臨む町。現在は、毎年国際ボートレース大会が開催されることで有名。

(57)『**スタンダード**』**紙**(The *Standard*)　十九世紀を代表するロンドンの日刊紙の一つ。

(58)**F・E・S**　（原注）Fellow of Entomological Society（昆虫学会特別会員）の略。

(59)**バルフォア**(Arthur James Balfour, 1848-1930)　（原注）ウィリアム・ユーアート・グラッドストン(William Ewart Gladstone, 1809-1898)の政敵。バルフォアは一八八六年ソールズベリー卿第二次政権下でアイルランド担当長官となり、しばらくアイルランド自治をめぐる論戦の中心にいた。アリスはここで、バルフォアが長官在任中に犯罪防止法案を強圧的に施行した件（このためアイルランドでの犯罪はほぼゼロに達した）、およびバルフォアのとったさまざまな政策が数年前にグラッドストン自身のとった政策と同様であるという事実に言及している。

（60）**グラッドストン氏** (Mr. Gladstone)　グラッドストン（前注）は自由党の党首として四期首相を務めた（一八六八—七四、八〇—八五、八六、九二—九四年）。

六月二十八日

（61）**英国皇太子の長女とファイフ伯との結婚**　（原注）英国皇太子アルバート・エドワード（後のエドワード七世）と妻アレクサンドラの三番目の子供で長女であった王女ルイーズ (Louise, 1840-1912) はファイフ公爵アレクサンダー (Alexander, Duke of Fife, 1849-1912) と結婚した。【結婚後伯爵は公爵に叙せられた。】彼女は一九〇五年「第一王女」(Princess Royal) の称号を与えられた。

（62）**ジョージ・エリオット** (George Eliot)　ジョージ・エリオット（本名メアリー・アン・エヴァンス、後にメアリー・アン・クロス）(George Eliot: Mary Ann Cross born Evans, 1819-80) は十九世紀半ばのイギリス小説を代表する女性小説家である。五十年代初めに作家ジョージ・ヘンリー・ルイス (George Henry Lewes, 1821-78) と出会い、彼の激励を受けて小説の執筆を始めた。ルイスに別居中の妻がいたため結婚はできなかったが、ルイスが死去するまで同居し、エリオットは「ルイス夫人」と名乗ることもあった。その後エリオットが六十歳の時、二十歳以上年下のジョン・クロスに出会い、死去するまでのほぼ一年間、正式な結婚生活を営んだ。したがって彼女には、本名、筆名、「ルイス夫人」、「クロス夫人」という四つの名前があったことになる。

（63）**『書簡と日記』**　（原注）『ジョージ・エリオットの生涯』（彼女の書簡と日記による）のこと。夫であるジョン・ウォルター・クロス (J. W. Cross, 1840-1912) が編集したもの。全三巻。一八八四年出版。ヘンリー・ジェイムズは一八八五年五月にこの作品の書評を『アトランティック・マンスリー』誌に発表している。

（64）**マギー** (Maggie)　ジョージ・エリオット作『フロス河畔の水車場』(*The Mill on the Floss*, 1860) のヒロインのこと。エリオットは死去する一八八〇年にジョン・クロスと結婚していた。【現実的で気取り屋の兄トムを崇拝する知的で感受性豊かなマギー・タリヴァー (Maggie Tulliver) は、妹＝女性であるがゆえに抑圧され、自己実現を妨げられる。「妹の悲劇」として、マギーの姿はアリスの姿と重なるといえる。】

(65) **彼女がよく自慢していた**　エデル版では「よく口にしていた (much-mentioned)」になっているが、ここでは私家版とバー版の「よく自慢していた (much-vaunted)」を採用した。

(66) **ジョルジュ・サンド** (George Sand: 本名 Armandine Lucille Aurore Dupin, Baronne Dudevant, 1804-1876)　(原注) フランスの小説家。【ミュッセ、ショパンの愛人として有名で、恋多き女性であった。ロマン派的生き方をし、ロマン派的小説を書いた代表的作家といわれる。】

七月四日

(67) **ボールズ** (Bowles)　(原注) ソマーズ (Somers) と共に車椅子を押すためにアリスに雇われていた。

(68) **恐ろしい出来事**　一八八八年八月二十一日付けウィリアム・ジェイムズ夫妻に宛てたアリスの手紙の中に、ボールズが酔って跳ね回り、車椅子のアリスの気分を悪くさせたことが書かれている。彼は後に飲酒癖を理由に解雇された。(Yeazell 143)

(69) **キャペル・キュア** (Edward Capel Cure)　(原注) 一八八四年にウィンザーの司教座聖堂参事会員となり、『十字架からの言葉』(*Words from the Cross*, 1868) の作者であった。

(70) **マイケル・ダヴィット** (Michael Davitt, 1846-1906)　(原注) アイルランドの革命家、労働運動指導者であり、パーネルと共に農民同盟を組織した。

(71) **ウォルシュ未亡人** (Widow Walsh)　(原注) 息子の一人が警官を殺害したために処刑されたが、彼女は同じ罪で拘束されていた二番目の息子マイケル（十五歳）に、密告者にさせられるよりは兄と同じ運命を甘受することを勧めた。後にアメリカで、未亡人と残った息子たちが合衆国に移住できるようにと、多額の寄付金が集められた。

七月五日

(72) **ダーヴィッシュ修行者たち**(Dervishes)　(原注)　一八八九年六月下旬、武装したダーヴィッシュ修行者の一群(イスラム教の遊牧の修行者)がエジプトのウェイディ・ハルファに向かって行進していたが、北方を急襲するためと伝えられた。七月の初め、イギリスの砲兵隊、騎兵隊、歩兵隊が彼らの指揮者を含む数百人を殺害し、また数百人がイギリス軍に水の補給経路を絶たれて砂漠で乾きのため死亡した。修行者たちは、攻撃の意図もなく、食べ物を求めて肥沃な平原地方を目指して前進していただけだとも言われ、このイギリス軍の軍事行動は、飢えた遊牧民に対して武力行使をしたものと、一部では批判を受けた。

七月六日

(73) **ダミアン神父**(Father Damien, 1840-89)　(原注)　ベルギーの宣教師。ハワイのハンセン病患者のために働いた。【一八六四年布教のためにハワイに渡り、ハンセン病患者がモロカイ島に隔離されるようになると、一八七三年患者救済のため自ら志願して現地に赴いた。自身がハンセン病で死亡するまでの十六年間、患者のために献身的に尽くし、聖者の列に加えられた。】

(74) **レディ・クラーク**　(原注)　レディ・クラーク(Lady Clark)すなわちスコットランドのティリプロニー(Tillypronie)出身の旧姓シャーロット・コルトマン(Charlotte Coltman)と夫のサー・ジョン・フォーブズ・クラーク(Sir John Forbes Clark, 1821-1910)はヘンリー・ジェイムズの友人であった。

七月九日

(75) **ウィリアム**(William James, 1842-1910)　(原注)　アリスの長兄。心理学者、哲学者。

(76) **マウント・ヴァーノン通り**　(原注)　一八八二年アリスの母の死後、アリスと父親はケンブリッジのクインシー通り二十番地からボストンのマウント・ヴァーノン通り一三一番地に引っ越した。父親はこの家で一八八二年末に死去し、アリスは一八八三年から八四年にかけて一人で暮らした。その後彼女はイギリスに行って暮らすことになった。

(77) **セント・ジョンズ・ウッド**　（原注）ジェイムズ一家は、一八五五年から五八年にかけてのヨーロッパ滞在中、ロンドンのセント・ジョンズ・ウッドのマールバラ・プレイス十番地に一時期住んでいた。ヘンリー・ジェイムズのこの時期についての思い出は、芝居見物の思い出も含めて『ある少年の思い出』(*A Small Boy and Others*, 1913) の第二十三章に記されている。

(78) **マドモアゼル・クザン** (Mademoiselle Cusin)　（原注）スイス人の家庭教師で、一八五五年から五六年にかけてロンドンとパリでジェイムズ一家についた。『ある少年の思い出』第二十四章参照。

(79) **『ヘンリー八世』** (*Henry VIII*)　シェイクスピアの史劇。バッキンガム侯を失脚させて権力を得たウルジー枢機卿が、ヘンリー八世の離婚に反対して失脚し、処刑される。

(80) **『音無し川は深し』** (*Still Waters Run Deep*, 1855)　イギリスの劇作家トム・テイラー (Tom Taylor, 1817-80) の作品。妻のおばによって支配されている家庭のおとなしい夫が、次第に一家の主人としての知性と威厳を発揮する様を描く。ストラウスによれば、妻の父親が繰り返す「私の姉はね、とても秀でた女性なのです」というセリフをアリスは少し不正確に記憶している。(Strouse 40)

(81) **ヌーシャテル** (Neufchâtel)　スイス西部、ヌーシャテル湖のそばの町。クザン先生の出身地だと思われる。

(82) **エッジウェア通り** (Edgware Road)　ロンドンのハイドパーク北東角のマーブル・アーチ（凱旋門）を起点として、郊外のエッジウェアに向かって北西にまっすぐ延びる通り。ジェイムズ家が住んでいたセント・ジョンズ・ウッドから近い。

七月十一日

(83) **ウィルトン・ハウス** (Wilton House)　（原注）アリスと共にペンブルック伯爵家代々 (the Earls of Pembroke) の邸宅ウィルトン・ハウスを訪れた時のことは、ヘンリー・ジェイムズが『トランスアトランティック・スケッチズ』(*Transatlantic Sketches*, 1875) に描いている。これは後に『イングリッシュ・アワーズ』(*English Hours*, 1905) に転載された。

(84) **ヴァン・ダイク** (Van Dyck, 1599-1641)　フランドルの画家。イングランド王チャールズ一世の宮廷画家。ヘンリー・ジェイムズの『イングリッシュ・アワーズ』に収められた「ウェルズとソールズベリー」("Wells and Salisbury") の最後に、ウィルトン・ハウスで見たヴァン・ダイクについての次のような描写がある。「回廊からはいくつかの客室に入れるようになっていて、そこには主にヴァン・ダイクによる、どれも見事な家族の肖像画が飾られている。中でも最上のものは、ジェイムズ一世時代のペンブルック一家を描いた有名な肖像画で、ヴァン・ダイクの最高傑作である。この素晴らしい作品は絵としての美徳——デザイン、色彩、優美さ、力強さ、仕上げ——のすべてを備えている」。

(85) **モローニ** (Giovanni Battista Moroni, 1521-1578)　(原注) ブレシア派の肖像画家。イル・モレット (Il Moretto) の弟子。ヴァン・ダイクに大きな影響を与えた。

(86) **ウォリックとかブレナム**　ウォリック (Warwick) はイングランド中部のウォリックにある中世の城。もとはアングロ・サクソンの砦で、ウィリアム征服王が一〇六八年に城を建設した。ブレナム (Bleinheim) は大学町オックスフォードの近くウッドストックの町にある宮殿。第二次世界大戦中のイギリス首相チャーチル (Sir Winston Churchill, 1874-1965) はこの宮殿で生まれた。

(87) **ボッティチェリ** (Sandro Botticelli, 1445-1510)　イタリアの画家。フィレンツェ・ルネッサンス最大の画家の一人。代表作『春』『ヴィーナスの誕生』。

(88) **肖像画家のポーター** (Benjamin Curtis Porter, 1845-1908)　(原注) ボストンの肖像画家。

(89) **ドール&リチャーズ** (Doll and Richards)　(原注) ボストンのトレモント通り一四五番地に画廊を開いていた画商。

(90) **レンブラント** (Rembrandt Harmensz van Rijn, 1606-69)　オランダの画家。ルーベンス、ベラスケスと並ぶ十七世紀の代表的画家。色調と明暗の配合に優れた手腕を発揮し、ことにその光線の扱い方は独特の効果をもつ。代表作『トゥルプ博士の解剖学講義』『夜警』『自画像』。

七月十二日

(91) **ダマスカスへの旅**　キリスト教徒迫害に加わっていたパウロがダマスカスに向かう途中でイエスの呼びかけを受けて回心したことにちなみ、「回心への道」を意味する。ボブはヘンリー・シニアの五人の子供たちの中で唯一父親の信奉するスウェーデンボルグをまともに読み、聖公会の堅信礼も受けている。

(92) **ビスマルク** (Otto [Eduard Leopold] von Bismarck, 1815-98)　ドイツの政治家。一八七一年にドイツ統一を遂行してドイツ帝国初代宰相となり、「鉄血宰相」と呼ばれた。一八九〇年ウィルヘルム二世と衝突して辞任するまで、十九年間務めた。

七月十六日

(93) **シジウィック夫人**　注(4)参照。

(94) **リーチ** (John Leech, 1817-64)　イギリスの諷刺画家。主に『パンチ』(*Punch*) 誌に描いた。

(95) **クラリッサ・アーロー** (Clarissa 'Arlowe)　イギリスの小説家サミュエル・リチャードソン (Samuel Richardson, 1689-1761) の書簡体小説『クラリッサ』(*Clarissa, or, The History of a Young Lady*, 1741-48) の主人公クラリッサ・ハーロー (Clarissa Harlowe) がコクニー風になまったもの。『クラリッサ』はイギリス小説創成期の代表的作品の一つで、七巻からなり、英語で書かれた最も長い小説といわれている。クラリッサは意に沿わない結婚から逃れるために女たらしラヴレイスの助けを借り、かえって身の破滅を招く。

八月四日

(96) **ウィリアムを連れてきたのだ**　(原注) ウィリアム・ジェイムズは一八八九年の夏ヨーロッパに来ていた。彼が妹アリスに会うのは、一八八四年彼女がイギリスに向けて出航した時以来であった。

(97) **エレン・ガーニー**(Ellen Hooper Gurney, 1838-1886)　(原注) ヘンリー・アダムズ夫人の姉であり、ハーバードの歴史学教授イーフリーム・W・ガーニー(Ephraim W. Gurney, 1829-1886) の妻。彼女の弟というのは、エドワード・ウィリアム・フーパー(Edward William Hooper, 1839-1901)。

八月五日

(98) **リプトン**(Ripton)　アメリカのヴァーモント州リプトン。アリスは一八七四年の夏をここで過ごした。

(99) **エドマンド・ガーニー氏**(Edmund Gurney, 1847-88)　(原注) イギリスの心理学者で、ウィリアム・ジェイムズの友人。

(100) **人間は相談を受けずに生まれてくる存在** (born without being consulted)　これは、人間は神の意志で生まれてきて、生かされている存在なのだから、死ぬ時も神の意志にゆだねるべきだ、というキリスト教の自殺を戒める考え方。

八月九日

(101) **メイブリック夫人**(Mrs. Florence Elizabeth Maybrick)　(原注) 殺人罪で有罪判決を受けた女性。状況証拠から、彼女がハエ取り紙から砒素を抽出し、それをリヴァプールの棉花商人であった夫に飲ませたことは明らかであった。彼女は死刑を宣告されていたが、後に終身刑に減刑された。

(102) **リプレー夫妻** (the Ripleys)　アリスの母方の親戚。

(103) **気の毒なケイトおばさま**　(原注) ケイトおばさま、すなわちキャサリン・ウォルシュは、この年の三月に死去していた。

(104) **おばさまの死に続いて起こったいくつかのこと**　この年の三月に死去したケイト叔母の遺産をめぐる争いがあったわけではないが、彼女の遺書の内容が大方の予想に反するものであったため、関係者に波紋を投げかけたことは確からしい。彼女は遺産のほとんどを、家族として共に暮らしたジェイムズ家の甥や姪にではなく、別のウォルシュ家の姪たちに遺した。ジェイムズ家の中では長男ウィリアムが一万ドル受け取った（そのお蔭で彼はこの夏ヨーロッパ旅行をし、アリスにも会いに来た）が、遺書にヘンリーの名はなく、アリスは銀器などの「終身財産権」を与えられただけであった。叔母を見捨ててイギリスに渡ってしまったヘンリーとアリスの「裏切り」（と叔母は受け取っているのではないか、とアリスは考えていた）への復讐だったのかもしれないし、単に単身の二人よりはウィリアムや他の姪たちの方が援助を必要としていると考えたのかもしれない。

(105)【**抹消**】（原注）この文章の残りの部分は抹消されている。

(106)「**たとえあらゆる……味わうようなものなのだ**」『キリストにならいて』大沢章、呉茂一訳、岩波文庫。一九六〇年。第三巻第十六章「真の慰めは、ただ神においてのみ求むべきこと」一三二頁より。

(107)**もう千五百人のダーヴィッシュ修行者を全滅させたところである**（原注）注(72)を参照。ダーヴィッシュ修行者への攻撃はこの一カ月の間続けられていた。

八月十日

(108)**レディ・ナッツフォード** (Lady Knutsford)（原注）元レディ・メアリー・アシュバーナム (Lady Mary Ashburnham)、一八八三年にシドニー・ホランド閣下 (the Hon. Sydney Holland) と結婚した。

(109)**イポリート・テーヌ** (Hyppolite Taine, 1828-1893)（原注）フランスの文学史家、エッセイスト。一八八九年五月に妻と共にイギリスを訪問した。

(110)**ジャン・ジュール・ジュスラン** (Jean Jules Jusserand, 1855-1932)（原注）フランスの外交官、作家。彼はこの頃ロンドンのフランス大使館に勤務していて、ヘンリー・ジェイムズの友人になっていた。

八月十二日

(111)**強制退去** (eviction)　主に十九世紀の間アイルランドの不在地主が小作人を強制退去させたことをいう。

特にジャガイモ飢饉（一八四五年）の後の救貧法により負担を求められた地主が、負担を抑えようとして、小規模小作人を追い出すことが多かった。また耕地を牧地にすることを選んだ地主が小作人の家を打ち壊して追い出すこともあった。一八四九年から五四年の間に二十五万人以上が強制退去させられたという。

八月十三日

(112)**「苦しむことを学ばねばならない……ホーマーよりも価値があるのだ。」**　アナトール・フランス『文学生活』(*La Vie Littérraire*, 1888-92) 第一巻（一八八九年）「フランスにおける美徳」(“La Vertu en France”) より。

九月三日

(113)**キャサリン**　（原注）キャサリン・ピーボディ・ローリング (Katherine Peabody Loring, 1849-1943) はマサチューセッツ州ベヴァリー出身で、イギリスに来るアリスに同行し、その後変わらず友人として付き添った。【アリスがキャサリンに初めて会ったのは一八七三年のことであったが、親しくなったのは一八七五年の終わり頃、アリスが地方に住む若い女性のための通信制学校「家庭学習奨励協会」(the Society to Encourage Studies at Home) でキャサリン率いる歴史部門を手伝うようになってからであった。一八七九年にはキャサリンはアリスの世話を引き受けるようになっていた。この二人の関係は、特に十九世紀のニューイングランドで見られた、共同生活をする二人の女性の親密な友情「ボストン・マリッジ」(Boston Marriage) の例とされることが多い。「ピーボディ女史」とは、超絶主義者、奴隷解放論者、教育者として十九世紀ボストンで大きな影響力をふるったエリザベス・ピーボディ (Elizabeth Palmer Peabody, 1804–94) のことと思われる。キャサリンとの直接的な血縁関係はない。】

十一月十六日

(114)**三人の病人の重荷**　キャサリンはアリスの世話をしていたばかりでなく、一八八七年八月からは、父

親と妹ルイザ (Louisa Loring) の看病のために帰国していた。

(115)「**魂は苦しみに……程度になっている。**」　フランスの小説家フローベール (Gustave Flaubert, 1821-80) が友人デュカンに宛てた手紙（一八四六年四月七日付）より。フローベールの友人マキシム・デュカン (Maxime Du Camp, 1822-94) は小説家・ジャーナリスト。一八四九年から五一年にかけてフローベールと共にエジプト、北アフリカ、中東を旅し、自ら撮影した写真付きの旅行記を出版して評判を呼んだ。

十一月十八日

(116) **心理学会大会**　（原注）この大会は国際生理心理学会大会で、一八八九年のパリの万国博覧会に合わせて開催された。

(117) **ヘンリー・シジウィック** (Henry Sidgwick, 1838-1900)　哲学者、倫理学者。心霊現象にも深く関心を抱いていた。注（4）参照。

(118) **フレデリック・マイヤーズ** (Frederick W. H. Myers, 1843-1901)　（原注）詩人、文筆家、心霊研究協会の創始者の一人。

(119) **ケンブル夫人** (Frances Anne Kemble, 1809-1893)　（原注）十九世紀前半の有名な女優で、ヘンリー・ジェイムズの親しい友人の一人であった。【ファニー・ケンブル (Fanny Kemble) と一般に呼ばれたイギリス生まれの女優で、アメリカ公演中の一八三四年にアメリカ南部の大農園主ピアス・バトラー (Pierce Butler) と結婚したが、南北戦争前の南部農場での黒人奴隷の扱いに衝撃を受け、夫との関係も疎遠になって一八四八年に離婚した。南部農場の様子を克明に記した彼女の日記『ジョージアのプランテーション滞在の記録、一八三八―一八三九』(*Journal of a Residence in Georgian Plantation in 1838-1839*) は、夫との約束で一八六三年まで公刊されることはなかったが、北部奴隷解放論者の間では密かに流通していた。離婚後は舞台に復帰したが、一八七七年にはイギリスに戻り、社交界にも出入りして、ヘンリー・ジェイムズと親交を結んだ。】

十一月十九日

(120) **ブラジル革命**　（原注）マヌエル・デオドロ・ダ・フォンセカ将軍(Manuel Deodoro da Fonseca)率いる軍隊がペドロ二世を退位させ、共和制を布くとの宣言を出していた。【ペドロ二世(Pedro II, 1825-91)は五十八年間皇帝として君臨し、市民の敬愛を受けていたが、突然のクーデターに抵抗もせず、最後の二年間は亡命先のヨーロッパで、ひっそりと暮らした。】

(121) **ブレイン**(James G. Blaine, 1830－1893)　（原注）一八八九年三月、ハリソン合衆国大統領の内閣で国務長官となっていた。

(122) **ジョゼフ・レミ・レオポルド・デルブフ**(Joseph Rémy Léopold Delbœuf, 1831- 1896)　（原注）ベルギーの哲学者、心理学者。論理学と催眠学についての研究で知られる。

十二月一日

(123) **自由統一党**　（原注）自由党はアイルランド問題で分裂し、チェンバレイン(Joseph Chamberlain)率いる「急進派」の自由統一党は、グラッドストンの第一次アイルランド自治法案に反対して、一八八六年保守党と手を結び、ソールズベリー卿のもとで連合政権を組織した。

(124) **『テンプル・バー』誌**(*Temple Bar Magazine*, 1860-1906)　（原注）最初はジョージ・オーガスタス・サラ(George Augustus Sala)が編集したが、一八六六年に出版業者ベントリー(Richard Bentley)の所有するところとなった。エッセイや小説を掲載した。

(125) **ブーランジェ**　（原注）ジョルジュ・ブーランジェ将軍(Gen. Georges Boulanger, 1837-1891)は、この年の始めにセーヌ県選出の代議士となっていたが、四月に公金不正処理の嫌疑を避けるためにフランスから逃亡し、イギリスに避難した。【原注には誤りがある。大衆の圧倒的支持を受けていたジョルジュ・ブーランジェ将軍(Gen. Georges Boulanger, 1837-1891)は、一八八九年一月には、クーデターを起こせば独裁者として政権を握ることもできると、共和主義者たちを脅えさせ、保守派の支持者たちに期待させた。しかしなぜか将軍は行動を起こさず、反対派に反撃の機会を与えてしまい、国家反逆の疑いをかけられて国外逃亡した。九一年九月にブリュッセルでピストル自殺をして、世間を再び驚かせた。カリスマ性がありながら、リーダーとしての資質には欠けていたらしい。ブーランジェは、一八八六年の革命記念日に黒い馬に乗ってシャンゼリゼを行進して観衆の喝采を受けて以来、常に黒い馬と共に語られるようになった。】

(126) **ジャージー** (Jersey)　イギリス海峡にあるチャネル諸島の中で最大の島。ジャージー代官管轄区 (Bailiwick of Jersey) と呼ばれ、イギリス国王を君主とするが連合王国には含まれないイギリス王室属領として位置づけられている。フランスとの歴史的つながりから、公用語として英語とフランス語が使われる。ジャージー種の牛の原産地であり、衣類のジャージーの語源ともなった。

(127) **ドクター・ホームズの『ヨーロッパでの百日』**　（原注）一八八六年のヨーロッパ旅行の後で書かれた。【私のちょっとしたジョークとは六月十四日にある「カッコウは見事に時計のまねをする」という文章をさす。ドクター・ホームズは、ロンドンのウィンザーの森を訪れた際に、故国で聞いたことのないカッコウの声を耳にし、英詩で馴染みの声を聞いたことを喜びながらも、この小さな鳥が「どんなに見事にカッコウ時計の真似をすることか（その時計の音ならよく知っている）」と考えずにいられなかったと、『我らがヨーロッパでの百日』(*Our Hundred Days in Europe*, 1887) で書いている。】

(128) **ニクルビー夫人** (Mrs. Nickleby)　チャールズ・ディケンズ (Charles Dickens, 1812-70) の小説『ニコラス・ニクルビー』(*Nicholas Nickleby*, 1839) の主人公ニコラスの母親。夫は破産して病死した。彼女は人のいい善良な婦人であるが、昔の栄華を思い出す独白まじりのおしゃべりで有名な喜劇的人物である。

(129) **ファーロウ教授** (William G. Farlow)　（原注）ハーバード大学の隠花植物学教授であり、四十年間ケンブリッジでウィリアム・ジェイムズ家の隣人であった。

(130) **アーサー・G・セジウィック** (Arthur George Sedgwick, 1844-1915)　（原注）【教育家・著述家】チャールズ・エリオット・ノートン (Charles Eliot Norton, 1827-1908) の夫人スーザン (Susan Sedgwick Norton, 1838-72) の弟。ヘンリー、ウィリアム両方にとって、ケンブリッジでの若き日の友人であった。

【アリスの友人セアラ・セジウィック（後にセアラ・ダーウィン）の兄。チャールズ・エリオット・ノートンについては「ケンジントン」注（52）参照。】

（131）**ミス・ヤング**　（原注）シャーロット・M・ヤング（Charlotte M. Yonge, 1823-1901）はジョン・キーブル（John Keble）の宗教思想を解説する多くのロマンスものを含めて百六十冊もの本を書いた。【イギリスの女性作家で、オックスフォード運動のリーダーの一人ジョン・キーブルの影響を受け、また実際に指導も受けて、道徳的・宗教的な小説を多数書いた。十九世紀の間は熱狂的に支持され読まれたが、現在はほとんどの作品が絶版になっている。最初に人気を得て、代表作の一つにもなっている『レッドクリッフの相続人』（*The Heir of Redclyffe*, 1853）は、両親から受け継いだ激しい気性を信仰心で克服しようとするガイ・モーヴィル（Guy Morville）の精神的苦闘を描く。】

（132）**デュマ**　（原注）アレクサンドル・デュマ・フィス（Alexandre Dumas *fils*, 1824-1895）、「小デュマ」のこと。フランスの劇作家。【『モンテ・クリスト伯』を書いた大デュマ（Dumas père）の息子で、『椿姫』が有名。私生児として生まれたが、父親に引き取られて十分な教育を受ける機会を与えられた。しかし息子を奪われた母親の不幸を心にとめ、作品には道徳的な意図をこめる。】

（133）**ジョン・モーリー**（John Morley, 1838-1923）　（原注）後のブラックバーン（Blackburn）のモーリー子爵。一八八六年にはアイルランド担当大臣。【多くの人に「正直者のジョン」（"honest John"）として知られていた。ただし、「まっ正直な男」のことを、それがジョンであれトムであれ、「正直者のジョン」と呼ぶので、歴史上「正直者のジョン」と呼ばれた人物は他にもいる。】

（134）**エイティ・クラブ**　一八八〇年に設立されたことにちなんで名づけられたクラブ。メンバーは厳密に自由党支持者に限られた。

十二月二日

（135）**全質変化ではなく両体共存**　全質変化（transubstantiation）は、聖餐のパンとぶどう酒がキリストの肉と血との全き実体と化す、とするカトリックの立場の教義。両体共存（consubstantiation）は、聖餐式で聖別された後もパンとぶどう酒の本質がキリストの肉と血の本質と共存しているという立場の教義で、カトリックでは異端とされる。英国国教会の一部でこの立場をとる者がいる。

(136) **バーナムの見世物**　バーナム（P[hineas] T[aylor] Barnum, 1810-91）はアメリカの興行師、サーカス王。バーナムのアメリカ博物館は、「フィジーの人魚」と称するもの、シャム双生児、親指トムとその夫人などを見せて人気を得たが、一八四九年には本格的な劇場を併設、ヘンリー・ジェイムズが自伝第一巻『ある少年の思い出』でその思い出を語っている。アメリカ博物館は一八六五年に全焼し、その後バーナムはジェイムズ・ヘイリーと組んで「地上最大のショー」を興業した。

(137) **オーストラリアに十七年**　エデル版では「十七年」となっているが、私家版、バー版は「七年」である。数字の読み取り方の違いと思われるが、ここではエデル版に従った。

(138) **「港湾労働者のストライキ」**　一八八九年に起こったロンドンの港湾労働者のストのことで、イギリスの労働争議史上有名な事例。同年夏に港湾労働者の組合が賃上げ・労働時間短縮など待遇改善を求めてストに入ったが、使用者側は強硬でストは続き、困窮した労働者たちを支援するために救世軍などの団体が寄付を募る中、オーストラリアの労働組合から三万ポンドが闘争資金として送られてきた。これで元気づいた労働者はストを続け、結局五週間後に使用者側が折れて、組合の要求をのみ、ストは成功裡に終結した。

(139) **博覧会**　一八八九年にパリで開催された万国博覧会のこと。この博覧会を記念してエッフェル塔が建てられた。

十二月十二日

(140) **イームズ嬢**　（原注）エマ・イームズ（Emma Eames, 1867-1952）はアメリカのソプラノ歌手で、一八九一年から一九〇九年までメトロポリタン・オペラ劇場に定期的に出演していた。【パリのオペラ座やロ

ンドンの劇場にも出演していた。美声で有名なソプラノ歌手だった。】

(141) **ハールバート** (William Henry Hurlburt, 1827-95) (原注) ニューヨークの『ワールド』紙の社主。【ジャーナリストとして皮肉で軽妙な文体で人気を博したが、編集長になると『ワールド』紙の人気が下落、職を失うことになった。その後はヨーロッパで暮らした。晩年のスキャンダルについては「ケンジントン」の注(26)参照。】

(142) **ジェイムズ・ゴードン・ベネット** (James Gordon Bennett, 1841-1918) (原注)『ニューヨーク・ヘラルド』紙の社主、『イブニング・テレグラム』紙の創設者。【リヴィングストン捜索のためのスタンリーのアフリカ旅行を資金援助し、報告の独占契約を結んだことで、大いに名を上げた(スタンリーについては注(262)参照)。】

(143) **フォン・ホフマン夫人** (Baroness Von Hoffman) (原注) 結婚前はリディア・グレイ・ウォード (Lydia Gray Ward) といい、サミュエル・グレイ・ウォードの二番目の娘であった。【サミュエル・グレイ・ウォード (Samuel Gray Ward, 1817-1907) はイギリスの商社ベアリング・ブラザーズ社 (Baring Brothers) のアメリカでの代理人であり、ニューヨークのメトロポリタン美術館の創立者の一人。ジェイムズ家の取引銀行として、また同じスウェーデンボルグの信奉者として、父ヘンリー・シニアと親しく、家族ぐるみの交際があった。彼の息子トム・ウォードはウィリアム・ジェイムズのハーバードでの学友で、ヘンリー・ジェイムズの良き友人でもあった。】

(144) **パリ伯** (Comte de Paris, 1838-94)「市民王 (Citizen King)」と呼ばれるフランス王ルイ・フィリップ (Louis Philippe) の長子。二月革命 (一八四八年) で亡命。普仏戦争後フランスに帰国したが、王政復古の野望を見せたため一八八六年に追放令を受けて、再び亡命した。

(145) **アーチボルド・グローヴ** (Archibald Grove) (原注)『ニュー・レヴュー』(一八八九―九四) 誌の編集者としてヘンリー・ジェイムズの作品を掲載した。グローヴ夫人は故エドマンド・ガーニー (Edmund Gurney) の未亡人であった。

(146) **クロロホルムをあおったエドマンド・ガーニー**　八月五日の日記でエドマンド・ガーニーの自殺が話題になっているが、それはクロロホルムの過剰摂取によるものだったらしい。

(147) **ジョージ・ラッセル氏** (George W. E. Russell, 1853-1919)　（原注）チャールズ・ラッセル卿の息子で、自由党選出の下院議員を十五年間務め、活動的なジャーナリストでもあった。

(148) **ワズドン荘** (Waddesdon Manor)　（原注）バッキンガムシャーの城郭風の邸宅で、一八八〇年代にフェルディナン・ド・ロスチャイルド男爵 (Baron Ferdinand de Rothschild) によって建てられた。【蒐集した美術品を収蔵するために建てたものであった。】

十二月十三日

(149) **自警協会** (Vigilance Association)　十九世紀のイギリスで、ギャンブル、酒、セックスなどの悪徳が人間の退化につながるとして、これらを追放しようという社会純化運動が活発におこなわれたが、その運動から生まれた団体の一つ。一八六五年に設立され現在も活動する救世軍 (Salvation Army) もその一つである。

(150) **ドイツの皇帝**　この時のドイツの皇帝はウィルヘルム二世 (Wilhelm II, 1859-1941; 在位 1888-1918)。祖父ウィルヘルム一世が一八八八年に死去、跡を継いだ病身の父が九十九日で死去したため、二十九歳で即位した。宰相ビスマルク（注（92）参照）を重用した祖父とは違い、実権を握ろうとしたウィルヘルム二世はビスマルクと衝突を繰り返し、九〇年には辞職に追い込む。

(151) **コンスタンス・モード** (Constance Elizabeth Maude)　（原注）音楽家であるのに加えて、一八九六年には『ワグナーのヒーローたち』と『ワグナーのヒロインたち』を出版、さらに小説やエッセイを書いている。

十二月十四日

(152) **アリス**　（原注）ウィリアム・ジェイムズの妻アリス・ハウ・ギベンズ・ジェイムズ (Alice Howe Gibbens James, 1849-1922) のこと。

(153) **マーガレット** (Margaret Gibbens Leigh)　兄ウィリアムの妻アリスの妹。

(154) **グレース・ノートン** (Grace Norton, 1834-1926)　（原注）チャールズ・エリオット・ノートンの妹であり、ヘンリー・ジェイムズの親しい友人であった。

(155) **サントブーヴ** (Charles A. Sante-Beuve, 1804-69)　詩人として出発、小説も書いたが、後に批評家として高名になる。近代批評を確立、発展させた人。詩におけるユーゴー、小説におけるバルザックと同じ文学的地位を批評において占めている。『文学的批評および肖像』(*Critique et portraits littéraires*, 1832-39)や『女性の肖像』(*Portrait de femmes*, 1844) において人間の精神的肖像を描いた。

(156) **メイベル・クウィンシー** (Mabel Quincy)　十八・十九世紀を中心にアメリカの政界で活躍した政治家一族クウィンシー家の娘。連邦下院議員・ボストン市長・ハーバード大学総長を務めたジョサイア・クウィンシー (Josiah Quincy, 1772-1864) の孫にあたる法律家・政治評論家・詩人・文筆家のジョサイア・フィリップス・クウィンシーの娘。メイベルについては生没年等不詳。
なお、この糊付けされたモンテーニュの話は、一八九〇年一月九日のウィリアムの妻アリスに宛てた手紙の中でも（多少意地悪く）披露されている。アリスはグレース・ノートンのこのようなお上品ぶりに我慢できなかったようだが、同時にグレースが兄ヘンリーと親しく、頻繁な文通相手であったことへの嫉妬があったのかもしれない。

(157) **モンテーニュ** (Michele de Montaigne, 1533-92)　フランスの随想家・モラリスト。一五七一年に始めた『随想録』(*Essais*) を生涯かけて加筆した。

(158) **ショコルアの家**　ウィリアムは一八八六年ニューハンプシャーのホワイトマウンテンズにあるショコルア (Chocorua) で、夏を過ごすための家を買っていた。

(159) **ケンブリッジの家**　ウィリアム一家は、一八八九年にマサチューセッツ州ケンブリッジのアーヴィング通り九五番 (Irving Street 95) の新しい家に移った。

(160) **モトレーの書簡集**　（原注）ジョン・ラスロップ・モトレー (John Lathrop Motley, 1814－1877) はア

メリカの歴史家、外交官。カーティス(George William Curtis)編集による彼の『書簡集』(全二巻)は一八八九年に出版された。

(161) **哀れなモトレー**　モトレーは有能な外交官として、一八六一年から六七年まで駐オーストリア大使、一八六八年から七〇年まで駐英大使を務めたが、二度とも本国との軋轢が生じて辞任している。一八六六年十月、「ジョージ・W・マクラケン」(George W. McCracken)を名乗る人物からアンドリュー・ジョンソン大統領宛てにモトレーを誹謗中傷する手紙が届いた。指示を受けたスーアード国務長官に真偽を質されたモトレーは、これを侮辱と受け取り辞任を申し出た。「ジョージ・W・マクラケン」の実在は確かめられず、偽名の疑いが濃い。「ヒストリカス」(Historicus)とは、ゲティスバーグの戦いでのジョージ・ゴードン・ミード将軍(General George Gordon Meade)の采配を批判する記事を書いた人物が用いた偽名で、アリスは、同じ偽名の手紙による中傷ということで、両者を結びつけている。

(162) **ローウェル**(James Russell Lowell, 1819-91)　アメリカの詩人・随想家・外交官。ドクター・ホームズやロングフェローと並ぶボストン・ブラーミン(ボストンの名家出身でインテリの文化人)の一人で、諷刺詩『ビグロー・ペーパーズ』(*The Biglow Papers*, 1848)で有名。一八八〇年から八五年にかけては駐英大使を務め、アリスにも会っている。

(163) **クラブ**　(原注)サタデー・クラブのこと。このクラブは月に一度ボストンのパーカー・ハウスで食事会を開いていた。父ヘンリー・ジェイムズもメンバーの一人だった。

(164) **『モトレー回顧録』**(*The Memoir of John Lothrop Motley*)　一八七七年のモトレー死去を記念して、マサチューセッツ歴史協会の求めに応じ、ドクター・オリヴァー・ウェンデル・ホームズがその会報のために執筆したもの。

(165) **私たちの肩の上に立つのですから。**　子供たち、または次世代の人々が自分たちを乗り越えていくということを、英語では「肩の上に立つ」("stand upon our shoulders")と表現する。なお、息子のウェンデル・ホームズは六フィート三インチ(およそ百九十センチ)の長身であったという。

(166) **ブラウニング** (Robert Browning, 1812-1889)　(原注) ロバート・ブラウニングは十二月十二日にヴェニスで死去した。その数カ月前、彼はエドワード・フィッツジェラルドのブラウニング夫人の詩への言及を、彼女の人生と人格に対する侮辱と誤解し、痛烈な「エドワード・フィッツジェラルドへ」という詩を書いていた。【ブラウニングはテニスンと並び英国ヴィクトリア朝を代表する詩人。彼の業績は「劇的モノローグ」にあると言われ、劇的状況を作り出して幅広い人物たちを駆使する。代表作『指輪と書物』(*The Ring and the Book*, 1868-69)。】

(167) **エドワード・フィッツジェラルドの件**　詩人、『ルバイヤート』の訳者(注(55)参照)であるフィッツジェラルドの死後、一八八九年に出版された彼の書簡集をたまたま手にしたブラウニングが、掲載されているある友人宛ての手紙に、ブラウニング夫人が死んでほっとした、もうオーロラ・レイは結構だ、女は台所と子供とせいぜい貧しい人々のことを気にかけていればいいのだ云々という文章を見つけ、彼が生きていたらどうしてくれようか、と怒りを爆発させ、痛烈な「エドワード・フィッツジェラルドへ」というソネットを書いて発表していた。

十二月十六日

(168) **ドーデの『生存競争』**　(原注) アルフォンス・ドーデ (Alphonse Daudet, 1840-1897) の芝居『生存競争』(*La Lutte pour la Vie*) は一八八九年に発表された。【ドーデはフランスの小説家。文学史的には自然主義文学の系統に入る作家であるが、冷酷な科学的態度に徹することはなく、常にユーモア、涙、詩的情緒も見られる。パリの風俗を写実的に描いた作品も多くあるが、現在はむしろ故郷の南仏を題材にした『風車小屋だより』(*Lettres de mon moulin*, 1866) の方で知られている。】

(169) **アレヴィの『侵入』と合わせて『覚書きと思い出』**　(原注) リュドヴィック・アレヴィ (Ludovic Halévy, 1834-1908) はフランスの劇作家、歌劇脚本作者。【『侵入』(*L'Invasion, souvenirs et récits*) は一八七二年、『覚書きと思い出』(*Notes et souvenirs*) は一八八九年に出版されている。】

十二月十七日

(170) **オルコット嬢**　（原注）ルイザ・メイ・オルコット(Louisa May Alcott, 1832-1888)のこと。ヘンリー・ジェイムズが二十二歳の時に書いた『ムーズ』の書評は、一八六五年七月の『ノース・アメリカン・レヴュー』誌に掲載された。【超絶主義者で教育家・社会改革家ブロンソン・オルコット(Bronson Alcott, 1799-1888)――文中の「オルコット氏」――の娘。家計を助けるために若い時から煽情小説などを量産していたが、自身の家族に題材を取った家庭小説『若草物語』(*Little Women*, 1868-69)の大成功で一躍人気作家となり、続編を書き続けた。】

(171) **『ムーズ』がクズになってしまうなんて** (*Moods* reduced to Dumps)　オルコットの小説のタイトルの「ムーズ」とは「憂鬱」という意味であり、「ダンプス」("dumps")には「ごみ・クズ」という意味と「憂鬱」という意味がある。

(172) **ハノーヴァー選帝侯夫人ソファイア**　（原注）ソファイア・ドロシア(Sophia Dorothea, 1666-1726)はイギリス王ジェイムズ一世の孫で、ハノーヴァー選帝侯アーネスト・オーガスタス公爵(Duke Ernest Augustus)と結婚。一七一四年息子ジョージ・ルイスがジョージ一世となってイギリスの王位を継いだ。【ハノーヴァー選帝侯夫人はソファイア・ドロシアではなく、ソファイア(Sophia, 1630-1714)である。ソファイア・ドロシアはソファイアの息子ジョージ・ルイス（ジョージ一世）の妻。】

十二月二十九日

(173) **トム・アップルトン** (Tom Gould Appleton, 1812-1884)　（原注）ロングフェロー(Henry Wadsworth Longfellow, 1807-82)の義弟。【アメリカの詩人ロングフェローについては注(205)参照。】

(174) **ブラウニング夫人** (Elizabeth Barrett Browning, 1806-61)　十五歳の頃から病身で、三十歳の頃には閉め切った部屋で寝たきりの生活を送っていた。一方で十四歳の頃から詩作品の発表を続け、高い評価を受けるようになり、彼女の詩を賞賛する詩人ブラウニングに会って恋におち結婚した。恋が彼女を奇跡的に回復させたといわれるように、生涯病弱ではあったものの、フィレンツェに住み、四十三歳で息子を出産、精力的に詩作も続けた。代表作は長詩『オーロラ・レイ』(*Aurora Leigh*, 1855)。生前は夫ブラウニングよりも人気が高かった。ブラウニングの詩が評価されるようになるのは、彼が五十代に入ってからである。

(175) **妻のそばに埋葬してほしいという父親の神聖な願い**　(原注) ブラウニングは一八八九年十二月三日ウェストミンスター寺院に葬られた。【ブラウニング夫人はフィレンツェ市内のイギリス人墓地に埋葬された。ブラウニング自身はヴェニスで死去し、妻のそばに埋葬されることを望んだが、フィレンツェ市当局が一八七七年以降は市内での埋葬を禁じていたため望みはかなわず、ウェストミンスター寺院での埋葬の申し出を遺族が受け入れた。】

(176) **ウェストミンスター寺院の栄光**　ロンドンのウェストミンスター寺院 (Westminster Abbey) の南袖廊にポエッ・コーナー (Poets' Corner) があり、チョーサーを始めとするイギリスの文学者たちの墓や記念碑がある。ここに葬られることがイギリスの文学者としての最大の栄光と考えられる。

(177) **イブリン・スモーリー** (Evelyn Smalley)　(原注) ニューヨーク『トリビューン』紙のヨーロッパ特派員G・E・スモーリーの娘。

(178) **オーシェイ大尉** (Captain William O'Shea)　(原注) パーネルは、ウィリアム・オーシェイ大尉 (Captain William O'Shea) が妻キャサリン (Katherine) を相手取って起こした離婚訴訟で彼女の不義の相手と名指しされた。【オーシェイ大尉は、一八八九年十二月二十八日に妻キャサリンのパーネルとの不貞を理由に離婚訴訟を起こした。すでに夫と別居していたオーシェイ夫人とパーネルとの関係は公然の秘密であったらしい。翌年一八九〇年秋に開かれた裁判では、二人の不倫が法的に立証され、離婚は成立した。その後二人は正式に結婚している。一方、裁判の過程で明らかになったパーネルの私生活に自由党が嫌悪を示し、パーネル率いるアイルランド自治党もパーネル派と反パーネル派に分裂した。パーネルはあくまでも強気であったが、健康状態が悪化し、一八九一年に死去した。】

一八九〇年一月十一日

(179)**『スピーカー』誌の創刊号**　(原注) ヘンリー・ジェイムズの「ウェストミンスター寺院のブラウニング」("Browning in Westminster Abbey") は一八九〇年一月四日号『スピーカー』誌に掲載された。【詩人ブラウニングの「小説性」——劇的状況、登場人物の造形、心理描写、人間関係など——を評価するジェイムズは、この短い追悼文においても、それをブラウニングの「現代性」と名づけて、人生の描き方、その神秘への敬意、登場人物の真正さ、物語の美しさなどを賞賛し、「男女の特別な関係の描き方が特に美しい」ことを指摘する。「竪琴《リラ》」を持たず、「引用」しにくい詩人であるブラウニングが葬られることで、ウェストミンスター寺院に葬られている他の詩人たちがショックを受けるかもしれないが、ブラウニングは詩の範囲を広げたのだ、とジェイムズは論じている。】

一月十二日

(180)**ブラジルの情勢**　ブラジル革命 (注(120)参照) の結果王位を追われたペドロ二世は、家族と共にヨーロッパに逃れ、王妃は一八八九年十二月二十八日にポルトガルで死去、ペドロ二世も一八九一年十二月五日にパリで死去した。

(181)**ステッド** (William Thomas Stead, 1849-1912)　(原注) 一八九〇年に『レヴュー・オブ・レヴューズ』を創刊した。【平和運動を支持し、刑法改正法の成立を促進するなど、多方面に活躍したイギリスのジャーナリスト。タイタニック号沈没事件で死亡した。『レヴュー・オブ・レヴューズ』の創刊号で、ステッドは「すべての英語を話す人々へ」("To All English Speaking Folk") という一文を掲載し、最盛期のカトリック教会がキリスト教世界の文化に果たした役割と同じ役割を、この新しい時代にこの雑誌が果たす、という壮大な目標を掲げている。この文中に「我々は神を信じ、イングランドを信じ、人類を信じる」(We believe in God, in England, in Humanity.) という文章がある。】

一月十三日

(182) **ポルトガルが……イギリスに屈服した** (原注) ポルトガルがモザンビークとアンゴラに帝国を押し広げるのを禁ずるためにイギリスが突きつけた最後通牒への言及。

(183) **サモア問題** サモア諸島の領有については、アメリカ、ドイツ、イギリス、およびそれぞれの国に庇護を求める原住部族の間で長い間紛争が続いていた。一八八九年六月にベルリンで三国会議が開催され、サモアを三分割する条約が締結された。その結果ドイツがイギリスの約二倍の領地を占めることになった。

(184) **アニー・リチャーズ** (Annie Ashburner Richards, 1846-1909) (原注) もともとイギリス出身であったアシュバーナー家は、ケンブリッジでジェイムズ家の隣人であった。アシュバーナー家のアニーはリチャーズという名のイギリス人と結婚していた。【アニー・アシュバーナー (アニー、ナニー、ナンシーとアリスは呼んでいた) は、アリスとは一八六九年以来親しい友人となり、アシュバーナー家が一八七二年にイギリスへ移り住んだ後も文通を続け、その友情は一八七九年のアニーのイギリス在住のアメリカ人ビジネスマン、フランシス・リチャーズ (Francis Richards) との結婚後も、そしてアリスが病気になってからも続いた。アニーはアリスが生前、自分の葬式に出席を求めた四名のうちの一人である。なお、ケンブリッジでジェイムズ家の近くに居住していたサミュエル・アシュバーナー (Samuel Ashburner, 1816-?) 家には、サミュエルの姉妹アンとグレース、死去した姉妹のセアラ・アシュバーナー・セジウィックの遺児たちであるアーサー、セアラ、セオドラも同居していた。】

(185) **M・トウェインの本** (原注)『アーサー王宮のコネチカット・ヤンキー』(A Connecticut Yankee at King Arthur's Court, 1889) のこと。【マーク・トウェインの後期の小説。六世紀イングランドのアーサー王の宮廷にタイムスリップしたコネチカット出身のハンク・モーガン (Hank Morgan) が、十九世紀の知識と科学技術を騎士の世界に持ち込むことで、破滅をもたらす。】

一月二十九日

(186) **露西亜型の風邪**　（原注）一八九〇年に流行したインフルエンザは最初「ロシア型インフルエンザ」と呼ばれた。

二月一日

(187) **ホワイトチャペルの住民**(White-Chapelites)　ロンドンの東部タワー・ハムレッツの地区。いわゆるイーストエンドの貧しい地区に含まれる。ヴィクトリア朝時代にはアイルランド系やユダヤ系の移民の流入で人口が膨れ上がっていた。

二月十日

(188) 「**プリムローズの君**」　医師ウィルモットのことで、地域の保守的政治団体「プリムローズ連盟」（一八八三年に結成）のメンバーであったために、アリスがこう呼んでいる。

(189) **曽祖父ヒュー・ウォルシュ**(Hugh Walsh)　（原注）アリスの母の【父方の】祖父。

(190) **ジェイムズのおじいさま**　（原注）アリスの祖父、アイルランド、カバン郡ベイリーバラ出身のウィリアム・ジェイムズ(William James, 1771-1832)は、独立戦争後間もない時期にアメリカに移住し、さまざまな事業に成功して、莫大な遺産を遺した。

(191) **アルスター**(Ulster)　アイルランド島北部の旧称で、現在の北アイルランドとアイルランド共和国のドニゴール、モナハン、カバン(Donegal, Monaghan, Cavan)の三郡からなる。ジェイムズ家はそのカバン郡ベイリーバラ(Bailieborough)、ウォルシュ家は現在の北アイルランドに属するダウンのキリングズリー(Killingsley)の出身。アルスターには歴史的にスコットランドからの入植者が多く、イギリス人としての意識を持ちながら、宗教上はプロテスタントの長老派に属するため、カトリックが主流のアイルランド、英国国教会のイギリスの間で微妙な位置にあった。十八世紀、十九世紀初頭には、経済的・宗教的要因で彼らの多くがアメリカに渡り、ジェイムズ家やウォルシュ家のように事業に成功した者も多い。彼らは自分たちのことを「スコッチ・アイリッシュ」と名乗ったが、それは後に「ジャガイモ飢饉」をきっかけに渡米してきた貧しいカトリックのアイルランド人と区別するためであった。

一方、アイルランド自治を求める運動が広がりをみせた十九世紀には、イギリスから切り離されることを嫌ったアルスターは、自治反対の立場をとった。アイルランド自治を支持するアリスがアルスターのことを「堕落した」と呼ぶ理由は、この点にあると考えられる。

(192) **曽祖父ロバートソン**　(原注) アレクサンダー・ロバートソン (Alexander Robertson) はアリスの母の【母方の】祖父。独立戦争の少し前にアメリカに移住し、マンハッタンで商人として成功をおさめた。ロジャーズ家は母方の親戚であった。

(193) **ワイコフおばさん**　(原注) ジェイムズ家の母方の親戚であるワイコフ、パーキンズ家の人たちのことはヘンリー・ジェイムズの自伝第一巻『ある少年の思い出』第六章で描かれている。

(194) **いとこヘレン・パーキンズ** (Cousin Helen Perkins)　アリスの母のいとこで、母とケイトおばの二人とは、姉妹同様に育った。

(195) **ダヴィアガーデンズ**　(原注) ヘンリー・ジェイムズのロンドンでの住所はウエストエンドのダヴィアガーデンズ (De Vere Gardens) 三四番地であった。

(196) **スコットランド王ロバート・ブルース**　ロバート・ブルース (Robert the Bruce, Robert I, 1274-1329) は一三〇六年にスコットランド王位につき、イングランドと戦ってスコットランドの独立を確かなものにした。偉大な王、勇猛な戦士として、スコットランドでは国民的英雄とされている。

(197) **領事の訪問**　(原注) 日記は今回の訪問については語っていない。

二月十二日

(198) **アオスタ公** (Amadeus, the Duke of Aosta, 1845-90)　サルディニア王、後にイタリア王国の最初の王となったエマニュエル二世（Victor Emanuel II, 1820-78）の息子。一八七〇年から七三年までスペイン王アマデウス一世。アオスタはイタリア北西部、もとサヴォイの一部。

(199) **アンドリュー・ラング** (Andrew Lang, 1844-1912)　〔原注〕民俗学者、詩人、ジャーナリスト。【主に童話・民話の収集と出版で記憶されている。一八八九年から一九一〇年の間に十二巻の童話集を出版した。グリム兄弟、アンデルセン、フランスの童話作家ドヌワ (D'Aulnoy) の作品から各国で知られる童話・民話まで（日本の「浦島太郎」も含まれている）を、多くは初めて英語で紹介した。そのうちの一つ「小鬼と食料雑貨店の主人」では、雑貨店の主人は詩集からちぎったページでチーズを包んで売るような人物であり、チーズを我慢してもその詩集を買い取る詩人と対照をなしている。】

(200) **オスカー** (Oscar)　詩人、劇作家、小説家のオスカー・ワイルド（Oscar Wilde, 1854-1900）のこと。引用文は、彼が一八九〇年二月八日付けの『スピーカー』誌に発表した「あるシナの賢者」("A Chinese Sage")からの一節。これはジャイルズ (Herbert A. Giles) の英訳『荘子』(*Chuang Tzu: Mystic, Moralist, and Social Reformer,* 1899) の書評として書かれた。

二月十三日

(201) **ジョージ・ブラッドフォード** (George Partridge Bradford, 1806?-90)　コンコードのエマソンのそばに住み、その親しい友人として散歩や旅行を共にした。超絶主義者たちが建設した実験的共同体ブルックファーム (Brook Farm) にも参加した。一八六〇年代初期、彼がニューポートで学校を開いていた時のエピソードが、一八九一年四月十二日に記されている。

(202) **ハーバート・スペンサー** (Herbert Spencer, 1820-1903)　イギリスの哲学者。一八五一年にダーウィンより早く進化論的考えを示し、後ハクスリーと共にダーウィンの思想を支持した。ダーウィンの生物進化論を社会進化論へと展開させた。

(203) **ハクスリー** (Thomas Huxley, 1825-95)　イギリスの生物学者。ダーウィンを強力に支持したことで知られる。

(204) **この異端が……お出ましになりませんように。**　小説家ヘンリー・ジェイムズは、父親が子供たちに課した教育の究極の目的は「美徳」だったと言っていいが、「美徳であることを多かれ少なかれ恥じている美徳をのみ気に入っていたのだ」と書いている（ヘンリー・ジェイムズ自伝第一巻『ある少年の思い出』第十六章、百七十五頁）。

(205) **ロングフェロー** (Henry Wadsworth Longfellow, 1807-82)　詩人、ハーバード大学教授、ボストン・ブラーミンの一人として、社会的にも文学的にも十九世紀アメリカで重要な地位を占めた。健全で教訓的な「人生讃歌」("A Psalm of Life," 1838) や「村の鍛冶屋」("The Village Blacksmith," 1840) などが、現在でもアメリカ人に愛誦される。

(206) **ジェイムズ・T・フィールズ** (James T. Fields, 1817-1881)　（原注）ボストンの出版社経営者であり、一八六一年から一八七一年まで『アトランティック・マンスリー』誌 (*The Atlantic Monthly*) の編集をした。【若き日のヘンリー・ジェイムズを励まし、機会を与えた人物。】

(207) **ウィルキー・コリンズ** (Wilkie Collins, 1824-1889)　（原注）ヴィクトリア朝時代の人気小説家。『ムーン・ストーン』(*The Moonstone*, 1868) の作者。

(208) **マッシモ・ダツェリオ** (Massimo d'Azeglio, 1798-1866)　（原注）イタリアの政治家、作家。彼の回顧録はイタリア統一運動を解明するのに大いに役立っている。【回顧録というのは彼の自伝『わが思い出』(*I Miei Ricordi*, 1867) のことだろう。】

二月十五日

(209) **「神の国は……あなたがたの間にあるのだ」**　ルカ伝十七章二十〜二十一節。

二月十七日

(210) **四千羽のキジを打ち落とす** (making bags of 4,000 pheasants)　この"bag"とは狩猟の獲物、捕獲量のこと。普通は一回の狩猟で十数羽らしいが、射撃の名手の場合、例えばリポン卿 (Frederick Oliver Robinson, 2nd Marquess of Ripon, 1852-1923) は、六十秒で二十八羽を打ったと言われ、一シーズンに平均四千羽以上を打ち落としたという記録がある。

(211) **「ウォーキング」の件**　ウォーキング (Woking) はロンドンの南西サリー州に位置し、現在は高級住宅地。当時火葬場があったようで、アリスの遺体は一八九二年三月九日ここで荼毘に付された。

(212) **「うじむしが／うごめきでては／はいまわる」**　ナースリー・ライムの一つ「ほねとかわのおんながいた」("There was a lady all skin and bone") からの一節。今でもキャンプソングとして歌われている。

(213) **リジー・パトナム** (Lizzie Putnam)　ケンブリッジ時代の友人。兄ウィリアムの親しい友人であった医師ジェイムズ・パトナム (James Putnam, 1846-1918) の妹。

二月二十日

(214) **同じ学校であったさらに別の事例……**　（原注）ある学校経営者が一八九〇年二月十九日付け『スタンダード』紙に宛てた手紙。

(215) **「小さなハリー」**　（原注）ヘンリー（ハリー）・ジェイムズ（一八七九―一九四七）、すなわちウィリアム・ジェイムズの長男であり小説家ヘンリーの甥のこと。

(216) **R・L・スティーヴンソン夫人**　ロバート・スティーヴンソン (Robert Louis Stevenson, 1850-94) はスコットランド出身の小説家。『宝島』(*Treasure Island*, 1883) や『ジキル博士とハイド氏』(*The Strange Case of Dr. Jekyll and Mr. Hyde*, 1886) で有名。ヘンリー・ジェイムズとは親しく行き来していた。一八九〇年にアメリカ出身のファニー夫人と結婚。

二月二十一日

(217)**「自分は自分でしかない……まじりあいたいという欲望」**　ルメートル『同時代人物評論』第一巻「マダム・アダム」("Le Néo-Hellénisme: a propos des romans de Juliette Lamber(Mme Adam)")より。ジュリエット・アダム（旧姓ランベ）(Juliette Adam, 1836-1936) はフランスの作家。雑誌『ラ・ヌーベル・ルヴュ』(*La Nouvelle Revue*) を創刊・編集した。

三月三日

(218)**アレクサンダー・ロマノフは……、エイブラハム・リンカーンは……だけなのだから**　帝政ロシア皇帝アレクサンダー・ロマノフ (Alexander II, 1818-81) は、クリミア戦争（一八五三―五六）の敗戦の結果、自国の後進性に気づき、近代化政策の一環として農奴解放令を一八六一年に発令した。農民は自由は与えられたものの土地を買える者は少なく、農奴時代より生活に困窮するものが多く、貧民層を形成し、革命を準備することになる。アメリカ大統領リンカーンは南北戦争中の一八六三年一月一日付で奴隷解放宣言を発した。これは南部奴隷州のうち、南部連合に参加し、この時点でまだ交戦中の十州の奴隷を解放するという宣言であり、南部連合に参加しなかった州とすでに北軍によって制圧されていたテネシー州の奴隷は対象となっていない。このためリンカーンは自分が手を出せない地域の奴隷を解放すると宣言しただけだと皮肉られることもある。（だからといって、リンカーンは「敵の奴隷を解放しただけだ」というのはあたらない。「味方」である北部では、ほぼ一八〇〇年までには奴隷制は廃止されていた。）ただこの宣言は北部の士気を高め、ヨーロッパ諸国が南部を援助するのをためらわせ、北軍が黒人部隊を組織するのを可能にする、などの効果があった。そして北軍が制圧した州では、奴隷は自由を与えられた。アメリカで奴隷制が全面的に廃止されるのは、一八六五年の憲法修正第十三条 (Thirteenth Amendment) による。なお、農奴（serf）とは土地を所有する領主に従属するもので、土地を離れて売買されるものではないという点で、奴隷（slave）とは異なる。

(219)「**ヴワズノンが語るところでは、……**」 (原注) ヴワズノン〔僧院長クロード＝アンリ〕(Claude-Henri, Abbé de Voisenon, 1708-1775) は戯詩、短編小説の作家であり、ヴォルテールの友人。『アルジール、またはアメリカ人』は一七三六年ヴォルテール作の悲劇。ジャン・ラシーヌ の息子とはルイ・ラシーヌ(Louis Racine, 1692-1763) のことである。【出典はデノワレステール (Gustave Desnoiresterres, 1817-92) 作『ヴォルテールと十八世紀の社会』(*Voltaire et la societé au XVIII siècle*, 18867-76, 8 vols) 第二巻。】

三月七日

(220) **ジョージ・カーゾン** (George Curzon, 1859-1925) (原注) 後に初代カーゾン・オブ・ケドルストン侯爵。【トーリー党の政治家。】

(221) **オーガスティン・ビレル** (Augustine Birrell, 1850-1933) (原注) 随筆家であり、『折にふれて』(*Obiter Dicta*, 1884 and 1887) の作者。【自由党の国会議員。】

(222) **ソールズベリー卿** (原注) ロバート・アーサー・タルボット、第三代ソールズベリー侯爵 (Robert Arthur Talbot, 3rd Marquess Salisbury, 1830-1903) は一八八六年から一八九二年までイギリス首相を務めた。この時は三期務めたうちの二期目。

(223) **ラビーさん** (Labbie) ラブーシェアの愛称。ラブーシェアについては注(38)参照。ジャーナリストとして辛辣な誹謗記事で人気を博すると同時に、しばしば名誉棄損で訴えられ、そのたびに豊かな財力で切り抜けた。一八八〇年に自由党の急進派議員として選出されると、八六年から九二年の保守党政権に対して激しい攻撃を繰り返した。九二年に自由党が政権を取ると、その功績でグラッドストン内閣の一員に選ばれることを期待したが、ヴィクトリア女王が王室侮辱を理由に彼の大臣就任を拒否した。歴史的に英国君主が内閣人事に口をはさんだのは、これが最後らしい。

(224) **パーネル・レポート動議の修正案** (原注) パーネル特別委員会は一八九〇年二月十三日にその報告書を提出し、パーネルとフェニックス公園の殺人を結びつけようとする試みは、パーネルが関与した証拠となる手紙をピゴットが偽造したと告白した以上、誤りであるという結論を下した。【三月三日、議会はパーネル特別委員会の報告書を議事録におさめる動議を提出し、それに対してグラッドストンが、偽造文書に基づく誤った告発を非難し、かつ不当な告発を受けたパーネルに対して遺憾の意をあらわすべきことを強く主張したが、議論が長引き、三月十日、彼の修正案は二百六十八票対三百三十九票で否決された。】

(225) **フィニアン同盟やもろもろの秘密結社**　フィニアン同盟は、アイルランドおよびアメリカのアイルランド人が、アイルランドにおける英国支配打倒を目指して一八五八年に結成した過激な秘密革命組織。後にこの組織が分裂し、アイルランドに中心を置くＩＲＡ (Irish Republican Brotherhood) とアメリカに中心を置くクランナゲール (Clan-na-Gael) が結成された。議会中心の活動には批判的であったこれらの組織は、パーネルが登場するにおよんで議会派の活動に信頼を寄せ、協力するようになった。

(226) **グラタン** (Henry Grattan, 1746-1820)　アイルランドの雄弁家、政治家。アイルランド独立を唱えた。

(227) **ピュロス王の勝利**　ピュロス (Pyrrhus, 319-272 B.C.) は古代ギリシャのエペイロス王。紀元前二八〇年、ローマ軍を破ったが多大な犠牲を払った。これより、大きな犠牲を払って得た、引き合わない勝利のことをいう。

三月九日

(228) **セント・パンクラスの選挙の結果**　（原注）セント・パンクラスの補欠選挙は保守統一党ハリー・G・グレアム (Harry G. Graham) と自由党トマス・H・ボルトン (Thomas H. Bolton) によって争われた。無所属のジョン・レイトン (John Leighton) も立候補し、ボルトンの票を奪うのではないかと心配された。しかしボルトンはアイルランド自治の態度を鮮明にし、グラッドストンの強力な支持を得て、一〇八票の大差で当選した。無所属は二十九票を得ただけだった。

(229) **運命の三女神**　ギリシャ神話で人間の運命を決める三人の女神。人間の生命を紡ぐクロートー、その糸の長さを決めるラメシス、その糸を断ち切るアトロポス。

(230) **サラ・ベルナール**　【サラ・ベルナールについては注(17)参照。】(原注) これは演劇界の噂だったようで、ベルナールは受難劇を演じたことは一度もなかった。ただ彼女は同年のこれより後にジャンヌ・ダルクの伝記に基づいた芝居を上演した。彼女の伝記作者の一人ベアリング(Baring)はそれを「平凡で安っぽい愛国的芝居」と評している。

三月二十二日

(231) **バルフォア氏**　注(59)参照。時のイギリス首相ソールズベリー卿の甥であり、一八八七年に若くしてアイルランド担当大臣に抜擢されて政界を驚かせたが、当時アイルランドで頻発していた地主と小作人の土地をめぐる紛争(ボイコット、地代不払い、抗議集会など)を取り締まるための犯罪防止法(Perpetual Crimes Act)を成立させて厳格に適用し、二十人以上の国会議員を含む数百人を投獄して、「ブラディ・バルフォア」と呼ばれた。彼はそれら政治犯たちを一般の犯罪者と同等に扱うことを主張した。

なお、英語で「あとは万事OK」という意味で使う「ボブおじさんがついているから大丈夫」("Bob's your uncle.")という表現は、一説によれば、若いバルフォアを伯父(Robert Cecil, Lord Salisbury)がアイルランド担当大臣に任命した時、政界で囁かれた言葉から来るといわれている。

(232) **ノブレス・オブリージュ(noblesse oblige)**　フランス語。高い身分に伴う(徳義上の)義務のこと。

(233) **ビスマルク**　注(92)参照。一八九〇年三月十八日にドイツ首相を辞任し、ラウエンブルグ公爵に叙された。

(234) **典礼主義(Ritualism)**　英国国教会の高教会派は、中世あるいはローマ教会の典礼や慣行を導入していた。

三月二十五日

(235) **ブラジルから帰国後**　(原注)ウィリアム・ジェイムズは、一八六五年から六六年にかけてアガシー率いるブラジル調査団の一員であった。ウィルキーはジェイムズ家の三男ガース・ウィルキンソン（Garth Wilkinson, 1845-83）のこと。【アガシー（Louis Agassiz, 1807-73）はスイス生まれの古生物学者・博物学者。氷河活動、古代魚の化石の比較研究に業績を残す。一八四七年開校したハーバード大学ローレンス理学校の教授に招かれ、その後の生涯をアメリカで過ごした。彼の研究の根底には、神が古代と現代に、またそれぞれの異なった土地に、異なる種《しゅ》を計画し創造したという、ダーウィンの進化論に反する思想があり、その自説を主張する頑迷さから、彼の晩年の科学界での評価はゆらいだ。】

(236) **ヘンリー・ワイコフ**（Henry Wyckoff, 1815-90）　アリスの母親の母方の従弟。ヘレン・パーキンズ（注(194)参照）の弟。治産能力に疑いをもたれ、彼の書いた遺書には異議申し立てがあったらしい。この件の詳細はヘンリー・ジェイムズ自伝第一巻『ある少年の思い出』第十章に記されている。ジェイムズの戯曲『堕落者』（*The Reprobate*, 1894）はこのエピソードに基づいて書かれた。

(237) **アルバート**（Albert Wyckoff）　前注ヘンリー・ワイコフの兄の息子。ワイコフ家の唯一の遺産相続人。したがってヘンリー・ワイコフの遺産はアルバートが全額受け継ぐはずであったが、大勢いた甥や姪にも分け与えるという内容の遺書であったため、異議申し立てが出されたらしい。遺書は有効となったようで、アリスも遺産を受け取ったという記述が九一年四月二十六日にある。（ジェイムズ家は、ニューヨーク在住の時代には、ワイコフ家の近くに住んで、親しく行き来していた。）

(238) **芝居**　（原注）一八七七年に出版されていたヘンリー・ジェイムズの小説『アメリカ人』の戯曲化を指す。

三月三十日

(239) **シルヴィア・デュ・モーリエ**（Sylvia du Maurier）　（原注）画家・小説家のジョージ・デュ・モーリエの二番目の娘で、アーサー・ルウェリン・デイヴィーズ（Arthur Lewellyn Davies）と結婚した。【ジョージ・デュ・モーリエ（George du Maurier, 1834-96）は諷刺画家としてリーチを継いで『パンチ』誌で活躍したが、視力の衰えとともに小説を書くようになり、二作目の『トリルビー』(*Trilby*, 1894) はベストセラーとなった。ヘンリー・ジェイムズの親しい友人であった。】

(240) **クランバーに建てた信心深い建造物**　第七代ニューカースル公爵は、英国ノッティンガムにある公爵家代々の領地クランバー (Clumber) に、自分と家族用の礼拝堂としてゴシック風の教会堂を建設させた。現在でも、この教会堂では定期的に礼拝がおこなわれている。

(241) **ルイザ・ローリング** (Louisa Loring)　（原注）キャサリン・P・ローリングの妹。

(242) **アメリカ人と歯を正しく磨いている人たち**　アメリカ人がヨーロッパの人たちよりも歯の手入れに熱心らしいというのは、アリスの兄ヘンリーがほぼ二十年ぶりにアメリカを訪れた時、アメリカ人のはいている靴の立派さとよく手入れされて歯並びも美しい白い輝く歯に感心して、靴屋と歯医者という二つの産業がアメリカという場面を支配しているようだと書いているところからも推察できる。それに比べるとヨーロッパの人たちは、上流の人たちでさえ、（ヘンリーによれば）歯並びは悪く、歯が欠けていたり、出っ歯や反っ歯が普通であったという。(Henry James, *The American Scene*, 180-82)

(243) **あんなに甘い公爵夫人……歯痛も起ころうというものだから**　公爵は一八八八年アメリカを訪問し、翌年アメリカの女性キャンディ嬢 (Kathleen F. M. Candy) と結婚した。これを意識した冗談だと思われる。

三月三十日

(244) 「**子供憲章**」("Children's Charter")　一八八九年に成立した「子供憲章」法のこと。産業革命以降、幼い子供の長時間労働などが問題になり始め、子供の人権を守るために制定されたもので、子供を虐待したり生命の危険にさらしたりする者は逮捕できることになり、法が家庭内にも介入するようになった。

四月六日

(245) **トム・ハザード氏** (Thomas R. Hazard, 1797-1886)　繊維工業、農業、羊の飼育（「羊飼いのトム」として知られていた）で財産を築いたニューポート近辺の地主。文筆家として政治・郷土史などの分野で論文を書いたが、特に妻の死後は心霊論に関心を持ち、自宅で頻繁に降霊会（séance）を催した。娘五人はすべて彼に先立った。後述の四女アナは一八六八年没、しかし長女メアリーは三歳で没との記録があるので、どこかで何かの間違いがあるようだ。

(246) **メアリー・トウィーディーおばさん**（Aunt Mary Tweedy）（原注）メアリー・トウィーディーおばさん（Mary Tweedy, Mrs. Edmund Tweedy）は実際にはジェイムズ家の子供たちの伯母ではなかったが、そう呼ばれていた。彼女はテンプル家のいとこたちの義理の姉で、テンプル夫妻の死後、義理の弟妹たちを引き取っていた。トウィーディー一家はニューポートではジェイムズ家の隣人であった。【ジェイムズ家の家系図によると、彼女はロバート・テンプルの姉で、テンプル家のいとこたちの伯母にあたる。】

(247) **「未来のマドンナ」**（"The Madonna of the Future"）（原注）ヘンリー・ジェイムズ初期の短編小説で、一八七三年三月『アトランティック・マンスリー』に掲載された。

四月七日

(248) **ラスベリー夫人**（原注）ジャーナリスト・編集者のD・C・ラスベリー（D. C. Lathbury）の妻と思われる。

(249) **チャールズ・バクストン夫人**（原注）チャールズ・バクストン（Charles Buxton, 1832-1871）は慈善活動家サー・トマス・F・バクストン（Sir Thomas F. Buxton）の息子。一八五〇年にサー・ヘンリー・ホランド（Sir Henry Holland）の長女エミリー・メアリーと結婚した。

(250) **マシュー・アーノルド夫人**（原注）アーノルドは一八五一年六月十日に判事であるサー・ウィリアム・ワイトマン（Sir William Wightman）の娘フランシス・ルーシーと結婚した。【マシュー・アーノルド（Matthew Arnold, 1822-88）はイギリスの詩人、文学および社会批評家。詩作品としては「ドーヴァー・ビーチ」（"Dover Beach," 1867）が有名。批評書としては、『批評論集』（*Essays in Criticism*, 1865）、『教養

と無秩序』(*Culture and Anarchy*, 1869) など。】

(251) **マシュー・アーノルドの講演**　(原注) アーノルドは一八八三年から八四年にかけてアメリカで、「数について、または大多数と残余」、「文学と科学」そしてエマソンについて講演をした。新聞雑誌は全体的に批判的で冷淡であった。一八八八年に彼のアメリカ旅行についてのさまざまな論文が『合衆国における文明――アメリカについての最初と最後の印象』としてボストンで出版された。

五月五日

(252) **「手にした確信の喜び……光は揺れながら広がっていく。」**　ジュール・ルメートル作『演劇印象記』(*Impressions de Théâtre*, 1888-98) 全十巻の第一巻「モリエール」より。

(253) **七パーセントか六パーセントが四パーセントに減ってしまった**　父ヘンリー・シニアが死去した際、アリスには父親と母親から受け継いだ財産の利子その他で年収三千五百ドルほどあったと、ジーン・ストラウスは書いている (Strouse 212)。ここの「七パーセント」や「四パーセント」とは利率のことで、景気の変動により、収入が減ったのだと思われる。

五月十三日

(254) **コンプトン夫妻**　(原注) 役者のエドワード・コンプトン (Edward Compton, 1854-1918) とその妻、旧名ヴァージニア・ベイトマン (Virginia Bateman, 1853-1940) のこと。コンプトンはヘンリー・ジェイムズの『アメリカ人』戯曲版を一八九〇年に地方とロンドンで上演した。ロンドンでは七〇夜上演された。

(255) **レディ・アーチー・キャンベル**　(原注) 女優のジェイニー・セヴィラ・キャランダー (Janey Sevilla Callander, d.1923) は第八代アーガイル公爵 (Argyll) の下の息子アーチボルド・キャンベル卿 (Lord Archibald Campbell) と一八六九年に結婚した。

五月十七日

(256) **ワズドン訪問**　【ワズドンについては注(148)参照。】(原注)　ヴィクトリア女王は同月フェルディナンド・アンセルム・ド・ロスチャイルド (Ferdinand Anselm de Rothschild, 1839-1898) の別荘ワズドンを訪問していた。

(257) **ロスチャイルド**　フェルディナンド・アンセルム・ド・ロスチャイルドはユダヤ人の金融資本家ロスチャイルドの家系に属する。美術品蒐集家として名高く、エイルズベリーにあるワズドン荘に、蒐集した家具、陶器、絵画を収蔵していた。

(258) **メアリー王女(テック公爵夫人)** (Duchess of Teck, 1833-1897)　(原注)　英国国王ジョージ五世の妻(メアリー王妃)となるメアリー王女 (1867-1953) の母。

(259) **マンチェスター公爵の未亡人**　(原注)　元のルイーズ・フレデリック・オーギュスト女伯爵 (Countess Louise Fredericke Auguste)、ハノーヴァーのアルタン伯爵 (the Comte d'Alten) の娘のこと。夫人は一八九〇年三月に夫を失っていた。一八九二年に再婚し、デヴォンシャー公爵夫人となった。

(260) **サー・ヘンリー・ジェイムズ** (Sir Henry James, 1828-1904)　(原注)　後のヘレフォードのジェイムズ卿。一八七三年から七四年の間、そして一八八〇年から八五年まで、法務総裁を務めた。

五月二十日

(261) 「**自己犠牲**」(Self-Sacrifice)　アリスはこれを誰が「言っている」のか書いていないが、当時アフリカ探検が自己犠牲を払っておこなわれているという言説が広まっていたようだ。例えば、一八九〇年に出版された『アフリカ未開地に於けるスタンリーの冒険』という本の作者は、アフリカ奥地はキリスト教世界にとっても商業の世界にとっても大いなる関心を惹くものであり、前者にとってそこは「キリスト教世界の自己犠牲と博愛精神が要求される」地であると同時に、後者にとっても「同じくらい大規模で重要な土地」が開かれることになる、と書いている (J. T. Headley & W. F. Johnson, *Stanley's Adventures in the Wilds of Africa*,

1890)。

(262) **スタンリー** (Sir Henry M. Stanley, 1841-1904)　(原注) アフリカ探検家、ジャーナリスト。ドロシー・テナント (Dorothy Tennant) はマーゴットつまり後のレディ・アスキス (Lady Asquith) の姉で、サー・スタンリー夫人となった。【スタンリーは、私生児として生まれ、一時救貧院で暮らしたこともあるが、十八歳でアメリカに渡り、ジャーナリストとして活動を始める。一八六九年アフリカで消息を絶ったスコットランドの探検家・宣教師リヴィングストン (David Livingstone, 1813-73) の捜索を依頼されてアフリカに渡り、一八七一年タンザニアのタンガニーカ湖のそばで彼に遭遇した。その後も何度かアフリカに渡り、ナイル川の源流を探検し、コンゴ川を下ってアフリカ大陸の横断にも成功した。一八九九年、イギリス領アフリカの基礎を作った功績に対して「サー」の称号を授与された。
　アリスのこの日記は、スタンリーが一八八九年五月にエミン・パシャ救出(「サウスケンジントン」注(38)参照)に成功して帰国、大歓迎を受けて、数々の栄誉を手にした、得意の絶頂にある様子を皮肉ったものである。】

(263) **ドロシー・テナント嬢** (Dorothy Tennant)　ロンドンのスレード美術専門学校とパリで絵画を学んだ新古典派の画家。『ロンドンのストリートチルドレン』(「サウスケンジントン」注(17)参照)を代表とする挿絵付きの本を出版した。スタンリーと結婚して、レディ・スタンリーとして知られるようになった。

(264) **「弾丸と聖書」** ("The Bullet and the Bible")　主に十九世紀の間、ヨーロッパの列強が帝国主義的野望をもってアジアやアフリカの国々を征服しようとした時、キリストの福音を伝えるという名目で、武力で屈服させたのを、「弾丸と聖書」と表現する。

六月二日

(265) **ブールジェ** (Paul Bourget, 1852-1935)　(原注) フランスの小説家。主流のリアリズム小説よりは心理分析を重視する小説を書いた。ヘンリー・ジェイムズの友人であった。

(266)**「現象の背後の知りえない事実」**(Unknowable Reality behind Phenomena)　アリスはこの言葉をフランスの実証主義哲学者オーギュスト・コント(Auguste Comte, 1798-1857)の言葉として抜書き帳に書きとめている(Strouse 269)。人間はどこまで「知りうる」(knowable)のかという哲学上の問題について、実証主義(positivism)を唱えたコントは、人間が知りうるのは経験的事実(phenomena)のみであり、その背後の超経験的事実(例えば神)は知りえない(不可知)とした。ただしアリスはここでは人の表面にあらわれている部分を「現象」、背後に隠れて(隠して)見えない「臆病、愚かさ、自己愛」などを「知りえない事実」と呼んでいるようだ。

(267)**お父様の『遺稿集』**　(原注)ウィリアム・ジェイムズが編集した『故ヘンリー・ジェイムズの遺稿集』(*The Literary Remains of the Late Henry James*)(ボストン、一八八四年刊)には、父ヘンリー・ジェイムズ・シニアの雑多な論文や作品からの抜粋がおさめられている。

(268)**広教会派**(the Broad Catholic Church)　十九世紀の英国国教会で、カトリック風典礼主義に傾く高教会派(the High Church)と福音主義に傾く低教会派(the Low Church)との区別が鮮明になると、より柔軟で自由な信仰の形を求める人々が広教会派(the Broad Church)と呼ばれるようになる。

(269)**エミール・モンテギュ**(Émile Montégue, 1825-1895)　(原注)フランスの批評家。

六月九日

(270)**二十五ページものすてきな手紙**　(原注)この一八九〇年六月六日付けの手紙の大部分は、ラボック編集による『ヘンリー・ジェイムズ書簡集』の第一巻(ニューヨーク、ロンドン、一九二〇年刊)におさめられている。【レオン・エデル編『ヘンリー・ジェイムズ書簡集』第三巻には全文が掲載されている。】

(271)**あの偉大な芝居**　(原注)ヘンリーの『アメリカ人』の戯曲化。

(272)**カーティス夫妻**　(原注)ダニエル・S・カーティス(Daniel S. Curtis)とその夫人、旧名アリアナ・ワームリー(Ariana Wormeley)は長年の間ヘンリー・ジェイムズの友人であった。カーティス夫人の妹キャサリン・プレスコット・ワームリー (Katherine Prescott Wormeley) は合衆国におけるバルザック作品の翻訳者であり、編集者であった。

六月十日

(273) **サー・エドワード・ワトキン** (Sir Edward Watkin, 1819-1901) (原注) 長年にわたり下院議員を務めた。【ワトキンは野心的な鉄道事業家で、工業地帯のマンチェスターからロンドンを通ってまっすぐパリに向かう鉄道の建設を計画し、一八八〇年から八一年にかけてイギリス海峡の海底トンネルの掘削を開始した。しかし軍事上の安全面を危惧する反対論が噴出して中断を余儀なくされ、国会内外での活発な宣伝活動にもかかわらず、計画は断念された。】

六月十六日

(274) **アミエル** (Henri-Frédéric Amiel, 1821-1881) (原注) フランス・プロテスタント系のスイス人日記作者、批評家。【死後出版された日記 (*Journal Intime*, 1882) で記憶されている。】

(275) **マリー** (バシュキルツェフ) の『日記』 (原注) マリー・バシュキルツェフ (Marie Bashkirtseff, 1860-1884) はロシアの日記作者。十九世紀中で最も赤裸々な日記の一つを書いた。一八七三年ニースにて始まり、死の十一日前で途切れている。【ロシアに生まれフランスで活動した画家。彼女の日記は、一八七三年、彼女が十四歳の時から、一八八四年、二十六歳で結核で死去する十日ほど前まで書き続けられた、ノート百六冊分の長大なものである。この時代の女性には珍しい、強烈な自己意識を特徴とする。彼女の死後、母親が不適切と思う部分を削除したり書き換えたりして大幅に縮小したものを出版し、これが一八八九年に英訳されると、英米でセンセーションを巻き起こし、一躍ベストセラーとなった。同年にアリスが「自分のやり方で」日記を書いてみようと思いついたのは、それに触発されてのことだったかもしれない。

この一八九〇年六月にアリスが「マリーの日記」を話題にしているのは、彼女が購読する『レヴュー・オブ・レヴューズ』誌の六月号で、ステッドがこの『日記』を取り上げて、彼の理想とする「女らしい女」からかけ離れたバシュキルツェフのことを「第三の、またはバシュキルツェフという性」に属していると論じたのを、読んだ結果だと思われる。】

(276) **ミケランジェロもそうだったように**　イタリアルネッサンス期の彫刻家・画家・建築家のミケランジェロ (Michelangelo, 1475-1564) は、子供時代にいじめられて鼻をつぶされ、自分が醜いと意識するため、人との付き合いを好まず、「内気」であったといわれている。

(277) **クランリカード**　アイルランドのゴールウェイに領地をもつクランリカード侯爵は典型的な不在地主で、その極端な冷酷さと頑迷さゆえに、八十年代紛争時には小作人組合との激しい攻防が繰り広げられ、小作人のリーダーはたびたび投獄された。その暴虐ぶりで、侯爵は統一党からも厄介者扱いされるほどだった。

(278) **大地よ……忘れるなかれ**　ルイザ・ショア (Louisa Catherine Shore, 1824-95) の詩「哀歌」("Elegies") よりの引用。死後姉が出版した詩集に含まれる。(*Poems: with a memoir by her sister Anabella Shore and an Appreciation by Frederick Harrison*, 1897)

(279) **ジェイムズ・ウィリアムズ** (James Williams D.C.L., 1851-1911)　(原注) 教会法学博士で、リンカーン・カレッジ・アンド・オール・ソウルズのフェローでありオックスフォードのローマ法学準教授。多くの法学関係の論文のほかに、詩集、短編小説数編、「法学者としてのダンテ」の研究などを出版した。

六月十八日

(280) **ブーローニュ** (Boulogne)　フランス北部、イギリス海峡に面する町ブーローニュ・シュル・メール (Boulogne-sur-mer) のこと。ジェイムズ一家はヨーロッパ滞在中の一八五七年 (五六年というのはアリスの記憶違い) の夏と冬に短期間パリからここに移住した。本国の経済不況で家計が逼迫し、生活費を節約するためであった。

(281) **マリー・ボナンギュ先生**　（原注）ボナンギュ先生の思い出はヘンリー・ジェイムズも『ある少年の思い出』第二十二章で語っている。

七月二十九日

(282) **バトラー将軍** (Gen. Butler)　「バトラー将軍」と呼ばれる人物には、メキシコ戦争で活躍し一八四八年には民主党の副大統領候補でもあったウィリアム・オーランド・バトラー (William Orlando Butler, 1792-1880) や南北戦争の北軍少将としてニューオーリーンズの過酷な統治をしたことで知られるベンジャミン・フランクリン・バトラー (Benjamin Franklin Butler, 1818-93) がいるが、アリスが誰を指しているのかは不明。

(283) **コペ** (François Coppée, 1842-1908)　（原注）フランスの小説家、短編小説家。【『青春の日々』(*Toute une Jeuness*) は一八九〇年に出版された小説。】

(284) **アナトール・フランス** (Anatole France, 1844-1924)　（原注）フランスの小説家、文学批評家。【『文学生活』(*La Vie Littéraire*) は全四巻で、一八八八から九二年にかけて出版された。】

(285) **フランシス・ブート** (Francis Boott, 1813-1904)　（原注）エリザベス・ブート・デゥヴネック（注(28)参照）の父であり、ヘンリー・ジェイムズの四十年来の友人であった。

八月十七日

(286)「**何であれ、生の鼓動に耳を傾けているだけよりはましだ。**」　アナトール・フランス『文学生活』第二巻より。

八月十八日

(287) **ガブリエル・ヴィケール** (Gabriel Vicaire, 1848-1900)　(原注) フランスの諷刺的ライト・ヴァース(戯詩)作家。

サウスケンジントン

一八九〇年

九月十二日

(1) **ヴァロンブロサを見下ろすパラディシノ**　イタリア中北部トスカニー地方のヴァロンブロサの森やアルノ川を見下ろす岩山の上にある僧院。風光明媚な場所として有名であった。

(2) **ボールドウィン医師** (Dr. W. W. Baldwin)　(原注) ヘンリー・ジェイムズの友人であり、何年もフィレンツェで開業し、名声を得たアメリカ人医師。

(3) **傲慢な戦い**　私家版では「傲慢な(insolent)」ではなく、「無力な(impotent)」とある。

九月十三日

(4) **百姓一揆《ジャックリーズ》の乱**　一三五八年、北フランスで起きた農民暴動。

(5) **「見かけ倒し《ジムクラックリーズ》」**　ウィリアム・ディーン・ハウエルズの『新しい運命の危機』(*A Hazard of New Fortunes*, 1890) で用いられた造語「ジムクラッカリーズ」("gimcrackeries") のことで、安ぴかの物、見かけ倒しを意味する。

(6) **スペンサー・ウォルポール**　(原注) サー・スペンサー・ウォルポール、バス勲爵士団中級勲爵士 (Sir

Spencer Walpole, K.C.B. (Knight Commander (of the Order) of the Bath, 1839-1907)）一八八二年から一八九三年までマン島の総督代理。

（7）**ベートマン卿**　（原注）ウィリアム・ベアマン・ベートマン・ハンベリー、第二代ベートマン男爵（William Bareman Bateman Hanbury, 2nd Baron Bateman, 1826-1901）一八五二年から一九〇一年までヘレフォード（Hereford）で総督をつとめる。

（8）**クラレンス・キング**（Clarence King, 1842-1901）　（原注）著名な地質学者で、アメリカ合衆国地質測量会の会長。ジョン・ヘイとヘンリー・アダムズの親しい友人であるキングは、座談の名人で才人であった。

九月十五日

（9）**歯を抜いた**　八月にアリスの容態が悪くなり、キャサリンが急遽彼女のもとにかけつけた際、アリスを苦しめていたのは、胃の具合のみでなく、歯が膿んでいたことをキャサリンは友人への手紙に書いている。（キャサリン・ピーボディ・ローリングのファニー・モースへの書簡、一八九〇年九月二十三日 Correspondence and Journals of Henry James Jr. and Other Family Papers, 1855-1916 (MS Am 1094 (1543)). Houghton Library, Harvard University.）

九月十八日

（10）**ブールジェの結婚**　（原注）ブールジェは一八九〇年八月二十一日にミニー・デイヴィッド（Minnie David）と結婚し、彼女もヘンリー・ジェイムズの友人となった。

九月二十四日

（11）九月二十四日　（原注）この日付のページの一番下に次の切り抜きが貼られている。

教会の慈善

『ペル・メル・ガゼット』紙の編集者殿

拝啓、ボーンマスにある教会全部で集めた日曜日の献金の結果は次の通りです。

教会経費と建築資金用	106（ポンド）	12（シリング）	1（ペンス）
貧しい者たち用	2	7	6
教育費	0	3	0

途方もない数字です。

敬具

H・アシュワース・テイラー

S・W　ヘレフォード・スクエア　二四

三月十四日

(12)「**白鳥の歌**」　白鳥が臨終に歌うとされた歌、辞世。

(13)『**ネイション**』**誌からの抜粋**　アリスは一八九〇年七月四日付けで『ネイション』誌のゴドキンに直接手紙を書いて、自分の短信の掲載を依頼している (Yeazell 183)。そして『ネイション』誌の一八九〇年七月十七日号の「投書欄」に「真の配慮」("True Considerations") という題をつけられ、掲載された。

(14)「**ある病気のアメリカ人の女性が……**」　(原注)『デイリー・ニュース』紙、一八九〇年七月二十九日。

(15)『**悲劇の詩神**』(*The Tragic Muse*, 1890)　ヘンリー・ジェイムズが芝居の世界に進出を試みた頃に執筆された小説で、プロットの一つは女優志望の娘ミリアム・ルース (Miriam Rooth) が努力の末ロンドンの舞台で成功するというものである。

(16) **サラトガ** (Saratoga)　サラトガ・スプリングズ (Saratoga Springs) のこと。ニューヨーク州東部の町で、鉱泉保養地、避暑地として有名。

(17)『**ロンドンのストリート・チルドレン**』　H・M・スタンリー夫人（ドロシー・テナント）(Mrs H. M. Stanley, Dorothy Tennant) がロンドンの貧しい子供たちの姿を描いたスケッチ集『ロンドンのストリート・チルドレン』(*London Street Arabs* [London: Cassell, 1890]) の「イントロダクション」(十一頁)で、スタンリー夫人が子供の一人から聞いたものとして、本文中の話を紹介している。スタンリー夫人は「浮浪児」("ruggamaffins") たちを家によく呼び寄せ、モデルとしていた。

(18) **いとしき人よ　われ死なば……**　クリスティナ・ロセッティ作、入江直祐訳「歌」の第一節。(『クリスチナ・ロセッティ詩抄』、岩波文庫、一九四〇年、五〇頁)

九月二十七日

(19) **不敬な人々の非難**　スコットランド王家の象徴アザミを紋章に用いることにより、「不敬な人々」つまり王室廃止論者から王室関係者として非難を浴びることもありえるとアリスは茶化したのだろう。

(20)「**予言的に**」　キャサリンが王室のあるイギリスに来ることを祖父は分かっていて、スコットランドの紋章を選んだのだと、アリスが茶化している。

十月四日

(21)「**セレブレーション**」　ここではイギリスでいう「聖餐式」を指すが、アリスはこの単語からアメリカでの「祝祭、とくに独立記念日の祝祭」を思い浮かべることを説明している。

(22) **ルナンの**『**聖パウロ**』　(原注) ルナン (Renan) の『聖パウロ』(*La Vie de St. Paul*) は一八六九年に出版された。

(23) **トインビー・ホール** (Toynbee Hall)　一八八三年に死去した社会改革支持者アーノルド・トインビー (Arnold Toynbee) を記念して、一八八四年に英国国教会の司祭助手サミュエル・バーネット (Samuel Barnett) と妻ヘンリエッタがロンドンの下層民街のホワイトチャペル（「レミントン」注(187)参照）に設立したセツルメント。将来のリーダー候補たちに貧困層の生活を実際に目にさせ、慈善活動に従事させることを目的とした。バーネット夫妻は一八八四年にハムステッドに家を買っているので、アリスはそこを一時借りていたと思われる。

(24) **ウェストミンスター公爵夫人**　(原注) 妻を失っていたウェストミンスター公爵ヒュー・ルプス・グロヴナー (Hugh-Lupus Grosvenor, 1825-1899) は一八八二年に第二代チシャム男爵の娘であるキャサリン・カヴェンディッシュ (Catherine Cavendish) と結婚した。彼はチシャーとフリントシャーに三万エーカー、ロンドンに六百エーカーの土地を、またグロヴナー・ハウス・ギャラリーと多くの競走馬を所有していた。

(25) **ハリーの最近の旅**　(原注) ヘンリー・ジェイムズは、ヴェニスのパラッツオ・バルバロに滞在中のカーティス一家を訪ね、一緒にキリスト受難劇を見に旅行した。

十月十日

(26) **ファラー副主教** (Frederic William Farrar, 1831-1903) 師　(原注) 一八八三年にウェストミンスター寺院の副主教に任命された。【一八九〇年十月九日付けの『トゥルース』誌は、前の週に開催された教会会議でファラー副主教が、貧しさ、禁欲、服従を原則とする托鉢修道士会を話題にしたのは「注目に値する」と批判している。その理由は、彼がかっぷくのよい、富裕な聖職者で、主教の座やそれに伴う宮殿と年五千ポンドの俸給が今にも手に入りそうであり、妻帯者でもあって、教会の権威を無視する牧師だという点で、托鉢修道士とはかけ離れているからである。】

(27) **マールバラ公爵夫人** (The Duchess of Marborough)　(原注) アメリカ人で、リリアン・ウオーレン (Lilian Warren) といった。アメリカ海軍司令官シセロ・プライス (Cicero Price) とニューヨーク出身のルイ・ハマズレー (Louis Hammersley) の未亡人との間の娘であった。彼女は一八八八年六月二十九日に第八代マールバラ公爵ジョージ・チャールズ (George Charles) の二人目の妻になった。

(28) 「**ユダヤ人銀行家たちや色仕掛けで地位を求めるアメリカ人女たち**」　前者は、必ずしも銀行家ではないが、皇太子に多大な援助をし、経済的危機から救ったといわれるロスチャイルド家のナサニエル・メイヤー・ロスチャイルド男爵(Nathaniel Mayer Rothschild, 1st Baron Rothschild, 1840-1915)や皇太子をしばしばワズドンに招待していたフェルディナンド・ロスチャイルド(「レミントン」注(257)参照)、それにオリエント鉄道でさらに財を増やしたといわれる、ドイツ出身のモーリス・ハーシュ(Baron Maurice de Hirsch, 1831-1896)などがあげられる。当時、彼らユダヤ人のイギリス宮廷への出入りが頻繁となり、注目を浴びた。また後者については、コンスウェロ・マンダヴィル(Consuelo Mandeville, 1858-1909)やジーニー・チェンバレン(Jeannie Chamberlain)があげられる。マンダヴィルは、父がキューバの富裕な一家出身、母はルイジアナ州出身で、彼女はルイジアナのプランテーションで生まれ、マンダヴィル子爵と結婚し、後にマンチェスター公爵夫人となる。イーディス・ウォートンの『バッカニアたち』(*The Buccaneers*,1938)の登場人物のモデルの一人とされる。イギリスでは皇太子と懇意になった。ジェーン、後のジーニー・チェンバレンは、クリーブランド鉄道の資産家の息子ウィリアム・チェンバレンを父にもち、皇太子のお気に入りであった。共に皇太子の影響下でさまざまな社交場へ出入りできた。Jane Ridley, *Bertie: A Life of Edward VII*(London: Chatto & Windus, 2012)233-35 参照。

(29) **巨大なウィリアム皇帝と彼の等身大の肖像画**　ウィルヘルム皇帝がビスマルクに贈った自分の肖像画のこと。一八九〇年三月二十二日参照。

十月十二日

(30) **イエール(Hyères)**　フランスのプロヴァンス南部の町。

(31) **我々が知っているわずかのことは、ファラー副主教から得るものである**　当時、ファラー師(注(26)参照)による『キリストの生涯』(*The Life of Christ*, 1874)の人気が高かったという。

十月二十日

（32）『**ペアレンツ・アシスタント**』（*Parent's Assistant*, 1796-1800）　マリア・エッジワース（Maria Edgeworth, 1768-1849）による児童向けお話集。

（33）「**目に映るなんという喧噪か**」　ハウエルズは、『新しい運命の危機』第二部第十一章で主人公が電車から見た都市の光景を、正しくは「あの目に映る喧噪」（that uproar to the eye）と書いている。

（34）**ミコーバ**（Mr. Micawber）　ディケンズ作『デイヴィッド・コパフィールド』（*David Copperfield*, 1849-50）に登場する、貧しいが陽気な下宿の主人。

十月二十五日

（35）**サー・ウィリアム・テンプル**（Sir William Temple, 1st Baronet, 1628-1699）　イギリスの政治家・外交官・ジョナサン・スウィフト（Jonathan Swift, 1667-1745）が秘書を務めた。

十月二十六日

（36）「**隠れた自己**」　（原注）ウィリアム・ジェイムズの論文「隠れた自己」は一八九〇年三月の『スクリブナーズ』誌（*Scribner's*）に載った。アリスが言及しているのは、ビネ（Binet）のヒステリー症の人間の「意識範囲の収縮」についてのウィリアムの論考である。

十一月七日

（37）**関節にたまった流動体は、膝の水と呼ぶ**　私家版、バー版では「膝の水を『関節にたまった流動体』と呼ぶ」となっている。

十一月八日

（38）**エミン・パシャ救出探検団のうそ**　（原注）エミン・パシャ（Emin Pasha）はエデュアルド・シュナイ

ツアー（Eduard Schnitzer, 1840-1892）というドイツ人医師・旅行家・行政官・自然博物学者のこと。トルコとアルバニアで従軍した後、トルコによってパシャ（軍の司令官）の位を与えられた。後にスーダンのエジプト人地区の総統となった。ドイツのために植民地探検に従事している時に、マフディー主義者の蜂起によって危機に陥るが、イギリスの探検家スタンリーによって救出された。【スタンリーは一八九〇年四月末にイギリスに到着し、六月には救出団の冒険談『最も暗いアフリカ』（*The Darkest Africa*, 1890）を出版した。英米で十五万部売れ、大評判となったが、その後、内容の詳細について多方面で検証され、アリスがいう「うそ」がたくさん表出し、秋には厳しく非難されることとなった。とくに問題とされたのは、犠牲者の数の多さ、人夫調達を請け負ったティップ・ティブ（Tippu Tib）が悪名高い奴隷商人であったことなどである。その他にスタンリーは、ヤンブヤ（Yambuya）での惨状や救出が長期間を要したことについて、死亡した部下の非力と不服従の結果だと書いたが、そうではなく、人夫の数が不足していたことや計画がずさんであったこと等、実際にはスタンリーの責任であると、死亡した部下たちの遺族が遺された日記や書簡を出版する形で反論した。（Daniel Liebowitz & Charles Pearson, *The Last Expedition: Stanley's Mad Journey through the Congo*（New York: Norton, 2006）参照）なお（原注）にあるマフディー主義者とは、スーダンのイスラム救世主降臨信仰者のことで、その信仰が広がる中、一八八一年にマホメット・アマッド（Muhammad Ahmad, 1844-1885）が自らを救世主だと宣言し、エジプトによるスーダン支配を嫌い、武力蜂起し、一八八五年にスーダンを完全に支配した。】

十一月九日

（39）**マインド療法**　催眠術師のフィーニス・パークハースト・クインビー（Phineas Parkhurst Quimby, 1802-1866）が唱え、十九世紀に流行った考え方あるいは信仰。マインド（精神）が、人を「神性な霊」（"Divine Spirit"）につなぐのであり、人が霊的で楽観的であればそれが機能し健康であるが、悲観論や物質主義に支配されると、より高い霊とのつながりが妨げられ、その結果、病となるのであり、マインドを適切に整え、霊的力との交信を可能にすれば、病を癒すことができると主張した。その教えをさらに発展させた例が、メアリー・ベイカー・エディ (Mary Baker Eddy, 1820-1910) によるクリスチャン・サイエンス (Christian Science)（「ケンジントン」注（10）を参照）などである。アリスがボールズから受けた「療法」は、二十分ほど通常の状態から意識を休ませるという点でまさにマインド療法の一つといえる。

(40) **ハワイス**　ヒュー・レジナルド・ハワイス (Hugh Reginald Haweis, 1838-1901) のことと思われる。音楽家・作家・ジャーナリスト・講演家・説教者。オーケストラなどの音楽を用いての日曜日の夜間礼拝をした。はでな説教家であると同時に『タイムズ』紙や『ペル・メル・ガゼット』紙、『トゥルース』誌などに論文を提供した。

(41) **霊の方を引き下ろしたのですから**　ボールズ夫妻もハワイスも、正統の医学の領域外でおこなわれる「精神療法者」、即ち一種の降霊による「治療」を行う霊媒師と思われる。よってハワイスは、その通りに霊を降下させるという意味で言ったのだが、アリスはこのようなうさん臭い療法が社会の精神をより低下させるものだということを、ハワイスの言葉が皮肉にも言い表していると指摘している。

(42) **ピューリッツァ** (Joseph Pulitzer, 1847-1911)　（原注）アメリカの新聞発行者。

(43) **レディ・ヘレン・ダンカム** (Helen Duncombe, 1866-1954)　その美貌と知性により当時の社交界の花形の一人とされた。フェヴァーシャム第一代伯爵のウィリアム・ダンカムを父にもち、一八九〇年にエドガー・ヴィンセント卿 (Edgar Vincent, 1857-1941)、後の第一代ダベルノン男爵 (1st Baron of D'Abernon、後に子爵) と結婚した。政治家の後に外交官となった夫に同行し、その体験を日記に記録し、その一部が後に『赤十字とベルリン大使館』(*Red Cross and Berlin Embassy, 1915-1926*, 1946) として出版された。ジョン・シンガー・サージェント (John Singer Sargent, 1856-1925) が彼女の肖像画を一九〇四年に描いた。

(44) **テンプル家の人々**　（原注）テンプル家の子供たちはアリスたちのいとこである。彼らの母キャサリン・マーガレット・ジェイムズ (Catherine Margaret James, 1820-1854) はアリスの父ヘンリー・ジェイムズの妹で、ロバート・エメット・テンプル (Robert Emmet Temple, 1808-1854) 大尉と結婚した。

（45）**ボブ**　ボブ・テンプル（Robert Temple, 1840-?）のこと。ロバート・テンプル大尉と父ヘンリー・ジェイムズの妹キャサリン・テンプルの長男。一八五四年に父親と母親があいつぎ没したため、六人の子供たちを養ったのは、テンプル大尉の姉であるメアリー・トウィーディと夫のエドモンドであった。（「レミントン」注（246）参照。）このボブには飲酒癖があり、親戚にお金をせびり続けるなど、一族にとってトラブルメーカーであった。彼についてヘンリーは『ある青年の覚え書き』（*Notes of a Son and Brother*, 1914）の第五章に書いている。

（46）「**端綱**」　エデル版には「帽子屋（hatter）」とあったが、私家版とバー版では「端綱（halter）」とあり、こちらを採用した。

十一月二十三日

（47）**モルトケ**　（原注）ヘルムート・カール・バーンハート・フォン・モルトケ伯爵（Helmuth Karl Bernhard von Moltke, 1800-1891）はプロシアの陸軍元帥で、最後にはドイツの防衛会議座長。

（48）**気象**　クラークさんは、「気性」（temperance）のつもりが、「気象」（temperature）と滑稽な言い間違いをしている。

（49）**スタンリー・クラーク**（Stanley Clarke, -1911）　大尉で、一八七八年より英国皇太子の侍従武官（Equerry）となり、皇太子に同行することが多く見られた。のちに少将となる。妻はジョン・ローズ卿（次注）の娘のメアリー・テンプル・ローズ。よってジェイムズ家の遠縁にあたる。

（50）**サー・ジョン・ローズ**（Sir John Rose, 1820-1888）　（原注）カナダの政治家、資本家。ヴァーモント州ラットランド（Rutland）のロバート・テンプルの娘シャーロットと結婚したことにより、ジェイムズ家の親戚のテンプル家の遠縁となった。レディ・ローズは一八八三年に死去。

（51）**ジュリア・レディ・トウィードデール**（Julia Lady Tweeddale）　（原注）シーフォース（Seaforth）のキース・スチュワート・マッケンジー（Keith Stewart Mackenzie）の娘で、第九代トウィードデール侯爵の未亡人となり、一八八七年一月二十四日にサー・ジョン・ローズと結婚。

十一月二十四日

(52) **レディ・ローズベリー**　(原注) ハンナ・ドゥ・ロスチャイルド (Hannah de Rothchild, 1851-1890) は一八七八年にアーチボルド (Archibald) 第五代ローズベリー伯爵と結婚。【夫人は実家ロスチャイルド家の財で夫ローズベリーを助けた。彼女は夫への影響力が大きかったといわれ、彼女が腸チフスで死亡した後、夫は一度政界を去った。しかしまた戻って外務大臣の後、首相を務めた。】

(53) **無節操な神**　エデル版には「計り知れない (インスクルータブルな) 神」と記されているが、私家版とバー版には、「無節操な (アンスクルーピュラスな) 神」とあり、本書ではそちらに従った。

十一月三十日

(54) **パーネルの声明文書**　(原注) パーネルは、オーシェイ (O'Shea) の離婚裁判の共同被告 (オーシェイの妻キャサリンの不義の相手) と名指しされ、求められた辞職を拒み、グラッドストンと自由党がアイルランドを裏切ったと訴えた。【スキャンダルのせいで、パーネルがアイルランド国民党党首のままではアイルランド自治はイギリスの同意を得られない、とグラッドストンは考え、彼が身を退くことを勧めた。ところがパーネルはそれを拒絶し、一八九〇年十一月末に「アイルランドの人民へ」("To the People of Ireland") という声明文書を発表し、グラッドストンのアイルランド自治政策の不十分さを訴えた。そこでグラッドストンは、アイルランド国民党の分裂を促し、実際に自由党との連携を望む一派と分裂したため、パーネル派は少数派となる。】

(55) **『ユアレの尼僧院長』**　(原注) この作品は一八七八年から一八八六年の間に出版されたルナンの『哲学的ドラマ』(*Drames Philosophiques*) のシリーズの一作。

十二月三十一日

(56) **一八九〇年十二月三十一日** (原注) この日付よりアリスの日記はキャサリン・P・ローリングの筆跡になっている。アリスは死ぬまで日記を彼女に口述筆記させた。ローリング嬢の綴り、句読法はしばしばアリスのものとは異なるので、それまでのテキストに編者(レオン・エデル)があわせた。

(57) **ハバクク** (Habakkuk) 紀元前七世紀頃のユダの預言者。なぜかハバククを嫌って悪口を言うヴォルテールに、友人が聖書にそんなことは書いていないと反論すると、彼は「ハバククなら何でもやりかねない(“capable de tout”)」と答えたと伝えられる。この「ハバククのように“capable de tout”だ」という言い回しが当時の上層階級の人々の会話でよく使われた。例えば、アメリカではハウエルズなど十二名の作家が一章ずつ担当し、共同執筆した『一家全員』(*The Whole Family*,1908) の最終章(担当はヘンリー・ヴァン・ダイク、Henry Van Dyke,1852-1933) では、物語の展開の中心であったターバート (Talbert) 一家のおせっかい焼きの長女マライア・プライス (Maria Price) のことを「ああ、マライアなら、あのフランスの批評家が預言者ハバククについて言ったように、『何でもやりかねない“capable de tout”』ことを請け合う」と言って語り手が警戒している。(William Dean Howells, Mary E. Wilkins Freeman, Mary Heaton Vorse, Mary Stewart Cutting, Elizabeth Jordan, John Kendrick Bangs, Henry James, Elizabeth Stuart Phelps, Edith Wyatt, Mary R. Shipman Andrews, Alice Brown and Henry Van Dyke, *The Whole Family* [1908; New York: Ungar,1986] 299)

一八九一年

一月七日

(58) **『アメリカ人』** (原注)『アメリカ人』(*The American*) はサウスポートのウィンター・ガーデン劇場でエドワード・コンプトンにより初演され、イングランドとアイルランドの地方興行を経て、秋にロンドンで上演された。これらの上演興業については、一九四九年出版の『ヘンリー・ジェイムズ全戯曲集』(*The Complete Plays of Henry James*)（レオン・エデル編集）を参照せよ。ジェイムズのコンプトン夫妻宛ての書簡は、コンプトンの息子コンプトン・マッケンジーの『わが人生と華やかなりし頃—オクターヴ・ツー』(*My Life and Times: Octave Two, 1891-1900*)（ロンドン、一九六三年）に収録されている。

(59) **ウィリアム・アーチャー** (William Archer, 1856-1924)　（原注）演劇評論家、劇作家。

(60) **バレスティエ** (Charles Wolcott Balestier 1861-1891)　（原注）若い作家兼出版者であり、ジェイムズの戯曲に興味をもち、それらを宣伝するために非公式の代理人の役割を担った。バレスティエの死後出版された彼の『並みの女』(*The Average Woman*, 1892) の序文を参照のこと。

(61) **レディ・ロンズデール、前レディ・コンスタンス・グラディス・ハーバート** (Lady Lonsdale, the former Lady Constance Gladys Herbert)　（原注）第十三代ペンブルック伯爵の妹。一八七八年に結婚したセント・ジョージ・ヘンリー、第四代ロンズデール伯爵の未亡人であった。

(62) **ブーシェ**　フランソワ・ブーシェ (Francois Boucher, 1703-70) はフランスロココ様式の画家で、牧歌的光景や神話を描くのを得意とした。

(63) **ヴァトー**　ジャン・アントワーヌ・ヴァトー (Jean Antoine Watteau,1684-1721) はフランスロココ様式の画家で、戸外で着飾った紳士淑女を題材とした空想的でロマンチックな作風で知られていた。

一月十二日

(64) **バートン夫人**　（原注）アリス・バートン (Alice Burton) がその役を演じたのは『アメリカ人』地方巡業中のみである。

一月十六日

(65) **「非凡な才能とは……」**　（原注）この一節はウィリアム・ジェイムズの『心理学』(*Principles of*

Psychology) の第十九章にある。アリスは引用を間違えている。ウィリアムが書いたのは「非凡な才能とは、本当は、普通でないふうに知覚する能力という程度の意味である」("Genius, in truth, means little more . . .") である。

(66)**『悲劇の詩神』** (原注)『アトランティック・マンスリー』誌に連載された後、一八九〇年に単行本として出版された。【「サウスケンジントン」注(15)を参照。】

(67)**「けっして、けっして」とか「絶対にけっして」とか** 『悲劇の詩神』では、正確には主人公のニック・ドーマー (Nick Dormer) のみではないが、ほとんどがイギリス人である登場人物たちがこの表現を発しているので、マイヤーズはこのようにコメントしたと思われる。

(68)**レディ・ダンロー、前イザベル・モード・ペンライス** (Lady Dunlo, the former Isabel Maude Penrice) (原注) 一八八九年にウィリアム・フレデリック・ル・ポアトレンチ (William Frederick Le Poer-Trench)、すなわちアイルランドのクランカーティ伯爵、ダンローとバリナスローのダンロー子爵、ギャルウェー州ガルバリーのキルコネル男爵、(Earl of Clancarty, Viscount Dunlo of Dunlo and Balinasloe, Baron Kilconnel of Garbally, County Galway) と結婚した。彼はクランカーティ子爵、ガルバリーのトレンチ男爵 (Viscount Clancarty and Baron Trnech of Garbally) として、イギリスの貴族に名を連ねていた。【レディ・ダンローは、結婚前はベル・ビルトン (Belle Bilton, 1867-1906) という芸名でミュージックホールの女優・歌手をしていた。ダンロー子爵との結婚は秘密裡におこなわれたが、結婚に反対した夫の父のクランカーティ伯爵に強いられ、夫は彼女のもとを去り、妊娠した彼女との離婚を求めて訴訟を起こし、スキャンダルとなった。結局夫は彼女のもとにもどり、伯爵が亡くなるまで彼女の女優としての収入で暮らした。】

(69)**エリー・エメット** (原注) エレン・ジェイムズ・テンプル (Ellen James Temple, 1850-1920) はジェイムズ一家のいとこで、クリストファー・テンプル・エメット (Christopher Temple Emmet, 1822-1884) と結婚した。

(70) **アミーリア (Amelia)**　ウィリアム・メイクピース・サッカレー (William Makepeace Thackeray, 1811-63) の『虚栄の市』(*Vanity Fair*, 1847-48) に登場するヒロインの一人アミーリア・シードリー (Amelia Sedley) のこと。男を手玉にとって社交界で出世していくもう一人の、道徳心のないヒロイン、ベッキー・シャープ (Becky Sharp) と異なり、受動的で、両親に振り回され、夫そして後に息子一途の女性であるが、ベッキーに亡夫の不誠実さを教えられ、彼女にずっと尽くしてきた男性と最後に再婚する。

一月二十一日

(71) **ベッドフォード公爵**　(原注) フランシス・チャールズ・ヘイスティングス、第九代ベッドフォード公爵 (Francis Charles Hastings, 9th Duke of Bedford, 1919-1891) の死亡記事には、公爵は病気で、「肺の鬱血」で死亡とのみ記述。

(72) **ケンジントンの週刊新聞からの記事**　エデル版では本記事の途中で、「教区牧師は効き目間違いなしの吐剤である。」や「『トゥルース』誌より」を挿入したりしているが、私家版では異なる。本書ではその私家版にしたがった。

(73) **「ワイルド・ウェスト」**　ワイルド・ウェスト・ショー (Wild West Show) のことで、バッファロー・ビル (Buffalo Bill)、本名ウィリアム・フレデリック・コディ (William Frederick Cody, 1845-1917) が始めた、カウボーイやインディアンが荒馬乗りなどを見せる大西部ショー。アメリカ国内のみでなく、ヨーロッパでも大成功を収めた。

一月二十三日

(74) **マーシャル・アンド・スネルグローヴ店 (Marshall & Snelgrove)**　当時、ヴェレ・ストリート (Vere Street) とオックスフォード・ストリート (Oxford Street) の角にあった高級デパート。

(75) **ポーツマス伯爵夫人**　(原注) レディ・イヴリン・アリシア・ジュリアナ・ハーバート (Lady Eveline

Alicia Juliana Herbert)、第三代カルナボン(Carnarvon)伯爵の娘は、一八五五年に第五代ポーツマス伯爵と結婚した。

(76) **ユライア・ヒープ** (Uriah Heep)　チャールズ・ディケンズの小説『デイヴィッド・コパフィールド』(*David Copperfield*, 1849-50) に登場する悪人。

(77) **ウォーンクリフ卿**　(原注) エドワード・モンタギュー・グランヴィル・モンタギュー・スチュアート・ウォトレー・マッケンジー、第一代ウォーンクリフ伯爵 (Edward Montagu Granville Montagu-Stuart-Wortley-Mackenzie, 1st Earl of Wharncliffe)。

一月二十八日

(78) **エリー・エメットの再婚**　(原注) エリー・エメットはこの年の秋にジョージ・ハンター (George Hunter, 1847-1914) と再婚した。

二月六日

(79) **エイサ・グレイ夫人** (Mrs. Asa Gray=Jane Loring Gray, 1821-1909)　ボストン生まれで、キャサリン・ピーボディ・ローリングの父ケイレブ (Caleb William Loring, 1819～1897) の妹にあたる。一八四八年に、エイサ・グレイ (Asa Gray, 1810-1888) と結婚。グレイはハーバード大学の自然史教授であり、十九世紀アメリカで最も重要な植物学者で、北アメリカの植物の分類学を統一し、いわゆる『グレイのマニュアル』(Gray's Manuel 1848) はいまだに版を重ねている。アリスが一八六七年から参加し、楽しんだ裁縫会「ビー」(Bee) の前身となる、「バンクス旅団」("Banks Brigade") 創設のきっかけは、夫人が一八六一年十月に十五名のケンブリッジの名家の娘たちを自宅に招き、姪を加えて従軍兵士と病院のために縫い物をする場をもうけたことであった。そして一八八一年にアリスとキャサリンはイギリス旅行中にキュー (Kew) 滞在中のグレイ夫妻を訪れた。その際にアリスの具合が悪くなったのだが、それは他の誰かとキャサリンの注意を分つことになると起こる症状だとストラウスは分析している (Strouse 198)。

(80) **クラフ夫人**　(原注) 詩人アーサー・ヒュー・クラフ (Arthur Hugh Clough, 1819-1861) の未亡人。

(81) **クロス一族**　ジョージ・エリオットの夫のJ・W・クロス一族のこと。ジョン・クロス氏については一八八九年六月二十八日参照。

(82) **オター夫人**　エミリー・ヘレン・オター (Emily Helen Otter, née Cross, 1848-1907) はジョン・クロスの妹。

(83) **フィッツ＝ジェイムズ**　「フィッツ (Fitz-)」は王族の庶子の姓の前につけた。

二月八日

(84) **ニクルビー夫人**　ディケンズ作『ニコラス・ニクルビー』の主人公の母親。「レミントン」注 (128) 参照。

(85) **タッチブルックの牧師**　(原注) J・T・ハレット (J. T. Hallett) は一八八四年以来、レミントンを含むタッチブルックの牧師であった。

(86) **リー卿**　(原注) ウィリアム・ヘンリー、第二代リー男爵 (William Henry, 2nd Baron Leigh 1824-1905)。

三月四日

(87) **ビリーとペギー**　(原注)【兄ウィリアムの子供】ウィリアム・ジェイムズ (William James 1882-1916) とメアリー・マーガレット・ジェイムズ (Mary Margaret James 1887-1952) のこと。【正しくは Margaret Mary James。二人はビリーとペギーと呼ばれていた。】

(88) **故チャニング博士の甥**　(原注) ウィリアム・ヘンリー・チャニング (William Henry Channing, 1818-1901) は社会改革者・超絶主義者ウィリアム・エラリー・チャニング (William Ellery Channing) の甥。

【ここに登場するのは、ウィリアム・ヘンリー・チャニングの息子、国会議員のフランシス・チャニング(Francis Allston Channing, 1841-1926)。彼は後に男爵の称号を受けている。】

(89)『**閣僚**』　(原注) サー・アーサー・ピネロ(Sir Arthur Pinero, 1855-1934)作の『閣僚』(*The Cabinet Minister*)は前年にコート劇場で上演された。

(90)**ジョン・ウッド夫人**(Mrs. John Wood, 1831-1915)　(原注) 元マチルダ・シャーロット・ヴァイニング(Matilda Charlotte Vining)。イギリスとアメリカの両国で女優であった。彼女がコート劇場を十年間、運営した。

(91)**自分たちの伴侶を見つける**　エデル版では「切る」("paring")と記載されているが、私家版、バー版では共に「伴侶となる」("pairing")とあり、本書ではそれに従った。

(92)『**踊る娘**』　(原注) ヘンリー・アーサー・ジョーンズ(Henry Arthur Jones, 1851-1929)作の『踊る娘』は、ヘイマーケットで上演が始まったばかりであった。

ケンジントン

三月二十二日

(1)**ウェズリー派**　メソジスト派のこと。十八世紀にイギリスでジョン・ウェズリー(John Wesley, 1703-91)たちによって始められたプロテスタントの一派。規律を重んじたので、規律主義者(Methodist)と呼ばれた。正式の牧師だけでなく、俗人の説教師も説教や賛美歌で伝道をおこなった。ウェズリーはこれらの活動を国教会内の改革運動と考えていたが、彼の死後、この一派はやがて国教会から独立した。

(2)**切り裂きジャック**(Jack the Ripper)　一八八八年にロンドンのイーストエンド、ホワイトチャペルで起きた猟奇的殺人事件の犯人の呼び名。二カ月間に少なくとも売春婦五名以上が喉を切り裂かれて殺され、臓器を摘出されたり、バラバラにされたりして発見されている。犯行予告が新聞社に送りつけられているが、犯人の正体は不明のままである。なお、「ジャック」とは、英語で正体が分からない際に使う通称である。

（3）**プリンス・ナポレオン**　（原注）ナポレオン・ヨゼフ・シャルル・パウロ・ボナパルト（Napoleon Joseph Charles Paul Bonaparte, 1822-1891）、一般にはプリンス・ナポレオン、愛称プロンプロン。ヴェルテンベルクのジェローム【ナポレオン一世の末弟】とカテリーヌ（Jerome and Catherine of Wurttemberg）の息子であるが、ナポレオン三世の後継者とされ、ナポレオン三世の一人息子の死と第二帝国の終焉の後も王位継承を主張し続けた。【ナポレオン三世とは水と油の仲であったという。プリンス・ナポレオンは娘をイタリア王室と政略結婚させるなど、政治的であった。】

三月二十三日

（4）**「毎日運行、ロンドンへ往復」**　ケンジントンには十九世紀以降になって住宅が建てられるようになったという。よって現在と異なり、ケンジントンはそれまで発達しておらず、ロンドンのうちに含まれなかったと考えられる。

三月二十七日

（5）**ミニー・エメット**　（原注）メアリー（ミニー）・テンプル・エメット（Mary [Minny] Temple Emmet）は、ヘンリー・ジェイムズが『ある青年の覚え書き』で称えた、アリスの従姉ミニー・テンプルの妹のエレン・テンプル・エメットの長女。

（6）**父親のジョゼフ**　ジョゼフ・チェンバレン（Joseph Chamberlain, 1836-1914）はイギリスの政治家。ロンドンの成功した靴製造業者の息子で叔父のねじ製造業に参加し、大成功をおさめ、一族は「ねじ王たち」と呼ばれた。ジョゼフは一方でバーミンガムで政界に乗り出し、自由党の中では急進派で、アイルランド自治問題でグラッドストンに反対し、自由統一党へ移り、そこでは帝国主義の政策を主張した。後のイギリス首相ネヴィル・チェンバレン (Neville Chamberlain, 1869-1940) の父。

(7) **エンディコット家**　ジョゼフ・チェンバレンの三人目の妻、メアリー夫人 (Mary Crowninshield Endicott) は、アメリカのマサチューセッツ州セイレム出身で、父親ウィリアム・C・エンディコット (William C. Endicott, Sr. 1826-1900) は、グローヴァー・クリーヴランド (Grover Cleveland) 大統領の下で陸軍長官 (1885-1889)(Secretary of War) を務めた。

(8) **ブラマジェム** (Brummagem)　イングランドのバーミンガムの俗称。ブラマジェムのもう一つの意味として、安っぽいものというのがあげられる。ここではチェンバレンが、妻がアメリカの名家出身であることで自らに権威づけようとしたことを指すといえる。

四月五日

(9) **ジャマイカ・プレーン** (Jamaica Plain)　ボストンの南西部の地区で当時は高級住宅地であった。

(10) **定冠詞付きの科学** (*the* Science)　クリスチャン・サイエンス (Christian Science) のこと。神は全知全能であり、物質世界は存在しないという考え方に基づき、医学的治療を拒絶し、祈りにより治療しようという信仰。催眠術師クィンビーの教えに基づく。(「サウスケンジントン」注(39)参照。) メアリー・ベイカー・エディ (Mary Baker Eddy, 1821-1910) が一八七五年にその教えを出版し、弟子たちに従われ、一八九四年にボストンで母教会を設立するまで発展した。信者たちは自らを「サイエンティスト」("Scientist") と呼んだ。

(11) **ウールソンさん**　(原注) コンスタンス・フェニモア・ウールソン (Constance Fenimore Woolson, 1840-1894) のこと。アメリカ人小説家でヘンリー・ジェイムズの友人。

(12) **サー・マイケル・ヒックス・ビーチ** (Sir Michael Edward Hicks Beach, 1837-1916)　(原注) 第九代セント・アルドウィン男爵、初代セント・アルドウィン (St. Aldwyn) 伯爵で、アイルランド自治法の強い反対論者。一八八六年から一八八七年にアイルランド担当大臣。

(13) **サンドハースト校 (Sandhurst)**　王立陸軍士官校RMC (Royal Military College) のこと。ロンドン南西部郊外のサンドハーストの村にあった。

四月七日

(14) **ハック・テューク医師**　(原注) サー・ジョン・バティ・テューク医師 (Sir John Batty Tuke, 1835-1913) のこと。精神医学の草分けで、イギリス神経協会の会長。「ベドラム」(Bedlam) とはベツレヘム精神科病院のことである。【リンダ・サイモンはこの医師を本文にある通り、ロンドンのダニエル・ハック・テューク医学博士 (Sir Daniel Hack Tuke, M.D.) だと一九九九年版の注で指摘している (188)。また一九六四年版に基づく一九八二年のペンギン版では、この注はダニエル・ハック・テューク医学博士に訂正されている】。

(15) **『スペクテイター』誌のタウンゼント氏**　メレディス・タウンゼント (Meredith Townsend, 1831-1911) のこと。一八六一年から一八八七年まで『スペクテイター』誌の社主の一人であり、かつ編集者で、本紙の成功に貢献したといわれる。

(16) **ブライス氏**　(原注) ジェイムズ・ブライス (James Bryce, 1838-1922)、後に子爵、は『神聖ローマ帝国』(*The Holy Roman Empire*, 1864) と『アメリカ共和国』(*The American Commonwealth*, 1888) の著者である。

(17) **エセル**　ウィリアム・メイクピース・サッカレーの『ニューカム一族』(*The Newcomes*, 1853-55) に登場するエセル・ニューカム (Ethel Newcome) のこと。頭のよい、独立心のある女性で、主人公クライヴ・ニューカムのいとこであり、彼と恋におちる。

四月九日

(18) **ローン侯爵** (John, Marquess of Lorne, 1845-1914)　（原注）後のアーガイル公爵 (Duke of Argyll)。ヴィクトリア女王の四人目の娘ルイーズ (Louise, 1848-1939) と結婚した。

(19) **ピクウィック風**　チャールズ・ディケンズの『ピクウィック・ペーパーズ』(*The Pickwick Papers* : *The Posthumous Papers of Pickwick Club*, 1836-37) の主人公のサミュエル・ピクウィックのように、太っていて腹の出っ張った丸い体形をしていることをここでは指す。

四月十二日

(20) **アルフレッド・パーソンズ** (Alfred William Parsons, 1847-1920)　（原注）イギリスの風景画家、挿絵画家。ヘンリー・ジェイムズの友人。

(21) **サヴィル・クラブ** (Savile Club)　（原注）ヘンリー・ジェイムズは一八八四年から一八九九年までサヴィル・クラブの一員であったが、めったにそこに行くことはなく、リフォーム (Reform) クラブとアセネアム (Athenaeum) クラブを好んだ。【サヴィル・クラブは、一八六八年に設立された、格式高いといわれるクラブで、メイフェアに位置し、ロバート・ルイス・スティーヴンソン、トーマス・ハーディ、ラドヤード・キップリングらがメンバーであった。】

(22) **バーン＝ジョーンズ** (Sir Edward Burne-Jones, 1833-1898)　（原注）イギリスの画家、装飾家。

(23) **サージェント** (John Singer Sargent, 1856-1925)　（原注）アメリカの肖像画家で、ヘンリー・ジェイムズの友人。

(24) **「ウィルキンズ・ミコーバー」** (Wilkins Micawber)　『デイヴィッド・コパフィールド』の登場人物。【「サウスケンジントン」注（34）参照。】ここでは陽気で社交的だったアリスの兄ガース・ウィルキンソン・ジェイムズ（ウィルキー）を指す。

(25) **ジョージ・ブラッドフォード氏**　（原注）エマソンの級友で生涯の友人。【「レミントン」注（201）参照。】

四月十九日

（26）**W・H・ハールバート（W. H. Hulbert）**　【「レミントン」注（138）参照。】（原注）彼は芸名グラディス・エヴェリンとして知られるミス・ガートルード・エリスの起こした婚約不履行の訴訟の被告であった。彼女はウィルフリッド・マレーと名乗ったハールバートによって結婚の約束をえさに誘惑されたと訴えた。ハールバートは約束が、（もしあったとしても）ミス・エリスが「純潔で慎み深い」というのが条件であって、「彼女は実際は不道徳な暮らしをする女性だ」と弁明した。訴訟の間にさらに主張されたのは、その女優が申し立てた相手のウィルフレッド・マレーはハールバートではなく、彼の秘書だということである。陪審員は「結婚の約束はなかった」として、被告の勝訴とした。

（27）**フラトン（William Morton Fullerton, 1865-1952）**　（原注）ロンドンの『タイムズ』紙のパリ支局のアメリカ人ジャーナリスト。後にフランスの新聞『ル・フィガロ』紙の論説委員となった。

（28）**ブロウィッツ（Henri de Blowitz, 1825-1903）**　（原注）長期にわたって『タイムズ』紙のパリ支局の局長であり、著名なヨーロッパのジャーナリストであった。

（29）**「この一週間」という題名のコラム**　『スピーカー』誌は、アリスがいうように毎週ではないが、アメリカのリーダー的文学者としてハウエルズを何度か取り上げている。一八九〇年三月二十日号では、「人物描写の小説」（"The Novel of Character"）という別コラムで、ハウエルズとヘンリー・ジェイムズの小説が今後の小説の進む方向を示していると評価している。また一八九一年一月三十一日号の「文芸随想」（"Literary Causerie"）の中では、エミリー・ディキンソン（「ケンジントン」注（90）参照）に対する、ハウエルズの評価について疑問を呈している（「ケンジントン」注（95）参照。）。

（30）**マリオン・ハーランドについて**　（原注）マリオン・ハーランド（Marion Harland）はメアリー・V・ターヒューン（Mary V. Terhune, 1830-1922）のペンネーム。南北戦争前後の南部を取り扱った小説を書いた作家。【『スピーカー』誌の一八九〇年五月三日号に「シャーロット・ブロンテについての中傷」という記事が掲載された。これはT・ウィームズ・リード著『シャーロット・ブロンテ論考』(T. Wemyss Reid, *Charlotte Brontë: a Monograph*, 1877) についてのハーランドの書評(『ノース・アメリカン・レビュー』誌の一八九〇年四月号に掲載)に対してのリード自らの反論である。筆者は、はじめは「ミスター」か「ミセス」か分からないと断り、以後ハーランドのことをミスターと呼んでいる。そして一八九〇年八月二十三日号の『スピーカー』誌の「この一週間」の中でハーランドは、今度は「ミセス」として、前述の書評について批判されている。】

(31)**『ゴーディズ・レディズ・ブック』誌** (*Godey's Lady's Book*) 一八三〇年にフィラデルフィアで創刊された婦人月刊誌。セアラ・ジョゼファ・ヘイル (Sarah Josepha Hale, 1788-1879) を編集主任とし、南北戦争前には最も広く普及し、ファッションやマナーについて大きな影響を与えた。ホーソーン、ストウ、ポーらが短編を投稿し、また当時流行った、道徳的、感傷的な作品が掲載された。

(32)**ニューポートのペリー宅** (原注)ペリー家はニューポートでジェイムズ一家の隣人であり、批評家・教師のトーマス・サージェント・ペリー (Thomas Sargent Perry, 1845-1928) は長年にわたるヘンリー・ジェイムズの親友であった。姉のマーガレット・ペリーは画家ジョン・ラ・ファージュ (John La Farge, 1825-1910) と結婚した。【トーマスとマーガレットは、黒船のペリー提督の兄で、イギリスに対する一八一二年戦争において一八一三年にエリー湖の戦いでイギリス艦隊を破ったオリヴァー・ハザード・ペリー (Oliver Hazard Perry, 1785-1819) の孫にあたる。】

四月二十二日

(33)**レディ・アレキサンドラ・レヴソン・ガウワー** (Lady Alexandra Leveson Gower) (原注)父親である第三代サザーランド公爵 (George Granville William, 3rd Duke of Sutherland, 1828-1892) は一八四九年にニューホールとクロマティーのアン・ヘイ＝マッケンジーと結婚した。公爵夫人は一時、ヴィクトリア女王の女官長で、女伯爵クロマティーの爵位を授けられた。彼女は一八八八年十一月に死亡した。アレキサンドラ王女が公爵夫人の娘アレキサンドラの後見人であったが、娘は一八九一年四月十六日に亡くなった。公爵は一八八九年にアーサー・キンダースリー・ブレアの未亡人であり、オックスフォードのハートフォード・カレッジの学長で、神学博士リチャード・ミッチェル師の娘であるメアリー・キャロラインと再婚していた。

ヘンリー・ジェイムズは一八八八年に短編にしようと同じようなテーマを創作ノートに記載したが、実際にその短編を書きあげたのはこの時期のようだ。アリスがここに語っているレディ・アレキサンドラの物語によって、彼のこの話題への興味がよみがえったのかもしれない。しかしながら、一八九一年八月に『アトランティック・マンスリー』誌に発表された短編『結婚』(*The Marriages*)では、登場する娘はアリスの説明にあるよりはもっと好ましくない人物に描かれている。

四月二十三日

(34) **ケンダル夫人は……書いている。**(原注)デイム・マッジ・ケンダル(Dame Madge Kendal, 1849-1935)は著名な女優。実際にはジェイムズの『アメリカ人』がロンドンで上演される際、ジェイムズ自身によってかなり書き直された。

(35) **ヘラクレスばりの仕事である。**(原注)アリスはここで、兄ハリーが舞台のさまざまな約束事によって「拘束されている」と絶えず訴えていたことをそのまま繰り返している。

(36) **ヘアー** (原注)サー・ジョン・ヘアー(Sir John Hare, 1844-1921)はジェイムズの戯曲『ミセス・ヴィバート』(後に『借家人』(*Tenants*)と改題)を上演すると約束したが、上演しなかった。

(37) **ジュネヴィーヴ・ウォード嬢**(Genevieve Ward, 1838-1922) (原注)アメリカ生まれの女優で、ニューヨークとロンドンの両方の舞台に登場した。

(38) **『ヴィバート夫人』**(*Mrs. Vibert*) 後に『借家人』(*Tenants*)として『戯曲集——二喜劇』(*Theatricals: Two Comedies; Tenants and Disengaged*, 1894)に収録されたが、上演されることはなかった。

（39）**コメディー・フランセーズ**(Comedie Française)　パリにあるフランス国立劇場。

（40）**『レディ・バウンティフル』**　（原注）ピネロ(Sir Arthur Pinero)の芝居『レディ・バウンティフル』(*Lady Bountiful*)は一八九一年三月にヘアーによって上演された。

四月二十四日

（41）**ジョゼフの歴史に残る「ボタン穴用の飾り花」**　（原注）ジョゼフ・チェンバレン(Joseph Chamberlain, 1836-1914)は議会で自由統一党の党首となり、アイルランド自治法に反対した。【彼はいつも蘭の花をボタン穴にさしていたといわれる。】

（42）**この男がどこかで演説**　チェンバレンは一八九一年四月二十一日夜にバーミンガム市役所で開催されたバーミンガム自由統一連合の大委員会会合に出席し、アイルランドの二派とイギリスを満足させるような自治法は不可能であると演説し、大喝采を浴びた。（「バーミンガムでのチェンバレン氏」『スタンダード』紙一八九一年四月二十二日）

四月二十六日

（43）**ヘンリー・ワイコフの悲劇的な人生**　（原注）ワイコフについては、ヘンリー・ジェイムズの『ある少年の思い出』第十一章を参照せよ。ジェイムズの喜劇『堕落者』(*The Reprobate*, 1894)はワイコフ家の歴史のこの部分に一部基づいている。【「レミントン」注（236）参照。】

（44）**自然宗教**　啓示などによらず、理性や自然の考察のみに基づく宗教。

（45）**フラ・アンジェリコ**(Fra Angelico, c.1400-55)　本名ギイド・ディ・ピエトロ(Guido di Pietro)。フローレンスの画家・修道僧。サン・マルコ修道院の「受胎告知」などが有名。彼の描く人物は、彼の世俗離れのせいか、顔がなめらかでつんとしていて、性別不明の薄ら笑いをうかべているのが特徴といえる。

五月三日

(46) **ネッド**　(原注)エドワード・ホートン・ジェイムズ(Edward Holton James, 1873-1954)のこと。アリスの一番下の兄ロバートソンの長男。

(47) **メアリー**　メアリー・ホートン・ジェイムズ(Mary Holton James)、ロバートソンの妻のこと。

五月七日

(48) **ロシア皇帝**　(原注)アレキサンダー三世(Alexander III, 1845-1894)は暗殺された父のツァーの位を継ぎ、その在位中、恐怖と無知により反動的な政策をとった。ロシアのさまざまな少数民族をロシア化し、都市部のユダヤ人の数と居住の制限を押し進めようとした。これにより、多数のユダヤ人がモスクワや他の都市から排除され、ゲットー地区に密集することとなった。

五月九日

(49) **ニューナム校の女性校長クラフ先生**　(原注)アン・ジェマイマ・クラフ(Anne Jemima Clough, 1820-1892)は詩人アーサー・ヒュー・クラフ(Arthur Hugh Clough)の妹であり、ケンブリッジの女子学寮ニューナム・カレッジの初代学長を務めた。

(50)「**目にあまる**」**ノートン**　(原注)チャールズ・エリオット・ノートン(Charles Eliot Norton, 1837-1908)のこと。一八七三年から九八年までハーバード大学の美術史教授。【ケンブリッジのシェイディ・ヒル(Shady Hill)といわれる大邸宅に住み、アリスの親友のセアラ・セジウィックの姉スーザンと結婚した。ハーバード大学教授になる前には『ノース・アメリカン・レビュー』(*North American Review*)の編集者であり、兄ヘンリーはノートンによって『ノース・アメリカン・レビュー』に書評掲載の機会を与えられ、ヨーロッパでは絵画の見方などを学び(Habegger, *The Father* 454)、ジョージ・エリオットらの数多くの知識人に紹介された(Strouse 137)。しかしアリスは彼のことを「シャルルマーニュ」(Charlemagne)つまり

「カール大帝」と陰で呼び、嫌っていた。】

(51) **ベアリング・ブラザーズ**　(原注) ロンドンのベアリング・ブラザーズ社 (Baring Brothers & Co.) の銀行部門。社長のラッセル・スタージス (Russell Sturgis, 1805-1887) は、元はボストンの商人で、息子のジュリアンとハワード同様にヘンリー・ジェイムズの友人であった。

(52) **その転落**　一八九〇年にアルゼンチンへの投機的貸し付けが小麦の不作により焦げついたために、ベアリング・ブラザーズ社が破産しかけたこと。「一八九〇年のパニック」といわれ、イギリス資本が海外への投資をいやがるようになるほどイギリスの経済に混乱をもたらした。

(53) **ハンフリー・ウォード夫人** (Mrs. Humphry Ward, 1851-1920)　(原注) イギリスの小説家。『ロバート・エルズミアー』(*Robert Elsmere*, 1888) はヴィクトリア朝後期の小説では最も広く読まれた作品の一つである。

五月三十一日

(54) **トーリー先生**　(原注) ジョン・クーパー・トーリー (John Cooper Torry) 医師。王立医師協会の一員で、一八五九年より、ロンドンで開業。セント・アンドリューズ大学で教育を受けた。

(55) **アンドリュー・クラーク先生**　(原注) サー・アンドリュー・クラーク (Sir Andrew Clark, F.R.C.S. 一九一三年に没)。イギリス医学学会の副会長。著名なヴィクトリア朝の内科・外科医で、後にエドワード七世の名誉外科医となった。

六月一日

(56) **(ウィリアムには) 何も知らせないことにする**　(原注) しかしながらウィリアムはアリスの病気について知らされ、一八九一年秋にアリスに会いにイギリスに来た。

六月五日

(57) **ロバート・エルズミアー**　ハンフリー・ウォード夫人による『ロバート・エルズミアー』の主人公。若い聖職者エルズミアーは、神学上懐疑的になるが、転向することはせず、貧しい人々に対しての奉仕活動に励む。

六月十六日

(58) **ベルリンのあのお方**　(原注) アリスはドイツ皇帝ウィルヘルム二世 (Willhelm II, 1859-1942) をこう呼ぶ。いつも旅行をしていたので、一般に「旅皇帝」(*Der Reise-Kaiser*) と呼ばれていた。

(59) **バカラ・スキャンダル**　(原注)「バカラ・スキャンンダル」が公になったのは、近衛歩兵第三連隊の中佐サー・ウィリアム・ゴードン＝カミング (Sir William Gordon-Cumming) が、トランプで八百長をしたと彼を訴えた社交界の著名な人たちに対して名誉毀損の訴えを起こし、その訴訟に敗れた時である。皇太子 (後のエドワード七世) がこのトランプ賭博に関わっていた一人と分かった時、裁判は広く注目された。証言を求められ、皇太子は八百長があったという証拠には疑問の余地なしと法廷で証言した。

(60) **「ウェールズおじさん」**　ウィルヘルム二世はヴィクトリア女王の孫。したがってエドワード皇太子は母方の叔父にあたる。

(61) **皇帝版バーナム**　ドイツ皇帝ウィルヘルム二世のこと。「レミントン」注 (150) を参照。バーナムについては、「レミントン」注 (136) 参照。

(62) **アナトール・フランスの新しい本**　(原注) 彼の新作とはたぶん、一八九〇年に出版された『舞姫タイス』(*Thaïs*) である。

(63) **ヘアー卿**　エデル版ではハヴ (Have) 卿となっているが、バー版に従った。一八九一年四月二十二日参照。

(64) **『心理学』**　一八九〇年出版のウィリアム・ジェイムズ著『心理学の諸原理』(*Principles of Psychology*) のこと。

(65) **ロビンズ嬢**　(原注) エリザベス・ロビンズ (Elizabeth Robins, 1865-1957) はアメリカ生まれのイプセン劇女優。ロンドンで上演された『アメリカ人』でクレール・ド・サントレ役を演じた。

(66) **コクラン**　(原注) ブノワ・コンスタン・コクラン (Benoît Constant Coquelin, 1841-1909) は『シラノ・ド・ベルジュラック』(*Cyrano de Bergerac*) を初演した、十九世紀のフランスの最も著名な俳優の一人。

六月十七日

(67) **ギルバード氏の有名な家**　『ミカド』(*The Mikado*, 1885) などの喜歌劇を共作したギルバート・アンド・サリバンの一人のW・S・ギルバート (W. S. Gilbert, 1836-1911) の家。当時のロンドンにある邸宅として注目される存在であった。

(68) **フォックス・アンド・ボウスフィールド** (Messrs. Fox and Bousfield)　エドウィン・フォックス・アンド・ボウスフィールド社のこと。イギリスでオークションをおこなう会社。

(69) **ジョージ**　アニー・アシュバーナー・リチャーズの弟ジョージ・アシュバーナー (George Ashburner) のことと思われる。

(70) **メイフェア** (Mayfair)　ロンドンのハイドパークの東の地区。当時は高級住宅地であった。

六月二十四日

(71) **妥協してくれる**　エデル版には「断固として無定形な (uncompromising)」とあるが、私家版では「妥協してくれる (compromising)」とあり、それにしたがった。

七月十五日

(72) **回復しつつある** (recruiting)　(原注) アリスはこの単語 (recruiting) を珍しい意味で用いていて、補充・再生を意味する。

(73) **平凡の次元から飛躍することを「粗野」と書いていた**　ウィリアムがまとめた『故ヘンリー・ジェイムズ遺稿集』(*The Literary Remains of the Late Henry James*, 1884)(「レミントン」注(267)参照)について、一八八五年九月十八日付けの『スペクテイター』誌(*The Spectator*)は、父ヘンリーの文体が怒りをあらわす時には過激で、時には粗野であったと書いている(22)。

(74) **数ある書評の一つ**　ウィリアム・ジェイムズの著書『心理学』について『ネイション』誌一八九一年七月二日号と九日号の二回「ジェイムズの心理学 I」("James's Psychology I")、「ジェイムズの心理学 II」("James's Psychology II")に分けて掲載された書評。ウィリアムの著書を論理的でないと厳しく批判している。

(75) **グリーン山脈**　アパラチア山脈の支脈で、カナダからマサチューセッツ州まで伸びている。ここでは田舎というニュアンスで用いられている。

九月三日

(76) **サントレ夫人**(Madame de Cintré)　『アメリカ人』の主人公クリストファー・ニューマン(Christopher Newman)が婚約したフランス貴族の娘。この夜会服とは、二人の婚約披露パーティーで彼女が身につけるものと思われる。ただしその後、彼女の母と兄が、アメリカ人の成金であるニューマンが身内になることに耐えられず、婚約を破棄する。小説では、サントレ夫人は母と兄の意向に逆らって修道院に入るが、芝居では、観客の受けを狙ってハッピーエンドで、二人は結ばれるという大団円を迎える。

九月七日

(77) **往年の美の名残**(***Mes beaux restes***)　この時の写真は兄たちに送られ、本書ではハーバード大学のホートン図書館で所蔵されているものを口絵に掲載した。

九月十八日

（78）**九月十八日**　私家版、バー版では九月八日となっている。

（79）**クラフ先生の意見**　一八九一年五月九日参照。

（80）『ジェーン・エア』(*Jane Eyre*, 1847)　イギリスの小説家シャーロット・ブロンテ (Charlotte Brontë, 1816-1855) による小説。孤児であるジェーンがさまざまな苦難を乗り越え、家庭教師という職を経て、最後には自立した女としてロチェスターと結婚するという展開の物語である。イギリス人の女性たちは、これをショックを受けるような作品だと考えているが、アリスはその目新しさに疑問をもっている。

（81）**エプソム・ダウンズ** (Epsom Downs)　クラシック競馬のダービーが開催されることで知られているエプソム競馬場のこと。ロンドンの南十七マイルに位置する。無知なルイザは、自己の認識できる単語で「アップス・アンド・ダウンズ」(Ups and Downs) と発音したと思われる。

（82）**レディ・ゴダイヴァ** (Lady Godiva)　十一世紀のイギリスのマーシア伯レオフリック (Earl of Mercia, Leofric) の妻。彼女をめぐる伝説は以下の通りである。信仰の深い、領民思いの彼女は、夫にコヴェントリー (Coventry) への課税をやめさせるため、夫の命じる通り、町中を裸で馬を乗り回した。その結果、夫は彼女の要求に従った。町の人々も彼女に敬意を表し、皆、彼女の一糸まとわぬ姿を見ないようにしたが、一人トムが覗き見をし、以来、覗き見する人を「覗き見トム」(Peeping Tom) と呼ぶ。

九月二十日

（83）**親愛なるチャイルド氏**　（原注）フランシス・ジェイムズ・チャイルドのこと。【「レミントン」注（2）参照。】ヘンリー・ジェイムズの『ある青年の覚え書』第十章のチャイルドへの賛辞を参照せよ。

十月三十一日

（84）**十月三十一日**　私家版、バー版共に十月三日の日付となっている。

(85) **牛がそれを聞いて死んだという役にも立たないメロディ**　このメロディについては、諸説考えられるが、ここではえさがないので農夫が笛で曲をきかせたところ、牛は飢えで死んでしまったという歌にあたると考えられる。音楽または言葉だけでは現実に何の助けにもならないという意味で、ゴドキンの愚痴がこのメロディのように、役に立たないことを指す。

(86) **「多色」の神秘思想家**（"chromo" mystique）　「多色」とはゴドキンの一八七四年九月二十四日付け『ネイション』誌に掲載した記事「クロモ文明」("Chromo-civilization") に由来し、「神秘思想家」とは、その中で批判の対象となっているヘンリー・ウォード・ビーチャー (Henry Ward Beecher, 1813-87) を指すと思われる。この記事の中でゴドキンは、人気の説教師の牧師ビーチャーと新聞編集者セオドア・ティルトン (Theodore Tilton, 1835-1907) の夫人との不倫スキャンダルがメディアを通して加熱した理由に、アメリカの「文化」の変化をあげている。ゴドキンがあるべきと考える「文化」とは、精神的、道徳的鍛錬のうえで初めて培われるものであるが、当時はクロモ・リトグラフィー（多色石版刷りの絵）に代表されるような印刷技術の向上で、一般家庭でも「芸術」の所有が可能となり、生半可な知識、「芸術」の好みを持つ人々が習得したと自信をもつ文化、つまり「まがいもの」の文化 (pseudo-culture) に取って代わられつつあった。自己否定に欠け、自分たちだけで通用する価値観で行動してきたビーチャーは、この風潮を代表する人物だとゴドキンは考えた。「「アルコールが私から逃げていったのだから」という表現にも、「私」に努力が欠如していることが見え、「クロモ文明」の典型だとアリスの目に映ったといえる。

十二月四日

(87) **催眠術のタッキー**　（原注）チャールズ・ロイド・タッキー博士 (Dr. Charles Lloyd Tuckey) のこと。アバディーン大学出身で、催眠療法の初期の開拓者。『精神療法――催眠術と暗示による治療』の著者。

十二月十一日

（88）**若いバレスティエ**　（原注）バレスティエ【「サウスケンジントン」注（60）参照】はドレスデンで腸チフスのために死亡。ヘンリー・ジェイムズはそこでの葬式に列席した。彼の妹キャロラインはラドヤード・キップリングと結婚。

（89）**ヴェダー** (Elihu Vedder, 1836-1923)　（原注）アメリカの挿し絵画家、作家。

（90）**オールドリッチ風に**　（原注）トーマス・ベイリー・オールドリッチ (Thomas Bailey Aldrich, 1836-1907) はアメリカの詩人、小説家、一八八〇年代の『アトランティック・マンスリー』誌の編集者。【空ですれ違った二つの影の一人が誰かと相手に尋ねられ、「分かりません。夕べ死んだばかりなので」と答えるのは、オールドリッチによる詩「アイデンティティー」の内容そのものである。オールドリッチの作品集には、ヴェダーの挿絵があった。(*The Writings of Thomas Bailey Aldrich: Poems*, Vol.1 (Boston: Houghton Mifflin, 1907) 48)】

十二月三十日

（91）**英国皇太子が劇場にいらっしゃる予定**　一八九一年十月十九日付けの『タイムズ』紙によると、皇太子は同年十月十七日にオペラ・コミック劇場で『アメリカ人』を観劇した。

（92）**トランビー・クロフト族**　英国皇太子が賭事で裁判になったバカラ事件は造船家アーサー・ウィルソンの邸宅トランビー・クロフト (Tranby Croft) で起こったことから、皇太子の取り巻きのことを指していると思われる。皇太子が当時違法であったギャンブルを、自分の取り巻き連中とよく行っていたこと等が、当時、かなり話題となった。八百長をしたといわれている中佐サー・ウィリアム・ゴードン＝カミングは、この事件をきっかけに取り巻きからはずされた。なお、バカラ事件については一八九一年六月十六日の記載と「ケンジントン」注（59）参照。

（93）**侯爵を演じた熟練した俳優**　（原注）侯爵を演じたのはシドニー・パクストン (Sydney Paxton, 1860-1930) であった。

一八九二年

一月四日

（94）**ハーガン教授**　エデル版ではHaagan、私家版とバー版ではHaganとなっているが、ウィリアム・ジェイムズの師で、ルイ・アガシー（Jean Louis Agassiz）のハーバード大学の同僚、同大学の昆虫学教授ハーガン（Hermann August Hagen, 1817-1893）のことだと思われる。

一月六日

（95）**エミリー・ディキンソンを五流だと宣告する**　エミリー・ディキンソンを「五流詩人」とイギリス人批評家が呼んだものとして、一八九一年八月八日付けの『セント・ジェイムズのガゼット』（*St. James's Gazette*）紙掲載の「文学界」（"The Literary World"）があげられる。それもディキンソンが文法を身につけ、韻律法の知識を持ち、表現するに足る考えがあり、それをあらわす能力をもつことが条件であった。アリスがそれを目にしたかどうかは不明であるが、この批評がアメリカでは一八九一年十月の『現在の文学』（*Current Literature*）に再録され、その後、オールドリッチが『アトランティック・マンスリー』誌六十二巻（一八九二年一月号）に寄せた「エミリー・ディキンソンに関して」（"In Re Emily Dickinson"）で、『セント・ジェイムズのガゼット』紙が言及している条件（ただしオールドリッチは端折っている）を満たせば、「二等級の詩人」になっていただろうと冒頭に書き出す形で、イギリスの批評家同様にディキンソンを批判している。ディキンソンの詩は、アメリカでは第一シリーズが六カ月で六版を重ねるほど人気があったが、イギリスではアンドリュー・ラング（Andrew Lang）などによってその独自の作風やハウエルズ、ヒギンソンによる支持が批判されている。（Willis J. Buckingham ed., *Emily Dickinson's Reception in the 1890s: A Documentary History*(Pittsburgh: University of Pittsburgh Press, 1989)159-60, 282-84）参照。

（96）**T・W・ヒギンソン**　（原注）トーマス・ウェントワース・ヒギンソン（Thomas Wentworth Higginson

1823-1911) は作家、教師、社会改革者。エミリー・ディキンソン (Emily Dickinson, 1830-1886) の作詩を最初に励ました人物で、メイベル・L・トッド (Mabel L. Todd, 1890-1991) と共に、彼女の詩集を二巻編集した。

(97) **ディキンソンがT・W・ヒギンソンのせいで青白く貧相に見え** (Her being sicklied o'er with T. W. Higginson)　ウィリアム・シェイクスピアの『ハムレット』(*Hamlet*) 第三幕第一場の、生きるべきか死ぬべきかとハムレットが悩む有名な場面で、「死のう」という決断が、迷いのせいで青白くなってしまう ("And thus the native hue of resolution/is sicklied o'er with the pale cast of thought, . . .)、つまり弱まってしまうとハムレットは語っている。アリスの「青白く貧相に見える」("sicklied o'er") は、この有名な独白からである。ディキンソンの詩集の第一シリーズでのヒギンソンの序文、その出版の成功、そして詩集の第二シリーズ（一八九一年秋）出版前の『アトランティック・マンスリー』誌一八九一年十月号に掲載されたヒギンソンの「エミリー・ディキンソンの書簡」("Emily Dickinson's Letters") により、ディキンソンがヒギンソンによって世に売り出され、師弟関係にあるという印象を与えたため、アリスはディキンソンの価値が減じたように思えたのであろう。ヒギンソンは、反奴隷制主義者そして女性参政権運動者として著名な社会改革家であり、父ヘンリーをはじめとするジェイムズ家の人々とは思想上隔たりがあった。そのうえ、ヒギンソンは、兄ヘンリーの作品を批判する論文を雑誌に掲載している（『アトランティック・マンスリー』誌一八七〇年一月号掲載の「文学におけるアメリカ主義について」など）。アリスがこのようなヒギンソンを好ましく思うはずがなく、そのような彼に書簡を送ったディキンソンについて、そして彼女に対する自らの評価について、一瞬疑問をもったのである。なお、アリスのヒギンソンに対する感情についてはアルフレッド・ハベガーの助言によるところが大きい。ジェイムズ家の女性参政権運動をはじめとする、当時の女性に関する議論における姿勢については、ハベガー、『ヘンリー・ジェイムズと「女性問題」について』Alfred Habegger, *Henry James and the "Woman's Business"*(Cambridge: Cambridge Univ. Press, 1989) の序章と第二章を参照。

(98) **なんと鬱陶しいのでしょう……自分の名前を唱えるなんて！**　（原注）この詩は、一九五八年出版の『エミリー・ディキンソンの詩』(*The Poems of Emily Dickinson*)（ジョンソン編集）に、第二八八番の詩として収録されている。【一八九一年十月に出版された、T・W・ヒギンソンとメイベル・ルーミス・トッド (Mabel Loomis Todd , 1856-1932) 編による『エミリー・ディキンソンによる詩』(*Poems by Emily Dickinson,* Roberts Brothers) の第二シリーズでは二十一頁に収録されている。アリスはおそらくこの版を読んだと推測される。】

(99) **クロス氏**　（原注）ジョージ・エリオットの夫ジョン・クロス (John Cross) のこと。一八八九年六月二十八日参照。

(100) **バーニー嬢の書簡集**　（原注）ファニー・バーニー、ダブレー夫人 (Fanny Burney, Mme. d'Arblay, 1752-1840) は小説家、日記作家。

一月三十日

(101) **ヘンリー・アダムズ氏** (Henry Adams, 1838-1918)　（原注）歴史家。この頃、イギリスを訪問中であった。【アメリカ第二代と第六代大統領を先祖にもつ名家の出で、『ヘンリー・アダムズの教育』(*The Education of Henry Adams*, 1907) などを執筆。】

(102) **手にリンゴをもった血色のよい少年**　アメリカでは一日にリンゴ一個を食すると健康でいられるといわれ、ここではイギリス人医師がその程度の知識しかもっていない、つまり医師としてあまり役にたたないという意。

二月一日

(103) **ロッセンデルでの偉大な勝利**　（原注）一八九二年一月二十三日の（ランカシャー）ロッセンデル (Rossendale) での補欠選挙は、アイルランド自治をめぐる争いの一つとして、大いに興味深い選挙だった。

結果は、グラッドストン派の自由党員、製造業者のジョン・ヘンリー・メイデン (John Henry Maden) が、自由統一党の後継者サー・トーマス・ブルックス (Sir Thomas Brooks) に勝利した。【補欠選挙となったのは現職のハーティントン侯爵 (Marquis of Hartington) が、父の死によってデヴォンシャー公爵 (Duke of Devonshire) の爵位を継ぐため、議員を辞したからである。ハーティントンは元々は自由党であったが、グラッドストンとアイルランド自治問題で袂を分かち、自由統一党員として選出されていた。自由統一党の後継者が敗れる結果となった。すでに労働問題が大きな注目を集めていたが、当時のグラッドストンはアイルランド自治問題を最優先課題とみなしていた。】

(104)「**接神論**」(Theosophy)　神智学ともいい、霊的高揚や直観によって神の智慧を得ようとする神秘主義の一つ。一八七五年、ニューヨークでヘレナ・ペトロヴナ・ブラヴァツキー (Helena Petovna Blavatsky, 1831-1891) 通称ブラヴァツキー夫人がヒンズー教などの教えを西洋の宗教と混合させ、提唱した。メスメリズムとスウェーデンボルグの教義の影響を受け、オカルト主義的であった。

(105) **ボストン・ハイランド**　現在のロクスベリー (Roxbury) 近辺のこと。

(106)「**襟とカフス**」**氏**　皇太子の長男アルバート・ヴィクター・クリスチャン・エドワード王子 (Prince Albert Victor Christian Edward, 1864-1892)（愛称エディー）のこと。長い首のせいで糊のきいた高い襟をつけていたためにこのようなあだ名がついた。ちょうど一八九一年十二月にプリンセス・メアリー・オブ・テック (Princess Mary of Teck, 1867-1953)、後のジョージ五世王妃と婚約してまもなくインフルエンザにかかり、年が明けて早々の一月十四日に死去した。弟のジョージ（後のジョージ五世）と比べ、あまり快活ではなかったといわれる。

二月二日

(107) **七八年のおぞましい夏**　兄ウィリアムとアリス・ハウ・ギベンズ（「レミントン」注(152)参照）の婚約発表は一八七八年の五月であったが、その年の春にはそれが迫っていたことが知られており、それまで同じように神経症的症状で悩んでいたウィリアムと蜜月状態であった妹アリスは、四月には床につき、深刻な病状であったという(Strouse 182-184)。結局、アリスはそれまでの中で最悪の発作を起こし、六月の結婚式には出席できなかった。

二月二十八日

(108) **おそろしいパイパー夫人**　(原注) L・E・パイパー夫人(Mrs. L.E. Piper)はボストンの有名な霊媒であり、一八八五年にウィリアム・ジェイムズが見出した。【ウィリアムは妻の母親の勧めで夏頃に初めてパイパー夫人のもとを訪れ、以降何度も降霊会に出席し、その降霊の信憑性を確信したという。降霊会の模様については *Proceedings of the American Society for Psychical Research* の第一号に"Mrs. P"の降霊会として報告している。(Yeazell 106 n.)

以前にウィリアムが、アリスに髪の毛一房を送らせ、それをパイパー夫人に預け、アリスの状況を診断させようとしたことがあった。ところがアリスは、実際には知人の四年前に死亡した友人の髪の毛を送り、そのことを一八八六年一月三日、四日の日付の書簡で告白している(Yeazell 105-106)。パイパー夫人を試すため、そしてもし本当にパイパー夫人が期待されているように読心術者以上の能力をもっていた場合、「自分の身体の秘密を、知りたがっている聴衆の面前で暴露されるのはいやだから」そうしたとアリスは説明している。】

三月四日

(109) **キャサリン・P・ローリングによる最後の記述**　この部分の記述は、私家版には記載されていないが、バー版には含まれている。

(110) **ミス・ウールソンのお話「ドロシー」**("Dorothy")　(原注)この物語は『ドロシーと他のイタリアの物語』(*Dorothy and Other Italian Stories*, 1896)に収録され、ウールソンの死後、出版された。【ローリングは『ハーパーズ・ニュー・マンスリー・マガジン』(*Harper's New Monthly Magazine*) 一八九二年三月号を読んだと思われる。典型的なアメリカン・ガールであったドロシーがイタリアで富裕な男性と出会い結婚するが、十九歳にして未亡人となり、以来落ち着きのない、移り気な生活を送るようになる。彼女の精神の不安定は夫を亡くした喪失感によることが本人には認識されるが、母親やおばたちには理解されず、最後に彼女は病で死亡する。】

解説――ジェイムズ家のアリスと彼女の日記

アリス・ジェイムズ（Alice James, 1848~1892 以下アリス）は、スウェーデンボルグ思想家として著名な父ヘンリー・ジェイムズ（Henry James, Sr. 1811-1882、以下シニア）と母メアリー・ロバートソン・ウォルシュ・ジェイムズ（Mary Robertson Walsh James, 1810-1882）の五番目の子供、そして唯一の娘であり、長兄にハーバード大学教授で心理学者・哲学者のウィリアム・ジェイムズ（以下ウィリアム）、次兄に作家ヘンリー・ジェイムズ（以下ヘンリー）をもつ。本書は、彼女がイギリスに滞在中、病状が悪化し、帰国できないまま死去するまでの最後の約三年間に日記として書き綴ったものの翻訳である。日記には両親や兄たち、とくにヘンリーにまつわる裏話などが挿入されており、ヘンリー・ジェイムズ研究者にはたいへん魅力ある資料であるが、同時にアリス自身の「死」と「生」について、文学、そしてイギリス事情についての考察の記録であり、その内容は多岐にわたる。なかでも病に対峙しながら、自己の過去を振り返り反芻する記述は、本作の読みどころといえる。ただしそれを理解するには、やはり彼女がジェイムズ家の女性であったことを無視できない。ナンシー・ウォーカー (Nancy Walker) が指摘するように、彼女は「十九世紀末の最も活発な知的活動の一つの周縁にいた」(279) のである。そのような環境、それを生み出した家庭背景こそが彼女の日記の土壌となり、その出版にも影響を与えたのである。

一 ジェイムズ家の思想

アリスに最も影響を与えたのは、上の兄たち二人よりも父シニアである。彼は若い頃の放蕩生活がたたって、いったん遺産相続からはずされたにもかかわらず、訴訟を起こし、アイルランド出身の父オールバニーのウィリアム・ジェイムズ (William James, 1771-1832) から莫大な遺産を相続した。そのおかげで彼は生涯、いわゆる「職業」にはつかず、何度もヨーロッパにわたり、宗教、社会的変化等について自らの思想を構築・展開し、『ニューヨーク・トリビューン』紙などに投稿して注目された。ヨーロッパでの長期滞在中には、子供たちには現地の学校や家庭教師による教育を施したが、それは「行き当たりばったり」だと評されている (Edel, "Portrait" 4)。帰国後、彼はラルフ・ウォルドー・エマソンをはじめとするボストンの知識人たちに一目置かれ、そのおかげでアリスもエマソン家、E・L・ゴドキン、チャールズ・エリオット・ノートンの一家やエリザベス・ピーボディらのボストン・ブラーミンたちと親交をもつこととなった。ただしジェイムズ家は、ボストン・ブラーミンたちとは趣がやや異なった。エドワード・W・エマソンは、ジェイムズ家を訪問した際、食卓でのシニアと四名の息子たちの激しいが機知に富んだ議論に「ゲーリック（アイルランド）の要素」を感じとり、その中で静かなアリスがそばで微笑んでいたと証言している(328)。ここにアリスの置かれていた家庭環境が垣間見られる。母と母の妹のケイト叔母(Catherine Walsh)以外はすべて男性という家庭の最年少として育ち、兄たちとは異なる教育を受けていたのである。

シニアの思想の中で注目すべき一つに女性についての思想があげられる。彼は一時フーリエ主義と関連づけられ、離婚の支持者として物議を醸したが、一八五三年の『パトナム・マンスリー』誌三月号に掲載された「女性と『女性運動』について」("Woman and the 'Woman's Movement'")で、女性の社会進出に異論を唱えている。彼の主張は、女性は情熱、知性、肉体のうえで男性に劣り、それゆえに男性を惹きつけるのであり、その真の領域は家庭にあって、妻あるいは天使として男性を浄化し、高めるのが使命であり、その結果、静かで完璧な自己充足の人物であるというのである。それはまさにヴィクトリア朝の女性の理想像である。その主張は一八七〇年『アトランティック・マンスリー』誌一月号の「『私と一緒にいるようにと与えてくださった女』」("'The Woman Thou Gavest with Me'")にいたっても変わらなかった。

アリスが生まれた一八四八年には、ちょうどセネカ・フォールズ会議が開催され、以後、ボストンを含め、アメリカでは女性運動が活発な時代であった。そのような時代におけるシニアの活躍は子供たちにも「どこか空回りをしているという印象を与え」(Edel, "Portrait" 3)ていたが、ジェイムズ家において彼の思想の影響は大きく、子供たちを縛ったことは、アルフレッド・ハベガー(Alfred Habegger)の分析通りである。[1] アリスにいたっては日記の中ですら、父を批判することはほとんどない。「ああ、アリス、おまえはなんときついのだ」と批判されたことについて述懐し、「ああ、ずっとこの何年もの間、あのきつい芯はいまだ私に突きつけられている」(『アリス・ジェイムズの日記』一八九一年四月十二日付け、以下、日記からの引用には記載年月日のみを括弧内に明記する)という記述には、リンダ・サイモン(Linda Simon)が指摘するように、彼女が父の厳しい評価を受け入れている(xvi)ことを示す。そしてそれはまた彼女の敗北感をも印象づける。

アリスの母メアリーは、少なくとも世間的にはその父の求める女性の理想像そのものであった。[2] 彼女は「凡庸の具現」であったという証言[3]もあるが、父は娘にメアリーのようになることを求めた。息子ヘンリー宛ての一八七二年七月付けの手紙に、当時ヨーロッパに来ていたアリスへの伝言として「アリスも母のように、夫からずっと認められることを望む」(MS Am 1092.9 (4193), Houghton Library, Harvard University)と書いている。しかしアリスは知性を重んじるゆえ、そのような父の望みは必ずしも喜ばしいことではなかったであろう。シニアもアリスの知性を認め、よく読書や意見の交換などをおこなったが、その教育は「奨励と軽蔑がでたらめにまざった」ものであったという(Jean Strouse 47)。

一方でアリスは、当時のボストンの有産階級の女性たちのように、社会奉仕活動に参加した。ビーの会(Society of the Bee)[4]や家庭学習奨励協会(Society to Encourage Studies at Home)[5]などへ参加したのだが、これらの活動は社会改革を求めるものでなかった。アリス自身はこれらが結婚するという真の課題から気を紛らわすものに過ぎないと信じて遠慮がち[6]であったことをサイモンが指摘している(xx-xxi)。実際にアリスは一八七六年四月十二日に「結婚が、女性が従事できる唯一の栄えある職業です」(Anderson ed. 88) とアニー・アシュバーナーへの手紙に書いている。そもそも父の教えに従うのなら、家庭外に職業をもつということは考えられなかった。父の教え通りに兄たちが「何かである」[7] ことを求めて模索し苦闘するなか、アリスはわずか十四歳で得意とする知的活動を追求するのではなく、「よりよいやり方は中間色に身をつつみ、波静かな水辺を歩き、魂を沈黙させておくことだと骨の髄まで染み込ませた」(一八九〇年二月二十一日) のである。それが彼女にとって「自分にとって『人生』が何を意味するか」の答えであったのだ。それは父の思想通りに生きることであり、「自己を殺す」(一八九〇年二月二十一日)、つまりエデルがいう自己主張、「沈黙させることのできない昔からの発言欲」("Portrait" 5) を抑えることであった。

二　アリスの病と活動

ジーン・ストラウスによると、アリスの健康についての家族の心配が初めて明らかになったのは一八六一年末にエマソンの娘エレンからの招待を断らざるをえなかった時である (68)。神経の高ぶりを母が心配したのである。ただしジェイムズ家ではアリスのみならず、昔はシニアが、この頃にはウィリアム、ヘンリー、そして後にロバートソンが精神的に行き詰まる経験をしている。ストラウスは、彼らがシニアによって世間についての知識から遠ざけられ、いざ、成人となるべく、世間に出ていく時に適応できず、また選択肢の多さに迷い、自分に対する疑問と恐怖で躊躇し、苦しんだのだと分析する (130)。ただしアリスの場合、前述の通り、兄たちのように選択肢が多く迷った末の病ではなかった。最初の危機的状況は一八六八年のことで、母からガース・ウィルキンソン・ジェイムズへの四月八日付けの手紙によると、アリスの病は純粋なヒステリー症(Strouse 123)であった。この頃の状況について、アリスは、二十二年後の一八九〇年十月二十六日付けの日記に分析している。ウィリアムの論文「隠れた自己」に触発され、自分の病は「身体と意志の間の闘いであり、それも前者が最後には勝つという闘い」で、つまり彼女の「道徳的力がほんの一瞬、いわば停止し、その見張り機能の奮闘で疲れ切ったために、肉体の正常性を維持することを拒絶する」のだというのである。それは彼女が父の思想にある通りの女性として生きるため、つまり舟阪洋子のいう「社会的自己」(「アリス・ジェイムズ」一三五)を生きるためであり、それを自分に強いる「意志」による見張り、例えば「机で書き物をしている銀色の巻き毛をした穏やかな親父殿の頭を殴り飛ばすとか」という気になった時にそれを制御する「医師、看護士の役割あるいは、拘束衣の役割」を自ら担ったのである。そして乳がんの痛みを和らげるために取り入れた催眠療法が効果的であったことから、アリスは、催眠療法が「現代人の複雑なメカニズムの正気を維持するためにずっと寝ずの番をして疲労した番犬を、一時、その義務から解放する」(一八九一年十二月四日)のに成功したのだと分析し、自分の説が証明されたと満足している。

しかしそれまでに医師たちは「リューマチ性痛風」などと異なる診断をくだし、アリスもあらゆる治療を試した。一時的に回復するも、アリスが「跳ね返り」(一八九〇年九月十二日)と呼ぶ、ぶり返しが起こるというパターンを繰り返した。体調のよい折に彼女は家の外に出て前述の家庭学習奨励協会などの活動に従事した。また一八七二年には五カ月も母方の叔母キャサリン・ウォルシュと一緒に念願のヨーロッパ旅行を兄ヘンリーの同行により敢行した。しかし一八七八年に兄ウィリアムが婚約した際には、また何カ月も寝込むこととなり、結婚式を欠席せざるをえなかった。この頃、アリスは自殺が罪かどうかを父に聞き、父は許可を与えたが、それにより彼女は自殺を選ばないだろうと父は一八七八年九月十四日付けのロバートソンへの手紙に書いている (Strouse 186)。アリスは自分で選択できる故に「生」を「死」の代わりに選んだといえる。彼女にとって、父の教えに逆らわず、しかし自らの意志で人生を制御することが重要だったのだろう。

そのような状況のなか、アリスは一八七三年十二月に家庭学習奨励協会の仕事で、親友ファニー・モース (Frances Morse) の紹介により生涯の親友となるキャサリン・ピーボディ・ローリング (Katherine Peabody Loring) に出会った。マサチューセッツ州のベヴァリー出身でさまざまな慈善活動に従事していたローリングは、家庭学習奨励協会の歴史部門の責任者でもあった。一八七九年八月九日付けのセアラ・ダーウィン (Sara Darwin) 宛ての手紙の中で、アリスはローリングのことを「女性に特有の美徳をすべて、それに加えて男性を女性から区別し優勢とする純粋に肉体的な力もすべて」もっていて、「木を切り倒し、水を汲むことから、放れ馬を追いたて、北米の全女性を教育することにいたるまで、あの人にできないことはありません」と書いている (Anderson ed. 106-107)。アリスの具合が悪くなると、ローリングが看病することもあり、アリスを親元から離れたアディロンダック山脈のパトナム・キャンプに連れて行ったりしたこともあった。アリスにとって、ローリングの存在は、家族外で初めて構築した親しい人間関係であり、一八八一年五月から九月まで彼女とイギリスを旅行した際に、二人を前に、ヘンリーは自分が余計者であるように印象づけられたことを両親へ報告している(Strouse 199)。エデルが書いているように、アリスにとってローリングは「仲間」というだけでなく、「愛情をもてる友」("Portrait" 13)であり、ローリングにとっても同様で、出会った日を毎年記念日として祝っていたことが、アリスの死後の一八九二年十二月のローリングからモースへの手紙に書かれている。(8)

アリスにとって転機となったのは両親の死であった。一八八二年の一月にまず母が亡くなり、アリスが家を切り盛りし、住まいもケンブリッジのクィンシー通りよりボストンのマウント・ヴァーノン通りに移したが、十二月には父が死去した。アリスにとってそれは自立の始まりであり、ウィリアムが十二月二十日付けのアリス宛ての書簡で書いたように、彼女にとって「たいへんな無防備であるし、またすばらしい自由」(*Correspondence* 5: 340)を意味した。しかしボストンに留まっていたヘンリーが、一八八三年八月にイギリスに戻ると、彼女は孤独に苛まれた(一八八九年七月九日)。病気から回復しようと積極的に治療を受けるが、ローリングも妹ルイザの療養につきそってヨーロッパへ渡ると、アリスも一八八四年十一月に彼女のためにボストンへ戻ってきたローリングに付き添われ、イギリスへと旅立った。二度とアメリカへ帰ることはなかった。

アリスはイギリスでは体調のいい時に、客を迎え、喜ばれていることが、一八八六年三月九日付けのヘンリーからウィリアムへの手紙(*Letters* 3: 114)に書かれている。一方でストラウスによると、十二月には足が動かなくなり(235)、翌年一月にはローリングのいるボーンマスに移った。このように、彼女は「長い間新鮮な空気を吸った後でまたいつもの古びた容れ物」の中に入れられ、鍵をかけられ、「窒息状態」(一八八九年十一月十六日)でもがくということを繰り返すことになった。

そのような状態での絶望感とそれに対する慣れの中で、彼女は日記を書いたのである。

三　日記の執筆

アリスが日記に期待したのは、書き出しの一八八九年五月三十一日の「あの最も関心をそそられる存在――私自身――の独白を書き記せば、まだ発見されていなかった慰めがあるかもしれない」にあるように、自己について書くことであった。それも「自分のやり方で」であることが重要であった。その内容は、日常的な事柄のみならず、書籍、新聞や雑誌、噂話から知ったことについての自己の思いや考え、それに自分と家族の過去のことについての分析や洞察にまでおよび、紛れもない、アリスの主張である。それも感覚的な印象を文学的な表現に昇華させている。(9)

特筆すべきは、病の中での生と死に関する考察である。日記の中で変わりなく書かれているのは死への願望であり、その合間には「生」に対する喜び、例えば散歩に出た時に目にした風景に対する感動が「目にとまるのがほんの一インチの四分の一でも、実際に見ているのだと意識できるのだから」（一八八九年六月十三日）などに見られる。死に対する感情も変化している。一八九〇年八月十八日付けに自分を元気づけるために「死とはあらゆる願望が成就される霊的存在への入り口」だと考えていたが、この日、「長く絶え間なかった重圧と緊張が、休息への願望以外のあらゆる願望を消し去った」と、心情の変化を吐露している。

一八九一年五月に乳がんというはっきりした病名が告知されると、アリスは喜び（三十一日）、

「記憶に群がってくる、実を結ばなかった小さな冒険を優しく許す気分」になったとこれまでの人生を受け入れている（六月一日）。そして「死とは霊的なものを取り上げるというよりはむしろ自然のものを静かに落としていくようなものである」（六月二十四日）というのである。これはけっして絶望を示しているのではない。マリウス・ビューリー(Marius Bewley)が指摘するように、死を完全に受け入れた彼女ゆえの「均衡、威厳、美」が日記にも見出されるようになったのである(4)。そして死の約一カ月前の一八九二年二月二日には以下のような記述が見られる。

実はずっと以前から私は死んだ状態で、絶え間なく何が起こるか分からない恐怖に直面して、ただ一時間一時間を陰気に後ろに押しやってきたに過ぎない。深い海に沈み、暗い水が私を覆いつくし、希望も平安も得られなかった七八年のおぞましい夏以来ずっとそうだった。だから今や完成させるべきは、空っぽの豆のさやをしなびさせるだけなのだ。

七八年とは、ウィリアムの結婚を前にした時のことである。一八九二年、死を目前にした彼女はここまでの人生を、このように冷静に安堵、あるいは静かな満足感ともいえる感情で提示している。

このように死に直面しながら、アリスは診療を施した医師に対しての不信感をあらわしている。死ぬとか回復するとか彼らが即断することに対して、患者として「知的後退」（一八九〇年九月二十七日）を感じさせる存在だといい、医者に乳がんと診断されてからも「あのつるつるととらえどころのない態度」（一八九二年一月四日）、つまり必死に病状を知ろうとする患者に心の平安を与えてくれない態度に批判的である。いわゆる民間療法にもアリスは興味をもっていた。実際に評判になっていたマインド療法師による治療を受けたり（一八九〇年十一月九日）、ローリングが会ったという、「接神論で肝臓をなおし、マインド療法により、腫瘍を取り除いた」（一八九二年二月一日）という女性の話やクリスチャン・サイエンス（「定冠詞付き科学」）の女性のこと（一八九一年四月五日）も日記に記録し、これらの療法が流行った時代を感じさせる。また降霊術も話題にあげ、死期がせまった頃には、アメリカ心霊協会の創立会員であった兄ウィリアムが一八八五年に見出し、アリスの診断をさせようとした降霊術師のパイパー夫人にも言及している（一八九二年二月二十八日）。皮肉にも彼女の苦痛を和らげたのは、彼女が「思いも寄らぬ単純さをもった機械的方法」（一八九一年十二月四日）という、催眠術であったことは前述の通りである。

日記にはまた「回顧」という形で両親や兄たちに関する記述が多い。ほとんどが賛辞であるが、そうとは限らない部分が垣間見える。例えば「お母さまが亡くなって、娘としての愛情が極致にまで分かったあの夜以来、お母さまに対する個人的要求がすべて消滅し、私の心の中ではお母さまは美しい輝く思い出としてとどまっている」（一八九一年九月二十日）という表現は、裏を返せば生前にはそうは思わず、母に対して何らかの葛藤があったということを意味する。そして「真に二人を理解するためには現実には二人を失う必要があったのだ」（一八九〇年一月二十九日）と記述したのは、アリスが両親に支配されたといえる、自分のこれまでの人生を肯定するために、日記で二人を取り上げ、「愛情をこんこんと湧き出してくれるあの泉」（一八九〇年一月二十九日）と称える必要があったからだといえないだろうか。ヘンリーが母を美化したことをハベガーは「一家の公的心情 (sentiment)」、つまり「信条によって支えられ、構築され、教化された感情 (feeling)」の表明だと指摘している(*The Father* 494)が、アリスの場合は、それと同時に自らの人生を確認・再評価するためだったともいえる。

一方でイギリス階級社会、政治に対しての遠慮のない批判は、本日記のもう一つの読みどころである。その熱烈なアメリカ贔屓ぶりは、シニアと同じであり(Matthiessen 286)、彼女の論調も前述のエドワード・W・エマソンによるジェイムズ家の食卓での議論の模様の記述を思わせるが、ビューリーが日記に見出す「攻撃的な甲高さ」(4)は、このアリスのシニカルな表現、その容赦ない展開にもあり、それらはシニアが望んだような女性、本人がいう「いい人」(一八八九年十二月十一日)とはかけ離れた印象を与える。例えばイギリス王室をはじめとする上級階級の堕落ぶりについては「動物程度の知性さえも自ら剝ぎ取ってしまう」(一八九〇年十月十日)などと辛辣に表現している。そしてアイルランド問題が彼女の一番の関心事であり、その政治性を物語る。ただし当時話題となった女性参政権運動については言及さえしていない。女性運動に否を唱える父の考えに賛同するなら、批判を書いてもよさそうなものだがそれもない。女性の社会進出に反対するのではないことは、音楽家コンスタンス・モードに関する記述(一八八九年十二月十三日)に見られるが、ストラウスは、アリスが女性の社会進出に賛成しながらも、「自分のものとしては賛同しなかった」ことを指摘している(220)。ジョージ・エリオットの遺族の一人の女性のモーパッサン賛辞に言及し、アリスは「女性たちの前進は今や、ぴんと張って切れそうなほどの勢いである。彼女たちの今まで止められていた言葉や行動が、波打つ柔軟さを手に入れて流れ出したら、どんなに面白いことか」(一八九一年二月六日)と評価しているが、それがアリスの女性運動に対する支持表明の限界であった。最後まで父の思想に縛られていたということである。後にアリスの日記を読んだヘンリーは、彼女の意志と人格の強さから、彼女が病人であることが、彼女にとって人生で実際的な問題、つまり実際に生きるには「唯一の解決法」(*Letters* 3: 481) であったと指摘しているが、健康であれば、父の教えがさらに負担となったであろう。

一八九二年三月六日の午後、アリスは、キャサリン・ピーボディ・ローリングと兄ヘンリー、そしてナースに看取られ、死去した。その詳細はヘンリーがウィリアム宛ての一八九二年三月八日付けの書簡に記述している。またローリングは、ファニー・モースに宛てた一八九二年三月十二日の書簡に、アリスが二月の最後の週にひいた風邪から肋膜炎になり、本人は死が近づいていることを喜んでいたこと、そして「最後の夜、最後の時間がなんと美しかったことか。アリスがやっと自由になるということが分かった時のことです。衰弱しすぎてあまり話せませんでしたが」と語っている (MS Am 1094 (1549), Houghton Library, Harvard University)。

四　日記の出版をめぐって

アリスは日記の出版を望んでいた。だからこそ亡くなる前日にも最後の記述の推敲をおこなったのだろう。ローリングがウィリアムの娘マーガレット・ジェイムズ・ポーター(通称ペギー Margaret James Porter) に宛てた一九三四年六月六日付けの手紙には、アリスの最後の一カ月か六週間に、彼女の望むように日記をタイプ打ちにすることができなかったこと、そして「口にだすことはなかったですが、彼女はそれが出版されることを望んでいたと理解しています」(MS Am 1094.5 (53), Houghton Library, Harvard University) と説明している。アリスは日記の中で「唯一残るものは私たちが人生に向ける抵抗であって、人生が私たちに課す重荷ではない」(一八九〇年二月二十一日) と書いているが、日記はその証なのである。

日記の出版には紆余曲折があった。一八九四年にローリングが本書でいう「私家版」を出版した。ハーバード大学のホートン図書館に所蔵されている一冊に "*The Diary of Alice James*, Four Copies Printed" と記されているように、四部のみが出版され、ウィリアム、ヘンリーに一部ずつ送られた。日記の公刊について兄たちの賛同をえるためだと思われる。これに対してウィリアムはヘンリー宛ての三月二十四日付けの手紙に「一家の栄冠の一葉として誇りに思う」(*Correspondence* 2: 302) と書いている。しかしヘンリーは、日記の中には評論家のオーガスティン・ビレル (一八九〇年三月七日) ら実名が言及されている箇所があること、自分の話には誇張した部分もあったことを理由 (*Letters* 3: 480) に、日記の出版に反対した。彼は私家版にすら拒絶反応を示し、末弟のロバートソンが人に見せたり、話したりしてコンコードで新聞に載ったりすることを懸念した (*Letters* 3: 480)。ただしヘンリーは日記の質を否定はしていない。一八九四年五月二十八日付けのウィリアムへの手紙にはアリスの日記をその特質、自分で世界に向き合う姿勢、美と能弁さ、豊かなアイロニーとユーモアが「英雄的」であり、「一家の新しい名誉」(*Letters* 3: 481) であると評価している。そして彼女のアイルランド問題への情熱から彼女は本当に「アイルランド女性」だと述べ (*Letters* 3: 482)、それと同時に病気のため外界との接触があまりにも少なかったことにも言及している。そして彼は送られてきた私家版を破棄した。こうしてアリスの主張はいったん封殺された。

日記が公刊されたのは、一九三四年である。そのきっかけは、ロバートソン・ジェイムズの娘メアリー・ジェイムズ・ヴォー (Mary James Vaux) が父やウィルキーのことを記念する、一家に関する本を出版しようと、ローリングにアリスのことを問い合わせ、ローリングが手書きの日記を提供したことである。そこでヴォー夫人の依頼により、伝記作家であるアナ・ロブソン・バー (Anna Robeson Burr) が『アリス・ジェイムズ――その兄たちと日誌《ジャーナル》』(*Alice James: Her Brothers, Her Journal*) を編集・出版した。このようにローリングが日記の出版に果たした役割は大きい。またアリスが絶対的信頼をおく彼女に口述筆記をまかせたので、日記を継続できた。口述筆記を始めたのは一八九〇年十二月三十一日であり、ローリングとのかけあいのような出だしで始まっている。そして舟阪はローリングの口述筆記によりアリスが「『書き手』とはいえ、一人の読み手を得たこと」(「アリス・ジェイムズ」一三六) になると指摘している。またリサ・コッチ (Lisa Koch) の言うように、口述筆記は二人の共同作業だともいえる (62)。一方でルース・イーゼル (Ruth Yeazell) は、手書き原稿には異なる筆跡による加筆修正があり、それはローリングの手書きにアリスが修正を入れたのだと指摘している (2-3n2)。いずれにせよ、口述筆記以上の役割をローリングが果たしている可能性を否定できない。

バー版は、アリス・ジェイムズの存在を世間に知らしめ、評価された。[10] エデルによると、バーは手書き原稿より明らかに「私家版」に基づいて編集した模様 (Preface xxxii) で、そのうえ「私家版」にも掲載されていた新聞の切り抜きを削除している。バーはその理由を「こういう切り抜きが遥か過去の出来事に関わるもので、しばしばさほど重要でない国会の論議やイギリスの地方政治に関係しているからであるが、また同時に、それらが彼女自身の観察や感情の豊かな流れを薄めてしまうからだ」(1)と説明している。しかしエデルが主張するように、アリスが社会問題、とくにアイルランド問題に熱心であったことを考えると、これらの切り抜きは、アリスの日記の「絶対必要な」部分である(Preface xxxiii)。またフランス語の箇所の削除もあり、アリスの読書の幅広さを減じる印象をもたらした。その意味でバー版は不完全であった。そのうえ、約八〇頁にわたるイントロダクションでは、「彼女の兄たち」というタイトルがついている通り、アリスより彼女の兄たちについての記述に重きを置いている。

一九六四年にエデルは、ヴォー夫人の希望もあり、アリスの日記の新しい版『アリス・ジェイムズの日記』(*The Diary of Alice James*)を出版した。手書き原稿のコピーと「私家版」に基づいて編集し、アリス特有の句読法を「調整」し、省略をやめたりしたが、それ以外はオリジナル原稿に一致させたという(Preface xxxii)。手書き原稿を見ているストラウスによると、エデルは文体を修正し、句読法を変え、出版社がタイプミスを犯しているが、それらを除くと「オリジナル原稿の誠実な再生である」という(326)。一方でイーゼルはエデル版が手書き原稿より「さまざまな程度で異なる」と主張している(2n1)。

興味深いのはエデル版には、「私家版」にもバー版にもない箇所がいくつか存在することである。おそらく手書き原稿では存在していた語句が、数は少ないが、「私家版」ですでに編集・削除されていたのであろう。またエデル版では段落分けが「私家版」、そしてバー版より大幅に少なく、読み手にとっては、読みづらくなっている。つまり段落分けも「私家版」出版の際には編集されたのであろう。エデルが「私家版」を「ローリング版」と呼ぶのも不思議ではない。マーゴ・ケリーが主張するように、出版される日記は、編集者が最初の読み手とは異なる読み手を念頭に編集するものである(16)。そしてそのように考えたのは、ローリングのみではなく、アリスもなのである。一八九二年三月四日の後にローリングが書いているように、アリスが死去する前日も日記の推敲をしていたという。彼女も（ローリング以外の）読み手を想定していたといえる。

以上の事情を鑑みて、本書ではエデル版が最も手書き原稿に近いと考え、それを下敷きに用いたが、「私家版」そしてバー版と比較し、その方が適切だと判断した箇所には、そちらを採用し、注でその旨明記した。また注に関しては、エデルのものに加えて、詳細な訳注を巻末に付した。

五　結びに

『アリスの日記』は、アリスが両親の遺志に反することなく自分の声を遺す、自己を主張する唯一の方法だったといえる。しかしヘンリーの妨害ともいえる反対で、出版は遅らされた。父シニアの女性運動反対の思想に代わり、パブリシティを避けるというヘンリーの主張が、ジェイムズ家を支配するようになったのである。バー版の出版の際には、そのためウィリアムの子供たちが快く思っていなかったことは、ストラウスが説明する通りである(324)。ただしヘンリーが後に執筆する自伝の中でアリスを意図的に消そうとした（舟阪「ヘンリー・ジェイムズ」六〇）のなら、その理由との関係も考慮すべきであろう。

結局、アリスは最後までジェイムズ家に縛られるという運命をたどり、最後にローリングの介入により、彼女の日記は十九世紀の女性による文学作品として評価されるにいたった。ウィリアムがヘンリーに書いたように、この日記により、彼女はジェイムズ家の一員として「一家の栄冠の一葉」(*Correspondence* 2: 302) となることができたのである。

注

(1) ハベガーは、シニアのジェンダーについての考えが子供たちに大きく影響を与えたと指摘し (*The Father* 466)、作家ヘンリーがいかに父の思想に支配されていたかを作品に見出し、シニアの伝記の第二十五章の中で分析している。(*The Father* 484-492)

(2) ヘンリー・ジェイムズ・シニアが妻に対する不満を述べた書簡が一八七七年に新聞に掲載され、一騒動となった。(Habegger, "*Woman Business*" 54-56)

(3) Van Wyck Brooks, *From the Shadow of the Mountain: My Post-Meridian Years* (New York: E.P. Dutton & Company, Inc.,1961) 45。ジェイムズ一家の団欒の様子についてリラ・カボットは「ジェイムズの母親は (子供の私から見ても) 凡庸の具現でした」と手紙に書いている。

(4) 南北戦争中に結成された裁縫の会。戦地に靴下などを送ったが、戦後は良家の子女たちが集まって、慈善の裁縫の会として続けた。アリスも一八六七年より参加し、会長を務めることもあった。なおビーの仲間の多くは、ハーバード大学関係者やボストン界隈の名士と結婚している。メアリー・トール・パーマー

(Mary Towle Palmer) による記録『ビーの会の物語』(*The Story of the Bee*, 1924) 参照。

(5) 一八七三年にアナ・エリオット・ティクナー (Anna Eliot Ticknor) が提唱して始めた組織。女性の地位について議論するのではなく、全国の教育を受けられない女性たちに郵便によってその機会を提供するのが目的であった。一八七五年にアリスは親友ファニー・モースに勧誘され、歴史の分野で、中西部やカリフォルニアの女性たちに月に一度、本と助言と励ましの手紙を送るという、いわば通信教育の教師役を担い、社会奉仕に自らの知性を活用するという点で、大きな充実感をえた。この活動は口コミで広がり、一八七五年の『アトランティック・マンスリー』誌三月号で取り上げられた。アリスは時には月に三十から四十通の手紙を書かなければならなかったと一八七七年二月二十八日付けのアニー・アシュバーナーへの手紙に書いている。(Anderson ed. 95)

(6) サイモンはその根拠に、一八七四年三月二十五日付けのアリスのセアラ・セジウィックへの手紙の中の「いつも聞いていましたが、病んだ厄介者は心配してさまざまな会とつながりをもつとか」(Anderson ed. 64) という記述をあげている (xx)。また前述のアシュバーナーへの手紙にある「私がやっていることがかわいそうな、教育を受けていない女性には大して害はないと分かるでしょう」というような文面もそのような印象を与える (Anderson ed. 95)。

(7) ヘンリーの自伝によると、父から求められたのは、「特定の『する』こととは関わりのない何か、自由でとらわれることのない何か、ひとことで言えば、それ（それが何であれ）であるということが含んでいるもの以上に立派な何かであることだった」という（市川その他訳『ある青年の覚え書き・道半ば』四四）。

(8) ローリングは、この手紙に十九年前のその日にアリスを紹介したことについての感謝の念を書いている。Katherine Peabody Loring, Letter to Frances Morse, 17 Dec. 1892, MS. Frances Rollins Morse Papers, 1831-1929, 1627--70-67, Folder To FRM 1890-1894, Schlesinger Library, Radcliffe Institute, Harvard University, Cambridge, Mass.

(9) スティーヴン・E・ケーグル (Steven E. Kagle) はアリスに感覚的印象を芸術的な概念にかえる傾向が

あることを指摘している(56)。

(10) 例えば『ニューヨーク・タイムズ・ブック・レビュー』の一九三四年五月二十日版では、アリスが詳細な情報からえた数々の正確な結論は彼女の思考の鮮やかさを示すと評価している。またダイアナ・トリリングは『ネイション』誌一九四三年一月九日号でアリスをエミリー・ディキンソンと比較している。

参考文献

1 日記

James, Alice. *The Diary of Alice James.* Four Copies Printed. Cambridge: John Wilson and Son, 1894.

——. *Alice James: Her Brothers, Her Journal.* Ed. Anna Robeson Burr. New York: Dodd, Mead & Co., 1934.

——. *The Diary of Alice James.* Ed. Leon Edel. New York: Dodd, Mead & Co., Inc. 1964.

——. *The Diary of Alice James.* Ed. Leon Edel. Northeastern University Press edition 1999. Boston: Northeastern University Press, 1999.

2 書簡・伝記・その他

Benstock, Shari. Ed. *The Private Self: Theory and Practice of Women's Autobiographical Writings.* Chapel Hill: U of North Carolina P, 1988.

Bewley, Marius. "Death and the James Family." Review of *The Diary of Alice James*, by Alice James. *The New York Review of Books* 5 Nov. 1964: 4-5.

Brooks, Van Wyck. *From the Shadow of the Mountain: My Post-Meridian Years.* New York: Dutton, 1961.

Burr, Anna Robeson. Preface. *Alice James: Her Brothers, Her Journal*. 1-2.

Culley, Margo. "Introduction." *A Day at a Time: the Diary Literature of American Women from 1764 to the Present*. Ed. Culley. New York: Feminist Press at the City University of New York, 1985. 3-26.

Edel, Leon. *Henry James: The Middle Years* (1882-1895). Philadelphia: Lippincott, 1962.

——. "Portrait of Alice James." *Diary*. Northeastern University Press. 1-21.

——. Preface to the 1964 Edition. *Diary*. Northeastern University Press. xxix-xxxiv.

Emerson, Edward Waldo. *The Early Years of the Saturday Club: 1855-1870*. Boston: Houghton Mifflin, 1918.

Grattan, C. Hartley. "America's Most Distinguished Family of Intellectuals." Review of *Alice James: Her Brothers, Her Journal,* by Alice James. *The New York Times Book Review* 20 May 1934: 3, 12.

Habegger, Alfred. *The Father: A Life of Henry James, Sr*. Amherst: Univ. of Massachusetts Press, 1994.

——. *Henry James and the "Woman Business."* Cambridge: Cambridge Univ. Press, 1989.

James, Alice. *Her Life in Letters*. Ed. Linda Anderson. Bristol: Thoemmes Press, 1996.

——. *The Death and Letters of Alice James*. Ed. Ruth Bernard Yeazell. Berkeley: University of California Press, 1981.

James, Henry. *Letters*. Ed. Leon Edel. 4 vols. Cambridge: Belknap Press of Harvard University. Press, 1974-84.

——. *The Middle Years*. London: W. Collins Sons & Co., 1917.

——. *Notes of a Son and Brother*. London: Macmillan, 1914.

——. *A Small Boy and Others*. London: Macmillan, 1913.

James, Henry (Sr.) Letter to Henry James (Jr.) July 1872. MS. William James Papers (MS Am 1092.9 (4193)). Houghton Library, Harvard University.

——. "Woman and the 'Woman's Movement.'" *Putnam Monthly* 1 (1853): 279-288.

——. "'The Woman Thou Gavest with Me.'" *Atlantic Monthly* 25 (1870): 66-72.

James, William. *The Correspondence of William James*. Ed. Ignas K. Skrupskelis and Elizabeth M. Berkeley. Vol. 2. William and Henry 1885-1896. Charlottesville: University Press of Virginia, 1993.

——. *The Correspondence of William James*. Ed. Ignas K. Skrupskelis and Elizabeth M. Berkeley with Assistance of Bernice Grohskopf and Wilma Bradbeer. Vol. 5. 1878-1884. Charlottesville: University Press of Virginia, 1997.

Kagle, Steven E. *Late Nineteenth-Century American Diary Literature.* Boston: Twayne, 1988.

Koch, Lisa M. "Bodies as Stage Props: Enacting Hysteria in the Diaries of Charlotte Forten Grimké and Alice James." *Legacy* 15.1 (1998): 59-64. JSTOR. Web. 16 April 2014.

Lewis, R. W. B. *The James: A Family Narrative.* New York: Farrar, Straus and Giroux, 1991.

Loring, Katherine Peabody. Letter to Frances Rollins Morse. 12 March 1892. MS. Correspondence and Journals of Henry James Jr. and Other Family Papers, 1855-1916 (MS Am 1094 (1549)). Houghton Library, Harvard University.

——. Letter to Frances Rollins Morse. 17 Dec. 1892. MS. Frances Rollins Morse Papers. 1831-1929. 1627--70-67. Folder To FRM 1890-1894. Schlesinger Library, Radcliffe Institute, Harvard University, Cambridge, Mass.

——. Letter to Margaret James Porter. 6 June 1934. MS. James Family Papers (MS Am 1094.5 (53)). Houghton Library, Harvard University.

Matthiessen, F.O. *The James Family: Including Selections from the Writings of Henry James, Senior, William, Henry & Alice James*. 1st Vintage Book ed. New York: Vintage, 1980.

Palmer, Mary Towle. *The Story of the Bee*. Cambridge, MA: Private Print at Riverside Press, 1924.

Franklin, Penelope. ed. *Private Pages: Diaries of American Women 1830s-1970s*. New York: Ballantine Books, 1986.

Simon, Linda. Introduction. *Diary*. Northeastern University Press. xi-xxviii.
Strouse, Jean. *Alice James: a Biography*. Boston: Houghton, 1980.
Trilling, Diana. "Alice James." *The Nation*. 9 January, 1943. 60-62.
Walker, Nancy. "'Wider Than the Sky': Public Presence and Private Self in Dickinson, James, and Woolf." Benstock 272-303.
Yeazell, Ruth Bernard. "Introduction: the Death and Letters of Alice James." *Death and Letters*. 1-45.
ジェイムズ、ヘンリー『ヘンリー・ジェイムズ自伝——ある少年の思い出』舟阪洋子・市川美香子・水野尚之訳　臨川書店　一九九二年
——『ヘンリー・ジェイムズ自伝第二巻、第三巻——ある青年の覚え書・道半ば』市川美香子・水野尚之・舟阪洋子訳　大阪教育図書　二〇〇九年
舟阪洋子「アリス・ジェイムズ——日記と『隠れた自己』——」『異相の時空間—アメリカ文学とユートピア——』大井浩二監修　相本資子・勝井伸子・宮澤是・井上稔浩編著　英宝社　二〇一一年　一二五—一四一頁
——「ヘンリー・ジェイムズの自伝とアリス・ジェイムズの日記」『英語英米文学論輯』（京都女子大学大学院文学研究科研究紀要）7（二〇〇八年）四八—六二頁
トマス・ア・ケンピス、大沢章・呉茂一訳『キリストにならいて』岩波文庫、一九六〇年
クリスティナ・ロセッティ、入江直祐訳「歌」『クリスチナ・ロセッティ詩抄』岩波文庫、一九四〇年

中川優子

訳者あとがき

『アリス・ジェイムズの日記』の翻訳を思い立ったのは、もう十年以上も前になる。十九世紀後半のアメリカ文学を専門とする私たちにとって、アリス・ジェイムズは気になる存在だった。ウィリアム・ジェイムズとヘンリー・ジェイムズを生み出したジェイムズ家の娘、ヒステリーを病む女性、「妹の悲劇」、「ボストン・マリッジ」の例として取り上げられる女性、いろいろな意味で、その内面生活をのぞいてみたくなる女性だった。そんな女性が日記の中で何を明かしてくれるか、大いに関心をひいた。（もちろんプライベートな日記だからといって、そう素直に内面を明らかにしてはくれなかった。そこから何が読み取れるかについては、中川の解説を読んでいただきたい。）

数年二人で頑張って、一度出版を目指したが、諸般の事情で断念し、そのまま寝かせてあった。十年近くのブランクの後、本格的に仕事を再開したのだが、それが幸いしたと、私は思っている。なぜならこの十年ほどの間に、大量の情報がネットにあふれるようになり、こんなものまでと驚くような文献が自宅のパソコンで読めるようになっていたからだ。日記というものは、そのプライベートな性質上、読者を意識しての説明がない。それに説明をつけなければ、日記は意味不明な断片の羅列となる。荘子の言葉を紹介した後で「オスカーによればそうだ」と突然書かれても、オスカーってだれ？ なに？ と途方にくれる。オスカーとはオスカー・ワイルドのことだと思いついても、荘子とワイルドの関係が不明である。そのような時にネットで検索すると、すぐに答えは見つかった。このような作業を通して、私たちは十九世紀末の英米の文化・社会情勢について、実に多くのことを（当時の労働問題やアイルランド自治の問題から皇太子の息子が「襟とカフス氏」と呼ばれていたという些末なことまで）学ぶことができ、それを訳文と訳注に反映させることができた。

さらに幸運だったことは、中川が平成二十六年四月から二十七年三月までの一年間、立命館大学の学外研究制度によりハーバード大学に赴き、ホートン図書館、シュレシンガー図書館、ワイドナー図書館でジェイムズ一家に関する資料を収集する機会を得たことである。特に三冊しか現存しないローリング私家版の一冊を手元に置いて、エデル版と突き合わせることができたことにより、エデル版の改良版とでも言えるものをここに翻訳として読んでいただけることになった。

ここに至るまでには、ずいぶん多くの方々の励ましと援助をいただいたことに、感謝申し上げたい。私たちの仕事に関心をもってくださったカンザス大学名誉教授アルフレッド・ハベガー氏には貴重なご助言を賜った。特にエミリー・ディキンソンの評価について教えていただいたことを、訳注に活かすことができたのをうれしく思っている。またフランス語に堪能であったジェイムズが随所にちりばめたフランス語の部分（本文ではイタリック体の部分）の翻訳を、立命館大学文学部加國尚志教授に正していただいた。京都女子大学の同僚であった、今は亡きストラウド先生は謎解きをするように日記を楽しんで読んでくださり、多くの不明箇所を解きほぐしてくださった。完成したものをお見せする機会を逸してしまったのを申し訳なく思う。そのほかにもいちいちお名前を挙げることができないほど多くの方々をわずらわし、さまざまなことを教えていただいた。その方たちの助けなしには、本書を完成させる前に挫折していたかもしれない。

翻訳にあたっては、「レミントン　一八八九年〜一八九〇年」を舟阪が、「サウスケンジントン　一八九〇年〜一八九一年」と「ケンジントン　一八九一年〜一八九二年」を中川が担当した。何度か互いの訳文を持ち寄って、率直な意見の交換を行い、協議を重ねたが、それぞれの担当部分の訳文、訳注については、担当者が最終的な責任を負っている。

エデル版にはエデルの前書きと序章として「アリス・ジェイムズの肖像」と題された論文が含められているが、本書では、それらを参考にしつつも、さらに新しい研究成果を取り入れた「解説」を付することにした。また口絵としてジェイムズ家の人々、アリス・ジェイムズ、キャサリン・ローリングの写真、ヘンリーが描いたアリスの絵を掲載し、「解説」や訳注でキャサリン・ピーボディ・ローリングの書簡を引用したりしたが、いずれもハーバード大学ホートン図書館、シュレシンガー図書館等、関係者の許可を得たことを記して感謝する。

最後に、本書の出版を快く引き受けてくださった英宝社社長佐々木元氏に感謝すると共に、長い間私たちの仕事を見守り、貴重なご助言をいただいた同社の宇治正夫氏に心からお礼を申し上げたい。

二〇一五年秋

舟阪洋子

1887年　7月(38歳)、レミントンに住居を移す。KPL、父親と妹の看護のため、アメリカに戻る。

1889年　3月、ケイトおば、ニューヨークで死去。5月31日(40歳)、日記をつけ始める(「レミントン」)。夏、兄ウィリアム、ヨーロッパ旅行、7月18日、アリスを訪問(8月4日の日記参照)。8月21日から11月の初めまで、KPL来訪。

1890年　8月、イギリスに来て以来最悪の発作に見舞われる。ヘンリーは大陸から、KPLはアメリカから駆けつけ、KPLがサウスケンジントン・ホテルに部屋を見つけて、アリスを移す(「サウスケンジントン」)。12月31日からKPLが日記の口述筆記を始める。

1891年　2月、KPLが見つけたケンジントンの家(41 Argyll Road)に移る(「ケンジントン」)。5月末、サー・アンドリュー・クラーク医師(Sir Andrew Clark)の診察を受け、乳癌と診断される。9月、ウィリアム来訪。9月26日、ヘンリーの芝居『アメリカ人』、ロンドン初演(76夜で終了)。

1892年　3月6日(43歳)、死去。

1879年　KPLとの親交深まる。7月、KPLと共に、ニューヨーク北東部アディロンダック山地にあるパトナム・キャンプへ。その後も二人で何度も小旅行。

1881年　5月、KPLと共にイギリス旅行。9月、帰国。

1882年　1月30日（33歳）、母メアリー、気管支喘息で死去。春、ボストンのマウント・ヴァーノン通りの家（131 Mount Vernon Street）に父と二人で移り、老いた父の介護をしつつ、一家の主婦の役を果たす。12月18日、父ヘンリー・シニア、死去。

1883年　マウント・ヴァーノン通りの家で兄ヘンリーと暮らす。5月、ジャメイカ・プレインのアダムズ神経症病院（Adams Nervine Asylum）へ。8月、病院からKPLの許へ。ヘンリー、8月、ロンドンに戻る。KPLの助けを得つつ、一人暮らしを始める。

1884年　2月、KPL、妹の病気療養のため、ヨーロッパへ。2カ月、ニューヨークのネフテル医師（Dr. William B. Neftel）の治療を受ける。ボストンに戻ると、イギリスに行く決心をし、迎えに戻って来たKPLと共に、11月1日、ボストンを出航。11月11日、リヴァプール到着。人夫に抱えられて上陸。回復を待って、ヘンリーと共にロンドンへ。ヘンリーの住居に近い部屋（40 Clarges Street）に落ち着く。KPLは妹と共にボーンマスへ。12月、激しい発作を起こす。

1885年　1月末、ボーンマスのKPLの許へ。5月、ローリング姉妹、スイスへ。1か月後、KPLはアリスの許に戻り、「同居」が始まる。夏、ハムステッド・ヒースに家を借りる。秋、メイフェアのボルトン通り（7 Bolton Street）へ。比較的体調がよかったこの頃から、「サロンを開き」、来客と座談を楽しむようになる。

1886年　夏、レミントン（Royal Leamington Spa）で過ごす。12月、さまざまな本から気に入った文章を書き写す「抜き書き帳」を始める。

（1890 年 2 月 21 日の日記参照） この頃体調不良とヒステリー症状の兆しがあらわれる。

1864 年　5 月、ボストンのアシュバートン・プレイス (13 Ashburton Place) に転居。ボストン・ブラーミンの娘たちとのつき合いが始まる。ミス・クラップ (Miss Clapp) の私塾でファニー・モースに会い、親しくなる。

1866 年　秋。ケンブリッジのクウィンシー通り (20 Quincy Street) に転居。11 月、病気治療のため、ニューヨークのテイラー医師 (Dr. Charles Fayette Taylor) の許へ。

1867 年　5 月、ケンブリッジに戻る。その後しばしば発作を起こして伏せる。秋、ケンブリッジの若い女性たちの会「ビー」に参加。

1868 年　4 月 (19 歳)、最悪のヒステリーの発作で寝込む (1890 年 10 月 26 日の日記参照)。その後次第に回復。興奮を避け、体調に気を遣いながら、ビーを中心に社交を楽しみ (70 年代には代表も務める)、セジウィック、アシュバーナー家の人々、特にセアラ・セジウィック (後のセアラ・ダーウィン)、アニー・アシュバーナー (後のアニー・リチャーズ) と親しくなる。

1872 年　5 月 (23 歳)、兄ヘンリー、ケイトおばと共にヨーロッパ巡遊旅行に出発。イギリス、フランス、スイス、イタリアを巡り、10 月に帰国。

1873 年　12 月、ファニー・モースの紹介で、キャサリン・ピーボディ・ローリング (KPL) に会う。

1875 年　12 月、女性のための通信教育講座「家庭学習奨励協会 (Society to Encourage Studies at Home)」の歴史部門を手伝い始める。歴史部門の代表であった KPL と親しくなる。

1878 年　4 月 (29 歳)、激しい発作で寝込む。自殺願望。(1892 年 2 月 2 日の日記参照) 7 月、兄ウィリアム結婚 (結婚式に欠席)。

アリス・ジェイムズ年表

1848年　8月7日、ジェイムズ家の5番目の子供、一人娘として、ニューヨークの14番通りの家(58 West 14th Street)で生まれる。兄ウィリアム(1842年生まれ)、ヘンリー(1843年生まれ)、ガース・ウィルキンソン(ウィルキー、1845年生まれ)、ロバートソン(ボブ、1846年生まれ)。

1855年　6月(6歳)、一家でヨーロッパに向けて出発。パリ、リヨンを経てジュネーヴへ。12月、ロンドンのセント・ジョンズ・ウッドに移る。

1856年　8月、パリに移る。

1857年　夏、ブーローニュ・シュル・メールへ。10月、パリに戻る。12月、再びブーローニュへ。

1858年　夏、帰国。ニューポートに住む。ミス・ハンター(Miss Hunter)の私塾。

1859年　10月、再びヨーロッパへ。ジュネーヴに住む。

1860年　9月(12歳)、帰国、再びニューポートへ。

1861年　〔4月12日、南北戦争勃発〕秋、ウィリアム、ハーバード大学ローレンス理学校へ。1862年秋、ヘンリー、ハーバード大学法学校へ。ウィルキー、入隊。1863年、ボブ、入隊。

この間、アリスは、兵隊のためにシャツや包帯の準備をする「ニューポート女子援護会(Newport Women's Aid Society)」の手伝いをすることもあったが、おおむね無為と孤独の日々を送った。

ロ

ワ

ヘ

ホ

マ

ミ

ヒ

フ

ネ

ノ

ハ

ト

ナ

ニ

ス

ケ

コ

サ

エ

索　引

【訳者紹介】

舟阪洋子（ふなさか　ようこ）

大阪外国語大学外国語学部英語学科卒業。京都大学大学院文学研究科修士課程修了。元京都女子大学文学部教授。

主要業績：『ヘンリー・ジェイムズ自伝——ある少年の思い出——』（共訳、臨川書店、1994年）、『ある青年の覚え書・道半ば——ヘンリー・ジェイムズ自伝第二巻、第三巻』（共訳、大阪教育図書、2009年）、「ヘンリー・ジェイムズの自伝とアリス・ジェイムズの日記」（『京都女子大学研究科研究紀要』7号、2008）、「アリス・ジェイムズ——日記と『隠れた自己』——」（『異相の時空間——アメリカ文学とユートピア——』、大井浩二監修、英宝社、2011）

中川優子（なかがわ　ゆうこ）

大阪外国語大学外国学部英語学科卒業。上智大学文学研究科博士課程後期単位修得退学。立命館大学文学部教授。

主要業績：『アメリカの嘆き——米文学史の中のピューリタニズム』（秋山健監修、松柏社、1999年）、『亀井俊介と読む古典アメリカ小説12』（共著、南雲堂、2001年）、『語り明かすアメリカ古典文学12』（共著、南雲堂、2007年）、"From City of Culture to City of Consumption: Boston in Henry James's *The Bostonians*." (*The Japanese Journal of American Studies* No. 19 (2008))

アリス・ジェイムズの日記

2016年2月15日　印　刷　　　2016年2月25日 発　行

著　者　アリス・ジェイムズ

訳　者　舟　阪　洋　子
　　　　中　川　優　子

発行者　佐　々　木　元

発行所　株式会社　英　宝　社

〒101-0032 東京都千代田区岩本町2-7-7 第一井口ビル
☎［03］（5833）5870　Fax［03］（5833）5872

ISBN978-4-269-82046-3 C1098
［組版：（株）マナ・コムレード／製版・印刷：（株）マル・ビ／製本：（有）井上製本所］

定価（本体3,600円＋税）